Fabienne Herion

The Shadows on your Soul

Fabienne Herion

The Shadows on your Soul

Roman

PIPER

Mehr über unsere Autorinnen, Autoren und Bücher:
www.piper.de

Wir produzieren nachhaltig
www.piper.de

Bei »The Shadows on your Soul« handelt es sich um eine bearbeitete Version des auf Wattpad.com von Dumai94 ab 2019 unter dem Titel »Primed for Sin« veröffentlichten Textes.
Wenn Ihnen dieser Roman gefallen hat, schreiben Sie uns unter Nennung des Titels »The Shadows on your Soul« an empfehlungen@piper.de, und wir empfehlen Ihnen gerne vergleichbare Bücher.

ISBN 978-3-492-50634-2

Redaktion: Mira Manger
Satz auf Grundlage eines CSS-Layouts
von digital publishing competence (München)
mit abavo vlow (Buchloe)
Covergestaltung: FAVORITBUERO, München
Covermotiv: Bilder unter Lizenzierung von Shutterstock.com genutzt
Printed in Germany

Für Philipp
Sieben Jahre mit dir sind noch lange nicht genug. Danke, dass du für mich den Mond auf die Erde geholt hast.

Playlist

Top Down – Swizz Beatz
Milk & Honey (Alt Version) – Billie Marten
Party Monster – The Weeknd
Faking It – Sasha Alex Sloan
Ashes – Tony K
Sweet Home – SYML
Afraid – The Neighbourhood
High by the Beach – Lana Del Rey
Stronger – The Score
Nothing Breaks Like a Heart – Brimsley
Let You Go – RY X
Back to You – Tony K

– Prolog: Shaun –

Wummernde Beats. Ein hektisches Stroboskop, das den sonst trüben und verrauchten Raum ganz besonders in Szene setzte. Das waren meine beiden ständigen Begleiter, wenn ich meine Schicht im *Dreams* antrat. Die Frauen, meist mittleren Alters, die am Tresen herumlungerten und mich lüstern musterten, während sie ihre künstliche Oberweite zielstrebig zur Schau stellten, machten das Bild vollkommen. Ein alltäglicher Anblick.

Die Frau, die mir heute gegenübersaß und mich, schon seit ich arbeitete, unentwegt mit ihren Blicken auszog, konnte kaum älter sein als ich. Ihre knallroten Augen ließen leicht erkennen, dass an diesem Abend nicht nur Alkohol durch ihren Körper strömte. Es dauerte nicht lange, da beugte sie sich über den Tresen, um etwas bei mir zu bestellen. Ich kannte Frauen wie sie. Es war kein Versehen, dass ihre Silikonbrüste wie zwei überreife Orangen aus ihrem mindestens zwei Nummern zu kleinen BH quollen, der deutlich unter ihrem durchsichtigen Top hervorlugte.

Schwungvoll schmiss ich mir das Geschirrtuch, das ich gerade benutzt hatte, um ein Scotch-Glas abzutrocknen, über die Schulter und beugte mich ihr charmant lächelnd entgegen. Ein Schwall von Alkohol und Schweiß stieg mir entgegen, doch schreckte mich das nicht ab.

»Hey, einen *Sex on the Beach* für mich.«

Ich nickte und wandte ihr dann den Rücken zu, um Gläser und Flaschen aus dem hohen beleuchteten Regal hinter mir zu holen. Ich spürte, wie sich ihr Blick in meinen Rücken bohrte und sie vermutlich in just diesem Augenblick auf meinen Hintern glotzte.

Es war schon lachhaft, wie deutlich sie ihren eigentlichen Wunsch zeigte. Was dachte sie wohl in diesem Moment? Dass ich, wie die meisten anderen meiner männlichen Artverwandten, nichts bemerkt hatte? Dass sie üblicherweise mehr tun musste, um ihren Fang zu überzeugen? Oh, ich wusste sehr gut, was sie wollte. Was sie begehrte. Ob es daran lag, dass ich mir bereits einen gewissen Ruf in der Frauenwelt aufgebaut hatte, oder daran, dass ihr schlichtweg meine Ausstrahlung gefiel, konnte ich nicht mit Sicherheit sagen.

Für mich spielte das keine Rolle.

Als ich mir eine vorgeschnittene Zitronenscheibe aus einem vereisten, metallisch glänzenden Behälter aus dem Kühlschrank geangelt und an den Rand des orangeroten *Hurricane*-Glases gesteckt hatte, wandte ich mich wieder meiner wartenden Kundin mit dem wallenden blonden Haar zu. Sie dachte anscheinend, dass ich ihr Starren nicht bemerkt hatte. Und wieder setzte ich meinen perfekt einstudierten desinteressierten Gesichtsausdruck auf. Den, der beinahe jede Frau in die Knie zwingen würde. Ich musste es mir wirklich verkneifen, mit den Augen zu rollen, als ich sah, dass mein Kalkül wieder mal Früchte trug. Es war schon fast zu einfach. Zu nervig. Dennoch: Meine körperliche Reaktion auf eine nette Bekanntschaft ließ sich nicht von der Hand weisen. Vielleicht nicht jetzt gleich, dachte ich, doch möglicherweise würde ich mich später noch zu etwas hinreißen lassen. Ach, was machte ich mir vor? Eine weitere, vollkommen bedeutungslose Nacht.

Nachher, wenn ich die Bar geschlossen und aufgeräumt hatte, würde ich sie vermutlich in den schummrigen Mitarbeiterraum entführen, ehe ich nach Hause zu Caleb fahren und den vorbildlichen Bruder mimen würde, den er nun so dringend brauchte. Es gelang mir nicht immer, auch wenn ich mir Mühe gab – für ihn.

Jeden Abend der gleiche Ablauf. Eine Frau kam zu mir an die Bar, tat so, als ob es ihr nur um den nächsten eiskalten Drink ging, den sie ihre Kehle hinabkippen konnte. Nie erwähnte eine von ihnen ihre eigentlichen Motive. Es war ein großes Spiel, von Beginn an falsch. Alle Spieler würden gewinnen – vorausgesetzt, sie hatten den Mumm dazu. Sie bekam ihren Drink und ein wenig mehr, und ich bekam ... na ja. Alle stammten aus reichen Kreisen, nicht anders zu erwarten in einem Club in Upper Manhattan.

Auch in der hochgewachsenen Frau vor mir, die weiterhin mit tiefem Ausschnitt vor mir stand, sah ich Unsicherheit, als sie begriff, dass ich der Eine unter vielen war, der die Spielregeln beherrschte. Vermutlich nahmen all diese Frauen schlichtweg an, dass ich ein harmloser junger Kerl war. Förmlich gekleidet in Anzug und Fliege, dem Dresscode des Clubs im teuersten Viertel der Stadt entsprechend. Die Oberflächlichkeit der Partymenge spielte mir nur in die Hände. Hätte auch nur eine von ihnen zu weit hinter die Fassade aus schicken Schuhen und adrett getrimmten Bartstoppeln geblickt, hätten sie den Wolf im Schafspelz schon längst erkannt.

Ich hatte mein Unschuldslamm zwar kurzzeitig aus dem Konzept gebracht, allerdings hielt sie das nicht davon ab, lasziv an ihrem Strohhalm zu saugen und mich weiterhin anzustarren, während ich meiner Arbeit nachging und die anderen Gäste bediente. Dachte sie, ich bemerkte das nicht?

Ich knurrte leise, als ich aus den Augenwinkeln sah, wie drei Frauen, die etwas jünger wirkten als ich, durch den Raum schwebten und sogleich die Aufmerksamkeit meines Umfelds auf sich zogen. Ich hatte sie nicht reinkommen sehen, nicht dieses Mal, doch das Mädchen mit dem makellosen Gesicht, den kastanienbraunen Haaren, die ihr weit über die Schulter reichten, den Augen, die im blitzenden Lampenlicht wie Diamanten strahlten, war mir wie eine Vertraute. Ihr einziges Problem war, dass sie keine Ahnung hatte, wer ich war. Ihre Art zu gehen, jede Bewegung ihrer schlanken Beine sah so unschuldig aus, doch ich kannte die Wahrheit. Dieses Mädchen war kein Engel.

Sie warf den Kopf in den Nacken, hielt sich den Bauch und lachte herzlich über irgendetwas. Ich hörte nur den drängenden Beat der Musik, immer weiter, immer schneller. Die Gruppe setzte sich an ihren Stammplatz auf die roten Ledersofas, deren Bezug bereits bessere Abende erlebt hatte. Manche würden es wegschmeißen, doch die Gesellschaftsschicht, die hier verkehrte, hielt abgenutzte Einrichtung für den letzten Schrei. Die Entfernung zu ihr gefiel mir nicht, doch das würde sich früher oder später ändern, so, wie es immer ablief. Dafür würde ich schon sorgen.

Ich fragte mich, welche Rolle das Mädchen in diesem Dreiergespann wohl spielte. Sie war unschwer erkennbar schüchterner als ihre Freundinnen, und doch bewegte sie sich mit selbstbewusster Anmut. Ihre Freundinnen schienen dem Spiel deutlich zugeneigter. Sie gab sich größte Mühe dazuzugehören. Aufgehübscht und aufgedreht, bereit für eine wilde Nacht. Ein Teil ihres Lifestyles, aber tief im Innern wussten wir wohl beide, dass *sie* anders war. Sie gehörte nicht in diese perfekte Welt aus Plastik und Make-up, die wahre Leidenschaft oft vermissen ließ. Sie war anders, versteckte sich hinter einer perfekten Fassade, die ich schon längst durchschaut hatte.

Das Mädchen links neben ihr war die Draufgängerin der Clique, die in weiblicher Begleitung anreiste und den Abend in männlicher Begleitung ausklingen ließ. Mädchen Nummer drei mimte die Schnapsdrossel. Traute sich ohne die flüssige Lebenshilfe das ausgelassene Feiern nicht zu. Sie war genau die Freundin, die man gern mitnahm, um neben ihr gut auszusehen.

»Hallo? Sag mal, bist du noch anwesend?«, brüllte mir eine schrille Stimme entgegen.

Mein Blick wanderte zurück zu meiner Kundin, die sichtlich empört mit der Hand vor meinem Gesicht herumfuchtelte.

»Klar, darf es noch was sein?«, erwiderte ich kalt und ließ sie unmissverständlich spüren, dass ihre Zeit abgelaufen war.

»Echt jetzt? Wie du meinst. Du hast eben dein Ticket *hierauf* verspielt.« Sie deutete mit großen Gesten ihren makellosen Körper herab und ließ mich mit einer unangebrachten Fingergeste stehen.

Doch das störte mich nicht. Meine Aufmerksamkeit galt dem *Engel* auf der anderen Seite des Clubs.

– 1. Kapitel: Harper –

Zerstreut saß ich an meinem Schreibtisch und starrte unentwegt auf die immer noch leeren Zeilen auf dem Bildschirm, die ich zwischenzeitlich längst mit Inhalt hätte füllen sollen. Seit ich hier saß – exakt eine Stunde, wie die kleine Uhr am Bildschirmrand mir unmissverständlich mitteilte –, hatte ich kein einziges Wort geschrieben, obwohl die Deadline für dieses Essay immer näher rückte. Normalerweise fiel es mir leicht, mich auf meine vier Buchstaben zu setzen und mich bis zum Hals in dicken Fachbüchern aus der Bibliothek zu verkriechen, aber heute blieb mir das Mysterium verschlossen. Wie ein in sich zusammenfallendes Kartenhaus sank ich schlapp auf meinem Stuhl zusammen, und mit einem Schlag resignierte mein Geist ob der unüberwindbaren Herausforderung.

Ich klappte mein Notebook zu und lehnte mich so weit auf meinem Schreibtisch nach vorne, dass ich die verschlungenen Seile der Manhattan Bridge unweit meines Zimmers erkennen konnte. Für ein Studentenwohnheim der Columbia war die Aussicht fabelhaft.

Und während die Fahrzeuge wie Spielzeugautos über die Brücke fuhren, schrie wie so oft die Stimme meines Vaters durch meinen Kopf. Natürlich wusste ich, wohin meine Motivation verschwunden war. In einen erneuten Streit mit meinen Eltern über meine *fragwürdige* Entscheidung, selbstständig leben zu wollen. Warum schlug sich Mom bloß immer auf seine Seite? Wo blieb denn dabei ihr sonst omnipräsentes Rückgrat?

Wieso begreift ihr es einfach nicht?

Dass ich kein Kind mehr war, das um jeden Preis behütet werden musste. Dass ich mein Studium der Medizin bereits bis ins vierte Semester überlebt hatte, musste doch Beweis genug für mein Erwachsenwerden sein.

Du hast es so gut hier, fernab von dem Dreck und dem Abschaum, der die Stadt seit Jahren überflutet.

Aber genau darum ging es mir.

Ich will ein eigenständiges Leben führen. Dazu gehört eben auch, mit vierundzwanzig Jahren endlich auszuziehen und meine eigenen Wege zu gehen.

Einen Teufel würde ich tun, mich wieder davon abbringen zu lassen. Abgesehen davon hätte es mich umgebracht, auch nur einen weiteren Tag in ihrem protzigen Haus zu verbringen. Dem Haus, in dem ich mit jedem Atemzug die Fassade einer perfekten Tochter aufrechterhalten musste. Auszuziehen war die beste Entscheidung meines Lebens gewesen. Auch wenn ich mich zu meinem großen Missfallen trotz allem ab und an bei irgendwelchen albernen Familienfesten blicken lassen musste – sofern ich mich nicht erfolgreich drücken konnte.

Menschen, die mich nicht kannten, hätten wohl gesagt, dass diese Vorstellung ziemlich versnobt war, zumal mir der Studienplatz in der Ivy League allein durch meinen Familiennamen bereits sicher gewesen war. Wenn ich gekonnt hätte, hätte ich um meinen Platz dort gekämpft, wie alle anderen auch. Jemand Außenstehendes hätte garantiert mit dem Kopf geschüttelt, wenn ich das erzählt hätte, dennoch änderte es nichts an der Wahrheit. Klischeehaft oder nicht, manchmal beneidete ich die Leute, die aus ärmeren Verhältnissen stammten als ich.

Der Gedanke, anders und normaler zu sein, begleitete mich an manchen Tagen durchgehend. Ich wollte mich nicht durch meine Eltern definieren, meine eigenen Erfolge schaffen, ganz ohne Nachhilfe. Doch leider war das nicht immer leicht. Zähneknirschend musste ich akzeptieren, dass meine Eltern meine Unkosten für die Universität beisteuerten. Der Job in einem Café, den ich mir damals gesucht hatte, hätte die Kosten nie allein decken können. Also musste ich vorerst mein Schicksal akzeptieren. Irgendwann, wenn ich selbst erfolgreich war, würde ich meinen Eltern jeden einzelnen Dollar zurückzahlen, den sie für mich ausgegeben hatten.

Sie konnten froh sein, dass ich überhaupt ihrem Wunsch entsprochen hatte, entweder Jura zu studieren, was mein Vater getan hatte, oder ebenfalls Medizinerin zu werden wie meine Mutter. Es war nicht so, dass ich mich nur wegen meiner Eltern für dieses Studienfach entschieden hatte, denn ich hatte mich aus freien Stücken dafür eingeschrieben. Schon seit ich denken konnte, war es mein Traum gewesen, anderen Menschen zu helfen. Und obwohl sich Mom demselben Beruf verschrieben hatte, wollte sie als Schönheitschirurgin viel lieber ihrer Brieftasche dabei helfen, noch fetter zu werden.

Bisher hatte ich es nicht geschafft, ihr davon zu erzählen, dass ich mit meinem Abschluss in der Tasche am liebsten erst einmal eine Zeit lang für *Ärzte ohne Grenzen* arbeiten wollte. Menschen *wirklich* helfen, doch das war eine Diskussion für einen anderen Zeitpunkt, den ich, so weit es nur ging, nach hinten schob.

Fasziniert beobachtete ich, wie die *Golden Hour* immer näher rückte und die Sonne New York in nur wenigen Minuten in ein atemberaubendes strahlendes Lichtermeer tauchte. Obwohl ich dieses Spektakel schon Hunderte Male mitverfolgt hatte, konnte ich nie genug davon bekommen. Auch heute noch zog mich das Lichtspiel tagtäglich in seinen Bann, und ich konnte mir beim besten Willen nicht vorstellen, jemals woanders zu leben.

»Harp!«

Als die Tür zu meinem Zimmer ohne jegliche Vorwarnung aufgerissen wurde, zuckte ich so heftig zusammen, dass ich fast von meinem Stuhl gekippt wäre. Mein Herz machte einen Sprung, und ich brauchte einen Moment, um tief Luft zu holen und mich wieder zu beruhigen, ehe ich aufstand und mich dem Eindringling widmen konnte.

»Wie oft habe ich dir schon gesagt, dass du anklopfen sollst, wenn du nicht willst, dass ich irgendwann wegen dir noch einen Herzinfarkt bekomme, Amy?«, grummelte ich, musste aber unweigerlich lächeln, als ich eine meiner beiden besten Freundinnen sah.

»Gib doch einfach zu, dass du Angst davor hast, dass ich dich irgendwann mal mit einem heißen Typen erwische«, entgegnete Amy gelassen, ehe sie sich auf mein Bett fallen ließ, so als ob sie auch hier wohnte. »Ach, warte. Dazu müsstest du ja erst einmal einen finden.«

Ich rollte mit den Augen, während ich beobachtete, wie sie sich auf den Rücken drehte und eins meiner Bücher auf meinem Nachttisch begutachtete. Das war typisch Amanda. Schon seit ich sie kannte – seit unseren jüngsten Kindertagen –, war sie eine aufgedrehte Person, die ihr Herz stets auf der Zunge trug. Wir hätten nicht unterschiedlicher sein können, aber vielleicht war es genau das, was die Freundschaft zwischen uns so perfekt machte. Ich liebte sie über alles und wollte sie nicht in meinem Leben missen. Manchmal dachte ich heimlich daran, wie es wäre, wenn ich rebellischer wäre. Gleichzeitig war ich mir auch sicher, dass sie mit ihrer quirligen Art oftmals darüber hinwegtäuschte, dass sie sehr wohl unter ihrem familiären Umfeld litt, auch wenn sie das so niemals zugegeben hätte. Im Gegensatz zu meiner heilen Welt waren Amandas Eltern schon seit Jahren getrennt, hüteten sich allerdings davor, die Öffentlichkeit daran teilhaben zu lassen.

»Wo hast du denn Leah gelassen?«, fragte ich Amanda mit nach oben gezogener Augenbraue und sah in froher Erwartung durch die offen gelassene Tür auf den Gang. Denn wo Amanda war, war Leah in der Regel nie weit.

Im gleichen Moment bemerkte ich, wie Amanda betont unauffällig nach meinem Zeichenbuch Ausschau hielt, das ich ihr nicht zum ersten Mal aus den Fingern reißen müsste. Doch so leicht würde ich es ihr dieses Mal nicht machen. Das Buch war gut versteckt, denn auch besten Freundinnen war der Zugang zu meinem Allerheiligsten verwehrt. Das ging niemanden etwas an außer mich selbst.

»Redet ihr hier von mir?« Eine gut gelaunte Stimme ertönte im Gang, ehe meine zweite beste Freundin auch schon im Türrahmen stand und mich angrinste.

»Da bist du ja endlich. Wieder Treppe gelaufen und den Aufzug außer Acht gelassen?«, kommentierte Amanda den Fitnesstick unserer Freundin.

»Ich bewege mich sowieso zu wenig, das Fitnessstudio ist mir mittlerweile zu fremd geworden«, erklärte Leah.

»Du meinst wohl, weil dein Derian Probleme mit deinem heißen Fitnesscoach hat?«

Kaum eine Sekunde später landete eines meiner Dekokissen, das sich Leah geschnappt hatte, auf Amandas Gesicht. Beide fingen an zu lachen und zankten sich wie zwei kleine Kinder auf meinem Bett. Ich musste grinsen und schüttelte den Kopf, unheimlich dankbar dafür, dass die beiden ein Teil meines Lebens waren.

Leah hatte sich mit Derian passenderweise in einen Mann verliebt, der aus den gleichen Kreisen stammte. Ich freute mich sehr für sie und war ganz aus dem Häuschen gewesen, als sie uns die Neuigkeiten ihrer Verlobung in Form eines leuchtenden Diamantrings überbracht hatte. Insgeheim hoffte ich, irgendwann auch mal jemanden wie Derian zu finden. Nicht einen elternzufriedenstellenden Speichellecker, sondern jemanden, der mich auf die Art ansah, mit der Derian meine Freundin Leah bedachte.

»Mädels«, sagte ich lachend. »Ich bin euch echt dankbar, dass ihr mich ablenkt, aber wieso seid ihr überhaupt hier?«

Meine Freundinnen hielten inne und sahen mich mit offenen Mündern an. Intuitiv rollte ich zum wiederholten Male mit den Augen, ehe Amanda von meinem Bett aufsprang und tadelnd die Arme vor der Brust verschränkte. »Ist das dein Ernst? Du hast unseren Mädelsabend vergessen?«, meinte Amanda und überlegte vermutlich, mir auf der Stelle die Freundschaft zu kündigen – also alles wie immer. »Der Sushi-Laden beim *Dreams*, den Leah so toll findet? Und danach mal wieder richtig die Sau rauslassen.«

Ich hatte ein schlechtes Gewissen, weil ich unsere Verabredung tatsächlich komplett vergessen hatte. Mein Gedächtnis war in letzter Zeit zugegebenermaßen nicht das beste. Na ja, wem machte ich etwas vor? Irgendwie hatte ich es schon immer geschafft, mich in solche Situationen hineinzumanövrieren. Weil ich mit den Gedanken vollkommen woanders war.

Normalerweise ging ich gern mit den Mädels aus, angesichts der Berge an Aufgaben, die sich weiterhin vor mir auftürmten, hielt sich meine Begeisterung allerdings in Grenzen.

Amanda folgte meinem Blick auf die dicken Wälzer auf meinem Tisch und zog die Nase kraus. Um ihre Meinung zum heutigen Abend nochmals zu unterstreichen, stellte sie sich zwischen mich und meinen Arbeitsplatz.

»Nein. Auf keinen Fall, Harp!«

»Es tut mir leid, ich habe es vergessen. Ich muss diese Projektarbeit nächste Woche abgeben und ...«

»Wieso wehrst du dich überhaupt noch? Wie lange kennen wir uns jetzt schon?«

»Seit zwanzig Jahren, Amy ...«

»Was habe ich gerade gesagt? Vergiss es!«, stellte sie entschieden klar.

Es war zwecklos. Ich machte mir keine Mühe und ergab mich meinem Schicksal. Amanda hatte immer recht, sie besaß den größten Dickkopf, der mir jemals untergekommen war. Manchmal, wenn es mich packte, versuchte ich, sie von einem ihrer Vorhaben abzubringen – bislang ohne Erfolg. Ich seufzte theatralisch – ein Schmunzeln stahl sich nichtsdestotrotz auf meine Lippen.

»Na komm, Harp. Wir waren seit Ewigkeiten nicht mehr aus«, stimmte Leah mit ein und warf mir einen vorwurfsvollen Hundeblick zu.

»Danke, Leah, für deine Mühen, mich immer auf den rechten Pfad zu führen«, erwiderte ich sarkastisch. »Hast du nicht selbst bald Prüfungen? Müsstest du nicht ebenfalls lernen, anstatt die Nächte durchzumachen? Und was heißt hier überhaupt *seit Ewigkeiten*?«

Das letzte Mal war vor genau vier Tagen gewesen. Sie wussten ganz genau, wie sie bei mir mit Leichtigkeit ein schlechtes Gewissen erzeugen konnten. Bravo.

Leah studierte nach dem Vorbild ihrer Eltern Modemanagement. Meiner Freundin sah man das allerdings nicht so deutlich an wie ihren Eltern, deren extravaganter Kleidungsstil immer für einen unfreiwilligen Lacher sorgte. Leahs Kleidung hingegen war selbst verglichen mit Amy und mir eher unauffällig. Im Gegensatz zu meinen hatten ihre Eltern kein Problem mit ihrem Zimmer auf dem Campus gehabt. Leider war Leah an einer anderen Uni eingeschrieben, weshalb wir in unterschiedlichen Wohnheimen lebten.

»Okay!« Amanda ging direkt dazwischen, ehe Leah mir antworten konnte. Dabei nahm sie mich an den Schultern und schob mich vor meinen Kleiderschrank. »Bevor Miss Miesepeter das Ruder übernimmt, zieht sie sich besser ganz fix um, und dann kann es losgehen«, verkündete sie und ließ keine Widerworte mehr zu.

Ein letztes Mal gab ich mich still geschlagen – zumindest redete ich mir das felsenfest ein.

Wie sich herausstellte, war etwas Ablenkung genau das gewesen, wonach ich heute gesucht hatte. Während draußen ein sommerlicher Regenschauer die Straßen leerte und von den Gullideckeln Wasserdampf emporstieg, präsentierten sich vor uns kunstvolle Stapel von Sashimi und Maki-Rollen und bereiteten unsere Bäuche auf den Abend vor. Dabei verzichteten wir auch nicht auf unser allabendliches Ritual – *Cosmopolitans* wie Wasser zu trinken. Wir besuchten keinen Laden, der diesen Cocktail nicht auf der Karte hatte. Zwar gab es in meiner Vorstellung weitaus wohlschmeckendere Getränke, doch half es ungemein, etwas lockerer zu werden und die Medizinbücher, die in meinem Zimmer geduldig auf mich warteten, weiter zu verdrängen.

Als wir uns nach dem Essen wieder in der feuchtwarmen Luft der Stadt wiederfanden und das leichte Nieseln angenehm auf unsere Haut prasselte, konnten wir nicht anders, als angetrunken über jede Kleinigkeit schallend zu lachen. Der blumige Duft von Geosmin, der sich dank des feuchten Asphalts blitzschnell ausbreitete, verbreitete angenehme Sommer-Vibes. Ich war schon länger nicht mehr richtig betrunken gewesen. Manchmal musste man einfach loslassen und der Vernunft entsagen. Es wäre so viel einfacher, wenn ich mehr wie Amy wäre – abzüglich ihrer ganzen Männergeschichten natürlich.

Arm in Arm schlenderten wir die in den letzten Strahlen der Abendsonne glänzende Straße entlang, bogen in ein Dickicht aus Gassen und schmalen Wegen zwischen Feuerleitern und Mülltonnen ein und bahnten uns langsam unseren Weg zum *Dreams*.

Bereits vor der letzten Kreuzung war eine lange Schlange an feierwütigen Menschen zu sehen, die das gleiche Ziel wie wir hatten. Das *Dreams* gehörte zu den renommiertesten

Clubs in Manhattan. Während viele Örtlichkeiten mit großen Buchstaben in Neonschrift und bulligen Türstehern aufwarteten, erinnerte der Eingang zum *Dreams* eher an eine verlassene Lagerhalle. Doch darauf fielen nur die Unwissenden herein. Hinter der großen Stahltür und den so gar nicht nach Ärger aussehenden Männern, die den Eintritt durch die Pforten bewachten, erschien jenseits eines dichten Nebelkleids eine Welt aus Lichtern und Stroboskopflackern, wie sie in der ganzen Stadt einmalig war.

Die Türsteher kannten uns inzwischen gut und winkten uns mit einem Nicken herein, sobald wir uns unter missbilligenden Blicken und einigen Buhrufen an der Menschentraube vorbeigedrückt hatten. Amanda nahm mich an der Hand und zog mich vorwärts durch den dichten Nebel hin zu den wummernden Bässen, während Leah Mühe hatte, uns zu folgen. Der einzige Raum des Clubs war stickig und vollgepackt mit Feiernden. Wie konnten hier überhaupt so viele Menschen hineinpassen?

Vor dem DJ-Pult war trotz der frühen Stunde bereits einiges los. Dicht an dicht schmiegten Tanzende ihre schwitzenden und teils spärlich bekleideten Körper aneinander, doch Amanda zog mich weiter auf die andere Seite des Clubs, in deren Nischen große Couches und Kissen zum Kräfteschöpfen zwischen ausgedehnten heißen Stunden auf der Tanzfläche dienten. Ich tat es meinen Freundinnen gleich, und wir sanken in eines der unendlich tiefen Sofas wie Kartoffelsäcke ein. Eine förmlich gekleidete Kellnerin, die mit ihrem jugendlichen Gesicht nicht viel älter als wir sein konnte, erblickte uns sofort und erfüllte uns den Wunsch nach dem nächsten *Cosmo.* Wie man eine Bestellung durch solch laute Musik überhaupt vernehmen konnte, war mir schleierhaft, doch die bestellten Drinks kamen ohne Probleme an unserem Tisch an.

Es war unheimlich schwer, nur mit Beinen und Händen den Takt zu trommeln und nicht gleich aufzuspringen und dem Drang nach hemmungslosem Tanz nachzugeben.

Ich sah dem Lichtspektakel, das sich vor mir ausbreitete, genüsslich zu und musste die Zeit vergessen haben, denn als Leah mir auf die Schulter tippte, erwachte ich aus meiner Trance und blinzelte verwirrt, geblendet von den noch helleren Scheinwerfern und Lasern. Ich dachte, ich hätte sie nicht verstanden, doch anstatt zu sprechen, zeigte sie bloß auf einen Punkt abseits des Geschehens. Mein Blick landete bei der Bar, die sich über die gesamte Wand erstreckte. Unzählige Flaschen sammelten sich dort eng und auf gefährliche Weise aneinandergeschmiegt in bunt beleuchteten gläsernen Regalen. Über den Tresen gebeugt teilten Kellnerinnen dem Barkeeper unendlich lange Bestellungen mit, während dieser ohne Pause Shaker und Gläser mit geschickten Händen jonglierte. Ich wusste, wen Leah mir zeigen wollte.

»Er ist wieder da«, dröhnte es zu laut in meinem Ohr, und Leah deutete zum zweiten Mal aufgeregt zur Bar. Autsch, mein armes Trommelfell.

»Ich sehs ja«, gab ich mit Händen und Füßen gestikulierend zurück.

»Komm schon, Harp«, rief Leah. »Gib doch endlich zu, dass er genau dein Typ ist!«

»Schmachten wir etwa schon wieder den heißen Barkeeper an?«, mischte sich nun auch Amanda ein und verzog ihre Lippen zu einem frechen Grinsen. »Ich schwöre dir, dass er eben schon wieder zu dir geschaut hat.«

»Der Typ starrt doch jedes weibliche Wesen völlig schamlos an. Siehst du nicht, wie ihm dieses blonde Topmodel gefällt, das förmlich an seinen Lippen und er an ihrem Ausschnitt klebt? Die Inkarnation eines Frauenhelden«, entgegnete ich und nickte zu der hochgewachsenen Frau mit den spitzen künstlichen Brüsten, die beinahe drohten aus ihrem Dekolleté zu rutschen.

»Na, wenn diese Dinger nicht das Werk deiner Mutter waren«, rief Leah mir spöttisch zu. Ganz unrecht hatte sie nicht. Die *Werke* meiner Mutter waren unverkennbar.

»Ich habe auch nicht gesagt, dass du ihn gleich heiraten sollst, oder?«, kommentierte Amanda trocken, aber auch auf ihrem Gesicht breitete sich ein schelmischer Ausdruck aus.

»O nein, auf keinen Fall!« Ich schüttelte energisch den Kopf.

»Auf jeden Fall! Sprich ihn doch einfach mal an, Harp. Was soll denn schon passieren? Ein bisschen Action würde dir echt mal wieder guttun. Das mit David ist schon ewig her. Außerdem ... sieh ihn dir doch an! Dieser Typ hat bestimmt einen mordsmäßigen ...« Ich beobachtete entsetzt, wie sie mit ihren Händen und ihrer Zunge eine mehr als eindeutige Geste machte.

»Amy!«, unterbrach ich sie schleunigst, spürte aber, wie bereits das Blut in meine Wangen schoss.

»Ich wusste es! Auch du hast schon darüber nachgedacht«, rief Amanda triumphierend aus, und ich senkte ertappt den Blick.

»Nur du schaffst es, in einem Aufwasch meinen bescheuerten Ex-Freund zu erwähnen, die Tatsache, dass ich tatsächlich für deine Verhältnisse seit einer Ewigkeit keinen Sex mehr hatte, schamlos auszunutzen und jemanden wegen seiner Herkunft zu diskriminieren.«

»Du weißt ganz genau, was ich dir damit sagen will und dass ich es nicht auf diese Weise meine.«

»Ja, ja, ist gut. Ich will es gar nicht wissen. Du kennst dich bestimmt sehr gut damit aus«, unterbrach ich sie zum wiederholten Male. Das plötzliche Leuchten in Amandas Augen deutete von ausreichender Erfahrung in Dingen, die ich so nie über meine Freundin erfahren wollte.

»Mach schnell, sonst kommt dir sein Fan da vorne noch zuvor«, rief Amanda. »Wie kannst du bei so einem Prachtkerl so entspannt bleiben?«

»Und wie kannst du jeden Mann nur als ein Stück Fleisch betrachten?«

»Harp«, unterbrach Leah unser verbales Duell und beugte sich noch etwas näher zu mir. »Findest du ihn heiß oder nicht?«

Unwillkürlich sah ich zurück zu ihm, wild jonglierend mit einem Shaker in der Hand. Ich kam nicht umhin, seinen muskulösen Bizeps zu bemerken, der sich deutlich unter dem weißen Hemd anspannte.

»Ansprechend, das muss man zugeben«, sagte ich und ließ den Widerwillen langsam von mir abfallen.

»Ansprechend?«, zog mich Leah schockiert dreinschauend auf. »Wow, es wird echt Zeit.«

»Du hast deinen Derian, wieso siehst du dann andere Männer überhaupt noch an?«, fragte ich sie provokant, auch wenn ich wusste, dass sie bis über beide Ohren in ihren Verlobten verliebt war.

»Nur weil ich bald heirate, heißt das nicht, dass ich andere Männer nicht zumindest ansehen darf, oder?«, gab sie grinsend zurück.

In diesem Moment kam die Kellnerin mit unser nächsten Runde Shots zurück, die wir in einem Zug leerten, und der Geist des Alkohols vernebelte weiter unsere Köpfe. Amanda bestellte gleich eine dritte Runde, während der Schnaps noch in meiner Kehle brannte. Mein Blick verfolgte die Kellnerin, die sich geschickt ihren Weg durch die Menschenmassen bahnte. Nach Ankündigung unserer nächsten Bestellung sah mich der Barkeeper dann aber ohne Vorwarnung an. Für einen unerträglich langen Moment fanden sich unsere Blicke durch die tanzenden Menschen und brannten sich tief ineinander, ehe er sich abwandte, um sich wieder mit unseren Gläsern zu befassen.

»Der steht so was von auf dich, ich sags dir«, beteuerte mir Amanda. »Du musst zu ihm! Wenn du nicht sofort zu ihm rübergehst, spielen wir ein Trinkspiel, und wenn du verlierst

– wie so oft –, ist das dein Wetteinsatz. Komm schon, Harp! Tus für uns!«

»Ich kann mich heute nicht völlig abschießen, ich muss morgen wieder an mein Essay.«

»Ein Grund mehr, ihn sofort zu besuchen. Du weißt, wie hart Amy spielt«, meldete Leah sich zu Wort.

Ich seufzte. Es war nicht so, dass ich einen One-Night-Stand kategorisch ablehnte, nur stand mir gerade einfach nicht der Sinn danach, schon gar nicht mit einem Casanova wie ihm. Außerdem war ich auf der Hut vor etwaigen Krankheiten. In der heutigen Zeit konnte man nicht vorsichtig genug sein.

»Wieso verdammt nochmal seid ihr beide meine besten Freundinnen?«, fragte ich, stand dann widerwillig auf und bahnte mir, ohne weiter darüber nachzudenken, einen immer länger erscheinenden Weg zur Bar.

Ich hörte, wie meine Freundinnen hinter mir freudig in die Hände klatschten und pfiffen. Ich zeigte ihnen lediglich den Stinkefinger über meine Schulter und grinste dabei.

Meinetwegen würde ich zu diesem Typen gehen und ein wenig mit ihm reden. Davon, dass ich ihn anbaggern würde, war niemals die Rede gewesen – zumindest nicht für mich.

– 2. Kapitel: Harper –

Als ich mich etwas wacklig auf den Beinen aufgerafft hatte, wusste ich, dass es kein Zurück mehr gab. Die Kellnerin warf mir einen irritierten Blick zu, sobald sie mich in der Nähe der Bar entdeckte. Ich gab ihr ein Zeichen, um ihr zu signalisieren, dass ich die Shots selbst holen würde. Eine Antwort konnte sie sich sparen. Vermutlich passierte das öfter, wenn ebenjener Typ hinter dem Tresen stand und munter Cocktails mischte. Hatte ich mich ernsthaft dazu breitschlagen lassen, ihn anzusprechen?

Ich schlängelte mich durch die dicke Nebelwand, vorbei an Gestalten in bunten Aufzügen, die zu dieser Zeit wie Motten im Licht den Club bevölkerten. Ich wusste ja nicht einmal, was ich zu ihm sagen sollte, sobald ich vor ihm stand. Als ich näher über den klebrigen Boden an die Bar herantrat, musterte ich die Frau mit den künstlichen Brüsten, die den Mann mit dem schwarzen kurz geschorenen Haar immer auffälliger anstarrte. Ich seufzte leise, suchte mir einen Platz etwas weiter von ihr entfernt und fragte mich, was Frauen bloß dazu verleitete, sich derart zu verhalten.

Der Barkeeper war gerade dabei, den nächsten Drink zuzubereiten, und bemerkte mich nicht direkt, als ich mich auf den noch freien Barhocker an der mittlerweile gut gefüllten Bar setzte und die Unterarme auf die Theke legte. Wirklich jeder Zentimeter dieser Bar war verklebt von Zucker und Alkohol. Ein furchtbares Gefühl machte sich an meinem Hintern breit, das mir sagte, dass mich dieser Hocker nicht ohne Kampf wieder freigeben würde.

Unsere Shots standen bereits fertig und ordentlich aufgereiht auf einem kleinen Tablett neben ihm. Gespannt verfolgte ich, wie er den Inhalt seines Shakers in ein Martini-Glas einschenkte, das mit einem Zuckerrand versehen war. Er wusste, was er tat und wie er damit auf Frauen wirkte, das musste man ihm lassen. Während er noch in seine Arbeit vertieft war, ließ ich meinen Blick aus nächster Nähe über ihn wandern.

Ich musste Amanda und Leah recht geben. Er war mehr als nur nett anzuschauen, das hieß allerdings noch lange nicht, dass ich mich wie diese hartnäckige Kandidatin neben mir an ihn ranschmeißen musste. Ich hatte zwar seit etwas mehr als zwei Monaten keinen Sex mehr gehabt und sehnte mich bei seinem Anblick unerwartet stark nach seiner Nähe, aber so schnell würde ich mich nicht auf dieses Niveau begeben. Ich wusste nicht genau, was es war, doch dieser Typ schrie förmlich nach keiner guten Partie. Und sei es nur für eine Nacht …

Dennoch strahlte der Mann vor mir eine Anziehungskraft auf mich aus, die mich verwunderte. Sein dunkler umbrafarbener Teint und die dazu passenden braunen Augen glichen niemandem, den ich bisher bewusst wahrgenommen hatte. Der durchtrainierte Körper, seine breiten Schultern und die stämmigen Oberarme brachten das weiße Hemd, das wohl jeder Angestellte hier tragen musste, besonders zur Geltung. Schwarze schmale Hosenträger spannten über seinem Hemd, und die dazu passende Fliege am Kragen rundete das optische Gesamtbild ab. Ob ich ihn vielleicht doch schon einmal auf dem Campus gesehen hatte? Ich konnte nicht mit dem Finger darauf deuten, aber irgendetwas an dem Barkeeper wirkte vertraut auf mich.

Ich liebte es, Menschen zu lesen. Etwas, das meiner Meinung nach für meinen Berufswunsch nur von Vorteil sein konnte, doch bei dem Barkeeper gab es nicht vieles, was ich nur anhand seines Äußeren sah. Dass er offensichtlich ein Frauenheld war, stand außer Frage, aber dieser harte Ausdruck in seinen Augen machte mich stutzig. Er konnte nicht gern hier arbeiten, was den meisten Beobachtern vermutlich entgangen wäre. Die Frage war also, wieso. Wieso er doch hier war, denn auf den ersten, oberflächlichen Blick wirkte er so, als liebte er es, Drinks zu mischen, und als ob es keine schönere Tätigkeit für ihn gäbe.

Plötzlich schien er zu bemerken, dass er von mir gemustert wurde, und sah auf – direkt in meine Augen. Der Ausdruck der Gleichgültigkeit verschwand nicht, doch bekam ich die Gelegenheit, sein Gesicht näher zu betrachten. Ich lächelte und deutete auf die Shots, die zu seiner Rechten auf mich und meine Freundinnen warteten. Sofort löste er unseren Blickkontakt, griff nach dem kleinen Tablett und stellte es vor mich, ehe er sich daran machte, die nächste Bestellung abzuarbeiten.

Gesprächig war er nicht. Musste er als Barkeeper nicht zumindest ein Mindestmaß an Interesse für zwischenmenschliche Kommunikation besitzen? Eine gewisse Kontaktfreudigkeit? Seine Kühle machte mich trotzdem neugierig. Meine Freundinnen beobachteten mich mit erwartungsvollen Blicken, und auch meine vermeintliche Konkurrentin sah bereits missbilligend in meine Richtung, aber das war es nicht, was mich schlussendlich dazu bewegte, ihn anzusprechen. Dieser Impuls ging ganz allein von meiner Seite aus.

»Hi«, rief ich ihm entgegen und beugte mich dabei etwas weiter nach vorne, damit er mich nicht nur hörte, sondern auch sehen konnte. »Ich bin Harper.«

Er sah mich für den Bruchteil einer Sekunde an, sein Blick durchbohrte mich förmlich, doch mehr war aus ihm nicht herauszubekommen, ehe er sich wieder vollständig auf sein Tun fokussierte. Ich musterte ihn nachdenklich, doch als er mich auch weiterhin gekonnt ignorierte, signalisierte er mir deutlich, dass es Zeit wurde, wieder zu gehen.

»Hör mal, ich will dich überhaupt nicht lange von deiner Arbeit abhalten, ich brauche nur kurz deine Hilfe«, meinte ich dann in einem letzten Versuch, doch er tat weiterhin so, als ob er mich nicht einmal gehört hatte. »Normalerweise wäre das jetzt der Teil des Gesprächs, in dem du dich vorstellst und sagst: *Klar, was kann ich für dich tun?*«

Aus den Augenwinkeln sah ich, wie sich unsere Kellnerin neben mir über den Tresen beugte. Er bemerkte sie sofort und stellte, ohne mich noch einmal anzusehen, zwei Scotch-Gläser und einen undefinierbaren Cocktail auf das runde Tablett. Ehe die Kellnerin wieder verschwand, warf sie mir einen missbilligenden Seitenblick zu, um mich wohl dazu aufzufordern, wieder zurück an meinen Tisch zu gehen, doch ich ließ noch nicht locker.

Das Gesicht eines schlaksigen Mannes mit verstrubbeltem blondem Haar lugte aus einer Seitentür hinter der Theke heraus.

»Shaun, kann ich kurz Pause machen, oder brauchst du mich vorne?«, rief er ihm zu.

Der Mann vor mir wandte sich zu seinem Kollegen um und nickte lediglich, woraufhin dieser wieder durch die Tür zwischen den leuchtenden Flaschenregalen verschwand, durch die er eben auch aufgetaucht war.

»Shaun also. Nett, dich kennenzulernen ...«

Manchmal kamen einem andere Menschen sehr gelegen.

Wenn es ihn störte, dass ich nun seinen Namen kannte, dann zeigte er mir das nicht. Um genau zu sein, zeigte er mir überhaupt nichts, denn seine Haltung blieb unverändert. Ich seufzte und entschied mich dafür, nicht weiter darauf herumzureiten.

»Wenn meine Freundinnen nicht wären, wäre ich gar nicht erst hier und würde dich nerven«, erzählte ich ihm die Wahrheit und zuckte dabei unschlüssig mit den Schultern. »Sie ließen nicht locker, und du kennst Amanda und Leah nicht. Wenn sie sich etwas in den Kopf gesetzt haben, ist es unmöglich, sie davon abzubringen.«

Keine Erwiderung, keine Veränderung in seiner Mimik oder Gestik – nichts. Man könnte geradezu meinen, dass ich hier mit einem Roboter redete. Ich machte mich lächerlich. Glücklicherweise war mir das dank meiner fortgeschrittenen Trunkenheit völlig gleichgültig. Ich hielt noch einmal kurz inne, dann begann das Spiel.

»Sie denken, dass ich mich schon viel zu lange von Männern ferngehalten habe. Dabei habe ich momentan einfach keine Lust auf einen Kerl. Ich bin nicht hier, um mit dir zu flirten. Ich will nur, dass sie mich in Ruhe lassen. Und siehe da, jetzt kann ich sagen, dass du sowieso gelangweilt von mir bist.«

Er antwortete weiterhin nicht, aber ich sah, wie sich seine Mundwinkel zu einem kleinen Lächeln formten. Ein Fortschritt.

Ging dieser Kerl immer so mit Frauen um? Klar, niemand wurde zum Gespräch gezwungen, doch irritierte mich seine kalte Schulter mehr, als mir recht war. Seine Finger hantierten gekonnt mit den bunten Flaschen und zauberten in Windeseile unzählige weitere Getränke. Alles in einer flüssigen Bewegung, als hätte er noch nie etwas anderes gemacht.

»Sag mal, dein Fan da drüben ist dir aber schon aufgefallen, oder? Wie sie dich anschmachtet. Sie ist ganz eifersüchtig geworden, als ich hier ankam«, sprach ich ihn ein aller letztes Mal an und war bereit, den Versuch endgültig aufzugeben.

Doch nun sah er auf. Sein Blick landete auf besagter Frau, die völlig überrumpelt davon, dass er sie nicht länger ignorierte, fast das Gleichgewicht auf dem kleinen Hocker verlor und drohte in ihrem Sturz das halbe Inventar der Theke mit sich zu ziehen. Gerade noch rechtzeitig konnte sie sich fangen und einer großen Szene entgehen. Genauso schnell hatte er sich jedoch wieder von ihr abgewandt, denn nun war ich an der Reihe. Und hatte sofort Mitgefühl für sie. Denn es lag etwas Magisches in seinen tiefen Augen, was auch mich für einen Moment ins Wanken brachte. Plötzlich stand die Zeit still, und ich erwiderte seinen Blick. So lange, bis sich ein Lächeln auf seinem Gesicht ausbreitete, ehe er unsere Verbindung wieder löste.

»Und was willst du nun bestellen?«, wollte er von mir mit brummender unterkühlter Stimme wissen, die in keiner Weise mehr an den fast schon freundlichen Ausdruck in seinem Gesicht von gerade eben erinnerte.

»Ich brauche sonst nichts, danke«, sagte ich schnell und war verwirrt von seinem ruppigen Verhalten.

Ich konnte ihn einfach nicht durchschauen. Er zeigte keine Regung mehr und gab nichts weiter von sich, weshalb ich mir die Gläser vom Tablett nahm und mich ohne ein weiteres Wort auf den Rückweg machte. Als ich mich umdrehte und die Shots zurück zu unserem Platz balancierte, bemerkte ich, dass Amanda und Leah mich tatsächlich die ganze Zeit über beobachtet hatten. Genauso beobachtet fühlte ich mich jedoch von der Bar hinter mir. Ob das nun sein Fan war, erleichtert darüber, dass ich ihn nun doch in Ruhe ließ, oder Shaun, der mir nachsah, war schwer zu sagen. Ich drehte mich nicht mehr um.

»Und?«, platzte es aus einer strahlenden Leah heraus, noch bevor ich die Gelegenheit hatte, mich hinzusetzen. Als Ausgleich für dieses seltsame Gespräch musste erst einmal mein Shot her. Für Leah blieb mir nur ein Schulterzucken übrig.

»Was soll das denn jetzt wieder heißen?«, entgegnete Amanda ungeduldig. »Du warst immerhin eine ganze Weile weg. Man konnte euch von hier aus kaum sehen, nun erzähl schon!«

»Da gibt es nicht viel zu sagen. Er ist wohl kein Freund von Small Talk«, erklärte ich, griff nach einem weiteren Shot, legte meinen Kopf in den Nacken und ließ die klare Flüssigkeit meinen Hals entflammen. Angewidert verzog ich das Gesicht. Amanda musste irgendetwas anderes als zuvor bestellt haben. Das schmeckte ja widerlich nach Minze!

»Wow, so schlimm also?«, fragte Leah lachend, doch erkannte ich die Enttäuschung in ihrer Stimme. »Hast du wenigstens erfahren, wie er heißt?«

»Shaun.«

»Oh, er hat sich dir also gleich vorgestellt?« Amanda grinste und klatschte dabei freudig in die Hände. »Das ist eindeutig ein gutes Zeichen, Harp!«

Wieder verzog ich das Gesicht, aber nicht wegen des Alkohols, dessen Flamme sich weiter in meiner Kehle ausbreitete.

»So würde ich das nicht bezeichnen«, erwiderte ich augenrollend. »Lasst uns nicht mehr über diesen Idioten reden und endlich tanzen gehen. Deswegen sind wir doch hier, oder nicht? Trinkt eure Shots und dann los«, animierte ich meine Freundinnen.

Sie hatten Mühe, ihre Gläser auf den Tisch zurückzustellen, denn ich zog sie bereits beide jeweils an einer Hand in Richtung der Tanzfläche. Die treibenden Beats des DJs, zu denen wir uns ausgiebig bewegten, spülten uns den Kopf frei von allen Sorgen, auch von dem seltsamen Barkeeper. Alles um uns herum verwandelte sich in ein verschwommenes Lichtermeer.

»Gott, mein Schädel!«

In einem gekonnten Ruck, doch unter großem Stöhnen, fegte mein Arm über meinen Nachttisch und räumte den Wecker samt einiger anderer bedeutungsloser Dinge ab. Ein lauter

Knall und ein Schmerz in meinem Kopf verkündeten mir, dass ich mir womöglich einen Ersatz dafür kaufen musste.

Als ich die Ziffern der Uhr auf meinem Handy erblickte, erschrak ich kurz.

»Viertel nach eins?!«

Eigentlich wollte ich um diese Zeit längst mit einem Kaffee in der Hand durch den Central Park schlendern.

Ich machte mich unter größten Anstrengungen auf, zog mir etwas an, dessen Sinn sich mir nicht vollends erschloss, und stieg mit dem ersehnten Kaffee in die nächste U-Bahn zur Haltestelle Central Park North.

Ich hatte gleich gewusst, dass es ein Fehler gewesen war, mit den Mädels zu feiern. Keine dieser Nächte resultierte in erholsamen acht Stunden Schlaf. Und das, obwohl ich mir fest vorgenommen hatte, so wenig wie möglich zu trinken. Ich war nicht betrunken gewesen, zumindest dachte ich das, aber trotz allem fühlte ich mich heute wie gerädert, und mein Kopf war Matsch.

Und wieder wurde mir vor Augen geführt, wieso ich zur Mittagszeit normalerweise nicht mit der U-Bahn fuhr. Die Bahnsteige glühten in der Sommerhitze, und in den meisten Waggons waren die Klimaanlagen entweder ausgefallen oder fehlten komplett. Auf den Straßen der Stadt sah es nicht besser aus. Der gestrige Regen hatte die ohnehin schon kaum auszuhaltende Hitze vervielfacht. An jeder Straßenecke sah ich verschwitzte Menschen sich eifrig, wenn auch vergebens, mit kleinen Handfächern heiße Luft ins Gesicht wedeln. Die Blumen der Verkaufsstände im Park ließen längst ihre Köpfe hängen, und auf einer Parkbank sah ich einen halb gegessenen Schokoriegel, dessen geschmolzene Bestandteile langsam auf den Boden darunter tropften.

Ich war verdammt froh, in meinem Zustand nach einigermaßen luftigen Klamotten gegriffen und sogar an einen Sonnenhut gedacht zu haben. Der Fußmarsch von der Station bis zu meinem gewählten Arbeitsplatz für heute war nicht sonderlich weit, und doch musste ich mir früher als gedacht den Schweiß von der Stirn wischen. Sobald ich eine leere Bank im Schatten sah, auf der ich schon einmal gesessen und gearbeitet hatte, sank ich schnaufend darauf nieder. Für einen Moment gönnte ich es mir, wieder etwas abzukühlen und die Gegend zu beobachten.

Die meisten Menschen versammelten sich in kleinen Trauben um Bäume, Schirme und alles, was ein wenig Schatten spendete. Vor mir lag das Harlem Meer, ein kleiner See, der außer den über ihm kreisenden Möwen nicht viel mit einem Meer gemeinsam hatte. Zu meiner Linken sah ich das Charles A. Dana Discovery Center, ein reich verziertes Backsteinhaus, das mit seinen grünen Holzgiebeln und dem Glockenturm so gar nicht in die sich direkt dahinter eröffnende Schlucht der Wolkenkratzer passte.

Gegenüber auf der anderen Seite des Sees stand hochaufragend und einsam auf einem Hügel ein kleines Kanonengeschütz. Das letzte Überbleibsel eines militärischen Forts, wo heute Menschen friedlich spazierten. An diesem brütend heißen Tag waren jedoch nur wenige Touristen und Einheimische im Park unterwegs. Ich genoss einen großen Schluck meines mitgebrachten, zum Glück immer noch sehr kalten Wassers, kramte aus meiner Umhängetasche meinen Laptop hervor, klappte ihn auf und begann zu arbeiten.

Das vorgeschriebene Thema des Essays war unheimlich zäh und trocken, und wie immer bei modernen Themen war es besonders schwierig, Fachliteratur als Belege zu finden, wenn doch heute fast alles online ablief. Die Universitäten beharrten immer noch auf der archaischen Denkweise, dass Texten aus dem Internet keinerlei Glaubwürdigkeit zu schenken war. Langsam wurde mein Blick immer enger, meine Augenlider immer schwerer. Ich hatte schon seit mehreren Minuten kein Wort mehr getippt, sondern nur abwesend auf den See vor mir gestarrt. Ein klares Zeichen für eine Pause.

Den Laptop neben mir auf der Bank abgestellt, zog ich mein Zeichenbuch hervor. Ehrfürchtig strich ich über den Einband, ehe ich das angebrachte Gummi löste, das darum gespannt war und durch beschriebene und bunt bemalte Seiten blätterte, bis ich eine freie Stelle fand. Ich könnte den See zeichnen, doch hatte ich ihn für meinen Geschmack bereits viel zu oft zu Papier gebracht. Die hohen majestätischen Bäume, die sanft in der kühlenden Brise rauschten. Das Discovery Center. Oder ein älteres Ehepaar, das auf einer Bank unweit meiner Händchen hielt. Eins dieser Motive könnte ich stattdessen wählen. Das Ehepaar war süß, aber Menschen zu zeichnen, empfand ich nach wie vor als sehr schwierig.

Ohne festen Plan wanderte mein Bleistift über das weiße Papier. Erste Umrisse deuteten jedoch weder Bäume noch alte Menschen an, sondern die Bar der vergangenen Nacht aus dem *Dreams*. Ich schraffierte die Theke, die hohen gläsernen Regale mit all den unterschiedlich geformten Flaschen. Die Barhocker mit den roten Lederbezügen, auf denen ich ebenfalls gesessen hatte. Und ...

Erschrocken hielt ich inne, als ich begriff, was ich da gerade zeichnete. Eine Silhouette. Der muskulöse Körperbau, die breiten Schultern. Dieses markante Gesicht. Ich hatte ernsthaft Anstalten gemacht, den Barkeeper zu zeichnen. Ich spürte, wie sich meine Augenbrauen wie von selbst zusammenzogen, ehe ich den Bleistift sinken ließ und gebannt meine unfertige Zeichnung bestaunte. Wieso war mir die Bar überhaupt in den Sinn gekommen und warum ausgerechnet dieser Typ? Das Thema war, so dachte ich, eigentlich für mich erledigt, doch jetzt hatte er sich unwiderruflich in meine Gedanken eingebrannt.

Noch bevor ich zu weit abschweifen konnte, klappte ich mein Zeichenbuch wieder zu, ließ es zurück in meine Tasche wandern und griff dann nach meinem Laptop, auf dem mir immer noch die viel zu kurze Abhandlung entgegenschien.

– 3. Kapitel: Shaun –

Die Metallstufen ächzten unter meinen schnellen Schritten, als ich eilig zu den U-Bahn-Gleisen hinabrannte. Die markante Stimme hatte bereits das allgegenwärtige »*Stand clear of the closing doors, please*« verkündet, und als ich mich gerade noch rechtzeitig zwischen den sich schließenden Türen hindurchquetschen konnte, wurde ich von allen Seiten genervt angestarrt. Schwerfällig ließ ich mich auf den letzten freien Sitzplatz fallen, lehnte mich zurück und atmete lautstark aus. Die U-Bahn hier in New York war um beinahe jede Uhrzeit bis zum Bersten gefüllt, und dennoch fühlte man sich zwischen all den Fremden seltsam allein. Jede Seele war mit sich selbst beschäftigt. Man hing seinen Gedanken nach oder starrte auf das Handy, las Zeitung oder blickte durch die Fenster in die dunklen Tunnel der Stadt.

Es war kurz nach vier Uhr morgens, und dennoch waren die Bahnen wie gewohnt voll. Nicht umsonst nannte man New York die Stadt, die niemals schlief. Gleiches galt für ihre vielen Bewohner. Einige Leute waren noch in Arbeitsuniformen, schicken Anzügen mit Krawatten, die jedoch mittlerweile weit geöffnet an ihren Hälsen herunterhingen. Sie unterhielten sich freudig, und das gesamte Abteil konnte an ihren Gesprächen teilhaben. Auf ihren Hemden war der ein oder andere Fleck zu erkennen, vermutlich waren sie auf dem Weg nach Hause nach einer Büroparty. Andere, wie ich, hatten erst jetzt ihre Schicht beendet oder waren schon wieder auf dem Weg zur Arbeit. Genau genommen kam ich jedoch gerade aus einer anderen Ecke der Stadt.

Ich war erst vor wenigen Minuten aus dem luxuriösen Loft von meinem *Fan* – wie Harper sie so schön betitelt hatte – abgehauen, ehe sie es bemerken konnte. Ich machte mich danach grundsätzlich aus dem Staub. Obwohl ich gerade eben noch bis zum Anschlag in ihr vergraben gewesen war, waren die Anspannung und der Stress meiner Schicht im *Dreams* immer noch deutlich in mir zu spüren. Und doch schaffte ich es kaum, nach ein paar Minuten Fahrt noch länger die Augen offen zu halten. Das sanfte Wiegen des Zuges fühlte sich zu angenehm an. Den Schlaf konnte ich dringend gebrauchen, vor allem, ehe ich in wenigen Stunden meine Schicht im Fitnessclub antreten musste, in dem ich zusätzlich arbeitete. Schon seit ein paar Tagen fühlte ich mich verdammt ausgelaugt, aber ich brauchte das Geld. Nicht nur für mich, sondern auch für Caleb.

Ich schloss mich den Heimkehrern um mich herum an, öffnete den obersten Knopf meines weißen Hemdes und lockerte den Kragen etwas. Die schwarze Fliege war längst verschwunden. Für mich gab es nichts Schlimmeres, als diesen schicken Fummel zu tragen. Ich hasste es, mich so eingeengt zu fühlen, und konnte es kaum erwarten, wieder in eine bequeme Jogginghose und ein weites Shirt zu schlüpfen. Es war ein notwendiges Übel für den Job im *Dreams* und somit für meinen Plan.

Wenn es nach mir ginge, hätte ich mir lieber einen zweiten Job in meiner Nachbarschaft gesucht. Tag für Tag mit Menschen Kontakt zu haben, die gar nicht wussten, wohin mit all ihrem Geld, während ich und mein Bruder ums Überleben kämpfen mussten ... Ab und an überwältigte mich das. Unpraktischerweise setzten Harper und ihre Clique niemals einen Fuß außerhalb Manhattans. Ich hatte nur ein paar Wochen gebraucht, um ihre Routine zu verinnerlichen. Zu wissen, wohin es sie verschlug, wenn ihre privilegierten Leben sie zu ersticken drohten. Die Bewerbung im *Dreams* war dann nur noch eine reine Formalität gewesen.

Ich wusste, dass mir all das Dad nicht zurückbringen würde. Eines war jedoch klar: Für mich bestand damit wenigstens die Chance darauf, mit diesem Schicksalsschlag abzuschließen.

Abwesend blickte ich nach draußen in die Leere der U-Bahn-Tunnel, während ob der Geschwindigkeit des Zuges kaum erkennbar die Signallichter vorbeirauschten. Dieses Spielchen durchlief ich auf jeder Fahrt mehrere Male. Das Schienennetz der New Yorker Metro war zwar bestens ausgebaut, erstreckte sich gleichermaßen aber über riesige Distanzen. Zumindest wenn man so wie ich nicht im unmittelbaren Stadtzentrum wohnte. Üblicherweise brauchte ich vom - *Dreams* bis zur Haltestelle Burke Avenue etwa fünfundvierzig Minuten. Oft, wenn die betagte Technik der Bahnen und Stellwerke streikte, die teilweise noch aus den Zwanzigerjahren stammte, sogar eine Stunde. Von der Haltestelle aus führte mich ein kurzer Fußmarsch durch mit kleinen Backsteinhäusern besiedelte Wohngebiete zu unserem Haus unweit der Gunhill Road. Diese Gegend war auch heute noch berüchtigt in der Bronx, doch für mehr reichte das Geld nicht. Würde es womöglich nie, auch wenn ich mir den Arsch dafür aufriss.

Als die U-Bahn aus dem Tunnel zurück in die frühe Morgendämmerung hervorschoss, wurde es schlagartig ruhiger um mich herum. Immer weniger Menschen fuhren den weiten Weg nach hier draußen, auch auf den Straßen war im Vergleich zu Manhattan noch nichts los. Eine einst schöne

Gegend, doch selbst ich konnte meine Augen nicht weiter vor der andauernden Veränderung verschließen: alte Wohngebäude, denen Türen und Fenster fehlten, Straßen und Gassen, durch die man sich dank verlassener Autos, riesiger Schrotthaufen oder gebrauchter Nadeln auf den Böden nur vorsichtig bewegen konnte.

Selbst die für New York typischen weißen Kacheln an den U-Bahnhöfen waren mit einer Mischung aus Graffiti und Ruß bedeckt und fielen bereits von den Wänden. So schlimm hatte es in den Achtzigerjahren wohl auch im restlichen New York ausgesehen. Mittlerweile hatte die Stadt viel Geld in Säuberungen und Sicherungen der schlimmsten Hotspots gesteckt, doch das Geld schien ihnen ausgegangen zu sein, ehe ihre Aufräumtrupps hier in der Bronx angekommen waren. Es roch an jeder Ecke streng nach Urin und Marihuana, was eine widerliche Kombination darstellte. Obdachlose bevölkerten alle freien Nischen. Die, die nicht schliefen, schrien wie wild umher. Es war immer wieder wie ein heftiger Schlag ins Gesicht.

Die Nachbarschaft, in der ich mit meinem Bruder lebte, konnte weder als schön noch als sicher bezeichnet werden. Dennoch war es unser Zuhause – irgendwie. Das heruntergekommene Haus war das Einzige, was uns von unseren Eltern noch geblieben war. Zumindest hatten wir so ein einigermaßen trockenes Dach über dem Kopf, und die spärlich beleuchtete Seitenstraße, in der wir wohnten, fühlte sich vertraut an. Unser Haus gehörte zu den wenigen in der Straße, deren Außenfassade und Fenster noch intakt waren. Der nächste Nachbar wohnte drei Häuser weiter. Der Exodus der Menschen hatte schon vor vielen Jahren seinen Höhepunkt erreicht, mittlerweile waren nicht mehr viele übrig. Die Jungen verließen den Ort oder fielen den Banden zum Opfer, und die Alten starben langsam mit einer schauerlichen Sicherheit aus.

Als ich meinen Schlüsselbund hervorkramte, hörte ich ein Bellen in der Nähe. Die meisten dieser herrenlosen Viecher konnten einem echt leidtun. Caleb hatte schon unzählige Male versucht, mich zu überreden, einen dieser Hunde zu adoptieren. Nur wie sollten wir noch ein drittes Maul stopfen? Ich würde ihm und dem Tier gern eine Freude machen, doch ich konnte nicht.

Sobald ich im Flur stand, die Tür hinter mir zugeschoben, das schwach flackernde Licht eingeschaltet und die schwarzen Lackschuhe ausgezogen hatte, ging ich in die Küche. Wenn ich so spät nach Hause kam, machte ich mir üblicherweise noch eine Kleinigkeit in der Mikrowelle warm, doch als ich das Chaos entdeckte, das sich über die wenigen Quadratmeter der Küchenzeile ausbreitete, seufzte ich frustriert. Ich hatte Caleb schon oft gesagt, dass er nach dem Abendessen aufräumen musste. Ich hatte weder die Zeit noch die Nerven, um das auch noch zu übernehmen.

Ich öffnete den Kühlschrank und erblickte einige letzte *Cheestrings*, etwas Milch und die Überreste von Calebs TV-Dinner. Plötzlich bemerkte ich ein Geräusch aus dem Wohnzimmer. Ich lauschte. Lief dort etwa noch der Fernseher? Bis gerade eben war mir das nicht einmal aufgefallen, doch jetzt vernahm ich deutlich das blecherne Geplärre des alten Geräts. Unverrichteter Dinge schloss ich den Kühlschrank wieder, ging den schmalen Flur entlang und trat ins Wohnzimmer, das tatsächlich vom Fernseher in bläuliches Licht getaucht wurde. Irgendein Cartoon flimmerte auch noch um diese Uhrzeit über den Bildschirm, doch der Ton war so leise gestellt, dass ich nichts von dem Gesagten verstehen konnte. Auf dem grauen Sofa saß mein Bruder, die Beine an seine Brust gezogen und den Kopf auf den Knien aufgelegt. Er trug seinen Lieblingsschlafanzug mit den *Power Rangers* darauf, deren Farben durch das zu häufige Waschen bald nicht länger erkennbar sein würden. Dad hatte ihm diesen geschenkt, kurz bevor wir ihn verloren hatten. Caleb sah unserem Vater so unfassbar ähnlich. Wenn ich ihn ansah, sah ich Dad vor mir.

Als ich meinen kleinen Bruder dort so sitzen sah, verflog der Ärger auf ihn wegen der unaufgeräumten Küche schlagartig. Für sein junges Alter von zehn Jahren sah er viel zu ernst aus, obwohl sich die beiden Zeichentrick-Dinos gerade gegenseitig Baseballschläger über die Köpfe zogen und er hätte lachen müssen. Es fiel mir schwer, ihn so bedrückt zu sehen, doch bei all dem, was allein im letzten Jahr passiert war, war das nicht verwunderlich. Während ich mit verschränkten Armen im Türrahmen lehnte und meinen kleinen Bruder beobachtete, wusste ich ganz genau, wofür ich mich so abrackerte. Um ihm irgendwann etwas Besseres zu bieten, als ich es je hatte.

»Hey, Kleiner«, begrüßte ich ihn schließlich, löste mich dabei aus dem Türrahmen und ließ mich wenig später schwungvoll neben ihm nieder. »Wieso bist du um diese Uhrzeit noch wach?«

»Hör auf, das immer zu sagen! Du weißt, dass ich es hasse, wenn du mich so nennst«, beschwerte sich Caleb über seinen Kosenamen. Er sah mich dabei nicht einmal an, sondern blickte weiterhin auf den Fernseher.

Ich lächelte sanft, beugte mich zu meinem Bruder rüber und wuschelte ihm durch das kurze dunkelbraune Haar. Sofort kam Leben in ihn, und er verteidigte sich, doch ich war schneller, ließ meine Hand zu seinem Bauch wandern und fing an, ihn ohne Vorwarnung zu kitzeln. Caleb schüttelte sich vor Lachen.

»Shaun! Hör auf!«, quietschte er zwischen zwei Lachanfällen, doch daran war nicht zu denken. Mein Grinsen wurde immer breiter, als ich Caleb dabei beobachtete, wie er sich mit aller Kraft aus meinem festen Griff lösen wollte.

»Was haben wir wegen der Küche gesagt?«

»Dass ich aufräumen soll, wenn ich fertig bin.«

»Genau, du weißt es doch. Wieso sieht es dann so aus, als ob dort eine Bombe eingeschlagen wäre?«

»Tut mir leid! Ich räume nächstes Mal auf! Lass ... das ...« Er schüttelte sich immer heftiger vor Lachen, bis ich der Ansicht war, dass er genug Strafe bekommen hatte.

»Okay. Ich meine das ernst, Caleb. Mach es beim nächsten Mal.«

Caleb nickte, ehe er zurück auf den Bildschirm sah. Der Schalk war bereits jetzt schon wieder restlos aus seinem Gesicht verschwunden, und ich ärgerte mich über mich selbst, dass ich es nicht schaffte, ihn besser aufzuheitern.

»Kumpel, was ist los?«, fragte ich behutsam und sah ihn auch weiterhin von der Seite her an. »Wieso bist du noch wach?« Ihn das zum zweiten Mal zu fragen, hinterließ einen fahlen Beigeschmack auf meiner Zunge. Die Antwort darauf kannte ich längst.

»Ich kann nicht schlafen«, gestand Caleb kleinlaut.

Ich wusste, dass er nicht gern darüber sprach, und wollte ihm die Sicherheit geben, immer für ihn da zu sein. Auch wenn ich arbeitete. Bisher hatte er mich nie auf der Arbeit angerufen, obwohl ich ihm mehrfach gesagt hatte, dass es in Ordnung war, wenn er mich brauchte. Ich war das letzte Familienmitglied, das er noch hatte.

»Wieso nicht?«, wollte ich sanft von ihm wissen, als er nicht weitersprach. »Ist es wegen Dad?«

Es dauerte einige Augenblicke, bevor Caleb reagierte. Er sagte kein Wort, sondern nickte lediglich.

»Komm mal her, Caleb.« Mit einem dicken Kloß im Hals und einer Stimme, die kein Stück nach mir klang, zog ich ihn in meine Arme.

»Ich vermisse ihn, Shaun«, murmelte er gedämpft an meiner Brust, und obwohl ich sein Gesicht nicht sehen konnte, spürte ich, dass er weinte.

»Ich vermisse ihn auch, Kumpel. Ich vermisse ihn auch.« Calebs Tränen durchnässten mein Hemd, während ich ihn im Arm hielt, ihm vorsichtig durch das Haar strich.

Neben uns auf einer alten Kommode standen verstaubte Familienbilder. An Tagen wie heute ertrug ich es kaum, sie nur anzusehen. Ich hatte es nicht über mich gebracht, sie wegzuräumen. Die letzten Tage, an denen wir alle lächelten und das Leben noch so viel leichter gewesen war.

Caleb war irgendwann völlig übermüdet einfach in meinen Armen eingeschlafen. Als er sich einige Minuten lang nicht mehr rührte, schaltete ich den Fernseher aus und trug ihn behutsam die knarzende Treppe nach oben in sein Zimmer. So leise ich nur konnte, legte ich ihn in sein Bett, zog ihm seine *Power Rangers*-Decke über und schlich auf Zehenspitzen zurück zur Tür. Caleb murmelte etwas im Schlaf, doch ich konnte es nicht mehr verstehen. Bis ich an den Schalter seiner Nachttischlampe fasste, um das Licht endgültig zu löschen.

»Kannst du es anlassen?«, flüsterte Caleb mit geschlossenen Augen.

Ich ließ meine Hand wieder sinken, schlich mich langsam aus seinem Zimmer, lehnte die Tür leise an und ging dann den Flur hinunter in mein eigenes Zimmer. Ich hätte mich direkt ins Bett legen können, doch ein Geruchstest unter meinen Achseln sagte mir, dass eine kurze Dusche keine schlechte Idee war. Zusätzlich das Parfüm einer fremden Frau an mir zu haben, gab mir das ungute Gefühl, ständig von ihr verfolgt zu werden. Auch sie wollte ich schnellstmöglich wegspülen.

Die Morgensonne zog bereits lange Schatten durch die Jalousien am Fenster, als ich mich nur in Boxershorts gekleidet auf meiner harten Matratze auf die Seite drehte und die Decke bis über die Schultern zog, um endlich ein bisschen Ruhe zu finden.

»Wann kommt Dad zurück?«, hatte Caleb mich gefragt, als es mir schon längst fürchterlich gewiss war, dass wir ihn nie wiedersehen würden. Das ohrenbetäubende Klingeln des Telefons. Die monotone Stimme des Justizvollzugsbeamten, der mir mit einer Leichtigkeit den Boden unter den Füßen wegriss, als hätte er über das Wetter geredet. Ob ich jemals in der Lage sein würde, das zu verdrängen?

Sobald ich die Augen schloss, sah ich ihn vor mir. Wie er mich väterlich anlächelte. Dabei gab es aus heutiger Sicht überhaupt keinen Grund mehr dazu. Keinen Grund, stolz auf mich zu sein. Ich war kein guter Mensch. Gute Menschen wären nicht zu so etwas fähig gewesen. Und diese Schuld würde ich niemals mehr loswerden. Manchmal, in meinen Träumen, jagte mich das leblose Gesicht dieses Mannes, gönnte mir keinen Neuanfang.

Ich sah Caleb, wie er tränenüberströmt seine dünnen Arme um mich geschlungen hatte. So lange, bis ich glaubte, meine Beine würden uns nicht länger an Ort und Stelle halten können. Das waren ebenjene Momente, in denen ich mich zusammenreißen musste, um meine Wut nicht herauszuschreien. Darauf, dass er uns verlassen hatte. Darauf, dass Dad sich geopfert hatte. Doch am allermeisten brodelte in mir der Hass auf mich selbst. Weil ich es zugelassen hatte.

Ich schaltete den Wecker aus und schlüpfte benommen in eine achtlos dahingeworfene schwarze Jogginghose und ein weißes Shirt. Auf meinem Weg nach unten spähte ich durch den offenen Spalt in Calebs Zimmer, doch er schlief noch tief und fest – gut so. Der Geruch von morgendlichem Kaffee und angebranntem Toast waberte in der Luft, nachdem ich mir ein kleines Frühstück zubereitet hatte.

Ich schrieb Caleb eine Notiz und heftete diese an den Kühlschrank. Er hatte Schulferien und würde vermutlich sowieso den ganzen Tag mit seinem besten Freund Taylor vor dem Fernseher abhängen, aber das war für mich in Ordnung, denn Fernsehen bedeutete Ablenkung. Und Ablenkung bedeutete, dass Caleb wenigstens für ein paar Momente nicht gezwungen war, an Dad zu denken.

Den Kaffee kippte ich eilig hinunter und konnte mir dabei einen leisen Fluch nicht verkneifen, als ich mir fast die Zunge daran verbrannte. Danach schlüpfte ich in meine weißen Sneaker, schulterte meine Sporttasche und übte beim Rausgehen das nichtssagende Lächeln, das in die amerikanische Servicekultur gemeißelt war wie in Stein.

Auf meinem Weg zum Fitnessclub, in dem ich tagsüber arbeitete, sah ich unsere Nachbarschaft langsam zum Leben erwachen. Die wenigen verbliebenen Menschen pflegten in ihren Vorgärten ein spärliches Sortiment an Pflanzen, während wenige Meter weiter auf dem Gehsteig das Unkraut aus allen Ritzen schoss. Viele versammelten sich gern an und in den kleinen Bodegas, Geschäften, die nicht größer waren als unser Wohnzimmer, vollgestopft mit Hunderten Artikeln, stolz geführt von Besitzern, die ihr ganzes Leben hinter dieser einen Theke verbracht hatten. Hier hatten die großen Ketten noch keinen Massenexodus ausgelöst. Gentrifizierung war zum Glück noch ein Fremdwort. Ansonsten hätten wir uns die Mieten sowieso nicht mehr leisten können.

Einige wenige Querstraßen weiter, direkt gegenüber der U-Bahn-Haltestelle, an der ich gestern Nacht ausgestiegen war, erblickte ich das überschaubare Fitnessstudio in einem alten roten Backsteinhaus. Durch die Tür sah ich meinen besten Freund Samuel mit einem Proteinshake in der Hand am Tresen lungern. Samuel war regelmäßig hier, einer der Ersten, wenn ich meine Schicht begann. Früher hatte er selbst als Coach hier gearbeitet, doch zwischenzeitlich war er dank einer glücklichen Fügung in die Chefetage befördert worden.

»Shaun, Alter!«, rief Samuel, als ich das Studio betrat, ließ sein Getränk am Tresen zurück, verpasste mir einen kräftigen Handschlag und zog mich dann in eine brüderliche Umarmung. Samuel war wie Familie für mich. Wir kannten uns aus sorgenfreieren Tagen, als wir jeden Sommer die Eisdielen der Gegend unsicher gemacht hatten.

»Sam. Was machst du schon wieder hier, Bro?«

»Kontrollieren, ob du auch arbeitest«, antwortete Samuel schulterzuckend.

Ich erwiderte sein breites Grinsen, doch ging es mittlerweile von authentisch ebenfalls zu gespielt aufgesetzt über. Samuel war zwar mein bester Freund, aber seit einer Weile nun auch mein Vorgesetzter – sozusagen. Obwohl er mit seinen fünfundzwanzig zwei Jahre jünger war als ich, spielte er sich wie der verdammte Pimp des Viertels auf. Ich fürchtete mich nicht vor ihm, das wäre lachhaft, aber wenn Samuel hier war, flößte mir seine Gegenwart neuerdings ungewohnt viel Respekt ein.

»Ach, fick dich!«, warf ich ihm lachend an den Kopf, auch wenn das nicht ganz echt war.

Ich ließ meinen Blick durch das kleine lichtdurchflutete Studio wandern, in dem die ersten Frühaufsteher ihr Programm vor der Arbeit erledigten. Meine neue Kollegin, zu Samuels Ersatz geworden, als er in die Hallen des Managements aufgestiegen war, half gerade einem schmächtigen jungen Typ an den Gewichten und betete wohl inständig, dass sie die zentnerschweren Hantelstangen nicht gleich wieder auffangen musste. Während sie die kleinsten Scheiben auf die Stange schob, war er viel mehr mit ihrem Hintern beschäftigt. Doch zugegeben: Das Mädchen durfte man nicht anbrennen lassen. Leider hatte sich bisher noch keine Gelegenheit für uns beide ergeben.

»Hallo, Shaun«, sagte da auf einmal eine weibliche Stimme und lenkte meine volle Aufmerksamkeit auf sich. »Du trainierst hier?«

»Jordan?«, fragte ich erstaunt und erkannte sie unmittelbar als meine Grundschulfreundin wieder, die seit einiger Zeit hierherkam und mich verstohlen anstarrte. Immer dann, wenn sie dachte, dass ich es nicht bemerkte. Was wir Männer konnten, konnten die Frauen tausendmal schlechter. Ich hatte es bisher tunlichst vermieden, mich in ein Gespräch mit ihr verwickeln zu lassen.

Ihre Augen leuchteten wie ein Weihnachtsbaum, als ich mich an ihren Namen erinnerte. Ein bisschen armselig.

»Ich wollte schon die ganze Zeit mal mit dir reden, aber du schienst immer so beschäftigt hier.«

Wenn sie nur wüsste ... Jordan war eine *normale* Besucherin. Sie gehörte nicht zu den Kunden, die Samuel anschleppte. Mein bester Freund musterte uns amüsiert.

»Momentan ist viel los«, kommentierte ich diesen plumpen Versuch eines Flirts in der Hoffnung, dass sie bloß abhauen würde.

»Hast du vielleicht mal Lust, die alten Zeiten aufleben zu lassen und mit mir nach der Arbeit etwas trinken zu gehen?«, fragte Jordan und ließ leider noch nicht locker. Ihre Wangen glühten, und es war nicht schwer erkennbar, dass sie mir diese Frage schon eine ganze Weile hatte stellen wollen, sich aber nicht getraut hatte.

»Jordan.« Seufzend überlegte ich, wie ich ihr begreiflich machen konnte, dass sie Abstand von mir halten sollte. Es war nicht das erste Mal, dass sie meine Aufmerksamkeit suchte. Ich mochte Jordan. Sie verdiente etwas Besseres. »Ich bin nicht der Typ für so was, okay?«

»Wie kann man denn kein Typ für ein Glas Wein sein? Wir können auch ...«

Zugegeben: Ihr Gestammel war schon irgendwie süß, doch Samuel fiel ihr ungeniert ins Wort, ehe ich es verhindern konnte. »Was Shaun damit sagen will, ist, dass er kein Typ für Beziehungen ist. Er hält es nie länger als eine Nacht mit einer Frau aus, alles klar? Nicht wahr, Alter?« Dabei grinste er Jordan zweideutig an und stieß mir den Ellenbogen in die Rippen.

Meine Miene blieb unverändert, als ich mit ansah, wie das Lächeln schlagartig aus Jordans Gesicht verschwand. Am liebsten hätte ich Samuel für diese Nummer eine verpasst, aber ich hielt mich zurück.

»Oh, okay.« Verlegen wandte sich Jordan von uns ab. »Man sieht sich, Shaun«, fügte sie noch hinzu, ehe sie sich mit hochrotem Kopf aus dem Staub machte.

»Fuck, Sam, das wäre nicht nötig gewesen«, murrte ich in Richtung meines Freundes, der ihr nachsah.

»Knackig ist die Kleine, das muss man ihr lassen. Scheint wegen dir ganz schön viel Zeit in unserem Club verbracht zu haben.«

»Sam!«

»Ich weiß, Alter. Wollte nur sichergehen, dass du deinen Schwanz dalässt, wo er hingehört, kapiert? Jordan ist tabu. Sie ist ein braves Mädchen.« Sams ernste Miene kehrte zurück. »Heute Abend bedienst du keine von diesen reichen Bitches. Du kommst zur Party.«

Ein Befehl, keine Bitte.

»Das war der Plan«, kommentierte ich trocken und erwiderte seinen intensiven Blick.

»Gut. Der Boss wird auch kommen. Besorg dir dort lieber was Anständiges und scheiß auf Jordan. Das ist es, was du brauchst.«

»Ich werde da sein«, grummelte ich. Ich hasste es, wenn Samuel sich so aufführte.

Nicht wegen Jordan. Es war gut, dass er sich auch um die weiblichen Mitglieder unseres Viertels sorgte, auch wenn das ein eigenartiges Verständnis von Moral war. Nein, ich wollte schlichtweg nicht in Sams Nähe sein oder dort gesehen werden. Denn ich wusste genau, wie diese Party ablaufen würde.

– 4. Kapitel: Shaun –

Samuel verschwand durch die Hintertür in sein Büro und ich schaffte es, mich wieder ein wenig zu entspannen. Endlich konnte ich mit meiner eigentlichen Arbeit beginnen. Der Fitnessclub diente in erster Linie der Tarnung unserer anderen Geschäfte. Ein Club brauchte zufriedene Mitglieder, um unauffällig zu bleiben und neugierigen Nachfragen des NYPD aus dem Weg zu gehen. Natürlich verdiente man nicht viel als Fitnesscoach, da sich der Club wie alle anderen Geschäfte in der Nachbarschaft ausschließlich von den wenigen gebliebenen Menschen finanzierte, doch gerade das gefiel mir. Jeden Tag sah man bekannte Gesichter und traf Leute wieder, denen man schon seit viel zu langer Zeit nicht mehr begegnet war.

Die Mittagspause nutzte ich in der Regel nicht zum Essen, sondern für mein eigenes Training. An manchen Tagen, wenn ich das Gefühl hatte, dass ich es brauchte, stemmte ich auch nach Feierabend noch einmal Gewichte. Auch heute spürte ich den Drang danach, länger zu bleiben, und wäre diesem gern nachgegangen. Doch bevor die Party begann, musste ich nach Hause zu Caleb. Vielleicht hatte Samuel ja recht, und ich musste alles etwas lockerer sehen. Diese Partys und unsere Einnahmen daraus waren legendär, also sollte ich mich darauf freuen, anstatt so einen Aufstand zu machen.

Sobald ich nach getaner Arbeit die alte Tür zu unserem Haus aufschloss, drang lautes Gekicher aus dem Wohnzimmer. Ein Lächeln stahl sich auf meine Lippen, und ich stellte meine Sporttasche und die Schuhe im Gang ab. Caleb lachte. Eine Seltenheit dieser Tage. Er hatte den Großteil seiner prägenden Jahre noch vor sich, die durfte er nicht verlieren. Ich wünschte mir so sehr, ihn wieder glücklich zu sehen.

Mein kleiner Bruder sah ertappt auf, als ich ins Wohnzimmer kam und mich mit verschränkten Armen neben das Sofa stellte, auf dem die beiden Freunde saßen, während mal wieder ein für mich undefinierbarer Cartoon auf dem Fernseher lief. Caleb kannte die Regeln. Für heute war Schluss mit Fernsehen. Aber wenn er zusammen mit Taylor hier saß, sie Chips aßen und wie die Großen Root Bier tranken, ließ ich die Regeln öfter schleifen.

»Hallo, Shaun«, begrüßten mich Caleb und sein bester Freund fröhlich, synchron und unmissverständlich schuldbewusst.

»Hey, ihr zwei. Will ich überhaupt wissen, wie lange ihr hier schon sitzt?«, fragte ich meinen Bruder und versuchte, ernst zu bleiben, doch spürte ich selbst, dass meine erzieherischen Fähigkeiten meinem Bruder längst nicht mehr gewachsen waren.

»Taylor wollte nur …«

Ich schüttelte grinsend den Kopf. »Schon gut. Ihr habt Ferien, macht, was ihr wollt«, sagte ich, und die zwei Freunde sahen sich vielsagend an, ehe dieses Leuchten in ihre kindlichen Augen trat, das ich bei Caleb in den letzten Monaten so selten gesehen hatte. »Bleibst du zum Essen, Taylor?«

»Eigentlich wollte ich heute bei euch übernachten, wenn ich darf.«

»Wissen deine Eltern Bescheid?«

»Jep, hab ihnen heute Morgen schon davon erzählt, für sie ist es okay«, bestätigte Taylor strahlend.

»Dann fühl dich wie zu Hause. Solange ich darauf vertrauen kann, dass ihr keinen Unsinn anstellt, wenn ich heute Abend weggehe, alles klar? Ihr könnt ruhig noch etwas fernsehen, vergesst dabei aber nicht die anderen Regeln. Sie gelten immer noch.«

Die beiden nickten und verschränkten ihre kleinen Finger in einem Pinky Swear.

»Und, Taylor? Lass deine Eltern besser nichts davon wissen, dass ich heute nicht da bin, okay?«

»Wo gehst du denn hin?«

»Ich habe etwas zu erledigen. Es wird vermutlich ziemlich spät. Wenn ich zurückkomme und noch Licht brennen sehe, bekommt ihr es mit mir zu tun«, stellte ich klar und zwinkerte meinem Bruder dabei scherzhaft zu, ehe ich in die Küche ging und die Jungs sich wieder ihren Cartoons widmen ließ.

Ich war kein Koch. Nicht einmal Dads Tod war dazu imstande gewesen, meine nicht vorhandene Leidenschaft am Herd aufzupolieren. Genau deshalb waren die Mikrowelle und allerlei Dosengerichte meine engsten Freunde, über deren Grenzen sich meine bescheidenen Fähigkeiten wohl nicht hinausbewegen würden. Immerhin hatte ich schon lange nichts mehr anbrennen lassen. Heute würde ich einfach einen Berg an Nudeln in einen großen Topf fertiger Marinara-Sauce werfen und es ein Abendessen nennen. Eins von Calebs Lieblingsgerichten. Es konnte also nicht schaden, wenn ich bei dieser Gelegenheit auch schon mal einen Vorrat für die nächsten Tage vorkochte.

Wenig später rief ich Caleb und Taylor zum Essen, und wir setzten uns zusammen an unseren Esszimmertisch, während die beiden über irgendein Videospiel philosophierten. Wir hatten nur kurz einen Computer gehabt, damals, als ich noch klein war. Der hatte allerdings irgendwann – wie es alle Elektrogeräte gern in den unpassendsten Momenten taten –

das Zeitliche gesegnet, und die Ersatzteile konnten wir uns einfach nicht leisten. So fristete seine tote Hülle ihr Dasein traurig und verlassen im Garten, bis sie nach kurzer Zeit von Ranken und Unkraut übermannt worden war. Ich wusste, dass sich Caleb schon lange einen neuen oder eine Konsole wünschte, aber dafür hatten wir schlichtweg nicht genug Geld. Wenigstens konnte er ab und an bei seinem Kumpel etwas spielen, dessen Eltern beide noch am Leben waren und für ihn sorgten.

Bevor die Jungs meine Erlaubnis bekommen hatten, vom Tisch aufzustehen, hatte ich ihnen das Versprechen abgerungen, das Eis heute sein zu lassen, und lieber noch etwas Obst zu essen. Ich war gespannt darauf nachzusehen, ob das wirklich passiert war, wenn ich zurückkam.

Sobald ich ausnahmsweise die Küche aufgeräumt hatte und kurz unter die Dusche gesprungen war, zog ich die gleichen Klamotten von vorhin an und machte mich auf den Weg. Heute hatte ich es nicht sonderlich weit, da die Party bei Samuel steigen würde, der, wie alle hier im Viertel, nur einige verlassene Straßenruinen weiter wohnte. Auch am Abend war es immer noch ziemlich warm, und ich war mit meiner Jogginghose nicht gut beraten.

Die laute Rapmusik, die man schon hören konnte, bevor man überhaupt in seine Straße einbog, stand im extremen Kontrast zu der Elektromusik, die üblicherweise im *Dreams* gespielt wurde. Beides konnte ich nur begrenzt am Stück hören, ohne davon genervt zu sein. Wenn ich mich entscheiden müsste, wäre Rap meine erste Wahl. Samuel wohnte in einem kleinen Haus, das ebenfalls etwas heruntergekommen war. Dafür besaß es zumindest einen überschaubaren Vorgarten. Ich war früh dran, dennoch tummelten sich längst unzählige Menschen rund um das Haus. Der Geräuschpegel war enorm. Jeder versuchte, gegen die dröhnende Musik anzuschreien. Und so ziemlich jeder, an dem ich vorbeikam, hatte einen roten Plastikbecher in der Hand, in dem sich garantiert kein Wasser befand.

Auf meinem Weg zur Veranda und ins Innere des Hauses, um Samuel zu suchen, sah ich einige fremde Gesichter, obwohl ich so gut wie jeden in diesem Viertel kannte. Es mussten also auch Leute von außerhalb hier sein. Interessant.

Einige Begrüßungen mit anderen Kumpels und ein Bier später, hatte ich mich schließlich durch das Haus gekämpft und sah mich nun auf der hinteren Terrasse um, auf der man sich kaum noch rühren konnte. Ich entdeckte Samuel zwischen zwei anderen Jungs, die ich ebenfalls noch nicht kannte. Mit zusammengezogenen Augenbrauen musterte ich die beiden Neuen, die verdammt jung aussahen. Die drei hielten Bierbecher in der Hand und scherzten, als ob sie sich bereits seit Jahren kannten.

Aus den Augenwinkeln bemerkte ich, wie mich jemand musterte. Ich wandte meinen Blick von der ungleichen Gruppe ab und sah nach links – unmittelbar in die dunklen Augen einer hochgewachsenen jungen Frau, deren Gesicht von schulterlangen Braids umrahmt wurde. Sie lächelte zurückhaltend, doch ließ sie sich dann, sobald sie sich meiner vollen Aufmerksamkeit sicher war, nicht davon abhalten, ihren Blick betont langsam über meinen gesamten Körper wandern zu lassen. Das Lächeln verwandelte sich währenddessen mehr und mehr zu einem zufriedenen Grinsen, ehe sich ihre Augen erneut in meine bohrten und ein spürbares Ziehen in meiner Leistengegend auslösten. Wer war sie? Auch sie hatte ich hier noch nie gesehen.

Dieses Mädchen wusste wohl genau, was sie mochte. Das respektierte ich. Sie war verdammt sexy in ihrer tief ausgeschnittenen Bluse, und der kirschrote Lippenstift schmeichelte ihrem Mund. Was sie damit wohl alles anstellen konnte? Es kostete mich alle Beherrschung, mir nicht unmittelbar in den Schritt zu greifen, um für ein bisschen mehr Bequemlichkeit zu sorgen. Da unten war es seit ihrem Auftauchen unangenehm eng geworden.

Da erschien mein Freund unmittelbar vor mir und nahm mir die Sicht auf diese Schönheit. Ich fluchte leise und sah ihn zähneknirschend an, ehe er seine Hand auf meine Schulter legte und mir seine ernste Miene auffiel.

»Lass bloß die Finger von ihr, Bro«, warnte mich Samuel, drückte mir noch mal die Schulter und reichte mir einen bis zum Rand gefüllten Bierbecher.

Endlich trat mein Kumpel wieder zur Seite, und ich konnte meinen Blick auf der Suche nach dem Mädchen durch den Garten schweifen lassen. Sie hatte mich in ihren Bann gezogen, doch ich konnte sie nirgends mehr sehen. Frustriert wandte ich mich wieder an Samuel, den mein Zorn darüber köstlich zu amüsieren schien – er lachte und hielt sich dabei den Bauch.

»Alter, du müsstest dein Gesicht sehen. Sie ist eine Augenweide, was? Glaub mir, ich habe genauso reagiert wie du, als ich sie das erste Mal gesehen habe.«

»Wer ist sie?« Schließlich gab ich es auf, sie doch noch in der Menschenmenge zu finden, und nahm einen tiefen Schluck von meinem Bier.

»Hayley ist die kleine Schwester vom Boss. Niemand darf an sie ran. Er schneidet dir die Eier ab, wenn du sie auch nur einmal falsch anguckst und er das mitbekommt. Und das hast du gerade schon, Bro. Übertreib es besser nicht«, warnte mich Samuel eindringlich.

»Wann ist es für dich zur Gewohnheit geworden, dass du mir vorschreibst, wen ich anschaue und wen nicht?« Missmutig brummend nahm ich noch einen großen Schluck aus meinem Becher und leerte ihn damit. Dann drückte ich ihn gegen die Brust meines Freundes. »Hol mir wenigstens noch einen Drink, Arschloch.«

»Shaun, ich meine es ernst.« Er griff nach meinem Becher, blieb aber, wo er war. »Halt mal den Ball flach, alles klar?«

»Was soll das denn nun wieder heißen?« Genervt zischte ich ab in Richtung des Alkohols. Ich hatte keine Lust, bei so einem Gespräch auf dem Trockenen zu sitzen. Sam folgte mir.

»Bist du immer noch hinter dieser Bitch her?«

Sein gespielt ernstes Gesicht brachte mich zum Lachen. »Du musst schon etwas präziser werden, Bro«, erwiderte ich, während ich mir ein neues, eiskaltes Bier einschenkte. Eine Wohltat bei dieser Hitze.

»Hör auf mit dem Bullshit, Shaun! Du weißt genau, welche ich meine! Diese reiche Schlampe, die du stalkst!«, zischte er gereizt und kam mir dabei plötzlich so nah, dass es für einen Außenstehenden durchaus so hätte aussehen können, als drohte er mir – doch es war nur Samuel.

»Ich wusste, es war ein Fehler, dir davon zu erzählen«, murrte ich in meinen Becher hinein und nahm den nächsten großen Schluck. »Keine Ahnung, was dich das angehen sollte.«

Ich spürte, wie sich die Augen meines Freundes in die meinen bohrten, doch ich würde einen Teufel tun, ihm in irgendeiner Form Beachtung zu schenken, wenn er glaubte, mich maßregeln zu können. Ja, ich hatte ihm in einem schwachen Moment von meinem Plan erzählt. Dass ich sie verfolgt hatte, um sie aus der Ferne besser kennenzulernen. Um zu verstehen, wo ich ansetzen konnte. Wie kam ich näher an sie heran? Sam wusste, dass ich deshalb im *Dreams* arbeitete. Was ich mit Harper vorhatte, ging allerdings nur mich etwas an. Wie sich herausstellte, war das anscheinend auch besser so. Ich vertraute Sam, das war nicht das Problem, aber niemand verstand mich. Nicht einmal er, mein bester Freund und gleichzeitig die einzige Person, der ich davon erzählen würde.

»Wenn es unser Viertel betrifft, geht es mich sehr wohl etwas an!«, stellte er klar, und schließlich sah ich zu ihm auf, hielt seinem messerscharfen Blick stand. »Du gefährdest uns alle, wenn du das durchziehst. Genauso gut könnten wir gleich die Bullen auf unsere Fährte locken. Und selbst wenn du schaffst, was du dir vorgenommen hast, und dir alles andere vollkommen gleich ist: Was ist mit Caleb, hm?«

Mit wutverzerrter Stirn machte ich einen großen Schritt auf ihn zu, sodass es in meinem Blickfeld nichts mehr gab, außer sein Gesicht. »Lass Caleb da raus! Du bist wirklich ein richtiges Arschloch, seit du auch so ein Arschkriecher vom Boss geworden bist. Wo steckt mein bester Kumpel?«, warf ich ihm entgegen, starrte ihn noch einen Moment lang an und wollte mich dann an ihm vorbeidrücken. Samuel packte mich grob am Arm. Drohend baute ich mich vor ihm zu meiner vollen Größe auf und überragte ihn damit fast um einen ganzen Kopf. Plötzlich war da eine Veränderung in der Haltung meines Freundes.

»Fuck, ich weiß, dass dir deine Rache wichtig ist, okay? Keiner würde es dir verübeln! Alles, was ich damit sagen will, ist, dass du besonders vorsichtig sein musst. Du solltest dich ernsthaft fragen, ob es diese Scheiße wert ist. Jemanden einfach verschwinden zu lassen, ist das kleinste Problem, das weißt du. Erst recht so einen reichen Drecksack.«

»Das ist nicht das, was ich will. Ich will ...« Meine Zähne knirschten vor unbändiger Wut, die nach wie vor tief in meinem Innern brodelte.

»Ja, schon klar. Es war ein Versuch wert. Aber ehrlich, Shaun, das ist mein voller Ernst, kapiert? Der Boss hat dich im Auge.«

Sofort befreite ich mich aus seinem Griff und ging wieder auf Abstand. »Weshalb?«

»Deine Quoten sind im Keller, Mann. Letzten Monat hattest du nach zwei Wochen schon das Doppelte vertickt.«

»Na und? Ich arbeite daran. Die Zahlen gehen schon wieder hoch. Erst gestern hab ich drei komplette Blister an zwei Anzugträger an der Wall Street verkauft.«

Sam seufzte. »Ach, komm schon. Du weißt doch mittlerweile, wie das Spiel läuft. Ich hab keinen Bock, mit meinem Kumpel dauernd übers Geschäft zu quatschen.« Er legte mir den Arm um die Schultern und nahm dann ebenfalls einen Schluck von seinem Bier.

»Dann lass es«, sagte ich, prostete ihm zu, und schließlich tranken wir beide zusammen aus.

Bis mir jemand auf die Schulter tippte und ich mich zu der Person umdrehte.

»Bist du Shaun?«, fragte ein Mädchen, dessen Züge mir ebenso unbekannt vorkamen wie die von Hayley. Da war sie wieder: diese aufkeimende Hoffnung darauf, dass Samuel vorhin recht gehabt hatte und ich hier doch noch fündig werden würde. Hayley war tabu, aber niemand sagte etwas über diese unbekannte Schönheit.

»Wer will das wissen?« Ich musterte sie eingehend – genau wie sie es bei mir tat.

»Ich bin Kayla. Mir wurde gesagt, dass du vielleicht etwas für mich hast«, säuselte sie, ehe sie sich mir näherte und spielerisch ihre kleinen Hände über meine Brust wandern ließ. Ihre piepsige Stimme klang schrill in meinen Ohren, aber ich ließ es mir gefallen.

»Ist das so?«, flüsterte ich ihr ins Ohr, während ich sie intuitiv an ihrer Taille berührte. »Ich glaube, ich habe dir so einiges zu bieten«, versprach ich, denn offensichtlich hatte sie nicht nur an den Oxys Interesse, die ich zur Sicherheit immer bei mir trug, wenn ich in meinem Viertel unterwegs war. Umso besser für mich.

»Dann lass uns ein ruhigeres Plätzchen dafür suchen, Süßer.« Kayla kicherte, nahm mich an der Hand und zog mich auf die Menge zu und zurück ins Haus.

Als ich einen letzten Blick über meine Schulter auf Samuel warf, zwinkerte dieser nur vielsagend und machte eine obszöne Geste. Zumindest entkam ich so diesem Gespräch und zu meinem Glück wohl auch einer Begegnung mit dem Boss.

Wer hätte gedacht, dass diese Party gar nicht so schlimm verlaufen würde wie von mir selbst prophezeit?

Gelangweilt stand ich hinter der Bar im *Dreams*, machte den letzten Feinschliff und wartete darauf, dass mehr Gäste kamen, damit ich zumindest endlich mal dazu kam, ein paar Cocktails zu mischen. Ich war vollkommen erledigt, aber solange ich beschäftigt war, würde ich zumindest wach bleiben, was in Kombination mit den monotonen vibrierenden Bässen, die den Club beschallten, sowieso schon schwierig war. Wenn man das fast jeden Tag hörte und die Musik nicht gerade mochte, konnte das die umgekehrte Wirkung haben. Ganz zu schweigen von meinem geschundenen Trommelfell.

Wer hätte ahnen können, dass mir der Job als Barkeeper tatsächlich sogar Spaß machte? Um überhaupt eine Chance zu haben, hatte ich für die Bewerbung im Vorfeld üben müssen. Alles, um näher an Harper heranzukommen. Doch selbst wenn der Job im *Dreams* kein Ziel innegehabt hätte, wäre das möglicherweise sogar eine Beschäftigung, die ich auch ohne Harper in Betracht gezogen hätte. Die Reichen und Schönen lieferten zuverlässig wie ein Uhrwerk massig Trinkgeld.

Auf dem Weg zum *Dreams* hatte ich mich mitten in der Nacht aus Kaylas Zimmer geschlichen, während sie immer noch vollkommen zugedröhnt neben mir gelegen hatte. Das konnte ihr gar nicht aufgefallen sein. Mir brummte immer noch der Schädel, was wohl am Alkohol, dem wenigen Schlaf und der langen Schicht im Fitnessclub liegen musste. Ein paar Oxys gegen die Schmerzen waren trotz allem keine Option. Nur weil ich sie vertickte, hieß das nicht, dass ich sie auch selbst nahm. Ich verabscheute Drogen mehr als alles andere. Und ich wollte nicht, dass Caleb eines Tages einer Realität ins Auge sehen musste, in der sein Bruder zum Junkie geworden war. Ich konnte ihn nicht auch noch verlieren. Wenn ich die Wahl hätte, würde ich das Zeug nicht einmal verkaufen, doch mir waren im wahrsten Sinne des Wortes die Hände gebunden.

»Harte Nacht hinter dir, hm?«, bemerkte Adam, der neben mir auftauchte und Kartons mit neuen Flaschen auf den Tresen stellte. Wenn ich ohnehin nichts zu tun hatte, konnte ich ihm auch beim Aufstocken helfen.

»Kann man so sagen«, brummte ich und riss eine Kiste auf.

»Hat dir das vorgestern nicht schon gereicht? Die Kleine war echt scharf. Wie stellst du das immer an?«, wollte Adam wissen, doch ich sah ihn nur finster an, woraufhin er den Kopf einzog.

»Das findest du schon noch selbst raus«, entgegnete ich beiläufig und machte ihm damit deutlich klar, dass dieses Gespräch für mich hiermit beendet war.

Ich mochte Adam nicht sonderlich. Er war ein zurückhaltender Typ, der immer mal wieder versuchte, über genau diese Eigenschaft hinwegzutäuschen, in dem er den Macker raushängen ließ. Ich war der Annahme gewesen, dass er zwischenzeitlich kapiert hatte, dass ich ihm seine Schauspielerei nicht abkaufte. Dass ich nicht mit ihm quatschen wollte. Adam war viel zu brav, um sich wirklich mit mir auseinanderzusetzen. Er passte nicht in meine Welt. Üblicherweise quatschte er mich auch nicht so dumm von der Seite an.

Schlecht gelaunt sah ich von meinem Tun auf und musterte die Besucher, die sich zwischenzeitlich im *Dreams* eingefunden hatten, um eine weitere unbeschwerte Nacht zu erleben. Heute war Donnerstag, und dieser Tag gehörte praktisch schon zum Wochenende – zumindest für das junge Partyvolk. Ich lachte freudlos auf. Diese Unbeschwertheit hatte noch nie zu meinem Leben gehört und würde auch in Zukunft kein Teil davon sein.

Um kurz nach zwölf platzte der Club fast aus allen Nähten. Sie strömten wie ausgehungerte Piranhas ins *Dreams*. Es war jedes Mal dasselbe. Die Kellner kamen beim Tanz zwischen den Tischen ins Schwitzen, und ich war ganz in meinem Element als Barkeeper. Ich arbeitete unzählige Bestellungen ab, füllte die Tabletts und hing dabei meinen Gedanken nach.

Immer mal wieder hob ich meinen Blick und suchte ihre übliche Sitznische ab. Insgeheim hoffte ich, dass sie heute wieder auftauchen würde. Ich hatte Harper seit unserem ersten Gespräch nicht mehr im *Dreams* gesehen – eine Schande. So bekam ich meinen Plan nicht ins Rollen. Es interessierte mich einen Scheiß, was Samuel darüber dachte. Zumindest hatte ich sie schon so weit, dass sie zu mir an den Tresen gekommen war. Ob sie das auch ein zweites Mal tun würde? Das hoffte ich jedenfalls. Verdammt, wieso tauchte sie nicht auf? Sonst war sie doch auch mehrmals in der Woche mit ihren Freundinnen hier.

Die Nacht zog sich langsam dahin, und meine Stimmung wurde immer schlechter. Harper blieb dem *Dreams* fern, und meine unerträglichen Kopfschmerzen machten das Ganze nicht gerade besser. Ich mixte die Longdrinks und Cocktails mit robotergleichen Bewegungen, goss die Shots ein und rechnete irgendwann überhaupt nicht mehr damit, dass dieses Mädchen heute überhaupt noch erscheinen würde. Bis ich erneut von meiner Arbeit aufsah und mein Blick unmittelbar ihrem begegnete.

Harper saß vor mir an der Bar, die Arme auf die Theke gelegt, während ihre Finger zum Beat des DJs auf der klebrigen Oberfläche trommelten. Das kastanienbraune Haar, das ihr in sanften Wellen großzügig über die Schultern fiel, schimmerte noch feucht, als käme sie direkt aus der Dusche. Ihr Lächeln wirkte ehrlich und gleichzeitig zurückhaltend, brachte ihre Grübchen zum Vorschein. Ich hatte nicht gemerkt, dass sie zu mir gekommen war. Erneut. Ich konnte mich gerade noch rechtzeitig zurückhalten, um ihr Lächeln nicht selbstzufrieden zu erwidern. Jetzt lief alles genau so, wie ich es wollte.

»Ich habe mich gefragt, ob der große Shaun mir noch mal die Ehre erweisen würde, ein paar weitere Drinks zu mixen.«

– 5. Kapitel: Harper –

Shaun musterte mich überrascht, doch ehe ich mir nähere Gedanken darüber machen konnte, wich dieser Ausdruck auch schon einem gänzlich anderen. Das Desinteresse, das plötzlich von ihm ausging, kannte ich bereits von dem Abend, an dem er das erste Mal mit mir gesprochen hatte. Oder besser gesagt, als *ich* mit *ihm* gesprochen hatte. Ich ließ mich davon nicht beeindrucken.

»Machst du mir einen *Cosmopolitan*?«, fragte ich ihn schlussendlich, da er mal wieder keine Anstalten machte, auch nur ein Wort zu sagen, und sich unmissverständlich von mir abgewandt hatte.

Ich beobachtete Shaun genau, weshalb mir das belustigte Schnauben nicht entging, als er meine Bestellung zur Kenntnis nahm und sogleich das entsprechende Glas nahm, um mein Getränk zu mischen. Mit wenigen geübten Handgriffen war er fertig und stellte das großzügig befüllte Glas vor mich. Beiläufig wanderte sein Blick hinter mich, ehe seine Augen zum ersten Mal an diesem Abend ihren Weg zu meinen fanden.

»Nur einen?«, wollte er wissen.

»Wow, du kannst wirklich sprechen«, antwortete ich trocken. »Ich habe schon gedacht, dass ich mir das beim letzten Mal nur eingebildet habe. Ja, nur einen für mich. Meine Freundinnen haben mich versetzt.«

Er nahm meine Aussage ohne Regung zur Kenntnis, ehe er unseren Blickkontakt löste. Kurz sprach er mit seiner Kollegin, die auch schon bei meinem letzten Besuch hier gekellnert hatte, und suchte ein paar Flaschen zusammen. Fein säuberlich reihte er sie neben sich auf. Anschließend drehte er sich um, ging in die Hocke und holte einen großen Packen mit Eiswürfeln aus einem für mich verborgenen Fach hervor. Ohne es gleich zu merken, starrte ich ihm ungeniert auf die Muskeln, die sich auf seinem Rücken unter dem engen Hemd bewegten, bis er sich wieder in meine Richtung drehte. Ob er das bemerkt hatte? Hoffentlich nicht. Wortlos servierte er mir meinen Drink, und ich nippte mit geröteten Wangen daran.

»Der ist echt gut, Shaun.«

Mein Lob traf auf taube Ohren. Ich bildete mir ein zu sehen, wie die Furchen auf seiner Stirn, die ohnehin schon die ganze Zeit präsent gewesen waren, bei der Nennung seines Namens noch ein klein wenig tiefer wurden. Zu meiner großen Überraschung murmelte er kurz darauf ein monotones Danke. Offenbar war er heute richtig in Stimmung für ein ausführliches Gespräch. Ich schmunzelte und nahm noch einen Schluck.

»Weißt du, was das Beste an der ganzen Sache ist? Dass meine Freundinnen mich aus voller Absicht hierhergelockt haben, nur um mich dann zu versetzen. Sie glauben vielleicht, dass ich das nicht durchschaue. Eigentlich sollten sie es besser wissen. Von Amanda erwarte ich solche Aktionen, aber doch nicht von Leah! Sie hat sich garantiert breitschlagen lassen.«

Ich machte eine kleine Kunstpause, um zu sehen, ob Shaun sich dazu äußern würde, doch mehr als einen beiläufigen Seitenblick bekam ich nicht, ehe er drei randvolle *Hurricane*-Gläser auf das Tablett seiner Kollegin stellte.

»Genau das hier war ihr alberner Plan«, fuhr ich ungeniert fort und deutete zwischen mir und ihm hin und her. Eine Geste, der er jedoch kaum Beachtung schenkte. Bei dem hohen Besucheraufkommen war er restlos ausgelastet.

»Sie wollten erreichen, dass ich noch mal zu dir an die Bar gehe. Als ob ich es derart nötig hätte, nur weil ich in Amandas Augen seit einer Ewigkeit keinen Sex mehr hatte. So nötig, dass ich mich an den nächstbesten Frauenhelden ranschmeißen würde, um mal wieder so richtig flachgelegt zu werden. Nichts für ungut.«

Als ich das sagte, hob Shaun den Kopf. Das Desinteresse, das aus jeder seiner Fasern hervorgegangen war, war verschwunden. Ersetzt durch Verwunderung und schließlich sogar Schalk.

»Wer nicht wagt, der nicht gewinnt«, erwiderte Shaun belustigt, was mich blinzeln ließ.

Es brachte mich mehr aus dem Konzept, wenn er tatsächlich mal seinen Mund aufmachte, anstatt ihn geschlossen zu halten. Ob es das war, *was* er gesagt hatte, oder die Tatsache, *dass* er es gesagt hatte, konnte ich nicht benennen, aber langsam beschlich mich das Gefühl, dass heute womöglich doch eine ganz normale Unterhaltung mit ihm möglich war.

»Sie wissen beide, dass ich momentan im Prüfungsstress stecke und keine Zeit für solchen Mist habe. Im Vergleich zu ihnen bin ich pflichtbewusster. Ich könnte in dieser Minute schon seit Stunden in meinem Bett liegen und schlafen, damit ich morgen wieder früh aufstehen kann, um endlich diese Projektarbeit fertig zu bekommen«, setzte ich meine Schimpftirade fort, kippte den letzten Rest meines *Cosmopolitan* runter und war schon fast schockiert, als unmittelbar neben meinem leeren Glas wie von Geisterhand ein neues, volles auftauchte. Als hätte er es geahnt.

»Morgen ist auch noch ein Tag.«

»Was bist du eigentlich? Ein verdammter Glückskeks?«, scherzte ich schmunzelnd, und auch Shaun lächelte, womit er mir signalisierte, dass er das nicht in den falschen Hals bekommen hatte, sondern mich seinerseits nur aufzog.

Wer hätte gedacht, dass es sich doch nicht als Fehler herausstellte, mich erneut zu ihm an die Bar zu setzen, um meine Neugier zu stillen?

»Und dieser ganze Ärger für ein Studium, das mir zwar Spaß macht, aber wenn es nach meiner Mutter ginge, in eine ganz andere Richtung gehen sollte, als ich es möchte. Manchmal ist es faszinierend, wie Eltern annehmen, nach zwanzig Jahren noch immer die Herrscher über dein Leben zu sein.«

Shaun musste es gewohnt sein, betrunkene Plaudertaschen wie mich vor der Nase zu haben. Clubbesucher, die ihm herzzerreißende oder einfach nur langweilige Storys auftischten. Und das trotz seiner Schweigsamkeit. Ähnlich wie bei einem Friseur. Ich war der festen Überzeugung, dass jeder Mensch, der in diesen Berufen arbeitete, mit der Zeit einen gewissen Gefallen an dem ganzen Getratsche fand – selbst Shaun. Zumindest so lange, bis es ein Kunde mit dem Small Talk übertrieb und zu sehr ins Detail ging. Anders konnte man das nicht überstehen. Entgegen meiner Erwartungen – bei denen ich selbst nicht genau wusste, wie diese überhaupt ausgesehen hatten – bemerkte ich jedoch, wie Shaun kaum merklich zusammenzuckte. Langsam wurde es echt interessant. Das bedeutete dann wohl, dass Shaun vielleicht auch Schwierigkeiten mit seinen Eltern hatte und ihm das, was ich sagte, nur allzu bekannt vorkam.

»Sind deine Eltern auch solche Kontrollfreaks und würden dir am liebsten bei jeder Kleinigkeit ihren Willen aufzwingen?«

Shaun schwieg für eine Weile, und ich war schon wieder versucht zu denken, dass er mich jetzt ignorieren würde. Ein Muskel in seinem Kiefer zuckte, und es war offensichtlich, dass er das Hantieren mit den Flaschen gern zum Überspielen von Emotionen benutzte. Doch dann antwortete er mir.

»Ich habe keine Familie mehr«, erwiderte Shaun, und ich sah, wie er sich weiter versteifte. Sein Gesicht eine starre Maske. Keine Emotion in seiner rauen Stimme.

Ich runzelte die Stirn. Die Information brauchte einige Sekunden, bis sie zu mir durchdrang. Doch nachdem mehrere Herzschläge vergingen und er nicht näher darauf einging, hatte ich Gewissheit. Das war kein schlechter Scherz. »Oh.«

Manchmal verfluchte ich mich dafür, dass ich so eine große Klappe hatte. Ab und zu würde es mir verdammt nochmal guttun, wenn ich einfach nichts sagen würde – und allen um mich herum auch. Niemand hätte noch unsensibler mit der Tür ins Haus fallen können. Ich und meine Fettnäpfchen ...

Shaun sog hörbar scharf die Luft ein. Er hielt nicht in seiner Arbeit inne, was meine Theorie der Nervenberuhigung untermauerte. Zu meinem Bedauern hatte ich genau ins Schwarze getroffen. Er wollte darüber hinwegtäuschen, dass ihm dieses Thema den Boden unter den Füßen wegzog. Shaun strahlte plötzlich diesen Schmerz aus, der mich zum wiederholten Male dazu brachte, die Lider zu senken. Müßig rührte ich mit dem bunten Strohhalm meinen Drink um.

Der kurze Augenblick, in dem ich deutlich durch seine Fassade hatte blicken können, war so schnell vorbei, wie er gerade gekommen war. Man musste kein Psychologe sein, um zu erkennen, wie sehr es ihm zusetzte, ein Waisenkind zu sein. Und wer konnte es ihm auch verübeln, dass er nicht darüber reden wollte? Ich bereute es, dieses Thema überhaupt angeschnitten zu haben.

Für ein paar Minuten war ich still und überlegte, ob ich vielleicht doch besser gehen sollte, allerdings war mein *Cosmopolitan* noch fast voll – und einen guten *Cosmo* ließ man niemals stehen. Doch sosehr ich bleiben wollte: Jetzt war mir nicht mehr danach. Die Vorstellung, dass er sich schon lange allein durchs Leben schlagen musste, ging mir unter die

Haut. Ja, ich stand mit meinen Eltern im Clinch. Aber mir vorzustellen, dass sie überhaupt nicht mehr existierten, erzeugte eine Leere in mir, die nicht mal Shauns Drink wieder füllen konnte. Er konnte nicht viel älter sein als ich. Ich beschloss, ihn trotzdem wieder in ein Gespräch zu verwickeln.

»Wie lief es eigentlich mit deinem Fan von letztens? Hat sie dich rangelassen?«, fragte ich ihn freiheraus ohne jedwede Verurteilung, sondern aus reinem Interesse. Er musste so was von mit ihr geschlafen haben, auch wenn er in jener Nacht kein eindeutiges Interesse gezeigt hatte. Der verruchte Frauenheld vor mir würde so eine Versuchung niemals von der Bettkante stoßen.

Zu meiner großen Verwunderung schnaubte Shaun belustigt. Demnach war er meinem Small-Talk-Versuch also noch nicht gänzlich abgeneigt. Seine Muskeln schienen sich nach und nach wieder zu entspannen.

Ich stützte meine Ellenbogen auf die klebrige Theke und bettete meinen bleischweren Kopf auf beide Hände. »So schlimm war es also, ja?« Ich interpretierte seine Laute wohl richtig, denn ich bemerkte ein kaum erkennbares Nicken. »Dabei hätte ich erwartet, dass ein Mann mit deiner Erfahrung selbst die untalentierteste Partie zum Schreien bringt und die Nacht dadurch unvergesslich wird.«

Die Worte hatten gerade erst meinen Mund verlassen, da schoss mir die Schamesröte ins Gesicht. Innerlich schlug ich mir mit der flachen Hand gegen die Stirn. »Du weißt schon«, rief ich wild gestikulierend in dem hoffnungslosen Versuch, mich noch zu retten. »Weil du dich in deinem Beruf vermutlich scharenweise mit Verehrerinnen konfrontiert siehst.«

Ich war von Natur aus ein offener Mensch und trug mein Herz, wie man so schön sagte, die meiste Zeit auf der Zunge. Trotzdem spürte ich die Röte in meinem Gesicht, als ich das sagte. Nein, ich war definitiv nicht wie Amanda, und das würde ich auch nie sein.

Die Art, mit der mich Shaun nach dieser Peinlichkeit betrachtete, ließ mich beinahe wieder an meiner Entscheidung zweifeln, *nicht* mit ihm zu flirten. Vielleicht sollte ich doch etwas mit ihm anfangen. Für einen kurzen Moment ertappte ich mich dabei, wie ich das tatsächlich in Erwägung zog. Es nervte unheimlich, das zugeben zu müssen, aber Amanda und Leah hatten durchaus recht behalten: Ich fand Shaun in der Tat heiß, je mehr ich mich mit ihm beschäftigte – und irgendwie auch sympathisch. Das war seltsam, denn schließlich redete er kaum, sondern ich. Dennoch würde ich nicht versuchen, weiterhin mit ihm zu flirten. Mein fragwürdiger Moment war ruckzuck wieder vorbei – zum Glück.

»Kannst du mir noch so einen machen und für mich darauf aufpassen?«, bat ich Shaun, leerte meinen Drink und wartete darauf, dass er das stumm bejahte. Ich lächelte ihn dankbar an, ehe ich von meinem Barhocker rutschte und wie erwartet Probleme damit bekam, von der mit Zucker beschichteten Theke loszukommen.

Mein Rücken brannte, und das Gefühl von flüssiger Lava, die sich an meiner Wirbelsäule hinabschlängelte, begleitete mich bei jedem Schritt, der mich zielstrebig in Richtung der Tanzfläche brachte. Wenn ich schon hier war, konnte ich genauso gut Spaß haben. Außerdem war es für alle Beteiligten besser, wenn ich Shaun nicht noch mehr unangebrachte Fragen stellte.

Die Tanzfläche war mittlerweile so vollgestopft mit Menschen, dass man sich kaum noch rühren konnte, wenn man einmal in der Traube drinsteckte. An meine Nase drang ein Gemisch aus Alkohol, Tabak und auch ein wenig Gras, doch selbst das war hier nichts Außergewöhnliches. Es hielt mich jedenfalls nicht davon ab, mich rhythmisch zum Beat des DJs zu bewegen. Der Alkohol war noch nicht in meiner Blutbahn angekommen, doch brachte er mich dennoch in eine ausgelassene Stimmung. Ich liebte elektronische Beats, und der heutige DJ war echt gut. Ich verlor mich in seinen Tracks, ließ mich fallen und schloss dabei die Augen – bis ich ein paar Hände an meinen Hüften spürte.

Ein dünner Schweißfilm bildete sich auf meinen Armen und meiner Stirn, sodass ich ihn bald wegblinzeln musste. Dabei begegnete ich dem Gesicht eines klassischen Surfer Boys oder zumindest jemandem, der so aussah, wie ich mir persönlich einen Surfbrett-Junkie vorstellte. Sein dunkelblondes lockiges Haar wippte bei seinen Bewegungen, mit denen er mir immer näher kam. Dieses Lächeln war sexy, und es war nicht zu leugnen, dass er echt gut aussah, also erlaubte ich ihm, mit mir zu tanzen. Unsere Körper berührten sich, und ich atmete sein Moschus-Parfüm ein. Surfer Boy schwitzte so stark, dass sein blendend weißes T-Shirt an seiner Brust klebte. Dabei wurde so manche muskulöse Partie freigelegt, und mein erster Anflug von Ekel verflog auf der Stelle. Mit der Zeit ließ er seine Hände immer weiter an meiner Taille hinabwandern, bis sie auf meinem Hintern lagen.

Kurzzeitig begrüßte ich das, doch ich hätte wissen müssen, dass er nicht nur auf eine kleine Tanzeinlage mit mir scharf war. Als er sich weiter zu mir hinabbeugte und Anstalten machte, mich zu küssen, und mir parallel dazu in den Hintern kniff, nahm ich umgehend etwas Abstand. Surfer Boy wirkte irritiert und dann ziemlich genervt, weil er genau wusste, was das für ihn zu bedeuten hatte. Er hatte seine Zeit mit mir verschwendet.

Ich lächelte ihn entschuldigend an, doch auch heute war mir nicht danach, mich auf irgendeinen wildfremden Typen einzulassen. Wenn er es an einem anderen Abend versucht hätte, wäre das hier möglicherweise anders ausgegangen. Der Kerl ließ mich abrupt stehen und verschwand in der Menge. Ich seufzte. Eigentlich hatte es mir wirklich Spaß gemacht, mit ihm zu tanzen, doch als mir der Drink wieder in den Sinn kam, den ich vor meiner Tanzeinlage noch bei Shaun bestellt hatte, entschied ich mich kurzerhand dafür, erst einmal zurück zur Bar zu gehen.

So schnell es ging, quetschte ich mich mit schwummrigem Kopf durch die Menschen hindurch und taumelte zurück zu meinem Barhocker, der glücklicherweise nach wie vor frei war – mit einem unberührten Cocktail direkt davor. Schon von Weitem nahm ich sie abermals wahr: diese glühende Lava, die sich durch mich hindurchfraß. Shaun hatte mich und meinen Tanzpartner beobachtet. Anstatt mich deshalb seltsam zu fühlen, löste das nur eine noch intensivere Welle des Kribbelns aus, die sich von meinem Scheitel bis zu den Fußsohlen erstreckte. Dabei sah er aus, als wäre jemand gestorben.

»Danke fürs Aufpassen.« Fröhlich glitt ich zurück auf meinen Platz und nahm einen großen Schluck.

Wenn man mit keiner Antwort rechnete, wurde man auch nicht enttäuscht, wenn man keine bekam. Letzten Endes erkaltete die Lava zu schwarzem Gestein.

Der Strohhalm meines Drinks war längst aufgeweicht, und der nach feuchter Pappe schmeckende Stängel blieb an meinen Lippen kleben. Ich nahm den süßlichen Geschmack auf meiner Zunge nur am Rande wahr. Viel zu sehr lenkte mich der Gedanke daran ab, dass er von seinem Platz hinter der Bar gesehen haben könnte, wie ich rhythmisch zur Musik meine Hüften hatte schwingen lassen. Ob er vielleicht deshalb bis gerade eben so grimmig ausgesehen hatte? Diese Vorstellung amüsierte mich mehr, als sie es wohl sollte.

Während ich mein Getränk zügig leerte und es wagte, auf die Uhr zu sehen, stellte ich entsetzt fest, dass es mittlerweile kurz nach vier war. Ich sollte schon längst zu Hause sein. Dafür, dass der Club in etwas weniger als einer Stunde seine Tore schließen würde, war es immer noch unheimlich voll im *Dreams*. Helfen würde mir das leider alles nichts.

Ich nippte den letzten Rest aus meinem Glas, zog meinen Geldbeutel wie eine Pistole aus dem Holster und zielte damit verspielt in Shauns Richtung, der sich mir jedoch – wenig beeindruckt von meiner geballten Feuerkraft – erst nach längerer Zeit wieder widmete. Dabei beugte er sich leicht vor, um mich besser verstehen zu können. Zum ersten Mal nahm ich bewusst seinen ganz eigenen Geruch wahr. Die weiche Sandelholznote gemischt mit frischer Limette und süßem Rum kitzelte in meiner Nase. Wenn ich in Zukunft an das Aroma eines Clubs denken musste, war das nun für alle Ewigkeit mit Shaun verknüpft. Trotz des tropischen Klimas lief mir ein wohliger Schauer über den Rücken.

»Stimmt so.« Ich reichte ihm ein paar Scheine und legte noch ein großzügiges Trinkgeld obendrauf. Man hätte annehmen können, dass er sich darüber freuen würde, doch seine Miene wurde nur noch finsterer, als er danach griff. »Ich muss leider gehen. Bis bald, Shaun.« Dieser nickte nur knapp, wandte sich sogleich wieder an den nächsten Kunden, der an der Bar saß. *Okay.*

Sobald ich nach draußen trat, holte ich erst einmal tief Luft. Meine nach so kurzer Zeit entwöhnte Lunge gierte förmlich danach. Um diese Uhrzeit war die Luft abgekühlt, und ich fröstelte sogar leicht, doch das war genau das, was ich brauchte, um meine überhitzte Haut zu besänftigen. Und nicht zuletzt auch, um meine Gedanken zu sortieren. Am Himmel verwoben sich die ersten hellen Strahlen mit dem verblassten Schimmer der niemals schlafenden Stadt. Bis die Sonne endgültig aufging, wollte ich um jeden Preis im Bett liegen. Höchste Zeit also, mich auf den Heimweg zu machen und wenigstens noch ein paar Stunden Schlaf zu finden, ehe die Uni auf mich wartete. Und auch meine beiden verräterischen Freundinnen. Tatsächlich hatten sie ihr Ziel erreicht – ich hatte noch mal mit Shaun gesprochen.

Insgeheim hoffte ich, dass meine Bahn zurück zum Campus ähnlich leer sein würde, wie es die Straßen gerade waren. Ein für New York in der Regel untypisches Bild. Die nächste U-Bahn-Haltestelle war nur ein paar wenige Blocks von hier entfernt, weshalb ich zum Glück nicht lange würde laufen müssen.

»Hey, Kleine.«

Wie angewurzelt blieb ich stehen, schaute mich nach der mir unbekannten Stimme um. An der Straßenecke des *Dreams* stand er. Surfer Boy, ein charmantes Grinsen auf den Lippen. Er setzte sich in Bewegung und kam zu mir gejoggt.

»Hallo, Großer«, gab ich provozierend zurück – ich hasste solche Namen. Abgesehen davon war ich weder im wörtlichen noch im übertragenen Sinne klein.

Surfer Boy lachte und kam mir, die Hände lässig vor der Brust verschränkt, noch näher. Dieses selbstgefällige Auftreten gefiel mir überhaupt nicht. »Wo willst du denn so eilig hin?«

Ich verlor jetzt schon die Geduld. »Nach Hause. Ich darf morgen nicht verschlafen«, erklärte ich knapp und hoffte, dass er damit kapieren würde, dass ich kein Interesse hatte. Man hätte meinen können, dass er das schon im *Dreams* begriffen hatte. Das war anscheinend doch nicht der Fall.

»Was meinst du? Kann ich mitkommen?«, fragte er säuselnd und glaubte wohl, dass Frauen das als verführerisch einstuften. »Du wirst mich morgen, wenn du aufwachst, nicht einmal bemerken.«

»Sorry, heute nicht.« Wie deutlich brauchte er es denn noch? Ich drehte mich um und wollte weitergehen, als er mich kurzerhand am Oberarm packte und zurückhielt.

»Ach, komm schon, sei doch keine Spielverderberin«, sagte er und kam mir Zentimeter für Zentimeter langsam näher, während ich immer weiter zurückwich, um mich dann kraftvoll aus seinem Griff zu winden.

»Fass mich verdammt nochmal nicht an!«, zischte ich jetzt wütend. Dieses dreckige Grinsen auf seinen Lippen. Ich hatte von Anfang an befürchtet, dass er Ärger bedeuten würde.

»Hey, Kumpel. Was ist an einem Nein für dich nicht zu verstehen?«

Surfer Boy wirkte ähnlich überrumpelt wie ich, als sich noch eine weitere Person einmischte. Ich sah nach links und entdeckte Shaun, der in der schmalen Seitengasse vom - *Dreams* stand. In beiden Händen gut befüllte Müllsäcke, die er wohl zu den Containern unweit von ihm hatte bringen wollen, als er uns bemerkt hatte.

»Was bist du? Etwa ihr Freund?«, höhnte mein Stalker.

»Wenn du sie nicht augenblicklich in Ruhe lässt, wirst du's herausfinden.«

Shaun stand ein ganzes Stück von uns entfernt, doch klang das, was er zu Surfer Boy sagte, nicht im Geringsten nach einer leeren Drohung. Er starrte den Typen nieder, während er sich zu seiner vollen Größe aufbaute. Als der Kerl nicht umgehend reagierte, stellte er die Müllsäcke ab und ging mit geballten Fäusten auf uns zu.

»Okay, okay, ich hab's kapiert. Alles gut, Mann«, gab der Blondschopf dann doch klein bei, hob beschwichtigend die Hände in die Höhe und machte endlich einen Abflug. In der Ferne ertönten Polizeisirenen, die seine Flucht perfekt in Szene setzten.

Kurz sah ich ihm nach, ehe ich mich wieder an Shaun wenden wollte. Dieser hatte zwischenzeitlich jedoch die beiden Müllsäcke entsorgt und war schon wieder auf dem Weg zu der Seitentür, durch die er gekommen war, als ich ihn zurückhielt.

»Shaun, warte!«

Er blieb stehen und wandte sich mir wieder zu. Ich beeilte mich, zu ihm zu kommen.

»Danke für deine Hilfe.«

Bestimmt wäre ich auch allein mit dem Typen klargekommen, doch es war heutzutage nicht mehr selbstverständlich, dass jemand, der so eine Szene mitbekam, auch seine Hilfe anbot. Im Zweifel endete das für den Helfer nämlich böse.

»Kein Ding«, murmelte er und machte Anstalten, schon wieder reinzugehen, doch ich war schneller.

Ich warf jede Form der Vernunft über Bord. »Kann ich mich vielleicht dafür revanchieren? Sagen wir, mit einem

Kaffee? Ich arbeite in einem kleinen gemütlichen Café nicht weit von hier und kann dir anbieten, was du willst – aufs Haus natürlich.«

Ich schob es auf den Alkohol in meinem Blut, dass mein Herz einen heftigen Satz machte, sobald das Angebot meinen Mund verlassen hatte. Unschlüssig sah ich ihn an. Es war klar, dass er überlegte, und genauso klar war, dass er nicht wollte. Ich hätte mich wirklich nicht gewundert, wenn er mir gesagt hätte, dass er Besseres mit seiner Zeit anzustellen wusste, doch zu meiner großen Verwunderung nickte er.

»Okay.«

»Okay?«

»Ja, wieso nicht?«

Es dauerte länger als ein, zwei donnernde Herzschläge, bis mein Hirn begriff, dass er tatsächlich auf meinen Vorschlag eingegangen war. Erst dann bemerkte ich, dass ich ihn immer noch anblinzelte. Ich räusperte mich verlegen, um die Unsicherheit zu überspielen, die mir sonst so fremd war.

»Der Laden heißt *Lava Java*. Komm doch morgen mal vorbei. Meine Schicht beginnt um vier.«

»Wenn ich es schaffe.« Er zückte sein Handy, tippte darauf herum, drehte sich von mir weg und ging davon. Dieses Mal hielt ich ihn nicht auf.

Während meines gesamten Heimwegs redete ich mir erfolgreich ein, dass er garantiert auftauchen würde, denn schließlich hatte er sich den Namen des Cafés notiert. Doch die Zweifel überwogen und nagten an mir wie die Ratten an den Müllbeuteln, die sich an den Bordsteinen auftürmten.

– 6. Kapitel: Harper –

Ob es mich überraschte, dass Shaun am nächsten Tag nicht auftauchte? Kein bisschen.

Kurzzeitig hatte ich einen winzig kleinen Funken Hoffnung verspürt, dass er auf meine Einladung eingehen würde und ich mich wenigstens mit einem Freigetränk und unserem selbst gemachten Gebäck revanchieren konnte, doch dem war nicht so. Ich hatte mich während meiner gesamten Schicht mehrfach dabei erwischt, wie ich die Eingangstür so fest im Blick hatte, dass ich glaubte, das Glas würde vor Spannung jeden Moment in tausend Teile zersplittern. Doch am Ende meines Arbeitstages stand sie immer noch stur in ihrem Rahmen, und von Shaun gab es weiterhin keine Spur. Wieso hatte ich es überhaupt versucht? Mir hätte von Anfang an klar sein müssen, dass er ablehnen würde. Nichts als leere Worte. Dieses Zugeständnis war nur ein Versuch gewesen, mich loszuwerden.

Bei meiner nächsten Schicht im *Lava Java* bekam ich zwar unerwarteten Besuch, aber der beinhaltete nicht Shaun, sondern Leah und Amanda. Beide hatten mich seit dieser lächerlichen Aktion im *Dreams* versucht zu erreichen, doch hatte ich keine Lust gehabt, mit ihnen zu reden. Schließlich war ihnen dieses ganze Schlamassel zu verdanken! Beide kamen oft hier vorbei, um sich kostenlos irgendwelche Sachen zu schnorren. Nicht dass sie das nötig gehabt hätten oder ich ein Problem damit hatte, aber als ich ihre Gesichter sah, wusste ich sofort, dass das nicht der Grund war, wieso sie heute hier auftauchten.

Ich reichte dem älteren Herrn im Anzug seinen Coffee to go und lächelte professionell, ehe dieser sich umdrehte und somit keinen Puffer mehr zwischen mir und meinen Freundinnen darstellte.

»Hey, Harp.« Obwohl ich beiden den Rücken zugewandt hatte, weil ich damit beschäftigt war, die Milchdüse der Kaffeemaschine vom Milchbelag eines ganzen Tages zu befreien, registrierte ich die Reue in Leahs Stimme. Ich ließ die Düse ein bisschen zu lange pfeifen, denn eigentlich wollte ich nichts von dem hören, was sie zu sagen hatten.

»Verdammt, Harp! Wieso gehst du nicht an dein Handy, wenn wir dich anrufen?«, murrte Amanda und brachte deutlich auf den Punkt, weswegen sie hier waren.

»Hm, lass mich nachdenken.« Theatralisch legte ich Daumen und Zeigefinger an mein Kinn, während ich mich meinen Freundinnen zuwandte. »Vielleicht liegt es daran, dass ihr mich im *Dreams* einfach versetzt habt, weil ihr unbedingt wolltet, dass ich noch mal mit diesem Kerl quatsche? Oder möglicherweise auch daran, dass ich mich wegen euch mit so einem Typen rumschlagen musste, der mir definitiv zu nah auf die Pelle gerückt ist? Schwer zu sagen«, warf ich Leah und Amanda säuerlich vor die Füße. Wie üblich schaute Leah deutlich schuldbewusster drein als Amanda. Sie war die Ruhe in Person, bis ich den anderen Kerl ansprach, der mir vor dem Club ungeplante Avancen gemacht hatte.

»Was für ein Typ?« Mit gerunzelter Stirn horchte sie auf.

Stumm verfluchte ich den Mangel an Kundschaft – mal wieder ein Paradebeispiel für das perfekte Timing meiner

Freundinnen. Ich öffnete die fertige Spülmaschine und machte mich daran, die Kaffeebecher in das dafür vorgesehene Regal einzusortieren. »Ach, er wäre eigentlich ganz süß gewesen, hätte er dann nicht versucht, innerhalb von fünf Sekunden mit in mein Zimmer zu kommen. Es war nichts Dramatisches, ich wäre klargekommen. Shaun hat trotzdem eingegriffen.« Ich zuckte mit den Schultern, und als ich wieder zu Leah blickte, waren ihre Augen so groß wie Teller.

»O Gott, ist dir was passiert?«

»Stünde ich dann jetzt vor dir?«, gab ich trocken zurück.

»Was soll das heißen, Shaun hat eingegriffen? Hat er dem Kerl eine verpasst?«, fragte Amanda zeitgleich und mit viel zu viel Begeisterung. Sie fuchtelte mit ihren Händen in der Luft, als wäre sie Mike Tyson.

»Shaun hat ihm nur gesagt, dass er mich in Ruhe lassen soll, mehr nicht«, berichtete ich den beiden.

»Und?«, fragte Amanda gedehnt.

»Was, und?«

»Was ist dann passiert?« Amandas Augen begannen zu leuchten, und ihr Grinsen sprach Bände.

»Ich habe Shaun als Dankeschön hierher eingeladen, damit ich mich revanchieren kann. Wie ihr seht, ist er nie aufgetaucht.« Unbehaglich knirschte ich mit den Zähnen. Ich wollte nicht weiter über ihn reden.

»Wow, der Typ ist echt eine harte Nuss«, meinte Amanda, griff ganz selbstverständlich nach einem der Muffins, die rechts von ihr auf dem Verkaufstresen unter einer gläsernen Abdeckhaube standen, und biss herzhaft hinein. »Irgendwie macht mich das total an.«

Natürlich würde sie dafür nicht bezahlen. Ich hätte ihr niemals anbieten dürfen vorbeizukommen, wann immer sie wollte. Und auch wenn ich immer noch sauer auf sie war, verflüchtigte sich mein Ärger spürbar. Amanda zuzuhören, wie sie den Triple-Chocolate-Muffin mit vollem Mund vergötterte, konnte meinen Groll auf sie nicht lange aufrechterhalten.

Ich schob ihr einen kleinen Teller hin, damit sie mir mit ihrer Fressattacke nicht gleich den frisch geputzten Boden mit Krümeln überhäufte. »Ich bin mir nicht sicher, was dich gerade mehr anmacht: Shauns Rettungsaktion oder der Muffin.«

Amanda biss sich provokativ auf die Unterlippe. Etwas, das sie auch immer dann tat, wenn sie nicht nur einen Muffin, sondern auch ihren nächsten Mann für die Nacht gefunden hatte. So einigen Menschen wäre das richtig peinlich gewesen. Amanda brachte nichts so leicht aus der Fassung.

»Sorry, Harp. Wir wollten dich nicht im Stich lassen«, sagte Leah und integrierte sich wieder in unser Gespräch.

Ihr nahm ich das ab. Amanda hingegen würde sich unter Garantie nicht entschuldigen. Es war immer Amanda, die Leah zu solchen Aktionen überredete, und sie fiel nach all den Jahren immer noch darauf rein.

»Was auch immer«, sagte ich, atmete laut aus und linste schon fast sehnsüchtig zur Eingangstür des Cafés, ob mich nicht doch noch ein letzter Kunde retten würde. »Das Thema Shaun ist hiermit erledigt, alles klar? Ich will diesen Namen nicht mehr hören.«

»Mal sehen, was passiert, wenn ihr euch wiederseht. Wenn er dich bei deinem letzten Abstecher ins *Dreams* schon gerettet hat, was wird er dann wohl beim nächsten Mal tun?« Amanda zuckte mit den Schultern.

»Er hat mich nicht gerettet, und es wird auch kein nächstes Mal geben, weil ich mich nicht mehr mit ihm befassen werde!«

»Ich meine ja nur«, säuselte Amanda. Dann biss sie nochmals in den Muffin. Mit ihrer Figur konnte sie ihn sich einverleiben, ohne auch nur ein Gramm zuzunehmen. Mit vollem Mund nuschelte sie: »Vielleicht mag er dich doch mehr als gedacht. Und du willst nicht zugeben, dass dir das gefällt.«

»Amy!«, stöhnte ich. »Lasst mich jetzt endlich in Ruhe, ich muss arbeiten.« Abermals sah ich möglichst unauffällig zur Tür.

»Okay, okay. Eigentlich wollten wir sowieso bloß gratis Kaffee abholen, stimmts Leah?« Amanda zog sich charmant wie immer aus der Affäre, und selbst Leah fiel mir in den Rücken, indem sie matt lächelte, obwohl ich ihr ansah, dass immer noch das schlechte Gewissen an ihr nagte.

»Wieso wundert mich das nicht? Und weil ich euch beide trotzdem liebe, habe ich euch – nett wie ich bin – schon nebenher eure Bestellung fertig gemacht, die eigentlich keine ist, weil ihr sie nicht bezahlen werdet, oder?«

Breites Grinsen. Das reichte als Antwort.

»Einmal schwarz mit Extrazucker und einen Latte«, sagte ich und hielt meinen beiden Freundinnen ihre fertigen Becher entgegen.

»Du bist ein Engel, Süße!«, rief Amanda und riss mir ihren Latte förmlich aus der Hand, sodass sie den Inhalt fast über ihre eigene Hand kippte.

»Nicht ganz, fürchte ich.« Ich streckte ihr die Zunge entgegen und machte eine scheuchende Handbewegung, sobald mir auch Leah ihr Getränk abgenommen hatte. »Und jetzt raus mit euch, ihr habt doch sicher noch anderes zu tun. Andere Leute, die ihr nerven könnt.«

»Und du bist nicht mehr sauer? Versprochen?« Leah ging im Gegensatz zu Amy immer auf Nummer sicher. Ich nickte lächelnd. Zwar schaute sie sich viel von dem Unsinn ab, den Amanda verzapfte, jedoch war sie auch nach all den Jahren immer noch die Vernünftigere von beiden geblieben.

»Klar. Ich kann euch einfach nicht lange böse sein, hast du das etwa immer noch nicht mitbekommen?«

Sobald die beiden aus dem *Lava Java* verschwunden waren, ich den nächsten Banker freundlich bedient und dafür sogleich ein schönes Trinkgeld kassiert hatte, konnte ich wieder durchatmen. Es war kurz nach sechs, was bedeutete, dass das Hauptgeschäft für diesen Tag schon so gut wie durch war, doch das machte mir nichts aus – ganz im Gegenteil. Ich liebte es, die späten Schichten zu übernehmen.

Das Treiben war bei Weitem nicht so geschäftig wie bei einem *Starbucks*, bei dem ich auch hätte arbeiten können, doch eben das wollte ich überhaupt nicht. Dieser kleine Laden hatte Charme, und sein rundlicher älterer Besitzer war mir sympathisch. Vielleicht war es die Glatze, aber irgendetwas an ihm erinnerte mich an einen gewissen Seemann mit riesigen Oberarmen. Außerdem bezweifelte ich stark, dass ich bei *Starbucks* ein ebenso gutes Gehalt bekommen hätte. Mr Green war großzügig, was vermutlich daran lag, dass er lange Zeit ohne Erfolg nach einer Aushilfe gesucht hatte. Warum war mir schleierhaft. Er war ein guter Boss. Ich musste nicht arbeiten, und dennoch tat ich es. Dadurch war ich unabhängig, soweit es eben in meiner aktuellen Lage möglich war. Davon einmal abgesehen machte es Spaß.

Das Café lag in einer ruhigen Seitenstraße, fernab von dem geschäftigen Treiben der Wall Street. Das hinderte die Investmentbanker allerdings nicht daran, sich ab und an doch hierher zu verirren. Meistens waren es jedoch Anwohner, die vorbeikamen und sich etwas holten oder eine Weile in den gemütlichen Sitznischen Platz nahmen. Im *Lava Java* wurde man nicht mit Arbeit überschüttet, doch es wurde einem auch nie langweilig.

Ich griff gerade nach meinem Zeichenbuch, meinem ständigen Wegbegleiter, zückte meinen Bleistift und wollte anfangen zu skizzieren, da hörte ich abermals die Glocke über der Ladentür. Es waren keine zehn Minuten vergangen, seit Amanda, Leah und Anzugträger Nummer zwei das *Lava Java* verlassen hatten. Zunächst war es ganz still, bis langsame

Schritte auf mich zukamen, die sich kaum hörbar über die ruhigen Indie-Klänge hinwegsetzten, die im Hintergrund spielten. Ich seufzte, widmete mich aber demonstrativ weiter meinem Zeichenbuch. Eigentlich hatte ich gerade versuchen wollen, meine letzte Skizze – eine Straßenszene in der Nähe der Manhattan Bridge – fertig zu bekommen. Ich gab mich angestrengt beschäftigt. Es konnten nur Amanda und Leah sein. Es wäre ja nicht das erste Mal, dass sie Mr Green noch mehr Kaffee und Muffins abluchsen wollten.

»Ich habe doch gesagt, dass ich arbeiten muss. Es ist alles wieder in Ordnung, versprochen«, griff ich vor, noch bevor Leah oder Amanda auch nur den Mund aufmachen konnten.

»Das sehe ich«, sagte eine tiefe Stimme, die so gar nicht zu einer meiner Freundinnen passte.

Intuitiv schoss mein Kopf nach oben, meine Zeichnung war schlagartig vergessen. Er war es. Shaun war tatsächlich gekommen. Ein zurückhaltendes Lächeln kämpfte an seinem rechten Mundwinkel um mehr Beachtung. Er sah aus wie das letzte Mal, als ich ihn gesehen hatte: förmlich. Lediglich seine schwarze Fliege lag noch locker um seinen Hals, und die oberen beiden Knöpfe seines weißen Hemds waren geöffnet. Eilig sah ich wieder in sein Gesicht und klammerte mich an der Theke fest.

»Was machst du denn hier?« Bevor ich diese dümmliche Frage zurückhalten konnte, war sie längst raus, woraufhin ich mir liebend gern mit der flachen Hand gegen die Stirn geschlagen hätte. Wieso verhielt ich mich in seiner Gegenwart so?

»Du hattest kostenlosen Kaffee erwähnt. Den besten der ganzen Stadt, wenn mich nicht alles täuscht«, erwiderte Shaun gelassen und kam vor dem Verkaufstresen zum Stehen. Ich beobachtete, wie sich sein eben noch verhaltenes Lächeln zu einem Grinsen ausweitete.

»Gott sei Dank. Ich dachte schon, du wärst meinetwegen gekommen«, antwortete ich und wischte mit meinem Handrücken imaginären Schweiß von meiner Stirn.

Shaun zuckte mit den Schultern und ließ seine Hände in den Hosentaschen verschwinden. »Na ja, ich habe noch ein wenig Zeit, bis meine Schicht im *Dreams* anfängt, und ich dachte, ich kann vorher auf dein Angebot zurückkommen, bevor der übliche Wahnsinn losbricht«, erklärte er und sah mich einen Moment an, ehe sein Blick weiter zu der Bestelltafel wanderte, die hinter mir an der Wand hing.

»Logisch.« Ich bemühte mich darum, so beiläufig wie möglich zu klingen, doch das war nicht ganz so leicht. Ich hatte wirklich nicht damit gerechnet, dass Shaun doch noch hier aufschlagen würde. »Was kann ich dir anbieten? Die Bagels und Donuts sind leider schon aus, aber ich bin mir sicher, dass du trotzdem fündig wirst. Du willst doch bestimmt eine kleine Leckerei zu deinem Kaffee, oder?«

Shaun studierte aufmerksam die Tafel. Sein Gesichtsausdruck wirkte höchst konzentriert, was nicht großartig anders als mit dem Wort *süß* beschrieben werden konnte. Den tiefen Furchen und den zusammengekniffenen Lidern zum Trotz.

»Was?«, fragte Shaun, ohne seinen Blick von der Tafel abzuwenden. Natürlich hatte er mein Gaffen bemerkt. Mist.

»Ich habe nur gerade darüber nachgedacht, wie witzig diese Situation ist. Bisher hast du mir Drinks gemischt und nicht umgekehrt.« Ob ich mich mit diesem schwachen Versuch noch unbemerkt aus dieser beschämenden Lage retten konnte?

Shaun sah wieder zu mir, kommentierte das Gesagte aber nicht weiter. »Ich nehme eine große Tasse Kaffee, schwarz.«

»Sonst nichts?«

Er schüttelte nur den Kopf.

Ein eigenartiges einvernehmliches Schweigen lag über uns wie der dichte Nebel auf der Tanzfläche im *Dreams*, während ich mich von ihm abwandte, um die Kaffeemaschine zu bedienen und seine Bestellung zuzubereiten. In diesem Moment war ich wirklich erleichtert, dass die Musik im Hintergrund lief und es deshalb nicht vollkommen still war. Jetzt wäre es von Vorteil gewesen, einen Kollegen zu haben, der plötzlich meine Hilfe brauchte. Und wie auch schon vorhin war genau dann, wenn man sie brauchte, keinerlei Kundschaft in Aussicht. Ich war froh, dass Shaun mein Angebot angenommen hatte und hierhergekommen war, nur fragte ich mich, wieso er das überhaupt getan hatte, wenn er nicht bereit dazu war, mit mir zu reden.

Mit einem ungewohnt steifen Lächeln drehte ich mich wieder zu ihm um und reichte ihm seinen Kaffee, den er dankend entgegennahm. Sein Blick suchte intuitiv den meinen. Zumindest etwas. Ich rechnete damit, dass er versuchen würde, ein Gespräch zu beginnen, doch stattdessen wandte er sich von mir ab und steuerte auf eine der Sitznischen am Fester zu. Dort nahm er einen Schluck von seinem Kaffee und sah dabei nach draußen.

Ich beobachtete ihn so unauffällig wie möglich, während ich mich beschäftigt gab, doch das war gar nicht so leicht. Ein schier unüberwindbarer Drang durchströmte meinen Körper so abrupt, dass ich mich selbst davor erschreckte. Ich wollte meinen Bleistift wieder in die Hand nehmen, die nächste Seite in meinem Zeichenbuch aufschlagen und - Shaun aufs Papier bringen. Genau so, wie er dort gerade saß. Es gefiel mir nicht, wie sehr mich diese Vorstellung in den Fingern juckte. Genau genommen war das eine vollkommen alltägliche Situation, nichts Besonderes, und trotzdem lag irgendetwas darin, was mich in seinen Bann zog. Ich spürte, dass hinter Shauns Fassade viel mehr steckte, als er zugeben wollte, und er bereits so einiges hatte ertragen müssen. Dass er es nicht gewohnt war, etwas nur aus Spaß zu tun. Abgesehen von seinen Frauengeschichten vielleicht.

Mittlerweile stierte er nicht mehr nach draußen, sondern auf sein Handy, das er aus seiner Hosentasche gezogen hatte.

Seine Miene war unverändert ernst geblieben, doch sah ich aus den Augenwinkeln, wie er darauf herumtippte und sich schließlich ein breites Lächeln auf seine Lippen stahl.

Wer hatte ihm da wohl gerade geschrieben? Eine Frau? Das konnte ich mir bei ihm irgendwie nicht vorstellen, nachdem er sie zu wechseln schien wie andere ihre Unterwäsche. Vermutlich gab er ihnen immer eine falsche Nummer, wenn er danach gefragt wurde. Nein, ich glaubte nicht, dass sein Lächeln etwas mit einer Frau zu tun hatte. Ich hatte das Gefühl, für einen winzigen Augenblick den wahren Shaun zu sehen. Er sah glücklich aus, doch als ob er auf einmal merkte, dass er ehrlich lächelte, verschwand die Glückseligkeit so schnell aus seinem Gesicht, wie sie aufgetaucht war. Schließlich ließ er sein Handy wieder verschwinden, nahm einen weiteren Schluck von seinem Kaffee und widmete sich erneut den vorbeischlendernden Passanten.

Ich hatte nicht einmal gemerkt, dass der Bleistift zwischen meinen Fingern lag und wie von selbst filigrane Linien in mein Zeichenbuch schraffierte. Die Nische war in ihren groben Zügen gezeichnet, und ich skizzierte gerade seine Silhouette, als die Tür zum Café aufging und eine neue Kundin ankündigte. Mit großem Widerwillen schloss ich mein Zeichenbuch und bediente die Frau mit den riesigen Kopfhörern um den Hals. Zu meiner Überraschung strömten die Kunden nach ihr nur so herein, was für diese Uhrzeit höchst ungewöhnlich war.

Immer mal wieder linste ich hinüber zu Shaun, der unverändert dasaß, auch wenn sein Kaffee längst leer sein musste. Einmal drehte sich sein Kopf zu mir. Seine Lippen waren zu einem festen Strich zusammengepresst, sein Adamsapfel hüpfte beim Schlucken. Unsere Blicke trafen sich, und für den Bruchteil einer Sekunde sahen wir uns direkt an, ehe er gleich wieder wegsah. Ob Schüchternheit dahintersteckte?

Ich bediente zwei Männer, ehe sie Anstalten machten, sich in der Nische unmittelbar neben Shaun niederzulassen. Erst da fiel mir auf, dass Shaun aufgestanden war, zwei Scheine unter seine Tasse geklemmt hatte und im Begriff war zu gehen. Ich schnaubte.

»Du lässt das aber hoffentlich nicht da liegen«, rief ich ihm zu, sodass er sogleich innehielt. »Ich habe dich eingeladen, schon vergessen? Also behalt dein Geld.«

Shaun schwieg. Er haderte mit sich, doch sobald ich unnachgiebig die Arme vor der Brust verschränkte und fragend eine Augenbraue nach oben zog, lenkte er tatsächlich ein. Er ging zurück zu seinem Platz, griff nach den Scheinen und schob sie zurück in seine Hosentasche, ehe er erneut in Richtung Ausgang ging. Wollte er sich nicht von mir verabschieden?

»Shaun!«

Er fuhr schlagartig zu mir herum. Jedes Mal wenn ich seinen Namen über meine Zunge rollen ließ, war da dieses Prickeln. Ich schauderte. Was zum Teufel sollte ich zu ihm sagen, nun, da ich seine volle Aufmerksamkeit hatte? Ich war mir nicht einmal im Klaren, wieso ich ihn überhaupt zurückgehalten hatte. Dieses ganze Treffen war absolut seltsam, und es wäre für uns beide besser, es jetzt zu beenden, damit wir diese eigenartige Begegnung hinter uns lassen und weitermachen konnten.

»Danke.« Der Abend im *Dreams*. Meine Begegnung mit Surfer Boy. Das Bedürfnis danach, mich noch mal bei ihm zu bedanken, war überwältigend gewesen.

»Keine große Sache«, erwiderte Shaun schulterzuckend.

Er legte die Hand auf die Klinke und zog die Tür auf. Die Glocke ertönte, und Shaun war schon halb hinausgetreten – als er plötzlich innehielt. Wie erstarrt verharrte er, schien zu überlegen. Schließlich drehte er sich noch mal zu mir.

»Wie lange arbeitest du heute?«

Jetzt brachte er mich endgültig aus dem Konzept. Ich sah stirnrunzelnd auf meine Armbanduhr. »Noch knapp zwei Stunden. Warum fragst du?«

»Hast du danach noch etwas vor?«

Eine Gegenfrage auf meine Frage. Super.

»Nein, nicht wirklich, außer ein Date mit meinen Uniunterlagen«, erklärte ich wahrheitsgemäß.

»Ich hole dich nach deiner Schicht ab«, sagte er, legte es einfach so fest, fragte mich dabei nicht einmal nach meiner Meinung und verschwand dann aus dem Laden.

Fassungslos starrte ich ihm nach, wie er unmittelbar vor dem *Lava Java* die Straße überquerte, um die Ecke bog und somit aus meinem Blickfeld verschwand.

– 7. Kapitel: Shaun –

Es war die reinste Qual, noch zwei Stunden die Zeit totzuschlagen, bevor ich Harper abholen konnte. Außer ihr war alles belanglos geworden. Ich saß auf einem Berg heißer Kohlen. Nicht weil ich daran zweifelte, dass ich sie endlich so weit hatte. Nein, viel mehr weil ich mich fragte, ob alles noch immer nach Plan verlief. Ich hatte mir unzählige Gedanken dazu gemacht, und dennoch musste ich mir eingestehen, dass Harper nicht so war, wie ich sie mir vorgestellt hatte. Zugegebenermaßen hatten unsere Gespräche bisher – wie von mir beabsichtigt – nur sehr einseitig stattgefunden, aber dennoch hatte das für mich gereicht. Harper hatte mich neugierig gemacht, und plötzlich empfand ich so etwas wie Vorfreude. Vorfreude darauf, den Plan in die Tat umzusetzen. Sie vollständig in meinen Bann zu ziehen. Alles in allem würde das wohl doch leichter werden, als zuvor angenommen. Schon bald würde sie mir verfallen sein, dann könnte ich sie ganz ohne Jedi-Kräfte auf die dunkle Seite der Macht ziehen.

Ich grinste, während ich an einer Hauswand lehnte und nachdenklich die hektisch an mir vorbeihuschenden Menschen beobachtete. Es war schon beinahe zu leicht. Bisher lief alles wie am Schnürchen.

Ich sah auf mein Handy – halb acht. Immer noch eine halbe Stunde. Diese Warterei machte mich krank. Ich hatte schon mit der Fahrt hierher eine Unmenge an Zeit verplempert. Zeit, die ich normalerweise mit meinem kleinen Bruder verbracht hätte. Oder damit, meine Verkaufszahlen zu steigern.

Zähneknirschend musste ich mir eingestehen, dass Samuel recht hatte. Meine Verkäufe waren in den letzten Wochen stark rückläufig geworden, daran musste ich schleunigst etwas ändern, wenn ich nicht doch noch dazu verdonnert werden wollte, mit dem Boss zu reden. Wenigstens hatte ich mich auf dem Weg hierher an meinem üblichen Platz mit einem Kunden getroffen, der mir gleich einen Hunderter für zehn Oxys zugesteckt hatte. Ein stolzer Preis, von dem ich allerdings nur einen Bruchteil selbst behielt.

Es kam selten vor, dass ich auf der Straße dealte. Normalerweise verkaufte ich meine Ware nur über das Darknet und verschickte sie per Post. Auf der Straße traf ich mich mit Käufern nur dann, wenn ich den Personen traute und genau wusste, dass mich niemand verpfeifen würde. Auch wenn ich noch nie erwischt worden war, war ich immer extrem vorsichtig.

Der Typ, dem ich heute die Pillen verkauft hatte, war wie viele meiner Kunden Banker. Er war einer meiner ersten Kunden gewesen, den mir Samuel damals abgetreten hatte, um in dem Geschäft Fuß fassen zu können. Gestresste Banker brauchten Oxys wie Fische Wasser. Die Trader hingegen konnten gar nicht genug von Glücksgefühlen bekommen. Die hätten mir die Oxys um die Ohren gehauen. Aber auch diesen Menschen, die das Geldverdienen wie einen Boxkampf betrachteten, war mit ein bisschen Koks oder Molly immer zu helfen. Die meisten in meinem Viertel dealten mit einer bunten Vielfalt an Pillen, Pulvern und auch Gras, wobei

Letzteres am wenigsten einbrachte. Ich hatte zurzeit lediglich Oxys in meinem Repertoire, so wie alle, die bei uns damit anfingen. Das Spiel war einfach: immer mehr, immer schneller. Bisher hatte ich keine Probleme damit gehabt und gute Zahlen geliefert, doch seit Harper in meinen Gedanken herumspukte, war alles anders geworden.

Nachdem ich endlich die halbe Stunde totgeschlagen hatte, nahm ich einen letzten Zug von meiner Zigarette – die einzige Droge, die ich ab und an konsumierte – und ging zurück zum *Lava Java*. Das Schild an der Tür war bereits von *Geöffnet* zu *Geschlossen* umgedreht worden. Harper stand mit einem Besen in der Hand mitten im Raum. Sie hatte mich noch nicht bemerkt, als ich die nach wie vor unverschlossene Tür aufstieß und eintrat. Ihr Blick schnellte nach oben, so als ob sie mich schon die ganze Zeit erwartet hätte. Womöglich hatte sie angenommen, dass ich gleich gar nicht erst auftauchen würde. Ich konnte es ihr nicht verdenken, aber vorerst wollte ich meiner Rolle als Gentleman gerecht werden.

»Bist du so weit?«, fragte ich und schenkte ihr mein überzeugendstes Zahnpastalächeln, was sie kurzzeitig zu überrumpeln schien.

Sie blinzelte mich ein paarmal perplex an, brauchte eine Weile, um sich zu fangen. Ich grinste in mich hinein. Harper sah mich auf die gleiche Art an wie auch schon vorhin, als ich mich dazu entschlossen hatte, Schritt zwei meines Plans in die Tat umzusetzen. Ich würde ihr näherkommen, koste es, was es wolle.

»Bin gerade fertig geworden«, erwiderte sie, verschwand noch mal hinten im vermeintlichen Mitarbeiterbereich und kam ohne Besen und Schürze, dafür aber mit ihrer Tasche zurück. Ich trat einen Schritt zur Seite und ließ sie vorgehen, damit sie abschließen konnte. Sie räusperte sich, strich sich verlegen eine Strähne aus der Stirn. Erst als sie so nah neben mir stand, fiel mir bewusst auf, wie stark sie den Kopf in den Nacken legen musste, um mir unverwandt ins

Gesicht sehen zu können. Sie war mindestens einen Kopf kleiner als ich.

»Also, wo solls hingehen?«

»Komm.« Ich deutete ihr an, mir zu folgen. »Ich dachte, dir würde etwas frische Luft ganz guttun, nachdem du den halben Tag in diesem stickigen Café zugebracht hast.«

»Ich mag den Laden«, sagte sie, sobald sie zu mir aufgeschlossen hatte und nun mit einer Armeslänge Abstand neben mir lief. Ich gab ein langsames, entspanntes Tempo vor, denn schließlich hatten wir es nicht eilig, und ich wollte Harper nicht stressen.

»So habe ich das nicht gemeint«, antwortete ich schulterzuckend, während ich sie von der Seite her ansah. Sie musterte mich ebenfalls neugierig. Ich kannte ihren Gesichtsausdruck bereits zur Genüge. Wenn sie glaubte, die einzige Person zu sein, die Menschen problemlos lesen konnte, befand sie sich auf dem Holzweg.

»Jetzt muss ich dich doch mal fragen«, sagte sie nach einer Weile und durchbrach damit das Rattern und Hupen der New Yorker Rushhour. »Wieso bist du auf einmal so redselig und hast mich gefragt, ob ich nach der Arbeit Zeit habe?«

»Warum denn nicht?« Ich ahnte, dass sie das nicht zufriedenstellen würde, und setzte deshalb nach: »Sagen wir einfach, dass ich dich falsch eingeschätzt habe. Reicht dir das als Antwort?« Zufrieden bemerkte ich, dass die skeptischen Falten auf Harpers Stirn nach und nach verschwanden.

»Wie soll ich das denn verstehen?« Ihre halbherzige Art, sich darüber zu empören, war fast schon niedlich. Ein Wort, das nicht oft Einzug in meine Gedanken fand.

»Die Klientel im *Dreams* ist normalerweise sehr eintönig, wenn du verstehst, was ich meine. Ich habe, seit ich dort arbeite, immer nur ein und denselben Menschenschlag erlebt. Du scheinst da jedoch anders zu sein.«

»Woher willst du das denn wissen? Wir haben bisher doch kaum miteinander geredet.«

»Das ist richtig. Dafür hast du umso mehr geredet. Und ich dir zugehört«, entgegnete ich und sah erneut zu ihr. Gerade rechtzeitig, um zu sehen, wie sie mit den Augen rollte. Eine Marotte von ihr, die mir schon ein paarmal aufgefallen war, während ich sie beobachtet hatte. »Außerdem glaube ich kaum, dass es bei der Kundschaft, die ich normalerweise im *Dreams* erlebe, irgendjemanden sonst gibt, der *arbeitet.*« So besonders, wie ich das letzte Wort betonte, musste Harper lachen.

»Stimmt, die meisten dort sind ziemlich versnobt.«

»Bei dir ist das nicht so. Woher kommt das?« Viele Menschen mochten es nicht, wenn man sie so gezielt auf vermeintlich sensible Themen ansprach. Ich hatte das Glück, dass Harper nicht zu ihnen gehörte.

»Zumindest hoffe ich das«, entgegnete sie. »Ich gehöre irgendwo auch zu dieser Gruppe an Menschen. Ich müsste nicht arbeiten gehen. Wenn ich es nicht tun würde, käme ich mir allerdings unbrauchbar vor. Für die Gesellschaft, das große Ganze, meine ich. Ergibt das Sinn? Ich möchte nicht alles von meinen Eltern bezahlt bekommen.«

So etwas hatte ich schon geahnt. Dennoch überraschte es mich, dass Harper wahrhaftig nicht dem Teil der Gleichung entsprach, den ich mir bei ihrer Clique ausgemalt hatte. Ich schwieg für einen Moment, ehe ich weitersprach. »Was studierst du?« Ein wenig Interesse vorheucheln konnte ja nichts schaden, obwohl es mich einen Scheißdreck interessierte, was sie an der Uni tat.

»Medizin. Etwas, das meine Eltern immer wollten. Entweder das oder Jura wie mein Vater. Er ist Anwalt. Das wäre überhaupt nichts für mich. Spätestens dann, wenn es darum ginge, jemanden zu verteidigen, von dem ich wüsste, dass er schuldig ist, wäre ich raus«, sagte sie, und ich spürte, wie sich alles in mir verkrampfte, doch ich versuchte mit aller Macht, dagegen anzukämpfen.

»Ich verstehe«, murmelte ich stattdessen, konzentriert darauf, möglichst beiläufig zu klingen. »Muss nervig sein, wenn man immer in eine bestimmte Rolle gedrückt wird.«

Mir war klar, dass sie darauf anspringen würde. Das hatten alle Mädels getan. Die Reichen und Schönen, die gemeint hatten, mir die Ohren mit ihren Luxusproblemen volllabern zu müssen. Viele der Frauen im *Dreams* verstanden die Bedeutung eines One-Night-Stands nicht, was mich manchmal den letzten Nerv kostete. Trotzdem fand ich mich ständig in der gleichen Situation wieder.

»Mhm«, murmelte Harper. »Es ist nicht so, dass mir das Studium keinen Spaß macht. Mehr oder weniger wollte ich das schon immer machen. Nur möchte ich später in einem Bereich arbeiten, den vor allem meine Mutter niemals akzeptieren wird.«

Ich nickte verständnisvoll. Das war es, was sie von mir erwartete. Wieder entstand ein kurzes Schweigen zwischen uns. Eigentlich wollte ich das Thema nicht vertiefen. Gleichzeitig wollte ich ihr etwas Zeit geben, damit sie meine Fragen nicht als aufdringlich einschätzen würde.

»Wir sollten nicht die ganze Zeit von mir reden. Was machst du, wenn du nicht im *Dreams* arbeitest? Studierst du auch?«

Bei dieser Frage zuckte ich innerlich zusammen. Ich hasste es, darüber nachdenken zu müssen, dass es für mich wohl niemals die Möglichkeit geben würde, auf die Uni gehen zu können. Genau genommen müsste ich erst einmal meinen Highschoolabschluss nachholen, um überhaupt den nächsten Schritt gehen zu können. Nicht, dass das irgendetwas bringen würde. Es würde wohl nie dazu kommen.

»Nein, wollte ich nie«, sagte ich schlussendlich. »Ich arbeite im *Dreams* und in einem Fitnessclub bei mir zu Hause.«

»Wo wohnst du denn?«

Ihre Frage klang so unschuldig. Klar, wie sollte es auch anders sein, wenn sie in mir nicht im Entferntesten den Wolf im Schafspelz erkannte? Durch meine Erwähnung des Fitnessstudios starrte sie einige Sekunden zu lange auf meinen Bizeps.

»Etwas außerhalb von Manhattan«, antwortete ich ausweichend. Glücklicherweise schluckte sie das, und wir konnten uns in unverfänglichere Gefilde bewegen.

»Wohin gehen wir überhaupt?«

»Zum Battery Park.« Wir überquerten in einer großen Menschentraube eine weitere Ampel, und ich führte Harper gezielt zu einem der Foodtrucks, die aufgereiht am Straßenrand standen. »Ich dachte, wir holen uns hier etwas zu essen und setzen uns vorne an die Bucht.«

Ein erstauntes Leuchten trat in ihre Augen. Mich beschlich das Gefühl, dass sie in ihrem Leben nicht vielen Leuten begegnet war, die die Schönheit in den kleinen Dingen des Alltags bemerkten.

»Wer bist du, und was hast du mit Glückskeks-Shaun gemacht?« Harper lachte. So natürlich und losgelöst, dass mich der Drang überrollte, es ihr gleichzutun.

»Es ist eben nicht jeder so eine Quasselstrippe wie du«, konterte ich glucksend, doch Harper war nicht eingeschnappt. Nicht dass ich davon ausgegangen wäre. Sie streckte mir die Zunge heraus und rauschte wie ein aufgedrehter Wirbelwind an mir vorbei, um als Erste die Karte des Foodtrucks zu studieren.

»Nimm, was immer du möchtest. Ich zahle.«

»Auf keinen Fall. Versteh mich nicht falsch, das ist echt total nett von dir, aber das kann ich nicht annehmen. Ich fühle mich ja schon privilegiert, dass der große Shaun seine kostbare Zeit mit mir verbringt. Da ist es doch wohl das Mindeste, dass ich meinen Kram selbst bezahle.«

Sie schien meine Miene zu bemerken und hörte auf, sich um Kopf und Kragen zu reden. Dass sie dabei das Wörtchen *privilegiert* verwendete, passte lächerlich gut in den Kontext. Harper war verdammt unschuldig, ich konnte es kaum fassen. »Es ist völlig egal, was ich dir sage, oder? Du wirst so oder so bezahlen.«

Ich tippte mir mit grüblerisch zusammengezogenen Augenbrauen an die Nasenspitze, als müsste ich darüber nachdenken. »Bingo. Mach dir nichts draus. Deine kleine Ansprache hat mir sehr geschmeichelt.« Beim Nähertreten an den Wagen zückte ich meinen Geldbeutel aus der hinteren Hosentasche.

»Kannst du was empfehlen?«

»Vertrau mir einfach. Du wirst es lieben.«

Harper erleichterte das offenbar. Noch eine Charaktereigenschaft, die sie mir damit indirekt bestätigte: Entscheidungen zu treffen, bereitete ihr Kopfschmerzen.

»Zweimal Chili Cheese Fries und zwei Cola«, bestellte ich bei dem Kerl in weißer Schürze.

»Also schön, dieses eine Mal gebe ich nach, aber das nächste Mal zahle ich, kapiert?«

»Wir werden sehen.«

Nur wenige Minuten später reichte mir der Verkäufer die beiden Portionen Chili Cheese Fries, wovon ich die erste an Harper weitergab, zusammen mit ihrem Getränk. Während ich das tat, gab ich mir alle Mühe, absichtlich mit meinen Fingern die ihren zu berühren. Sobald ich ihre warme Haut auf der meinen spüren konnte, sah ich ihr unverwandt in die Augen. Als sich unsere Blicke trafen, wusste ich endgültig, dass meine liebe Harper nicht so einfach über ihre Gefühle hinwegtäuschen konnte, wie sie es sich wohl wünschte. Mir begegnete ein regelrechter Feuersturm. Ich bemerkte die Gänsehaut, die umgehend auf ihren Unterarmen auftauchte. Jedem anderen wäre sie vermutlich nicht aufgefallen.

Meine einzigartige Wirkung auf Frauen schien wohl auch vor Harper nicht haltzumachen. Sie unterschied sich in diesem Belang kein bisschen von all den anderen. Eines musste ich ihr allerdings lassen: Sie wehrte sich stärker dagegen als angenommen. Ich sah ihr noch einen Augenblick länger in die Augen, wandte mich dann aber doch von ihr ab und nahm mir meinen eigenen Teil der Bestellung.

»Komm.«

Harper folgte mir, und wir erreichten eine Parkbank, die nicht weit von dem Ableger der Fähre hinüber zu Ellis Island und der Freiheitsstatue stand, zu dem tagtäglich unzählige Touristen strömten. Um diese Uhrzeit waren hier jedoch nicht mehr übermäßig viele Touristen zu sehen. Die Schiffe, die sie hin und wieder zurück karrten, lagen längst wieder im Hafen vertäut und würden erst am nächsten Morgen wieder ablegen. Dafür fuhr die orangene Staten-Island-Fähre gemächlich an uns vorbei, die ebenfalls unweit von hier ihren Abfahrtsort hinüber zu der Insel hatte.

Wir aßen zunächst stumm, was mich nicht überraschte. Auch nicht, dass Harper auf einmal einen deutlich größeren Abstand zu mir hielt als noch vor wenigen Minuten, denn sie hatte sich bewusst ans andere Ende der Bank gesetzt. Die Distanz konnte nicht größer zwischen uns sein.

»Ich habe nicht zu viel versprochen, oder?«

Als Antwort bekam ich kein Wort aus ihr heraus, sondern nur ein genüssliches Seufzen, während sie genießerisch die Augen schloss und sich ein paar weitere Pommes in den Mund schaufelte. Ich schluckte. Wieso fiel es mir plötzlich so schwer, meine Augen wieder von ihr abzuwenden? Fuck, dieses Mädchen hatte durchaus etwas an sich, was mich irgendwie in den Bann zog. Ob sie das absichtlich machte? Unwahrscheinlich und dennoch besonders reizvoll. Räuspernd verlagerte ich mein Gewicht auf der Parkbank und lenkte meine sich auf Abwegen befindenden Gedanken an Harper vorbei, hin zu der kleinen Gruppe hinter ihr. Eine Großfamilie, wie mir schien, von denen eine Glückseligkeit ausging, die mein Herz durchbohrte wie eine Messerspitze. Intuitiv fasste ich mir an die Brust, rieb die schmerzende Stelle. Mir war der Appetit vergangen. Die restlichen Chili Cheese Fries beförderte ich kurzerhand in den Mülleimer neben uns.

»Ich muss leider so langsam los. Meine Schicht im *Dreams* fängt bald an.«

Das war nicht gelogen. Na ja, fast. Ganz so früh musste ich dort eigentlich nicht auftauchen. Das Karussell in meinem Schädel brachte mich jedoch stetig ins Wanken und machte mich fertig. Das hier musste anders laufen, wenn mein Vorgehen mit Erfolg gekrönt sein sollte. Die Sache mit Harper durfte kein Eigenleben entwickeln. Meine Gedanken durften mir nicht entgleiten. Und das gelang mir bloß, wenn ich mir selbst treu blieb. Sie würde nichts weiter als eine meiner unbedeutenden Nächte sein, die in etwas mündete, was mir auf längere Sicht hoffentlich Frieden bringen würde. Dennoch durfte ich heute noch nicht zu weit gehen, damit Harper keinen Rückzieher machte.

Die aufkeimende Anziehung für mich spürte ich unumstößlich in ihren Blicken, und ich musste diese nur schüren, damit aus einer Flamme ein Waldbrand wurde. Dass ich mich erst einmal anders hinsetzen musste, weil etwas in meiner Hose zum Leben erwachte, brachte mich kurzzeitig aus dem Konzept. Manchmal hasste ich es, ein Mann zu sein. Uns war alles immer so mühelos anzusehen.

»Du kannst mitkommen, wenn du willst. Ich kann dir sicherlich den ein oder anderen Drink spendieren«, beeilte ich mich zu sagen, um nicht noch weiter darüber nachzudenken.

Harper lachte, was ihre Grübchen wunderbar zum Vorschein brachte. »Wird das jetzt so ein Ding zwischen uns werden?«

»Warum denn nicht?«, erwiderte ich schelmisch lächelnd. »Solange der Barchef davon nichts mitbekommt, ist das kein Thema.«

»Klingt verlockend.« Harper strich sich den verrutschten Träger ihres Tops zurück auf die Schulter. »Leider geht das nicht. Ich sollte besser zurück nach Hause. Die Uni treibt mich momentan in den Wahnsinn.«

Damit hatte ich gerechnet. »Okay, Vorschlag.« Ich setzte mich wieder gerade hin und zückte mein beinahe antikes Smartphone. Harper musterte es neugierig. Mit Sicherheit lag ihr ein amüsierter Kommentar auf der Zunge. Sie wäre nicht die Erste, die sich über mein Steinzeitgerät lustig machte. »Ich habe morgen Abend frei und würde dich gern wiedersehen, wenn ich mehr Zeit für dich habe. Gibst du mir deine Nummer?«

»Bist du immer so direkt?« Sie klang kein bisschen empört oder überrascht. Nur aufgeregt, ihre Tonlage eine Spur zu schrill.

»Meistens. Funktioniert es?«

Harpers Zunge schoss hervor, befeuchtete ihre Lippen, brachte meinen Schritt aus heiterem Himmel zum Pulsieren. Scheiße nochmal. Letztendlich griff sie nach meinem Handy und tippte darauf herum, wodurch ich die Gelegenheit bekam, mich zu sammeln. Einzelne Strähnen kämpften sich dabei hinter ihrem Ohr hervor, fielen ihr störrisch ins Gesicht. Wer hätte ahnen können, dass es nur einer einfachen Frage bedurfte, um an sie ranzukommen? Na also. Heute hatte ich zwei Fliegen mit einer Klappe geschlagen. Dass Harper zu einem zweiten Treffen, ohne zu zögern, zugestimmt hatte, wunderte mich. Klar, sie zeigte deutliche Anzeichen für ihr Interesse an mir. Aber für den Typ Mädchen, den man so problemlos rumbekommen konnte, hätte ich sie nicht gehalten. Interessant. Wirklich sehr interessant. Lächelnd nahm ich mein Smartphone wieder entgegen. Dieses Mal zog sie ihre Hand schnell genug weg, bevor ich sie nochmals berühren konnte.

»Na dann, lass uns gehen.« Ich stand auf und reichte ihr in vermeintlicher Selbstverständlichkeit die Hand. »Wir können noch zusammen zur Haltestelle gehen.«

Für eine Sekunde zögerte Harper und starrte sie unschlüssig an. *Nimm sie schon, na los.* Doch anstatt mir den Gefallen zu tun, sprang sie förmlich auf und vergrub ihre Hände in den Hosentaschen. War das etwa Selbstschutz? Vertraute sie sich selbst nicht genug, um auf mein Angebot einzugehen? Gut, dass ich mein Pokerface trainiert hatte. Schon bald würde sie mir vollkommen aus der Hand fressen, so viel stand fest.

– 8. Kapitel: Shaun –

Meine Hände vergruben sich immer fester in ihrem vollen dunkelbraunen Haar, doch das Mädchen schien das nicht im Geringsten zu stören – im Gegenteil. Ihr Stöhnen war wie Musik in meinen Ohren, als ich mich weiter gegen das Vorratsregal lehnte und den Kopf in den Nacken legte. Sie war wirklich nicht schlecht mit ihrer Zunge, das musste man ihr lassen. Ich presste meine Lippen fest aufeinander, um keinen Mucks von mir zu geben, als die Brünette meinen Schwanz das nächste Mal vollständig in den Mund nahm, doch das war nicht so leicht.

Plötzlich ging die Tür auf. Wütend öffnete ich die Augen, konnte aber durch meinen vor Lust verschleierten Blick kaum etwas sehen. Erst nach ein paar Augenblicken begriff ich, dass es Adam war, der so rot wie eine Tomate im Türrahmen stand und mich anstarrte. Oder besser gesagt meinen Kollegen weiter unten, nachdem das Mädchen, das bis eben vor mir gekniet hatte, erschrocken aufgesprungen war.

»Was?!«, blaffte ich Adam aufgebracht an. Dieser Idiot hatte mir gerade einen verdammt guten Abschluss versaut.

»Hast du etwa noch nie einen anderen Schwanz gesehen, oder was glotzt du so?«

Erst als ich das sagte, wandte Adam sich ab und begutachtete peinlich berührt die weiße Farbe an der Wand. Diese Suppe hatte er sich selbst eingebrockt, ich würde einen Teufel tun und mich beeilen, meinen Freund zurück in die Hose zu packen. Schließlich war es nicht meine Schuld, dass Adam so ein Weichei war. Ich fluchte ungehalten, als ich aus den Augenwinkeln bemerkte, dass mein heutiger Fang sich ebenfalls, so gut es ging, das Kleid gerichtet hatte und Anstalten machte, sich an mir vorbeizudrücken. Kurzerhand schnappte ich sie am Oberarm, flüsterte ihr ins Ohr, wann meine Schicht endete, und ließ sie ziehen.

»Wie hätte ich es dir noch deutlicher verklickern sollen, dass ich unter keinen Umständen gestört werden will, damit du das in deinen dummen Schädel bekommst, Adam?«, fuhr ich ihn böse funkelnd an, doch Adam war auch weiterhin stumm wie ein Fisch. Ich fuhr mir frustriert mit beiden Händen durchs Haar. Irgendwann musste ich diesem Loser unbedingt beibringen, wie man sich wie ein Mann verhielt, damit er nicht als Jungfrau – die er mit absoluter Sicherheit noch war – ins Gras beißen würde. »Fuck! Was willst du?« Jegliche Form der Zurückhaltung war für heute verschwunden. Ruckartig zerrte ich meinen Reißverschluss zu.

»Sorry, Shaun«, stammelte Adam, immer noch spürbar verlegen. Offenbar brachte er es nicht über sich, mir in die Augen zu sehen, während er sprach. »Aber Adrian will dich sprechen.« Endlich rückte er mit der Sprache heraus, was mir den Rest gab. Obwohl ich immer noch das schmerzhafte Pochen eines versauten Orgasmus zwischen meinen Beinen wahrnehmen konnte, war meine Erektion von einer Sekunde auf die nächste vollständig verschwunden.

Ich knurrte. »Was zum Teufel will das Arschloch jetzt schon wieder?«

»Er kam aus seinem Büro und hat nach dir gefragt. Ich wusste nicht, was ich sagen soll. Adrian ist ziemlich sauer. Tut mir leid, Shaun, ehrlich.« Adam ging sofort in Verteidigungshaltung. Ich stöhnte genervt und holte erst einmal tief Luft, um nicht sofort die Beherrschung zu verlieren. Es war nicht seine Schuld.

»Schon gut, Adam.« Beschwichtigend schlug ich ihm auf die Schulter. Er zuckte zusammen, doch ich rauschte ohne ein weiteres Wort an ihm vorbei und steuerte auf das Büro unseres Chefs zu.

Adrian war der Besitzer des *Dreams* und dennoch so gut wie nie hier. Selbstverständlich musste sich dieser Arsch ausgerechnet den Zeitpunkt raussuchen, um aufzutauchen, wenn ich gerade mit meinem neuesten Fang beschäftigt war. Wirklich ein Jammer, dass mir nicht mehr Zeit mit diesem Mädchen vergönnt gewesen war. Hoffentlich würde sie nach getaner Arbeit auf mich warten. Hohe Chancen malte ich mir dabei allerdings nicht aus. Noch nie war ich dabei unterbrochen worden. Vor allem deswegen, weil Adam mir immer den Rücken freihielt. Tja, anscheinend stimmte dieser dämliche Spruch, dass es für alles ein erstes Mal gab, eben doch. Verdammt nochmal.

Schummriges Licht drang aus dem schäbigen Büro am Ende des Ganges, in dem nur Mitarbeiter Zutritt hatten. In diesem Fall musste ich ja wohl nicht klopfen. Mit wenig Begeisterung betrat ich den Raum und sank ohne Aufforderung auf einen der unbequemen Stühle vor dem Schreibtisch, der genauso gut auch dem Präsidenten hätte gehören können. »Du wolltest mich sprechen?«

Adrian musste etwa um die vierzig sein. Wirklich ernst nehmen konnte ich ihn dennoch nicht. Meiner Meinung nach hatte er nur wenig Ahnung von dem, was es brauchte, um einen Laden wie das *Dreams* am Leben zu erhalten. Er hatte den Club vererbt bekommen – wie sollte es anders sein.

»Du sollst draußen an der Bar stehen, lächeln und Drinks mischen. Von mir aus kannst du den Bräuten schöne Augen machen, wenn das unseren Absatz steigert. Trotzdem passiert alles, was darüber hinausgeht, außerhalb deiner Arbeitszeit. Ist das klar?« Nachdrücklich hämmerte Adrian bei jedem seiner drei letzten Worte die Faust auf den Holzschreibtisch, von dem sich der Lack löste. Ein Mann wie mein Boss war der Letzte, der mich einschüchtern konnte.

Bei Adam mochte das funktionieren, bei mir nicht. Außerdem wussten wir beide, dass es noch etwas anderes gab, was während meiner Arbeitszeit im *Dreams* passierte. Er billigte das, letzten Endes war es auch zu seinem Vorteil.

»Verstanden, Boss«, entgegnete ich und machte dabei eine salutierende Armbewegung, ehe ich gleich wieder aufstand und mich zur Tür wandte. »Sonst noch was?«

Adrian seufzte und schüttelte den Kopf. Breit grinsend verließ ich etwas besser gelaunt sein Büro. Ich ging zurück zur Bar, um weiterzuarbeiten. Vielleicht hatte ich ja das Glück, noch eine Eroberung zu machen, bevor ich später selbst Hand anlegen musste. Da durchzuckte mich ein Gedanke. Ich hatte Harper noch keine Nachricht geschrieben, obwohl sie seit heute Abend in meinen Kontakten eingespeichert war. Es war mitten in der Nacht. Sie würde bestimmt schon schlafen, nachdem sie mir auf dem Weg zur U-Bahn-Station von ihrem strikten Lernplan erzählt hatte. Auf diese Weise würde sie meine Nachricht gleich am nächsten Morgen lesen. Ehe ich mich versah, hielt ich mein Smartphone in den Händen, wählte ihren Namen aus und tippte ein paar kurze Zeilen. Sie konnte sich verdammt glücklich schätzen, dass sie das einzige Mädchen war, das meine Nummer hatte. Es wurde Zeit für den nächsten Schritt.

Hallo Hübsche, wann wollen wir uns morgen treffen?

Das Ende meiner Schicht war zumeist der Zeitpunkt, an dem ich todmüde nur noch in mein Bett fallen wollte. Doch kaum dass ich endlich in unserem Hausflur stand, erfasste mich eine noch um ein Vielfaches intensivere Welle der Erschöpfung. Als hätte mich ein Tsunami erfasst, einmal verdaut und gleich wieder ausgespuckt. Ich war es gewohnt, erschöpft zu sein, und es war das Treffen mit Harper allemal wert gewesen. Morgen früh würde eine Nachricht von ihr auf mich warten, davon war ich felsenfest überzeugt.

Ich streifte meine Schuhe ab, schnappte mir ein Bier aus dem Kühlschrank und schleppte mich ins Wohnzimmer. Sobald ich es mir auf dem Sofa gemütlich gemacht und den ersten Schluck getrunken hatte, schaltete ich den Fernseher ein, obwohl ich genau wusste, dass um diese Uhrzeit nichts Vernünftiges mehr lief. Mich berieseln zu lassen, half mir oft runterzukommen. Zu meinem großen Bedauern war meine Suche nach Gesellschaft für heute Abend erfolglos geblieben. Doch wenn alles nach Plan lief, würde ich morgen sowieso zum Zug kommen.

Ich versuchte, mich wieder auf den Nachrichtensprecher zu fokussieren, dessen gedämpfte Stimme aus unserem alten Fernseher kam. Schon wieder dachte ich an sie. Es war mir überhaupt nicht recht, dass Harper sich so schnell in meinem Kopf eingenistet hatte.

»Shaun?« Die verschlafene Stimme meines kleinen Bruders ließ mich aufsehen. Er rieb sich die Augen, während er vor Müdigkeit taumelnd zu mir ins Wohnzimmer kam.

»Hey, Kumpel.« Ich lächelte ihn liebevoll an. »Habe ich dich geweckt?«

Caleb schüttelte den Kopf, setzte sich zu mir aufs Sofa und lehnte sich an meine Schulter.

»Nein, es ist heute nur wieder etwas ... schwieriger«, beichtete mir Caleb, und ich zog ihn automatisch an mich heran. Kurz herrschte absolute Ruhe bis auf die Stimme des

Sprechers, der gerade die magische Wirkung irgendwelcher Diätpillen zum Besten gab.

»Wie war dein Tag? War Jason hier?« Der Drang danach, ihn von seinem Kummer abzulenken, war schier überwältigend. Ich ertrug es einfach nicht.

»Leider nicht. Seine Eltern haben heute einen Ausflug mit ihm gemacht. Sie wollten in New Jersey wandern gehen, meinte er.«

Ich musste lachen, als ich den Horror in Calebs Stimme hörte, als er übers Wandern redete. Das zählte auch nicht zu meinen Lieblingsbeschäftigungen. Mit Sicherheit nicht, dabei hatte Jersey schöne Ecken, was die meisten New Yorker niemals freiwillig zugeben würden. Gleichzeitig war es nicht zu überhören, dass Caleb nachvollziehbare Eifersucht empfand. Eifersucht darauf, dass sein bester Freund in den Ferien etwas mit seinen Eltern unternehmen konnte. Wir hatten nie viel gehabt, und dennoch war es Dad wichtig gewesen, dass wir zusammen Ausflüge machten. Wie eine Familie, die nicht von Anfang an kaputt gewesen war. Ich hatte es gehasst und keine sich bietende Gelegenheit verpasst, ihm das unter die Nase zu reiben. Mittlerweile, vier Jahre nach seinem Tod, wusste ich es zu schätzen. Ich wünschte, ich hätte es ihm schon damals sagen können. Was würde ich dafür geben, noch einmal mit ihm und Caleb einen Familienausflug machen zu können ...

»Weißt du, was?«, sagte ich. »Vielleicht kann ich mir einen Tag freinehmen, und wir machen auch etwas Schönes. Was meinst du?«

»Das wäre toll, Shaun!«, rief Caleb und war sofort wieder hellwach. »Können wir uns ein Spiel der Yankees ansehen? Und davor in den Zoo? Bitte!«

Die Yankees waren Calebs Lieblingsbaseballmannschaft. Früher hatten wir immer zusammen mit Dad im Garten geübt, sehr zum Missfallen der Nachbarn. Doch mittlerweile beschwerte sich höchstens der Wind, der wie ein Geist vergangener Tage durch die zerbrochenen Fenster der Häuser um uns herumfegte. Zähneknirschend musste ich mir jedoch klarmachen, dass es in Zukunft wohl keine Option mehr sein würde, ins Stadion zu einem ihrer Spiele zu gehen. Die Tickets waren zu teuer für uns, obwohl mir klar war, wie sehr er sich das wünschte, mal wieder ein Spiel live mitzuerleben.

»Der Zoo klingt super, Kumpel«, antwortete ich ausweichend und stellte mich auf die Enttäuschung im Gesicht meines Bruders ein. Meine Brust tat höllisch weh, wenn ich auch nur daran dachte, dass er genau wusste, was für uns drin war und was eben nicht.

Ich wollte noch etwas hinzufügen, als plötzlich mein Handy in der Hosentasche vibrierte und den Eingang einer neuen Nachricht signalisierte. Stirnrunzelnd holte ich das Gerät hervor und blickte darauf. Wer schrieb mir um diese Uhrzeit? Meine Augen weiteten sich, ehe ich grinsen musste, als ich erkannte, dass Harper mir geantwortet hatte.

Harper: *Hey Glückskeks :) Ich arbeite bis sieben. Was schwebt dir vor?*
Shaun: *Haha, sehr witzig. Was hältst du von Coney Island?*
Harper: *War ich schon ewig nicht mehr, bin dabei.*
Shaun: *Gut, dann treffen wir uns um acht dort?*
Harper: *Ist das etwa ein Date, Shaun?*

Flirtete sie mit mir? Fuck, es funktionierte tatsächlich.

Shaun: *Sag mir lieber, wieso du noch wach bist, Harp.*
Harper: *Wer hat dir erlaubt, mich so zu nennen, Shau?*
Shaun: *Ach komm schon!*
Harper: *Keine Sorge, Romeo. Ich war nicht wegen dir wach, wenn es das ist, was du wissen willst.*

»Wer ist Harper?«

Fast hätte ich vergessen, dass Caleb noch immer neben mir saß und ich mich abrupt aus unserem Gespräch ausgeklinkt hatte.

»Nur jemand von der Arbeit«, erklärte ich und tippte dabei eine letzte Nachricht an Harper.

Shaun: *Also bis morgen.*
Harper: *Gute Nacht, Shaun.*

Unschlüssig sah ich auf mein Display, ließ mein Handy aber dann doch wieder in meine Hosentasche gleiten, leerte mein Bier und schnappte mir meinen kleinen Bruder.

»Okay, ab mit dir ins Bett.«

»Shaun hat eine Freundin!«, trällerte Caleb, und ich konnte einfach nicht anders, als zu lachen. Ich vermied es mit allen Mitteln, dass Caleb es mitbekam, wenn ich mich mit Frauen verabredete. Einer der Gründe, wieso ich niemals eine von ihnen mit hierher nahm.

»Sie ist nur eine Bekannte, mehr nicht. So, hopp, hopp und Licht aus!« Leider kaufte er mir die autoritäre Rolle kein bisschen ab. Um ehrlich zu sein, war die vermeintliche Strenge, mit der ich ihm entgegentrat, meist ohnehin bloß gespielt. Ich war eben nicht dafür gemacht, plötzlich und allein ein Kind großzuziehen. Insgeheim war ich bloß froh, dass es immer öfter noch Momente wie diesen zwischen uns gab, bei denen er so gut drauf sein konnte. Ein ganz normaler kleiner Junge.

Ich fühlte mich unbeschreiblich dämlich, während ich hier an der U-Bahn-Station West 8 Street/New York Aquarium stand und auf Harper wartete – mal wieder. In meinem Arbeitsoutfit passte ich überhaupt nicht hierher, und obwohl man in New York üblicherweise leicht in der Menge untertauchen konnte, war mir schon mehr als einmal aufgefallen, dass mich jemand im Vorbeigehen eigenartig gemustert hatte.

Klar, um diese Uhrzeit in Hemd und Schlips gekleidet zu sein, war ungewöhnlich. Vor allem deshalb, weil ich nun wirklich nicht wie jemand aussah, der in einem Büro arbeitete und erst so spät nach Hause kam. Aber was kümmerte es mich, was andere Menschen dachten? Ich machte das hier nur aus einem einzigen Grund: um Harper zu beeindrucken.

Ich hatte gesehen, wie sie mich in diesem Outfit gemustert hatte. Sie mochte mich in diesem vermaledeiten Hemd und den schwarzen Hosenträgern. Sollte sie ruhig denken, dass es für mich um mehr als ein einfaches Treffen ging. Ein Date sozusagen. Irgendwo war es das, nur anders als sie dachte. Sie würde sofort wissen, dass ich mich für sie so herausgeputzt hatte und nicht für die Arbeit im *Dreams*. Möglicherweise hatte ich es ein wenig übertrieben.

Als Harper endlich die Stufen hochkam und sich suchend nach mir umsah, stieß ich meinen unbewusst angehaltenen Atem aus. Ihr lockiges kastanienbraunes Haar, das ihr weit über die Schultern reichte, wippte hin und her, während sie weiter nach mir Ausschau hielt. Es dauerte nicht lange, bis sich ihre ozeanblauen Augen in die meinen verirrten. Ein beinahe liebevolles Lächeln schlich sich auf ihre Lippen, ehe es einem amüsierten Ausdruck auf ihren Zügen wich. Sie musterte mich von oben bis unten. Nichts davon, was sie tat, konnte mich über die Tatsache hinwegtäuschen, dass sie mochte, was sie sah.

»Wow, du bist ja schick«, bemerkte sie, kam zu mir und nahm mich kurz in den Arm. Ich war so perplex, dass ich diese Umarmung nicht erwidern konnte, bis sie sich auch schon wieder von mir löste. Heute roch sie nicht nach Lavendel, sondern nach Vanille.

»Nur für dich.«

»Ich fürchte, damit kann ich nicht mithalten.« Sie deutete schmunzelnd auf sich selbst. »Wenn ich gewusst hätte, dass du das derart förmlich angehen willst ...«

»Du siehst verdammt sexy aus, Harp.« Die unheimlich enge Jeans schmiegte sich sinnlich an ihre Kurven, als wäre sie nur für sie gemacht worden. Und das weiße Top mit den dünnen Trägern verlieh ihren wohlgeformten Brüsten einen nahezu verruchten Touch. Meine Vorstellungskraft brauchte nicht einmal einen noch tieferen Ausschnitt, damit ich mir ausmalen konnte, wie gut sie sich in meinen Händen anfühlen mussten.

»Was für ein Charmeur du doch bist, Shau«, scherzte sie. »Bist du zu all deinen Frauen so?« Es lag keine Bitterkeit oder Wertung in ihren Worten. Ich war mir nicht sicher, ob sie herumalberte, weil sie sich bloß darüber amüsierte, dass ich ein offensichtlicher Frauenheld war, oder deshalb, weil sie mein Spiel ohne großartige Überzeugungsarbeit mitspielte. Das galt es für diesen Abend herauszufinden. Aber vielleicht war das Mädchen zu meiner Rechten in noch viel mehr Belangen nicht so, wie ich sie mir zusammengereimt hatte.

»Welche anderen Frauen?«

Harper rollte nur mit den Augen und schlenderte los. Mir machte es viel zu viel Spaß, sie auf den Arm zu nehmen. Ich folgte ihr.

»Also, was wollen wir machen?« Ich lief hinter ihr, dabei konnte ich ihr ungeniert auf den Arsch glotzen.

»Glaub nicht, dass ich das nicht merke, Glückskeks«, flötete sie, und ich schloss eilig auf.

»Hast du Hunger? Was hältst du von Pizza? Ich kenne einen guten Laden hier die Straße runter.« Früher war der Laden, den ich im Sinn hatte, wie eine Art Familienrestaurant für uns gewesen. Ich erinnerte mich noch an jedes noch so kleine Detail unseres letzten gemeinsamen Besuches dort. Mühsam schüttelte ich die düsteren Schatten der Vergangenheit ab.

»Ich würde für eine Pizza sterben«, gestand Harper begeistert und ging sofort etwas schneller.

Wir holten uns jeweils ein großes Stück, wobei ich natürlich erneut gegen jeden Protest das Geld in die Hand nahm. Sie war noch genauso üppig belegt wie früher, weshalb sich der Teig gefährlich dem Boden zuneigte, wenn man ihn nicht mit den Fingern stützte. Kauend schlenderten wir über die Straße und an den verschiedenen Buden, die rund um den kleinen Freizeitpark aufgebaut waren, vorbei in Richtung Bucht. Es duftete nach buttrigem Popcorn, Zuckerwatte und sorgenloser Kindheit. Adrenalinerfülltes Geschrei durchschnitt den bunten Trubel, der uns längst verschluckt hatte.

In einem unaufmerksamen Moment, in dem Harper nicht hinsah, nahm ich meinen Schlips ab und öffnete die oberen beiden Hemdknöpfe. In ihren Augen spiegelten sich die blinkenden Lichter der Stände, während sie beobachtete, wie die Leute dort ihr Glück versuchten. Ein junger Vater ging vor einer Bude mit Dartpfeilen und Ballons in die Hocke, um seiner kleinen Tochter einen gigantischen rosa Teddybär zu überreichen. Ihre dünnen Ärmchen schlossen sich darum wie um einen unbezahlbaren Schatz. Ich biss meinen Kiefer derart fest zusammen, dass die Zähne wie Schleifsteine aufeinander knirschten.

Harper blieb vor einem der Schießstände stehen, wo mit Gewehren und nicht mit Dartpfeilen geschossen wurde. Wir beobachteten, wie ein junger Typ versuchte, für sein Mädchen den Hauptgewinn zu schießen: ein verdammt kitschiges rosa Herz. Am Ende reichte es dafür nicht ganz, und sein Date bekam lediglich die deutlich kleinere Ausführung, schien von dieser Ausbeute allerdings mindestens genauso begeistert zu sein. Sie küsste ihn dankbar auf die Wange, und der Kerl fiel um ein Haar ins Koma.

»Du solltest das auch mal versuchen«, meinte Harper, wandte ihren Blick von den Teenagern ab und beäugte mich herausfordernd.

»Bist du nicht etwas zu alt für ein riesiges Kuscheltier?«

»Komm schon, Shau. Wenigstens eine Rose? Das wirst du wohl hinbekommen. Glückskeks?«

»Nenn mich nicht immer so«, stöhnte ich frustriert. Tatsächlich hätte ich ihr diesen Wunsch gern erfüllt, nur würde ich in meinem Leben keine Waffe mehr anfassen. Selbst dann nicht, wenn es sich nur um ein dummes Spielzeug handelte. Hinter ihrer Schulter erschien mir ein Paar leerer Augen, die mir viel zu vertraut vorkamen. Viel zu häufig hatten sie mich verfolgt und in meinen Träumen heimgesucht. Ich kämpfte dagegen an, wollte diesem Geist meiner Vergangenheit nicht nachgeben. Denn würde ich es tun ... Nein. Harper konnte es nicht wissen und durfte es auch nie erfahren. »Ein anderes Mal, okay? Mir ist nicht nach so einem Blödsinn.«

Ehe sie protestieren konnte, flüchtete ich regelrecht hinüber zu einem Süßigkeitenverkäufer und besorgte uns ein paar mit Schokolade überzogene Früchte. Es war lange her, dass mich diese Bilder so intensiv heimgesucht hatten. Normalerweise hatte ich mich besser unter Kontrolle. Jahrelange Übung. Leider hatte Harper diese kleine Diskussion nicht vergessen, und als ich wenig später zu ihr zurückkam, hatte sie sich keinen Schritt bewegt.

»Ich dachte, wegen diesem *Blödsinn* sind wir hier«, zog Harper mich auf.

Aha, sie spielte nur. Mein abrupter Stimmungswechsel war ihr entgangen. Gut so. Dieses schreckliche Herz konnte sie jedenfalls vergessen. Beschwerlich riss ich mich zusammen, nahm sie ohne Vorwarnung an der Hand und zog sie weg von den Ständen in eine schmale Gasse, die hinunter zur Strandpromenade führte. Jetzt galt es, nicht den Fokus zu verlieren, und mir war klar, was mir ohne Zweifel helfen würde, diese Dunkelheit für eine Weile zu verjagen. Wenn sie mich erst mit Haut und Haar erfasste, gab es kein Zurück mehr. Unbeholfen stolperte sie mir nach, und für ein, zwei Herzschläge musste es ihr die Sprache verschlagen haben, bis sie fragte: »Okay, wonach steht dir denn dann der Sinn?«

»Du wirst schon sehen«, murmelte ich und zog sie weiter.

– 9. Kapitel: Harper –

Wir ließen die Jahrmarktstände, die Achterbahn und die lachenden Menschen hinter uns zurück, bis sie nicht mehr als ein dumpfes Surren in weiter Ferne waren. Shaun hielt mich immer noch an der Hand und zog mich vorwärts, näher zur Bucht. Wir gingen bis ganz nach vorne an den Steg und blickten hinab zum Strand und dem unruhigen Meer. Das Rauschen der Wellen war durch den verblassenden Lärm der vielen Menschen auf dem Freizeitparkgelände zwar nur gedämpft zu hören, dennoch löste das in Kombination mit dem Salzgeruch, der in der Luft lag, ein ganz besonderes Gefühl in meiner Magengrube aus. Ich verband es mit Freiheit und einem Abschnitt in meinem Leben, in dem alles noch so viel einfacher gewesen war.

Für eine Weile standen wir beide nur da und starrten gebannt auf das pechschwarze Meer und den Strandabschnitt, der inzwischen ebenfalls vollständig von der aufziehenden Dunkelheit eingehüllt worden war.

Shaun schob sich eine der Schokofrüchte in den Mund und seufzte zufrieden, ehe er nach einer weiteren griff und sie mir auffordernd vor die Lippen hielt. Er musste bemerkt haben, wie ich ihn angestarrt hatte, als er seine genüsslich verspeist hatte. Seine Augen glühten förmlich, als ich die Schokofrucht in den Mund nahm, aß und mir danach über die Lippen leckte.

»Es ist echt schön hier.«

Shaun brummte zustimmend und führte mich weiter.

»Ich komme oft hierher«, erklärte er, gab jetzt ein gemächlicheres Tempo vor und strich mir abwesend mit dem Daumen über den Handrücken. »Vor allem um diese Zeit sind hier nicht mehr so viele Menschen, und man kann gut zur Ruhe kommen. Wenn man nachdenken muss.«

Gebannt schaute ich auf seine Hand, wie sie die meine umschloss, und konnte mich nicht entscheiden, was ich davon halten sollte. Klar war allerdings, dass diese Berührung ein prickelndes Gefühl auf meiner Haut hinterließ. Auf eine Art und Weise, wie ich sie viel zu lange nicht mehr empfunden hatte.

»Ich war seit einer Ewigkeit nicht mehr auf Coney Island. Meine Eltern wollten das nie mit mir machen, als ich klein war. Ab und an war ich mit Freunden da, bis irgendwann keiner mehr Lust hatte, so weit rauszufahren. Der Central Park wurde die erste und deutlich bequemere Wahl«, berichtete ich Shaun, der sich derweil die ein oder andere Schokofrucht geangelt hatte. Auffordernd hielt er mir die nächste dicht an die Lippen, sodass ich sie riechen konnte. Eine Woge süßer Erregung erfasste mich. »Danke, dass du mir diesen Ort wieder ins Gedächtnis gerufen hast. Ich habe das Meer vermisst, dabei wartet es immer noch direkt vor unserer Haustür.« Ich lächelte und versuchte, so darüber hinwegzutäuschen, dass ich nach wie vor unschlüssig war, was ich über Shaun denken sollte.

Er hatte sich so sehr verändert, seit ich von Leah und Amanda mehr oder weniger dazu genötigt worden war, ihn im *Dreams* anzusprechen. Shaun war nun wirklich keine Labertasche, doch hatte ich den Eindruck, dass er sich Mühe gab. Am heutigen Abend ganz besonders, obwohl er sich aus einem unerfindlichen Grund vor den Schießständen gedrückt hatte.

Was wollte ich von dem Mann neben mir? Ich hatte ihn von Anfang an als Player und Frauenheld eingeschätzt. Daran bestand kein Zweifel, bei mir verhielt er sich jedoch gerade völlig artfremd. Oder er wandte eine echt gute Masche an, um auch die hartnäckigsten Frauen rumzubekommen. Nun ja, was sollte ich sagen? Wenn ich ganz ehrlich zu mir selbst war, dann funktionierte es sogar. Shaun hatte etwas an sich, was mich immer mehr in seinen Bann zog. Wo war das Problem? Er sah gut aus, war witzig und charmant, wenn er es denn wollte, und konnte ein richtiger Gentleman sein. Meine Mädels hatten schließlich recht: Ich musste ihn ja nicht gleich heiraten. Es wäre schlicht und einfach Sex. Mehr nicht. Ich könnte einfach nachgeben. Der Gedanke daran hatte schließlich schon mehr als einmal in meinem Kopf umhergespukt.

»Du siehst nachdenklich aus«, stellte Shaun fest. Als könnte er meinen inneren Konflikt spüren, führte er meine Hände an seinen Mund und küsste sie. »Worüber grübelst du nach?«

Ich schluckte und tat mein Bestes, ihm nicht zu offenbaren, woran ich gerade gedacht hatte. »Dieser Ort hat etwas wirklich Magisches an sich«, erwiderte ich ausweichend, als wir gerade das B&B Carousell passierten und ich von Weitem den Pat Auletta Steeplechase Pier ausmachen konnte.

Shaun blieb still. Konnte er die Faszination, die von diesem Ort ausging, etwa nicht spüren? Oder wurde man immun dagegen, wenn man ihn oft genug besuchte? Auf einmal verschränkte er unsere Finger fester miteinander, nahm mich mit sich, der Meeresbrise entgegen.

»Kann es sein, dass du nicht ganz ehrlich zu mir bist, Harp?« Er sagte das, ohne langsamer zu werden, beinahe, als verfolgte uns jemand. Sein Atem ging hektischer, und ich spürte, dass auch seine Haut klamm wurde. Mit mir im Schlepptau verließ er die mit Holzplanken ausgelegte Strandpromenade, um im Sand weiterzulaufen. Es war stockdunkel. Kein Wunder, denn normalerweise war es verboten, sich nach Einbruch der Nacht noch hier unten aufzuhalten. Doch Shaun schien das nicht zu kümmern. »Du denkst, dass du die Einzige bist, die Menschen so gut lesen kann, nicht wahr? Ich weiß ganz genau, was dir gerade durch den Kopf gegangen ist, nur willst du es nicht zugeben. Ist es nicht so, Harper?«, raunte er, blieb kurz stehen und sah mir so ungeahnt intensiv und mit Feuer im Blick in die Augen, dass es mir kurzzeitig den Atem verschlug.

Wie auf Knopfdruck verwandelten sich meine ohnehin längst zittrigen Beine in Wackelpudding. Hatte er mir etwa angesehen, wie ich über ihn dachte? Dass ich immer mehr mit mir selbst haderte, ob ich seinem Charme nachgeben sollte oder nicht? War ich tatsächlich so ein offenes Buch für ihn?

»Wo willst du denn hin, Shaun? Wir dürfen hier nicht einmal sein«, flüsterte ich.

Shaun antwortete mir nicht, sondern beschleunigte sein Tempo. Wir kamen dem Pier immer näher, bis Shaun mich darunter führte. Er ließ meine Hand los, griff mich an den Schultern und drückte mich dann mit dem Rücken gegen einen der Pfeiler. Von der Strandpromenade drang nur wenig Licht zu uns, sodass ich seine Umrisse und das verheißungsvolle animalische Leuchten in seinen Augen wahrnehmen konnte. Um uns herum war keine andere Menschenseele zu sehen oder zu hören. Wir waren völlig allein.

Mein Herz schlug mir bis zum Hals, doch nicht aus Angst. Andere Menschen hätten ihn bestimmt als bedrohlich beschrieben, so wie er gerade vor mir stand, sich immer weiter auf mich zubewegte und die Hände links und rechts von mir an dem Pfeiler abstützte. Mich somit einkesselte. Ich jedoch nicht. Das Adrenalin pumpte durch meine Adern, mein Kopf schwirrte. Er roch genau wie beim letzten Mal nach Club und Sandelholz, gepaart mit dem Duft von Meersalz und Schokolade. Ich konnte nicht mehr klar denken. Seine intensiven dunklen Augen bohrten sich immer unnachgiebiger in meine, bis er schließlich seinen Kopf senkte und sein Gesicht an meinem Hals vergrub. Ich spürte seinen heißen Atem auf meiner Haut und in meinem Haar, ehe er federleicht die Stelle unmittelbar unter meinem Ohr küsste. Ich musste ein Stöhnen unterdrücken, als Shaun zeitgleich dazu sein Becken weiter nach vorne schob und somit mit dem meinen in direkten Kontakt kam. Er übte so viel Druck auf meinen Körper aus, dass ich mehr als deutlich die Beule in seiner Hose spüren konnte.

Er saugte und leckte sich unbeirrt an meinem Hals entlang, während ich unter jeder noch so kleinen Berührung erschauderte. Als Shaun seine Hände über meine Schultern hinab zu den Armen und dann zielstrebig unter mein Oberteil wandern ließ, zuckte ich vor lauter Reizüberflutung heftig zusammen. Oder vielleicht deswegen, weil mich die Gesamtsituation so dermaßen überraschte. Ich spürte Shauns Grinsen an meinem Hals, als er das leise Geräusch vernahm, das sich aus meinem tiefsten Innern emporgekämpft hatte. Irgendetwas daran ließ mich wieder halbwegs klar denken.

»Shaun, was tust du?«, keuchte ich, denn in diesem Moment biss er mich deutlich spürbar in den Hals, doch es schmerzte nicht, sondern fühlte sich viel mehr verdammt gut an. Meine Fingernägel bohrten sich in das marode Holz des Pfeilers.

»Was glaubst du denn?« Shaun war ein Wolf, der nur darauf wartete anzugreifen. Mich, das Schaf, mit sich zu reißen, den letzten Funken Beherrschung zu verlieren. Jedenfalls konnte man ihn nicht so einfach aus dem Konzept bringen. Er nestelte an meinem Jeansknopf herum, brachte mich zum Keuchen.

»Aber doch nicht hier«, stöhnte ich, nachdem Shaun den Reißverschluss nach unten geschoben und zielstrebig seine Hand in mein Höschen geschoben hatte.

Ich konnte es einfach nicht fassen, dass wir das hier gerade wirklich taten. Dass *ich* das tat, doch es fühlte sich viel zu gut an, um jetzt noch Nein zu sagen. Ohne zu zögern, ließ er Zeige- und Mittelfinger mit Nachdruck in meine Enge wandern und brachte mich somit dazu, geräuschvoll nach Luft zu schnappen. Mit aller Kraft biss ich mir auf die Zunge und krallte mich an Shauns Schultern fest, um nicht noch mehr Laute von mir zu geben.

»O doch, genau hier«, raunte Shaun an mein Ohr, zog mit den Zähnen behutsam an meinem Ohrläppchen, sorgte damit für eine heftige Gänsehaut, die mich an den Rand der Belastbarkeit brachte. Endlich schaute er mich wieder an. »Niemand wird uns hier stören, und alles an dir schreit förmlich danach. Spürst du das etwa nicht?«, säuselte er und sah mir mit lustverhangenem Blick in die Augen.

Mit roher Gewalt schob er mich weiter an den Pfeiler, drückte seine Lippen auf die Haut unterhalb meines Schlüsselbeins und biss mir dabei erneut in die empfindliche Haut, doch es tat nicht weh. Sobald er von meinem Hals abließ, um mein Oberteil so weit nach unten zu ziehen, dass er den Ansatz meiner Brüste sehen konnte, presste er seinen Körper noch enger an mich und rieb sich mit seiner pulsierenden Erektion an mir.

»Oder willst du mir etwa weismachen, dass das nicht genau das ist, worum sich deine Gedanken schon den ganzen Abend drehen, süße Harp?«, brachte er zwischen mehreren Küssen hervor. Ich sog meine Unterlippe zwischen die Zähne, konnte ihm nicht länger widerstehen. Und kaum dass er sich sicher sein konnte, dass er richtiglag, verschwanden seine beiden Finger vollständig aus mir. Ein verzweifeltes Wimmern drang aus meinem Mund, bis Shaun sie mit Nachdruck bis zum Anschlag wieder in mich schob. Das musste mein Geburtstag und Weihnachten in einem sein.

Shaun gab ein explosives Tempo vor, das mich in kürzester Zeit in ein vor Lust bebendes Wrack verwandelte. Es war das erste Mal, dass ein Mann mich auf Anhieb verstand, wusste, welche Hebel er in Bewegung setzen musste. Und gerade als ich dachte, dass alles in mir jede Sekunde explodieren würde, verschwand er erneut.

Mit heftig schlagendem Herzen schlug ich die Augen auf, die ich, ohne es zu merken, fest zusammengekniffen hatte, um zu protestieren, doch Shaun kam mir zuvor. Er packte mich an den Schultern und drehte mich schwungvoll um. Selbst durch den Stoff meines Tops nahm ich das raue Holz an meiner Brust wahr. Meine Nippel richteten sich verlangend auf. Einen Herzschlag später drängte sich Shauns Vorderseite erneut heiß und voller Hunger an mich. Seine nach wie vor verhüllte Erektion schob sich auch durch die vielen Schichten Stoff unmittelbar an ihr Ziel – zwischen meine Pobacken. Shaun stöhnte, was mich verdammt anturnte. Ich wollte mich zu ihm umdrehen, doch sobald ich Anstalten dazu machte, schnellte Shauns Hand vor, er packte mich am Hals und drückte zu. Überrumpelt schnappte ich nach Luft und kurzzeitig stieg Panik in mir auf, ehe ich mich sogleich wieder unter Kontrolle hatte. Das war nur Teil des Spiels. Er würde mir nichts tun. Es war die Macht des Unbekannten, die mich in ihren Bann zog. Ich klammerte mich an das Holz, riskierte den ein oder anderen Splitter, brauchte diesen Halt.

Shauns Griff war unnachgiebig, und es bereitete mir Schwierigkeiten zu atmen, doch er tat mir nicht weh – ganz im Gegenteil. Wenn ich ehrlich zu mir war, hatte ich schon immer auf härteren Sex gestanden. Ich wollte, dass mich jemand so anpackte, wie Shaun es gerade tat, doch hatte ich das mit meinen bisherigen Partnern nie ausleben können. Mich schlichtweg nicht getraut. Die Angst davor, abgestempelt zu werden, war allseits präsent. Das Klischee, dass nur

Männer auf solche Dinge standen, war tief in den Köpfen der Menschen verwurzelt. Und dann war da ich: bebend und zitternd vor Lust. Es fühlte sich genauso an, wie ich es mir in meinen kühnsten Träumen ausgemalt hatte. Es machte mich unglaublich an, dass Shaun das sofort bemerkt haben musste, denn im nächsten Atemzug versenkten sich drei seiner Finger in mir.

Ich stöhnte durch seinen gewaltsamen Griff auf, und jeglicher Widerstand war wie weggeblasen. Für Shaun mussten meine Geräusche wie Musik in seinen Ohren sein, denn er rieb sich immer aggressiver an meinem Hintern, ehe er sich ohne Vorwarnung von mir löste – bis auf seine Finger um meinen Hals. Ich hörte, wie er energisch an seinem Reißverschluss zerrte, und kurz darauf, wie eine Verpackung aufgerissen wurde. Shaun stöhnte ebenfalls und fluchte gänzlich ungeniert, sobald ich das unverkennbare Geräusch hörte, mit dem er seinen Schwanz ohne Zweifel in seine freie Hand stieß, die mich bis jetzt verwöhnt hatte.

»Du kannst verfickt nochmal froh sein, dass ich ein Kondom dabeihabe«, knurrte er.

Obwohl es mich über alle Maße erregte, dass Shaun plötzlich eine Seite von sich zeigte, die ich so zwar an ihm vermutet, aber bisher nie live erlebt hatte, empfand ich das von ihm Gesagte als witzig. Ich konnte es mir nicht verkneifen, leise aufzulachen. »Du redest beim Sex mehr als bei jeder anderen Gelegenheit. Normalerweise ist das umgekehrt, weißt du?«

Ganz offensichtlich war Shaun nicht nach Witzen zumute. Mir verging auf der Stelle das Lachen, als er, ohne lange zu fackeln, seine dominante Seite noch deutlicher zum Vorschein brachte. Sein Griff wurde fester, bis ich tatsächlich Probleme beim Atmen hatte. Im selben Augenblick verlagerte Shaun sein komplettes Körpergewicht auf mich und drang, ohne mich nur ansatzweise darauf vorzubereiten, so tief in mich ein, dass ich erst einmal heftig nach Luft schnappen musste. Jedes einzelne Wort, das mir gerade eben noch auf der Zunge gelegen hatte, war wie weggewischt. Ich hatte bereits mit so einigen Männern geschlafen, aber Shaun war mit keinem von ihnen zu vergleichen – allen voran wegen der Größe. Er gönnte mir keine Sekunde, um mich daran zu gewöhnen.

»Ist dir jetzt immer noch nach Scherzen zumute, hm?«, fragte Shaun barsch, ehe er sich vollkommen aus mir zurückzog und seine Hand fest auf meinen Mund legte. »Hieran ist überhaupt nichts komisch. Das ist es doch, was du die gesamte Zeit über gewollt hast, nicht wahr? Dass ich dich ruiniere und benutze. Du magst es hart, du magst es rau, und keiner der anderen konnte es dir jemals so besorgen, wie ich es kann, ist es nicht so?«, raunte Shaun ganz dicht an mein Ohr.

Ich verglühte vor Erregung, und auch das letzte Härchen in meinem Nacken stellte sich verräterisch auf.

»Du sehnst dich danach. Ich habe es dir angesehen. Du glaubst, dass dich niemand durchschauen kann, aber ich kann es. Merk dir das. Ich weiß, was du willst, und du hast es verdient, das auch zu bekommen.«

Kaum dass das letzte Wort seine Lippen verlassen hatte, stieß er noch härter und ohne Rücksicht in mich. Seine schwielige Hand verschluckte meinen ekstatischen Schrei, den ohne Zweifel ganz Coney Island mitbekommen hätte. Es war ein Aufschrei der Lust, nicht der Angst oder gar des Schmerzes wegen. Es hatte mir wahrhaftig die Sprache verschlagen. Shaun blieb so dicht an mich gelehnt, dass kein Blatt Papier mehr zwischen uns gepasst hätte. Ich hörte deutlich, wie seine Hüften an meinen nackten Hintern klatschten, spürte die Vibration seines leisen Knurrens, das tief in seiner Brust widerhallte. Ich konnte mich unter ihm keinen Millimeter bewegen, war ihm gänzlich ausgeliefert, und obwohl ich sonst ein Mensch war, der eine verdammt große Klappe hatte, fehlten mir immer noch die Worte. Das, was Shaun mit mir machte, fühlte sich auf eine Weise magisch an, die absolut süchtig machend war. Noch nie hatte ich etwas Vergleichbares gefühlt. Es berauschte mich, wie intensiv Sex sein konnte. Ich war eine junge Frau, der man besser nicht die Freiheit nahm, aber was den Sex betraf, sah die Sache vollkommen anders aus.

Shauns Bewegungen wurden immer unkontrollierter, sein Atem ungleichmäßiger, und als ich mein linkes Auge einen Spalt weit öffnete, konnte ich den dünnen Schweißfilm sehen, der auf seiner Stirn glänzte. Verdammt, er sah so heiß aus, wenn er sich so an mir verausgabte. Seine Lider waren fest zusammengepresst, doch war ihm nicht entgangen, dass ich ihn musterte – er öffnete die Augen. Dunkles Braun traf auf tiefes Blau. Shaun winkelte die Knie an, veränderte damit leicht die Position, und ich verzog vergehend vor Lust das Gesicht. Meine Lippen formten sich zu einem O, und meine Augen wären mir beinahe bis in den Schädel zurückgerollt. Das alles war so neu, so intensiv, so verrucht, heiß und sexy, dass er es schaffte, mich bis kurz vor die Klippe zu befördern. Seine Pupillen waren deutlich geweitet, seine Züge angespannt, doch auf eine Art, bei der ich sofort erkannte, dass er kurz davorstand, diese unsichtbare Hürde zu überwinden.

Ein kräftiger Stoß. Mehr brauchte es nicht, um Shaun und mich mit einer intensiven Woge in den Abgrund zu stürzen. Ich sank in mich zusammen, doch glücklicherweise war er da, um mich zu stützen, während ich so heftig kam wie noch nie zuvor und dabei einen euphorischen Aufschrei nicht verhindern konnte. Shaun stöhnte und keuchte, ehe ich nur Sekunden später fühlen konnte, wie seine bereits abflauende Erektion tief in mir zuckte.

Einige Herzschläge lang musste ich mich darauf fokussieren, die bunten Sterne aus meinem Sichtfeld zu vertreiben. Dieses unfassbare Hochgefühl meines Orgasmus pulsierte in jedem noch so kleinen Winkel meines Körpers. Ich konnte nur unser gleichzeitiges Ringen nach Atem und das leise

Rauschen des Meeres hören. Shaun hatte mir innerhalb weniger Minuten die Definition eines Quickies demonstriert.

Er löste sich so abrupt von mir, dass ich kurzzeitig Probleme damit hatte, das Gleichgewicht zu halten. Fast wäre ich rückhaltlos an dem Holzpfeiler hinabgesunken. Ich hörte Shauns Reißverschluss, nachdem er sich das Kondom abgezogen und achtlos auf den Boden befördert hatte. Wären da nicht die kleinen Schweißtropfen auf seiner Stirn und der Fakt, dass sein Hemd aus der Hose gerutscht war, hätte man niemals annehmen können, dass er mich gerade um den Verstand gebracht hatte. Er vergrub selbstzufrieden grinsend seine Hände in den Hosentaschen und schaute mich an. Eilig riss ich mich von diesem Mann los, dem wandelnden Sex auf Beinen, und machte mich daran, schleunigst meine Klamotten wieder zu richten.

Sobald ich fertig war und inständig hoffte, dass man mir im Halbdunkeln nicht sofort ansehen würde, was ich vor wenigen Augenblicken mit Shaun hier unten am Strand getan hatte, gingen wir schweigend nebeneinanderher zurück zur befestigten Strandpromenade. Shaun griff nicht wie vorhin nach meiner Hand, und der Abstand zwischen uns war wieder etwas größer geworden. Er glich einer Schlucht, doch interpretierte ich nicht allzu viel in diesen Umstand hinein.

Jetzt wieder unter Menschen zu sein, war ein eigenartiges Gefühl. Wir sahen uns tief in die Augen, und ich stellte fest, dass der Lustschleier in Shauns Augen zwar weitestgehend verschwunden war, sich stattdessen aber dieser mir bereits gut bekannte Schalk in ihnen eingenistet hatte.

»Ich muss zugeben, dass du besser warst als gedacht«, murmelte Shaun, während er mich zurück zu den Jahrmarktständen lotste, von denen einige gerade dabei waren, ihre großen Rolltore herunterzulassen und für die Nacht abzuschließen.

»Und das soll mir was sagen?«

»Im Bett. Oder sagen wir, eher am Pfeiler.« Shaun schien sich köstlich zu amüsieren. Schön für ihn.

Es war angenehm, dass sich augenscheinlich nichts zwischen uns verändert hatte. Wieso sollte es auch? Es war schließlich bloß Sex gewesen. Verflucht guter Sex. Sex, den man wiederholen sollte. Zumindest war es das, was mir mein immer noch verdammt glückseliges Gehirn in dieser Sekunde einzutrichtern versuchte.

Ich schämte mich nicht für das, was wir getan hatten, obwohl meine Wangen unverändert glühten. Nur weil ich eine Frau war, musste ich mich dafür nicht schämen. Es war einfach viel zu lange her gewesen, und ich hatte die perfekte Gelegenheit ergriffen.

»Schon klar, dass du das meintest.« Beiläufig strich ich mir über den gereizten Hals. Ob man die Spuren unserer Nacht am Morgen sehen konnte? Die Vorstellung brachte mich zum Grinsen.

»Du überraschst mich immer wieder. Das hat richtig Spaß gemacht«, eröffnete er mir mit einer Ernsthaftigkeit, die mich auflachen ließ.

»Sollte das Kompliment nicht eher an dich gehen? Im Endeffekt hast doch du die ganze Arbeit gemacht.«

Shaun antwortete mir nicht, löste unseren Blickkontakt wieder auf und sah zurück nach vorne.

»Wer hätte gedacht, dass so eine Seite in dir schlummert?«, murmelte er kaum hörbar vor sich hin, und ich war mir nicht sicher, ob diese Worte überhaupt für meine Ohren bestimmt gewesen waren.

– 10. Kapitel: Harper –

Seit diesem Abend auf Coney Island, an dem Shaun mir unverhofft das gegeben hatte, worum meine Gedanken unterschwellig schon eine ganz schön lange Zeit gekreist waren, hatte ich nichts mehr von ihm gehört. Es waren zwei Tage vergangen, in denen absolute Funkstille geherrscht hatte, die bisher weder er noch ich durchbrechen wollten. Was hatte ich auch von ihm erwartet? Wir hatten einen One-Night-Stand gehabt und mehr nicht. Es war nichts dabei. Keine große Sache.

Wie ich Shaun kennengelernt hatte, war er ein beschäftigter Mann, über den ich so gut wie nichts wusste. Außerdem hatte ich schon geahnt, dass das mit uns eine einmalige Sache bleiben würde. So, wie es normalerweise üblich war. Wieso hatten wir überhaupt Nummern getauscht? Es war nicht so, dass ich Shaun in irgendeiner Form nachtrauerte, möglicherweise wusste ich nur tief in meinem Innern genau, dass ich nicht Nein gesagt hätte, wenn er mich ein zweites Mal hätte verführen wollen. Auf seine ganz eigene Art. Grob, direkt und rau. Verflucht, ich liebte diese Seite an ihm, und wenn ich auch nur daran dachte, dass ich mich bei Shaun gefühlt hatte wie noch bei niemandem zuvor, kribbelte es selbst in meinen Zehen.

Ich leckte mir träge über die Lippen, ehe ich es dann doch für heute aufgab, mein Buch zusammenklappte und mich zum Gehen wandte. Es war schon spät, weshalb die meisten Tische in der Bibliothek nicht mehr von meinen Kommilitonen besetzt waren und das grelle Neonlicht, das sich ab einer bestimmten Uhrzeit durch einen Bewegungssensor einschaltete, meine müden Augen quälte. Ich hatte mir in aller Frühe meinen Platz im ruhigsten Teil der Bibliothek geschnappt, von dem ich immer nur dann aufgestanden war, wenn ich ein weiteres Buch gesucht oder auf die Toilette gemusst hatte. Erst als ich an die frische Luft trat, merkte ich, dass mein Magen sich lautstark beschwerte. Seufzend legte ich meine Hand auf meinen Bauch und überlegte, ob ich mir auf dem Nachhauseweg noch eine Nudelbox beim Asiaten um die Ecke holen oder mir die Reste der kalten Pizza vom Abend zuvor einverleiben sollte. Da ich in meinem Zimmer keine Mikrowelle oder gar eine wirklich funktionstüchtige Küche besaß, fiel mir diese Entscheidung ziemlich leicht.

Während ich darauf wartete, dass meine Bahn endlich ihr Ziel erreichte, nachdem ich heute viel zu faul gewesen war, um zu laufen, dachte ich an die leckeren Nudeln, die ich, ausgehungert, wie ich war, mit ein paar Bissen komplett verputzen würde.

Plötzlich tauchte Shaun in meinen Gedanken auf. Ich wusste nicht, wie er da schon wieder hingekommen war, aber ich wehrte mich nicht dagegen. Ich erinnerte mich daran, wie er mich noch bis zurück zur U-Bahn-Station begleitet hatte, nachdem er mich an diesem Pfeiler gevögelt und nicht dabei gelogen hatte, dass ich am nächsten Tag Schwierigkeiten haben würde, wieder normal zu laufen. Am folgenden Tag war ich mehr als nur einmal eigenartig angesehen worden, und ich hatte es tunlichst vermieden, Amanda oder

Leah zu treffen, denn das breite Grinsen, das nicht zu unterdrücken gewesen war, hätte mich sofort verraten.

Sie wussten nach wie vor nicht, dass ich nachgegeben und mit Shaun geschlafen hatte – wohl zu meinem Besten. Damit würden sie mir für alle Ewigkeit in den Ohren liegen. Zumindest Amanda, dieses gerissene Biest. Früher oder später würden sie das Ganze sowieso mitbekommen. Mit großer Wahrscheinlichkeit sogar eher früher als später, denn morgen stand eine Verbindungsparty der Columbia an, zu der die beiden mitkommen würden. Weder Amanda noch Leah studierten dort, und ich selbst war kein Mitglied in dieser Verbindung. Trotzdem würden wir hingehen. Diese Partys waren über unseren Campus hinaus legendär, und es war so gut wie jeder willkommen – solange man keine Abneigung gegen Alkohol hatte.

Ich fragte mich, ob Shaun mich begleiten würde, wenn er davon wüsste. Er war zwar kein Student und hatte anscheinend nie einer sein wollen, doch konnte ich mir gut ausmalen, dass eine solche Party ganz nach seinem Geschmack gewesen wäre. Vielleicht könnte er doch noch erkennen, dass es sich lohnte, zu studieren. Intuitiv zückte ich mein Smartphone, tippte auf den Bildschirm und checkte die Uhrzeit sowie meine Benachrichtigungen. Wie erwartet nichts Neues. Ich stand auf, ging zu den Schiebetüren und wartete darauf, dass diese sich öffneten, sobald die blecherne Stimme den Stationsnamen und diverse Sicherheitshinweise roboterähnlich heruntergebetet hatte. Wackelnd und ratternd kamen wir zum Stehen.

Das Vibrieren meines Smartphones bemerkte ich trotz der einfahrenden U-Bahn. Neugierig fischte ich es erneut heraus, schaltete das Display ein und staunte nicht schlecht, als ich eine neue Textnachricht hatte – ausgerechnet von Shaun.

Die Studentenparty stieg in dem Verbindungshaus unweit des Fakultätsgebäudes, in dem die meisten meiner Vorlesungen stattfanden. Zwar würden Amanda und Leah erst später dazustoßen, aber Shaun würde ich schon jetzt wie abgemacht am Eingang treffen. Bei dem Gedanken daran, dass ich ihn seit unserem Treffen auf Coney Island das erste Mal wieder zu Gesicht bekommen würde, stieg mir spürbar die Hitze in die Wangen. Vor meinem inneren Auge liefen Bilder davon ab, wie wir abrupt und vollkommen lusttrunken übereinander hergefallen waren. Ich schluckte. Ich war der festen Überzeugung gewesen, dass das eine einmalige Sache gewesen war. Bis zu dem Augenblick, in dem Shaun mir, nachdem eine meiner Meinung nach einvernehmliche Funkstille zwischen uns geherrscht hatte, einfach so aus dem Nichts wieder geschrieben hatte. Mit keinem Wort hatte er erwähnt, was zwischen uns passiert war. Er wollte lediglich wissen, ob ich heute Abend etwas vorhatte. Von dieser Frage überrumpelt, erzählte ich ihm von der Party, woraufhin er sich mehr oder weniger selbst dazu eingeladen hatte.

Sag mir, wann und wo, und ich werde da sein.

Das hatte kurz und knapp in seiner Nachricht gestanden, die er nur nach wenigen Sekunden an mich zurückgetippt hatte. Wohl nicht einmal im Traum hatte er angenommen, dass es auch genauso gut sein konnte, dass ich ihn überhaupt nicht dabeihaben wollte. Dass ich ihn nach diesem atemberaubenden Sex nicht mehr sehen wollte, weil das für mich eben nicht mehr als das gewesen war. Kopfschüttelnd und breit grinsend hatte ich auf seine Nachricht gestarrt und schließlich, ohne zu zögern, nachgegeben.

Nur wenige Stunden später stand ich nun vor dem Verbindungshaus und wartete darauf, dass Shaun aufkreuzen würde. Wenn ich Leah und Amanda im Vorfeld davon erzählt hätte, dass ihr Lieblingsbarkeeper hier auftauchen würde, hätten sie sich garantiert nicht eine Minute verspätet. Mit großer Wahrscheinlichkeit wären sie sogar das wohl erste

Mal in ihrem Leben überpünktlich gewesen. Normalerweise war ich bei diesen Partys aber auch nie pünktlich. Zum einen, weil sie erst ab einer bestimmten Uhrzeit an Fahrt aufnahmen, und zum anderen, weil ich mich häufig erst dazu überwinden musste, überhaupt zu diesen bescheuerten Veranstaltungen zu gehen. Ich ging gern und ausgiebig feiern, keine Frage. Bei diesen Verbindungspartys war mir die Dichte an Vollpfosten aber viel zu hoch. Niemand sonst schaffte es auf diese Weise, einem in Rekordgeschwindigkeit den letzten Nerv zu rauben. Und trotzdem fiel ich immer wieder auf die Einladungen rein, obwohl ich mir jedes Mal aufs Neue schwor, erst einmal eine lange Zeit ohne Vollpfosten in meinem Leben zu verbringen. Wären da nicht Amanda und Leah, die mich häufiger dazu bequatschten, es doch noch mal zu versuchen, weil sie mit mir dorthin wollten. Oder eben im heutigen Fall Shaun, mit dem es vielleicht sogar das erste Mal eine tatsächlich annehmbare Party werden könnte. Bisher war ich noch nie mit einem Kerl an meiner Seite dort aufgetaucht. Womöglich könnte ich damit das Geheimrezept entdeckt haben, um nicht mehr von diesen typischen Arschlöchern genervt zu werden.

Obwohl diese Partys immer die Anlaufstelle für übertrieben herausgeputzte versnobte Blödmänner war, hatte ich mich so gekleidet wie sonst, wenn ich ins *Dreams* wollte. Eine graue verwaschene Röhrenjeans, schwarze High Heels und ein weißes eng anliegendes T-Shirt mit Rundhalsausschnitt, das ich an den Ärmeln nach oben gekrempelt und an der Seite zu einem Knoten gebunden hatte.

Seufzend lehnte ich mich an das Treppengeländer hinter mir, verschränkte die Arme vor der Brust und musterte die an mir vorbeigehenden Menschen, von denen kein einziger mehr nüchtern wirkte. Die Studierenden strömten geradezu in das Innere des Gebäudes, und das, obwohl es immer noch ziemlich früh war. Viele von ihnen beachteten mich nicht, doch gerade die Jungs warfen mir immer mal wieder einen neugierigen Blick zu, der mich mit den Augen rollen ließ. Hoffentlich würde Shaun bald da sein.

Ich sah auf meine Armbanduhr. Es war erst kurz nach halb eins. Shaun würde bestimmt jede Sekunde hier aufkreuzen. Würde er mich versetzen, hätte er bestimmt Bescheid gegeben. Für so anständig hielt ich ihn allemal.

Eine Woge der Ungeduld riss mich mit sich, doch dann setzte mein Herz einen Schlag aus. Zwischen einer Gruppe erhaschte ich einen kurzen Blick auf ihn – Shaun. Ich war kein Mensch, den man leicht aus der Fassung bringen konnte, doch bei seinem Anblick fiel mir fast die Kinnlade herunter. Hatte der One-Night-Stand damit zu tun, dass er mir nun umso mehr unter die Haut ging? Warum sonst sollte ich auf einmal so auf ihn reagieren?

Ich biss mir verstohlen auf die Unterlippe, während mein Blick immer noch an ihm klebte wie Kaugummi und ich darauf wartete, dass er näher kam. Shaun war nicht so förmlich gekleidet wie das letzte Mal, als wir uns gesehen hatten, aber sein gesamtes Auftreten strahlte eine derartige Verruchtheit und Sexyness aus, dass ich das Gefühl bekam, jeder Tropfen Blut in meinem Körper würde just in dieser Sekunde kochen.

Shauns große raue Hände, von denen ich hautnah erlebt hatte, zu was sie fähig waren, steckten entspannt in den Hosentaschen seiner dunklen Jeans, die trotz des schwarzen Gürtels mit der großen Metallschnalle gefährlich tief auf seinen Hüften saß. Die oberen beiden Knöpfe seines blütenweißen Hemds hatte er offen gelassen und nicht wie bisher in die Hose gesteckt. Die Ärmel waren bis zu den Ellenbogen nach oben gekrempelt und entblößten damit seine sehnigen, muskulösen Unterarme.

Es war das allererste Mal, dass ich mir absolut bewusst war, wie Shaun auf Frauen wirkte. Wie er auf Frauen wirken *wollte*. Ich hatte noch nie einen wirklichen Typ Mann gehabt, auf den ich stand, wie ihn die meisten Frauen hatten, doch das hatte sich gerade geändert. Wenn mich in exakt diesem

Augenblick jemand danach gefragt hätte, hätte ich mit absoluter Sicherheit *ihn* beschrieben. Genau so, wie er gerade auf mich zukam. Das schien nicht nur ich so zu sehen, denn Shaun hatte schon jetzt die Aufmerksamkeit der anderen Studentinnen erregt, die ihn ganz ungeniert anglotzten. Diese Mischung zwischen schick und lässig musste für ihn der Schlüssel zum Erfolg sein. Seine weißen Sneaker stachen deutlich hervor, als das trübe Licht der Straßenlaternen darauf schien und er vor mir zum Stehen kam.

»Du bist spät dran«, witzelte ich mit immer noch vor der Brust verschränkten Armen.

Unbemerkt atmete ich erst einmal tief ein und dann wieder aus und stellte dem Himmel sei Dank fest, dass meine Stimme nicht anders klang als sonst. Auf keinen Fall wollte ich Shaun diese Genugtuung geben, dass er unmittelbar erkannte, was sich bis eben vollkommen ungeniert in meinen Gedanken abgespielt hatte. Ein zweites Mal würde ich mir nicht die Blöße geben, mich so leicht durchschauen zu lassen.

»›Ein Zauberer kommt nie zu spät. Ebenso wenig zu früh. Er trifft genau dann ein, wenn er es für richtig erachtet‹«, zitierte Shaun mit einer Bedeutsamkeit, die mich in Sekundenschnelle zum Lachen brachte.

»Und du willst hierbei der Zauberer sein, Gandalf?«, antwortete ich und spielte sein kleines Spiel kopfschüttelnd mit. »Ich hätte dich nicht für einen Tolkien-Fan gehalten.« Ich grinste.

Shaun stellte sich dicht neben mich, legte die Unterarme auf dem Treppengeländer hinter uns ab, an dem ich ebenfalls lehnte, und starrte stur geradeaus. Wenn es ihn überraschte, dass ich das Zitat kannte, zeigte er es nicht. Erst dachte ich, dass er darauf nichts erwidern wollte, denn seine Kiefermuskeln zuckten voller Anspannung, doch dann sagte er: »Immer an Weihnachten haben wir einen *Der Herr der Ringe*-Marathon mit Dad abgehalten. Danach gab es dieses bescheuerte Zitate-Raten, bei dem sowieso immer er gewann.«

Shaun hatte eine unglaublich faszinierende Wirkung auf mich. Immer dann, wenn ich glaubte, dass er mir nie mehr als zumindest einen kleinen Fetzen seines Privatlebens offenbaren würde, tat er es doch – und ich sog jegliche neue Information wie ein Schwamm in mich auf.

»Wen meinst du denn mit *wir*?«, fragte ich und hoffte, dass er mir erneut antworten würde, auch wenn es vielleicht unhöflich war, so unverblümt in seiner Vergangenheit herumzustochern. Ganz offensichtlich redete Shaun nicht gern über sein Leben – meiner entfachten Neugier zum Trotz. Mir war nicht entgangen, dass er in der Vergangenheitsform gesprochen hatte. Hatte er es an jenem Abend tatsächlich ernst gemeint, dass er keine Familie mehr hatte? Oder hatte er das lediglich gesagt, weil er sich mit seinen Verwandten nicht gut verstand? Letzteres war eher meine Vermutung.

»Unwichtig«, entgegnete Shaun mit unmissverständlich hartem Tonfall. »Wieso stehst du immer noch hier draußen?«

Natürlich lenkte er umgehend wieder vom eigentlichen Thema ab, doch ich würde ihn auch dieses Mal nicht weiter ausquetschen. Ich wollte unbedingt wissen, wie der wahre Shaun war, was ihn ausmachte, wie sein Umfeld aussah, doch wenn ich ehrlich zu mir war, ging mich das überhaupt nichts an. Ab und zu warf er mir immer mal wieder kleine Brotkrumen wie diesen zu, doch nie genug, um meinen Wissenshunger zu stillen.

Warum interessierte mich das überhaupt so? Vermutlich lag das zum Großteil an meiner Studiengangwahl. Ich hatte mich schon immer sehr für Menschen und ihre Geschichten interessiert, was den Psychologieteil in meinem Studium deutlich erleichterte.

»Weil wir ausgemacht hatten, uns hier zu treffen, und ich dich nur ungern direkt diesen heißhungrigen Studentinnen zum Fraß vorwerfen wollte, noch bevor wir uns begrüßt haben«, erwiderte ich locker und wandte mich ihm wieder zu.

Nur um ihn dabei zu erwischen, wie er ungeniert auf meinen Bauch starrte, der wegen des Knotens an meinem Shirt offenlag. Ich tat so, als ob ich es nicht bemerkte.

Es ging also nicht nur mir so, dass ich Shaun immer noch zum Anbeißen fand. Hatte ich mich doch getäuscht? War Shaun auf mehr aus als nur einen Augenblick der Leidenschaft? Wollte er das Ganze wiederholen?

»Dafür müssten wir erst einmal reingehen, damit das auch wirklich passieren könnte«, sagte Shaun und tat dabei so, als ob ich ihn nicht gerade beim Starren ertappt hätte. Ich zog den Knoten an meinem Oberteil fester und ging voran in Richtung des Eingangs.

Als wir den Eingangsbereich des Verbindungshauses betraten, schlug uns ohrenbetäubender Lärm entgegen. Die extreme Mischung aus Schweiß, Alkohol und Männerdeo machte das Atmen schwer. Ich schnappte mir Shauns Hand, damit wir uns nicht verlieren würden. Sie war warm und genauso verschwitzt wie die tanzenden Körper ums uns herum. Mir gefiel der Gedanke, dass er ebenso aufgeregt war wie ich. Zumindest redete ich mir das ein. Ich führte ihn, so schnell es eben ging, durch die Menge und hinüber in den angrenzenden Raum, in dem die Party eigentlich stieg. Dort angekommen, ließ ich seine Hand los, nahm mir zwei der roten Plastikbecher und goss sowohl mir als auch Shaun ein Bier ein. Lächelnd drehte ich mich zu ihm um und reichte ihm seinen Becher. Wir prosteten uns zu und nahmen beide einen Schluck. Als der Alkohol meine ausgedörrte Kehle befeuchtete, summte ich zufrieden und spürte bereits den Drang in meinen Beinen, mich zu bewegen. Ich nahm noch einen weiteren Schluck kühles Bier und konzentrierte mich nicht nur auf die laute Musik, sondern auch auf den herben Geschmack auf meinen Lippen, die ohnehin schon prickelten. Viel zu schnell war mein Getränk leer.

Shaun hatte offenbar nicht vor, von mir abzulassen. Gierig nahm er meinen gesamten Körper in Augenschein. Stumm forderte ich ihn dazu auf, mit mir zu tanzen. Ich wusste selbst nicht genau, was ich mir von diesem Abend und der darauf folgenden Nacht erhoffte, aber ich wollte, dass Shaun mit mir tanzte.

So als ob er mal wieder meine Gedanken gelesen hätte, nahm er mir meinen Becher ab und stellte ihn zusammen mit seinem zur Seite. Er kam mit zwei großen Schritten näher, sodass ich trotz der Hitze in dem Raum das Gefühl hatte, dass seine ausgestrahlte Körperwärme sich noch einmal deutlich davon abhob. Beharrlich griff er nach meinen Händen und legte sie sich auf seine Schultern. Mein Blickfeld war ausgefüllt von Shaun und dem intensiven Ausdruck, der mir entgegenschien. Eng umschlungen tanzten wir, wobei wir uns immer näher und näher kamen, bis sich sein Becken unnachgiebig an das meine schmiegte. Shaun ließ seine Hände zu meinem Hintern hinabwandern und packte fest zu. Ich biss mir auf die Unterlippe, um den Laut zu verschlucken, der sich meiner Kehle entringen wollte. Mein gesamter Körper pulsierte zum Takt von Shaun und der Musik. Seine Augen verdunkelten sich, als sein Blick auf meine Lippen fiel, über die ich ohne Hintergedanken leckte. Die Furchen auf seiner Stirn vertieften sich, und mich beschlich der Eindruck, dass er seine nächsten Worte unterdrückte. Was es auch war: Ich sollte es nicht erfahren.

»Harp!« Amanda schrie verzückt quer durch den Raum – sicher würde sie am nächsten Tag heiser sein.

Als ob ich ihn verbrannt hätte, machte Shaun sich abrupt von mir los und brachte Abstand zwischen uns. Verwirrt sah ich ihn an, ehe ich mich von ihm abwandte und nach Amanda Ausschau hielt, die natürlich Leah im Schlepptau hatte. Die beiden fielen mir lachend um den Hals, und es war klar, dass sie auf dem Weg hierher schon etwas getrunken hatten. Amanda schwankte gefährlich und roch merklich nach Wodka.

»Da seid ihr ja endlich«, rief ich den beiden nach vorne gebeugt zu. »Shaun und ich haben schon mal angefangen.«

Meinen beiden Freundinnen klappte die Kinnlade runter.

»Also haben wir uns das gerade doch nicht eingebildet. Der Barkeeper! Fuck, Harper! Jedes Detail! Treibt ihr es miteinander? Erzähl schon!« Amanda flippte vollkommen aus, während ich ihr am liebsten die Hand auf den Mund gedrückt hätte, damit sie endlich still war und mich nicht weiter vor Shaun blamierte.

Intuitiv wollte ich nach seiner Hand greifen, doch dort, wo er bis just in diesem Moment noch gestanden hatte, war weit und breit nichts mehr zu sehen. Überrascht schaute ich in alle Richtungen, doch konnte ich ihn nirgends mehr entdecken. Was zum ...?

»Hey, wo ist er denn hin?« Leah wirkte enttäuscht.

»Vermutlich hat er sich erschrocken, so, wie ihr auf uns zugestürmt seid«, witzelte ich und lachte, auch wenn ich mich ernsthaft fragte, wohin Shaun so abrupt verschwunden war und wieso er sich so seltsam verhalten hatte.

Wollte er nicht, dass man uns zusammen sah? Dass meine Freundinnen uns zusammen sahen? Wie weggeblasen war die Hitze, die ich dank Shaun bis eben noch in jeder einzelnen Faser meines Körpers gespürt hatte. Um mich abzulenken, holte ich mir einen neuen Becher und schenkte uns dreien ein Bier ein.

»Jetzt spuck es schon aus, Harp!« Leahs Zunge lockerte sich merklich, wenn sie auch nur einen Tropfen Alkohol trank.

»Ja, wir haben miteinander geschlafen. Zufrieden?«, erwiderte ich genervt und streckte ihr die Zunge heraus. Ich verfolgte, wie ihre Züge sich von schockiert zu begeistert veränderten.

Wie üblich war Amanda die Erste, die sich fing und ihre große Klappe aufriss: »Ich fasse es einfach nicht! Du kleines Miststück, endlich! Das muss gefeiert werden!« Sie hob die

Arme und schlang sie mir und Leah so fest um den Hals, dass ich beinahe keine Luft mehr bekam.

Zum Glück fragte niemand nach den Details dieser Zusammenkunft. Dahingehend machte ich mir allerdings keine Illusionen: Früher oder später würden die Fragen wie Maschinengewehrfeuer auf mich einprasseln.

Die nächsten Stunden bekam ich Shaun kaum zu Gesicht. Immer wenn ich dachte, dass er einfach, ohne etwas zu sagen, abgehauen war, entdeckte ich ihn wieder in einer Gruppe von anderen Kommilitonen. Sie unterhielten und umarmten sich, als wären sie alte Freunde. Zu keinem Zeitpunkt ging das von Shaun aus. Mehr Details brauchte ich nicht, um zu kapieren, dass da irgendetwas vor sich ging. Und wie sie lachten. Ja, *lachten.* Selbst Shaun stimmte kurz mit ein, doch aus dieser Entfernung konnte ich nicht sagen, ob es echt oder fake war – ich tippte auf Letzteres. Woher kannte er diese Leute? Er war doch bisher weder auf einer dieser Partys noch auf dem Campus der Hochschule gewesen. Hatte ich irgendetwas verpasst?

So ging es die gesamte Zeit über. Zusammen mit Amanda und Leah feierte ich eine berauschende Nacht, doch nervte es mich zugegebenermaßen, dass Shaun sich immer deutlicher von mir absetzte. Klar konnte er machen, was er wollte, doch hatte ich irgendwie gehofft, dass wir noch einmal Spaß haben könnten. Wozu sonst hätte er sich erneut bei mir melden sollen?

»Mädels«, säuselte Amanda plötzlich und ließ mich zusammenzucken, als sie mir und Leah in üblicher betrunkener Manier den Arm um die Schultern legte. »Ich muss mal. Wer kommt mit?«

»Ich! Was is 'n mit dir?« Leah lallte auch schon und sah unter einiger Anstrengung zu mir.

»Geht ihr nur, ich bleibe hier.« Ich winkte ab und beobachtete, wie die beiden schwankend von dannen zogen.

Anschließend suchte ich mir eine ruhigere Ecke, von der aus ich den Gang, in dem die Toiletten lagen, gut im Blick hatte, damit wir uns wiederfanden, wenn die beiden zurückkamen. Ich gähnte, und eigentlich hatte ich keine Lust mehr, länger zu bleiben. Es war spät, ich war müde und wollte so langsam nach Hause. Sobald Amanda und Leah zurückkamen, würde ich ihnen das sagen. Shauns Getue hatte mir doch ein wenig die Stimmung vermiest. Wenigstens hatten mich heute keine anderen Typen genervt.

Da entdeckte ich Shaun – wie er auf mich zukam. Einen Ausdruck im Gesicht, der unmissverständlich war. Fast schon trotzig verschränkte ich die Arme vor der Brust und war gespannt darauf, was er zu sagen hatte.

– 11. Kapitel: Shaun & Harper –

** Shaun **

Ich hatte Harper nicht aus den Augen verloren. Zu jedem Zeitpunkt hatte ich gewusst, wo sie steckte, doch ging ich nach der Ankunft ihrer Freundinnen, die sie wie ein Rudel Löwinnen umgaben, nicht mehr zu ihr. Ich wollte Harper für mich allein. Wollte nicht, dass wir von anderen Leuten gestört wurden. Da kam es mir gelegen, dass das hier eine Studentenparty war, und zwar nicht irgendeine, sondern eine Verbindungsparty. Das bedeutete, dass ich hier die Möglichkeit hatte, an nur einem Abend einen verdammt großen Batzen Geld zu verdienen und mir somit auf die bestmögliche Art die Zeit zu vertreiben. Vermutlich sogar viel leichter und schneller, als es sonst der Fall war. Normalerweise tat ich das nicht, aber bei dieser Feier sah ich darin kein Problem. Niemand kannte mich. Ich würde diese schrägen Schwachmaten nie mehr wiedersehen. Alle waren schon mit billigem Bier und Schnaps zugedröhnt und einfach nur happy, dass ich ihnen etwas anbieten konnte.

Nicht nötig zu erwähnen, dass ich den Stoff doppelt so teuer verkaufte, als ich es sonst tat. Einige meiner Kunden fielen mir überschwänglich um den Hals, was wohl so etwas wie einen Initiationsritus darstellte. Ich hasste unnötigen Körperkontakt, und das gehörte ohne Zweifel dazu, doch ich ließ es zähneknirschend über mich ergehen.

Natürlich bemerkte ich, wie sich Harper immer wieder nach mir umsah. Wie sie mich unschlüssig musterte, weil sie nicht verstand, wieso ich plötzlich diesen Abstand zwischen uns gebracht hatte. Und das nach diesem engen Tanz, bei dem ich genau gespürt hatte, dass er sie nicht kaltließ. Harper schien sich die Frage zu stellen, wieso ich die ganze Zeit mit anderen Leuten zusammenstand, die ich nicht einmal kannte. Hatte ich es etwa nach so kurzer Zeit schon geschafft, dass sie eifersüchtig wurde? Wirklich vorstellen konnte ich mir das nicht, aber dennoch ... Ich leckte mir voller niederträchtiger Vorfreude über meine trockenen Lippen. Verdammt, ich brauchte erst mal ein Bier.

Aus den Augenwinkeln bemerkte ich, dass Harper nicht mehr dort stand, wo ich sie bis eben gesehen hatte. Sie hatte sich an den tanzenden Menschen vorbeigeschoben und an den Rand des Geschehens gestellt. Ihre nervigen Freundinnen sah ich weit und breit nicht. Ich witterte meine Chance. Eilig füllte ich zwei Becher mit Bier und ging auf Harper zu, die mich gleich bemerkte und trotzig die Arme vor der Brust verschränkte. Ich sagte ihr besser nicht, dass das auf mich nicht stur, sondern eher niedlich wirkte. Gerade auf diese Weise erkannte ich wieder deutlich, dass sie zwar tough war, jedoch nicht das Mädchen, was sie vorgab zu sein. Das würde sie schon sehr bald selbst herausfinden.

»Hier, für dich.« Ich reichte ihr einen der roten Plastikbecher.

Harper beäugte das Getränk zunächst zwar skeptisch, griff dann jedoch danach und stürzte einen Großteil davon auf einmal ihre Kehle hinab. Ich ging dabei subtiler vor und begutachtete sie mit Adleraugen. Plötzlich wurde die Musik noch einmal um ein Vielfaches lauter aufgedreht und der Bass so intensiv, dass er nicht nur tief in meiner Brust widerhallte, sondern sich jedes einzelne Härchen auf meinen Unterarmen aufstellte. Intuitiv beugte ich mich etwas weiter nach vorne, damit Harper mich verstehen konnte.

»Lass uns verschwinden«, raunte ich ihr gegen den Bass ankämpfend ins Ohr und kam ihr dabei absichtlich und möglichst beiläufig so nahe, dass sich unsere Hüften berührten. Die Vanillenote ihres Haars umschmeichelte meine Nase, stach für mich aus all den bunten Gerüchen dieser Party hervor wie ein edles Parfüm. »Lass es mich wiedergutmachen.«

Wahrscheinlich dachte sie, dass mir ihr kurzes Zögern nicht aufgefallen war, ehe sie den Kopf geschüttelt hatte, doch das war es. So leicht entging mir nichts. Oh, ich würde bekommen, was ich wollte. Das war glasklar. Und sie würde es mit Freuden geschehen lassen.

»Ich warte auf meine Freundinnen. Ich hätte sie dir ja vorgestellt, wenn du nicht zu beschäftigt gewesen wärst«, antwortete sie mit erhobener und vor Sarkasmus triefender Stimme, die von der lauten Musik leicht verzerrt wirkte. Wenn Harper glaubte, dass ich ihr die toughe Show abkaufte, irrte sie sich gewaltig. Ein falsches Spiel witterte ich hundert Meilen gegen den Wind. Noch ein Schluck, und meine Plörre war leer. Ich entledigte mich meines Bechers und kam Harper langsam näher, packte sie an den Hüften und schob sie mit meinem vollen Körpergewicht immer weiter rückwärts, bis sie mit dem Rücken an der rauen Wand lehnte. Ihre Augen fixierten trotzig die meinen, doch entging mir nicht die sanfte Röte, die umgehend wieder auf ihren Wangen präsent wurde. Nein, sie wollte sich ihre eigene Erregung nicht eingestehen. Doch diese schwache Gegenwehr würde nicht lange bestehen.

»Erinnert dich das an etwas?« Federleicht leckte ich über ihr Ohrläppchen, schmeckte das Salz ihrer erhitzten Haut. Ich griff nach ihrem Bier, stellte es zur Seite.

»Shaun ...« Sie stöhnte meinen Namen. Mit einer Spur von Tadel darin.

»Was? Erinnerst du dich etwa nicht daran? Wie ich dich in Ekstase versetzt habe? Ich habe dich gevögelt. Am Strand. In aller Öffentlichkeit«, kam ich ihr zuvor, witterte ihren bröckelnden Widerstand. »Lass uns hier verschwinden.« Ich knabberte an der Stelle knapp oberhalb ihres Schlüsselbeins, leckte darüber, saugte die Haut ein. Die Vorstellung eines Knutschflecks, der sich dort bis zum Morgen bilden würde, befeuerte meine Erregung. Sie musste ihn zur Schau tragen, wenn sie bei diesen Temperaturen nicht mit einem dicken Schal herumlaufen wollte. Ein Teil von mir als ihr ständiger Begleiter.

»Ich verspreche dir, dass es sich lohnen wird. Deine Freundinnen werden es schon verstehen«, säuselte ich, drängte mich an sie. Dabei ertastete ich die freien Hautpartien unterhalb ihres knappen Shirts, das den gesamten Abend so manches männliche Wesen in ihren Bann gezogen hatte.

Ich berührte sie an Stellen, von denen ich ganz genau wusste, dass ich sie damit ohne Weiteres würde überzeugen können. Niemand widerstand mir – erst recht nicht Harper. Als ich ihr unterdrücktes Stöhnen hörte, das wie Musik in meinen Ohren klang, sah ich voller Genugtuung auf. Unsere Blicke begegneten sich. Ihre Begierde stand ihr so deutlich ins Gesicht geschrieben, dass sich mein Schwanz nun in voller Größe gegen den festen Stoff meiner Jeans presste und es für mich schlagartig unbequem da unten wurde. Ich hatte noch nie Probleme damit gehabt, bei einer Frau einen hochzubekommen, aber ehrlicherweise musste ich zugeben, dass ich bei Harper befürchtet hatte, dass sich das ändern könnte. Ich war der Annahme gewesen, dass ich an etwas anderes würde denken müssen, während ich sie verführte, doch dem war nicht so. Harper sollte ein reines Mittel zum Zweck sein. Nicht mehr. Die Frau vor mir verkörperte all das, was ich insgeheim verabscheute. Warum zum Teufel begehrte ich sie dann trotzdem mehr als alle anderen vor ihr? Sie sah heiß aus in ihrem heutigen Outfit – zumindest war das die unumstrittene Meinung meiner steinharten Erektion. Ich musste sie heute einfach haben. Wer hätte gedacht, dass sich diese ganze Sache zu etwas entwickeln würde, was tatsächlich so viel Vergnügen mit sich bringen könnte?

»Komm schon, Harp. Ich sehe doch, dass es genau das ist, was du möchtest. Und damit bist du nicht allein«, bearbeitete ich sie weiter und ließ dabei meine Hände ungeniert zu ihren vollen Brüsten wandern, ehe ich grob zudrückte. So, wie sie es gernhatte.

Harper war sichtbar bemüht, sich mir noch ein Weilchen zu widersetzen. Gierig zog sie ihre Unterlippe in ihren Mund und biss darauf. Das hatte sie auf Coney Island, bevor ich sie mir genommen hatte, ebenfalls getan. In meiner Hose wurde es enger und enger. Ihre Hände zitterten vor Erregung, als sie mir ihre Arme um den Hals schlang, sich nach vorne beugte und mich augenscheinlich küssen wollte. Schnell umfasste ich ihr Gesicht, drehte ihren Kopf und biss auch auf der anderen Seite ihres Halses in die dünne warme Haut. Ich würde sie auf jede erdenkliche Art und Weise ruinieren und mich für das rächen, was mir angetan worden war. Und ich würde alles dafür tun. *Alles.* Sex war erst der Anfang. Doch küssen durfte sie mich nicht. Niemals. Unter keinen Umständen. Das war meine oberste Regel. Der Sex konnte noch so bedeutungslos sein, ein Kuss hingegen nicht.

»Okay.«

Dieses eine Wort war nicht mehr als ein Hauch, und doch hatte ich sie verstanden. Sie ließ mich innehalten, bescherte mir eine Gänsehaut trotz der Hitze im Raum.

Sofort löste ich mich von ihr, verschränkte unsere Finger und führte sie mit mir nach draußen. Auch die laue Sommernacht kühlte mich nicht ab, das Feuer in meinen Adern loderte höher und höher. Ich blieb stehen und sah sie fragend an. Harper verstand augenblicklich.

»Das Wohnheim ist nicht weit von hier«, sagte sie und ging voraus. Keiner von uns wollte die unschuldige Berührung auflösen, Hand in Hand rauschten wir durch die vorangeschrittene Nacht.

Harper wollte mit mir allein sein. Die fahrigen Bewegungen, die geröteten Wangen, die Umklammerung meiner Finger. Vor dem Gebäude angekommen, in dem ihr Zimmer liegen musste, wären wir fast die Treppen nach oben gestolpert, weil sie es so eilig hatte. Der Fahrstuhl hätte zu lange gebraucht, auch wenn die Vorstellung davon, mich schon darin von ihrer Begierde zu überzeugen, ziemlich verlockend gewesen war.

Harper stieß ungeduldig die Tür zu ihrem Zimmer auf und streifte sich ihre Schuhe von den Füßen, während sie diese wohl zur Sicherheit abschloss. Schwer atmend und nun mit deutlich mehr Blut in den Wangen, sah sie mich hungrig an. Mir zu widerstehen, stellte sie vor eine ernsthafte Herausforderung. Es war an der Zeit, dass ich das Steuer übernahm.

Mit zwei großen Schritten war ich erneut bei ihr, umfasste unnachgiebig ihre Oberschenkel und hob sie hoch. Ihre Beine legte ich um meine Hüften und umfasste ihren Hintern. Stürmisch trug ich sie zum Bett, ließ sie darauf fallen und war einen Wimpernschlag später auch schon über ihr. Sie stöhnte, als ich ihr Shirt unsanft aus dem Weg zerrte, den BH beiseiteschob und mich sogleich daranmachte, an ihren freigelegten Brustwarzen zu knabbern. Sie schmeckte nach Meersalz, wie auf Coney Island. Harper streckte sich mir regelrecht entgegen. Heute war mir nicht nach Spielchen, denn meine eigene Erregung machte sich schon jetzt so stark bemerkbar, dass ich das Gefühl hatte, jeden Augenblick meine Hose zu sprengen.

Ich öffnete meinen Gürtel, Knopf und Reißverschluss und griff zielstrebig in meine Boxershorts. Das musste für Harper das lang herbeigesehnte Signal gewesen sein. Erwartungsvoll öffneten sich ihre Lippen, und ich konnte sie geräuschvoll schlucken hören, kaum dass sie meinen harten Schwanz erblickte.

Als ich ihn umfasste und genüsslich seufzend immer und immer wieder in meine Hand stieß, sagte sie: »Ich brauche dich, Shaun. Halte dich nicht zurück. Bitte.« Für einen Moment ließ ich es zu, dass sie mich mit einem Ausdruck in ihren Augen bei meinem Treiben musterte, der meine Lust noch einmal um ein Vielfaches anheizte. Eine Frau, die das Feuer so sehr vergötterte wie ich, traf man nicht alle Tage.

Abrupt ließ ich von mir selbst ab, was mich einiges an Überwindung kostete, und zerrte ungeduldig an Harpers Hose. Zuvorkommend hob sie ihr Becken an, damit ich das lästige Kleidungsstück so schnell wie möglich aus dem Weg räumen konnte. Parallel dazu begann sie, mein Hemd zu öffnen, doch ihre Hände zitterten so stark, dass ich sie beiseiteschob und es selbst übernahm. Ich unterdrückte nur knapp ein Knurren, als ich Harpers Blick überdeutlich auf meinem nun entblößten Oberkörper spürte. Wie sie jeden einzelnen Muskel mit ihren Augen nachzeichnete und meinen tätowierten Adler anstarrte, dessen erhabene Schwingen sich über meine gesamte linke Brust zogen. Ich ließ ihr einen Moment, doch dann riss ich ungeniert weiter an ihrem Shirt herum und schaffte es endlich, ihr das Teil über den Kopf zu ziehen, damit ich die Aussicht auf ihre harten Nippel und ihre vollen perfekten Brüste uneingeschränkt genießen konnte.

Ungeduldig spreizte ich ihre Beine und ließ gleich drei meiner Finger in ihre feuchte Mitte wandern. Harper rammte ihre Fingernägel so tief in meine Oberarme, dass ich mir sicher war, dass es blutete, doch das war mir egal. Intuitiv beschleunigte ich die Bewegung meiner Finger und konnte nicht anders, als mit meiner anderen Hand erneut nach meiner glühenden Erektion zu fassen.

»Kondom«, keuchte sie heiser, wohl nicht mehr in der Lage, nur ein einziges weiteres Wort zu formen, doch mehr brauchte es nicht. Es war ganz offensichtlich, dass es uns beiden nicht schnell genug gehen konnte, bis ich endlich in ihr war.

Geübte streifte ich mir das Kondom über, legte mir ihre Beine über die Schultern, um so ihr Becken noch ein Stück anzuheben, und drang in diesem Winkel in einer harten Bewegung tief in sie ein. Harper keuchte, als ich sie auf einen Schlag hin mit meiner vollen Größe konfrontierte. Der Sex war ähnlich rau und verrucht wie am Pier, aber Harpers Lauten nach zu urteilen, war das kein Problem. Ich sah es daran, wie sie die Augenlider zusammenkniff, und daran, wie ihre Hände das Bettlaken fest umklammerten. Sie kam nach wenigen Minuten mit einem lauten Aufschrei, den man mit Sicherheit im gesamten Wohnheim vernommen hatte. Ich liebte es, wie laut sie werden konnte. Ob ich ihr Erster war, dem sie sich so leidenschaftlich hingeben konnte? Viele Frauen trauten sich nicht, ihre Lust ungefiltert in die Welt hinauszuschreien.

Ich folgte ihr nur zwei Stöße später, ehe ich meinen immer noch harten Schwanz aus ihr herauszog, das Kondom entsorgte und mich schwer atmend auf den Rücken legte. Akribisch darauf bedacht, dass wir uns an keiner Stelle berührten. Harper rollte sich auf der Seite zusammen, sodass sie mich ansehen konnte. Ich mied ihren Blick.

Eine Weile lagen wir beide nur da, bis meine Beine anfingen zu kribbeln. Es wurde Zeit, dass ich verschwand. Vorsichtig drehte ich meinen Kopf zur Seite, nur um festzustellen, dass Harper die Augen geschlossen hatte und sich ihr Oberkörper gleichmäßig und ruhig immer wieder anhob und absenkte. Sie war tatsächlich eingeschlafen. Ich konnte mein Glück kaum fassen, denn so konnte ich mich wie gewohnt ohne ein Wort rausschleichen. Wie in Zeitlupe erhob ich mich von ihrem Bett, zog leise Hose und Hemd an und huschte dann aus ihrem Zimmer.

* *Harper* *

Schläfrig öffnete ich die Augen, als ich von irgendwoher Stimmen hörte. Ich gähnte und streckte mich, ehe ich mich wieder daran erinnerte, was passiert war. Ich war in meinem Wohnheimzimmer über Shaun hergefallen. In der Sekunde, in der ich das dachte, sah ich auf die andere Bettseite, doch er war verschwunden. Missmutig setzte ich mich auf. Ich hatte geahnt, dass er sich bei der erstbesten Gelegenheit aus dem Staub machen würde, aber ich konnte nicht leugnen, dass mir das einen tieferen Stich versetzte, als es sollte. Das mit uns war nichts weiter als Sex. Daran änderte auch das zweite Mal rein gar nichts. Wieso störte es mich überhaupt so, dass er ohne ein Wort abgehauen war? Wir kannten uns schließlich kaum, niemand hegte Erwartungen an den jeweils anderen.

Ich sah auf den Wecker an meinem Bett und hörte wie auf Kommando wieder Stimmen. Sie kamen ganz offensichtlich aus dem Gang. War das Shaun? Ich konnte nicht lange weggenickt sein, gerade einmal zehn Minuten vielleicht. Noch benommen griff ich nach meinen Klamotten und zog sie an, darum bemüht, nicht darauf zu achten, dass sie jetzt nach Shaun rochen. Meine Gedanken drehten sich auch so schon nur noch um ihn.

Auf leisen Sohlen schlich ich zu meiner Zimmertür und öffnete sie, so leise wie ich nur konnte, einen Spaltbreit, damit ich zumindest hören konnte, ob es Shaun war, der sich dort unterhielt.

»Mehr habe ich nicht mehr.« Das war tatsächlich Shauns Stimme.

Automatisch lehnte ich mich weiter nach vorne und spähte unauffällig in den Flur. Ich entdeckte Shaun und einen Typen, von dem ich wusste, dass es der Freund meiner Zimmernachbarin war. War er nicht vorhin auch auf der Party gewesen?

»Das reicht völlig, Kumpel«, sagte der Kerl, dessen Name mir partout nicht einfallen wollte. Shaun reichte ihm eine Tüte mit irgendwelchen Pillen, woraufhin er im Gegenzug ein paar Scheine gereicht bekam. Ich hob die Augenbrauen. Shaun dealte mit Drogen? Fassungslos zog ich mich zurück, schloss die Tür hinter mir und lehnte mich tief Luft holend dagegen.

Ich hatte von Anfang an gespürt, dass es eine Seite an Shaun gab, die er gern unter Verschluss hielt, allerdings hätte ich dabei nicht auf Drogen getippt. Nahm er etwa selbst welche? Ich hatte ihm das zumindest bisher nicht angemerkt. Was hatte er dem Kerl im Flur gerade verkauft? Wohl hoffentlich nicht etwas, das nach einmal Konsumieren direkt süchtig machte. Verdammter Mist.

Ich verabscheute Drogen in jeglicher Form. Allem voran deswegen, weil ich als Medizinstudentin ganz genau wusste, was sie mit einem anstellen konnten und wie die Statistiken dazu aussahen. Selbst Marihuana war nicht ganz so ungefährlich, wie jeder immer behauptete. Das wurde uns von den Professoren immer wieder eingebläut. Und wer übernahm das bei Shaun? Massive Enttäuschung breitete sich immer weiter in mir aus und ließ mein Herz kräftig in meiner Brust schlagen.

Es sollte mir egal sein. Alles davon. Dass Shaun, nachdem wir uns geliebt hatten, mich schlicht hatte liegen lassen, und ebenso, dass er augenscheinlich mit Drogen dealte und am Ende womöglich selbst welche konsumierte. Leider war es das nicht. Es war mir eben nicht egal, und mein Gedankenkarussell lief auf Hochtouren. Selbst dann noch, als ich kurz geduscht hatte und nun wieder in meinem Bett lag – den Duft von Shaun permanent in der Nase. Ich hatte darüber nachgedacht, ihm zu schreiben, und war immer wieder dazu übergegangen, die bereits getippten Worte zu löschen. Dieses Spiel hatte sich unzählige Male wiederholt, bis ich es aufgegeben und mein Handy ausgeschaltet hatte, damit ich nicht doch noch eine Dummheit beging.

Doch als ich am nächsten Morgen aufwachte, mein Handy einschaltete und ohne große Überraschung feststellte, dass Shaun sich nicht gemeldet hatte, ließ mir das, was ich gesehen hatte, keine Ruhe. Nachdem ich nun eine Nacht darüber geschlafen hatte, war mir bewusst geworden, dass ich vielleicht lieber nicht mit Shaun darüber reden sollte, wieso er nach dem atemberaubenden Sex so abrupt abgehauen war. Es war okay. Wir würden uns texten oder telefonieren, wenn uns danach war.

Mit Shaun war es anders als bei den wenigen One-Night-Stands, die ich bisher gehabt hatte. Offenbar war das sein ganz persönliches Verständnis davon, und das musste ich akzeptieren. Schließlich ging es für mich ebenso bloß um Sex, und das war gut so. Darüber mussten wir nicht reden, aber was ich auf keinen Fall ignorieren konnte, war, dass er hier, an meiner eigenen Uni, womöglich harte Drogen verkaufte. Diesbezüglich würde ich ihn zur Rede stellen müssen, davon konnte ich beim besten Willen nicht ablassen.

Ich wartete ungeduldig bis zum frühen Mittag, ehe ich Shauns Nummer wählte. Womöglich war er arbeiten und hatte jetzt Mittagspause. Es klingelte schon zum fünften Mal, und ich wollte gerade wieder auflegen, als dann doch jemand abnahm – allerdings nicht Shaun.

»Hallo, Shauns Freundin«, begrüßte mich eine fröhliche kindliche Stimme vom anderen Ende der Leitung und ließ mich perplex blinzeln.

»Äh, hallo«, erwiderte ich nicht sonderlich geistreich, doch zu mehr war ich so schnell nicht in der Lage. Und das lag nicht nur daran, dass ich fälschlicherweise als Shauns Freundin bezeichnet wurde, sondern auch an dem wohligen Gefühl, das sich im Zuge dessen in meinem Bauch ausbreitete. »Eigentlich wollte ich mit Shaun reden.«

»Der kann grade nicht, er ist duschen.« Die Stimme klang so hell, dass sie zu einem Jungen nicht älter als zehn oder elf gehören musste.

»Okay, kannst du ihm vielleicht ausrichten, dass ich angerufen habe? Es ist wichtig.« Ich zögerte kurz, doch konnte ich der brennenden Neugier mal wieder nicht standhalten: »Wer bist du überhaupt?«

»Oh, ich bin Caleb, Shauns Bruder«, entgegnete der Junge, so als ob es das Selbstverständlichste überhaupt wäre.

Für mich war es das jedoch nicht.

– 12. Kapitel: Shaun & Harper –

** Shaun **

Das heiße Wasser, das über meinen ausgelaugten Körper rann, entkrampfte spürbar meine verhärteten Muskeln. Obwohl der Hochsommer unmittelbar vor der Tür stand, war es mir manchmal trotzdem lieber, warm zu duschen. Dann, wenn ich für einen Moment einfach nur alles hinter mir lassen und einen winzigen Augenblick für mich haben wollte. Logisch, es war eine abartige Wasserverschwendung, weil ich mich seit mehreren Minuten nicht mehr bewegt hatte und längst sauber war, aber es tat schlichtweg gut. Meine Hände lagen an den kalten Fliesen der Duschwand, mein Kopf hing entspannt zwischen meinen Armen herab. Das Wasser prasselte auf meinen Nacken, und ich seufzte, als ich zum Regler griff und dann schlagartig im Trockenen stand. Eine leichte Gänsehaut verteilte sich über meinen Körper, ehe ich aus der Dusche trat, nach dem Handtuch griff und es mir um die Hüften legte. Vereinzelte Wassertropfen perlten aus meinem kurzen Haar, während ich mich abtrocknete und in meine Klamotten schlüpfte.

Halbwegs wach verließ ich das Badezimmer und ging zur Treppe. Nur noch schnell einen Kaffee und eine Kleinigkeit zu essen, bevor ich ins Fitnessstudio musste. Es war verdammt nochmal ein Segen, dass ich heute nicht so früh auf der Matte hatte stehen müssen. Diese Gelegenheiten gab es viel zu selten, aber wenn doch, dann kostete ich das vollends aus. Seit einiger Zeit gab es für meinen Geschmack viel zu wenige Chancen für mich, überhaupt mal wieder richtig zu schlafen oder gar auszuschlafen.

Gähnend kam ich an der letzten Stufe an und schlurfte in die Küche, als ich Caleb reden hörte. Bestimmt telefonierte er schon wieder mit Taylor, dabei hatten sie sich erst gestern Abend das letzte Mal gesehen. Und wenn die Ferien erst einmal wieder vorbei waren, konnten sie sich täglich in der Schule auf die Nerven gehen. Nur gut, dass wir eine günstige Flatrate hatten.

Ich goss mir einen Kaffee ein und steckte zwei Brotscheiben in den Toaster, ehe ich wie von selbst in meine Hosentasche griff und mein Handy hervorholen wollte, doch griff ich ins Leere. Unschlüssig sah ich mich um und überlegte dabei, wo ich es das letzte Mal gesehen hatte. Hatte ich es heute Nacht überhaupt aufgeladen? Ich konnte mich nicht erinnern, also war es vermutlich nicht in meinem Zimmer. Dann fiel es mir wie Schuppen von den Augen. Ich ballte die Hände zu Fäusten und stürmte ins Wohnzimmer, wo mein kleiner Bruder auf dem Sofa saß und dabei gänzlich unschuldig wirkte. Ich sah zu der Ladestation unseres Haustelefons auf der Anrichte und begriff. Wütend stürmte ich auf Caleb zu und riss ihm mein Smartphone aus der Hand.

»Was zum Teufel soll das, Caleb?«, fuhr ich ihn an und sah, wie er zusammenzuckte, ehe er sich zu mir umwandte und schuldbewusst dreinblickte. »Wie oft habe ich dir schon gesagt, dass du nicht an mein Handy gehen sollst!« Mein

Blick fiel auf das Display, und ich fluchte stumm. Eilig legte ich mir das Smartphone ans Ohr und verließ das Wohnzimmer.

»Hallo? Harper?« Fast hoffte ich, dass sie längst aufgelegt hatte, doch sie war nach wie vor dran.

»Meintest du nicht, dass du keine Familie mehr hast? Dein Bruder klingt jedenfalls ziemlich lebendig«, kam es unterkühlt vom anderen Ende der Leitung, und es war glasklar, dass sie versuchte, sich ihre Enttäuschung über meine Lüge nicht anmerken zu lassen.

Aufgewühlt massierte ich mit Daumen und Zeigefinger meine Nasenwurzel. Einige Herzschläge lang blieb ich stumm, genau wie Harper, während sich meine Gedanken überschlugen. Ich könnte an die Decke gehen, weil Caleb, obwohl ich ihm schon mehrfach gesagt hatte, dass er nicht mal zum Spielen mein Handy nehmen durfte, einfach nicht die Pfoten davon lassen konnte. Ich musste in Zukunft besser darauf achten, dass ich das Teil zu keinem Zeitpunkt mehr rumliegen ließ.

»Wieso hast du überhaupt angerufen?« Ich stellte kurzerhand eine Gegenfrage, um mir noch etwas mehr Zeit zu verschaffen.

»Ich weiß, was du vorhast«, erwiderte sie. »Ich habe dich beim Rausschleichen gesehen. Wie du dem Typ im Wohnheim Pillen verkauft hast.«

Okay, das war zwar ungünstig, konnte aber nicht allzu viel Schaden anrichten. Ich hatte sie anders daran annähern wollen, aber zumindest musste ich mir nun nicht mehr weiter den Kopf darüber zerbrechen, wann der richtige Zeitpunkt dafür wäre. Je früher sie das über mich wusste, desto besser. Ich hatte schon befürchtet, dass sie mich deshalb anrufen könnte, weil ich ohne ein Wort abgehauen war. Erleichtert atmete ich aus.

»Ich verstehe«, murmelte ich und ging zurück in die Küche. »Können wir vielleicht persönlich darüber reden? Ich muss gleich zur Arbeit und …«

»Wann?«, wollte sie unverblümt wissen und fiel mir kurzerhand ins Wort – ich schmunzelte. Irgendwie mochte ich es, wenn sie sauer auf mich war.

»Ich arbeite heute den ganzen Tag. Wir können uns morgen Abend sehen. Ich hole dich im Wohnheim ab. Sagen wir um sieben?«

»Okay. Aber ich will nicht, dass du herkommst. Ich schicke dir eine Adresse. Um sieben dort.« Ohne ein weiteres Wort legte sie auf. Harper schien durchaus gereizt zu sein, jedoch hatte ich mir ihre Reaktion schlimmer vorgestellt, und so war es nichts, was ich bei einem Gespräch von Angesicht zu Angesicht nicht wieder geraderücken konnte. Abgesehen davon machte es mich verdammt an, wenn sie so war, was sich nicht zuletzt darin äußerte, dass mein Schwanz schon wieder voller Vorfreude zuckte. Heilige Scheiße.

»Caleb!«, rief ich, sobald ich mein Handy in der Hosentasche verstaut hatte, und bestrich mir währenddessen einen Toast mit Butter.

Mit hängenden Schultern kam Caleb zu mir und setzte sich auf einen der Barhocker am Küchentresen. Er wirkte sichtlich geknickt und konnte mir nicht in die Augen sehen. Ich schluckte, denn ich hatte ihn nicht so barsch anfahren wollen. Es war eine Ewigkeit her, dass ich das letzte Mal so mit ihm gesprochen hatte, und ich war auf kein einziges Mal davon stolz.

»Es tut mir leid, Kumpel«, meinte ich, doch er sah unentwegt zu Boden. »Ich hätte nicht so ausflippen dürfen, aber du weißt, dass ich es nicht mag, wenn du an mein Handy gehst.«

»Ich wollte gar nicht an dein Handy, Shaun«, erwiderte Caleb und schaute dann endlich wieder zu mir auf. »Du warst oben, und es hat geklingelt, und ich dachte, dass es vielleicht wichtig ist, wenn deine Freundin anruft.«

»Harper ist nicht meine Freundin, Caleb.« Ganz offensichtlich hatte er das noch immer nicht begriffen. »Und ich hätte sie schon zurückgerufen, das hast nicht du zu entscheiden, alles klar?«

»Okay. Aber sie klang echt nett. Will sie nicht deine Freundin sein?«

»Das ist nicht so leicht.« Hoffentlich würde er es damit gut sein lassen. Auch ohne den Zuspruch meines kleinen Bruders war es befremdlich genug, dass mich die bloße Vorstellung davon nicht so abschreckte, wie sie es eigentlich sollte. »Alles wieder in Ordnung?« Ich beugte mich über den Tresen und wuschelte ihm durchs Haar, so, wie ich es oft tat. Caleb wehrte mich umgehend ab.

»Ja, wenn du aufhörst, meine Frisur zu zerstören!«, zeterte er.

Ich lachte, ließ dann aber von ihm ab.

Der Tag war anstrengend gewesen, weshalb ich mir diese hübsche Belohnung, die ich bei meiner Schicht im *Dreams* aufgegabelt hatte, verdient hatte. Ich hatte eine heiße schlanke Blondine kennengelernt, die zwar keine große Oberweite besaß, dafür jedoch mit ihren langen Beinen und goldenen Locken überzeugte. Außerdem schien sie mir der Typ Frau zu sein, der noch mit ganz anderen Qualitäten beeindrucken konnte. Wenn es nur dazu kommen würde.

»Verdammte Scheiße«, fluchte ich, stieß das Mädchen von mir runter und sprang auf.

Sie hatte mich mit in ihre ultraschicke Penthouse-Wohnung mit Aussicht auf den Hudson River genommen, doch offensichtlich hatte sie etwas anderes von mir erwartet als das, was ich ihr gerade bieten konnte – nämlich gar nichts.

»Hey, das ist schon okay. Du bist nicht der erste Kerl, dem das passiert.« Die Blondine versuchte mich zu beruhigen, doch ich konnte nicht anders, als wütend auf mich selbst durch ihr Schlafzimmer zu tigern, während ich nach draußen durch das Panoramaglas starrte.

»Mir ist so was noch nie passiert!«, zischte ich.

»Keine Angst, ich nehme das schon nicht persönlich, wenn es das ist, worum es dir geht«, sagte sie überraschend einfühlsam, doch linderten ihre Worte kein bisschen den klaffenden Riss in meinem Ego.

Es lag nicht an dem Mädchen. Normalerweise wäre ich schon in der Sekunde, in der sie mich tief in ihren Mund genommen hatte, so erregt gewesen, dass ich ihr in den Hals gestoßen hätte, doch das ging nicht. Ich bekam keinen hoch. In meiner Hose herrschte absolute Flaute, und das, obwohl ich gerade nichts lieber täte, als diese Frau zu packen und ihr das zu geben, was sie von mir wollte. Was sie von mir brauchte. Sie war heiß und mein Typ. Nichtsdestotrotz: Wenn ich sie ansah, tauchte immer nur eine Frau vor meinen Augen auf – Harper. *Fuck!*

Ich wünschte mir, dass sie es wäre, mit der ich in diesem Bett lag und der ich so viel Freude bereitete, dass sie mich noch am nächsten Morgen in sich spürte. Natürlich war das vor mir nicht Harper. Wieso tauchte sie immer wieder in meinen Gedanken auf? Wieso dachte ich an ihre Grübchen und an ihre Stupsnase, wenn ich hier und jetzt die Chance hatte, mich auf diese scharfe Blondine zu konzentrieren?

Brummend griff ich nach meiner schwachen Erektion und begann, sie kraftvoll in meine Faust zu stoßen. Mit aller Macht konzentrierte ich mich darauf, dass ich sie endlich größer bekam, und verbannte Harper, so gut ich nur konnte, aus meinem Kopf. Sobald ich auch nur die kleinste Regung spürte, stürzte ich mich auf die nackte Frau im Bett. Ich war grob, genau wie bei Harper. Ihr schien es egal zu sein, es befeuerte sie viel mehr. Endlich bekam sie das, weswegen sie mich angequatscht hatte. *Scheiß auf Harper!*

* *Harper* *

Ich hatte uns für das Abendessen das *Empire Diner* unweit der High Line in Chelsea ausgesucht. Ich kannte den Laden. Ein- oder zweimal war ich mit Amanda und Leah dort gewesen, und die Burger hatten sich in mein fotografisches Essensgedächtnis gebrannt. Das Ambiente entsprach keinem typischen Diner und war ein wenig gehobener, sobald man den Laden näher in Augenschein nahm.

An der Haltestelle 23 Street Station stieg ich aus und lief los. Ich war etwas zu früh und würde vermutlich wieder auf Shaun warten müssen. Das gab mir die Gelegenheit, vor unserem Aufeinandertreffen meine hoffnungslos durcheinandergeratenen Gedanken zu sortieren. Der Sex mit Shaun war schlichtweg unglaublich, und ich hatte mich dabei noch nie so frei und hemmungslos gefühlt wie mit diesem Mann. Gleichzeitig hatte ich es noch nie erlebt, dass mich ein einfacher One-Night-Stand so lange begleitete, und ich wusste ganz genau, wieso einem immer davon abgeraten wurde, mehr als eine Nacht mit jemandem zu verbringen, wenn es nur um die körperlichen Bedürfnisse ging.

Shaun geisterte immer öfter in meinen Gedanken herum. Ich hatte irgendwann aufgehört zu zählen, wie oft ich allein gestern, seit wir dieses Treffen vereinbart hatten, an ihn gedacht hatte. Das war so was von verkorkst. Ich hätte mich niemals darauf einlassen sollen, ihn nach dieser Nacht auf Coney Island noch einmal wiederzusehen. Wer, wenn nicht ich selbst, hätte wissen müssen, dass so etwas bei mir nicht funktionierte? Shaun war attraktiv, sexy und konnte witzig und charmant sein, wenn er wollte. Er war auf eine Art faszinierend, die ich bisher noch nie bei einem Mann erlebt hatte. Etwas schlummerte in ihm. Etwas, das ihn sehr geprägt hatte, sodass er nicht gern darüber redete. Ich wusste nicht viel über ihn. Andere hätten vermutlich längst den Kontakt abgebrochen. Erst recht nachdem sich herausgestellt hatte, dass er mit Drogen dealte und sie womöglich selbst konsumierte. Ich konnte das nicht. Viel mehr machte mich das nur noch neugieriger. Weil ich irgendwie die Hoffnung hatte, dass sich Shaun bei dem Gespräch, das uns bevorstand, mir gegenüber noch etwas weiter öffnen würde.

Ohne dass ich es gemerkt hatte, hatte er sich in mein Herz geschlichen. Ohne Vorwarnung und mit aller Macht. Ich hatte die beiden Zeichnungen in meinem Skizzenbuch nie vollendet und mich mehr als einmal davon abhalten müssen, ihn weitere Male zu zeichnen. Vor allem seit ich seinen nackten, wohldefinierten Oberkörper mit dem Adler-Tattoo kannte. Natürlich wusste Shaun, wie gut er aussah und wie sein Auftreten auf Frauen wirkte, dennoch ... Wie konnte jemand nur so unglaublich sexy sein? Ahnte er, was er mit mir anstellte? Dachte er auch so oft an mich? War es für ihn auch mehr als Sex?

Mein Herz wurde mit jedem Gedanken schwerer, weshalb ich erleichtert war, als ich um die Straßenecke bog und das *Empire Diner* schon von Weitem sehen konnte. Je näher ich kam, desto sicherer war ich mir, dass es Shaun war, der bereits vor dem Haupteingang stand und auf mich wartete, die Hände lässig in seinen Hosentaschen vergraben. Als er mich entdeckte und mit seinen dunklen Augen fixierte, wurde mir unwillkürlich heiß. Ich dachte an die unbeschreibliche Lust, die dieser Mann fähig war, in mir auszulösen. Je näher ich ihm kam, desto schwerer fiel es mir, seinem intensiven Blick standzuhalten, obwohl das für mich sonst keine Schwierigkeit darstellte.

»Du bist ja schon hier«, sagte ich eilig, noch bevor ich vor ihm zum Stehen kam.

»Es ist kurz vor sieben, oder nicht?«, erwiderte er so selbstverständlich, dass man glatt meinen könnte, dass er bisher immer der Pünktlichere von uns beiden gewesen war. Er betrachtete eine Stelle oberhalb meines Schlüsselbeins, bis ich begriff, dass er sein Werk begutachtete. Den Knutschfleck, der immer noch wie ein Brandmal auf meiner Haut zu sehen war. Vermutlich sollte ich mich dafür schämen, doch das konnte ich nicht. Viel lieber wollte ich ihn dieses Mal für alle Welt zur Schau stellen. Verrückt.

Als Shaun vorging, um mir wie ein Gentleman die Tür zu öffnen, ließ ich meinen Blick ungeniert über seine Aufmachung und zu guter Letzt über seinen Hintern wandern. Er trug beinahe dasselbe Outfit wie auch schon vorgestern, doch das störte mich nicht im Geringsten – ganz im Gegenteil. Schleunigst machte ich mich daran, ihm zu folgen, während uns die Kellnerin zu einem gemütlichen Platz am Fenster führte. Wir ließen uns jeweils auf einer der Bänke nieder. Ich lächelte sie freundlich an, als sie uns die Karten reichte und dann wieder verschwand. Sobald ich wieder zu meinem Begleiter sah, stellte ich fest, dass seine Aufmerksamkeit nicht der Karte galt, sondern dem Geschehen vor dem Diner.

»Du siehst nicht so aus, als ob du Hunger hättest«, bemerkte ich und lehnte mich zurück.

Shaun schüttelte den Kopf, sah weiterhin nicht zu mir. »Was willst du wissen?«, fragte er unvermittelt. Wir beide wussten, worauf er anspielte.

Okay, er wollte also direkt auf den Punkt kommen. Die Art, wie er seine Hände auf dem Tisch miteinander verschränkt hatte und seine Finger immer wieder aneinanderrieb, zeugte von Nervosität. Shaun und nervös? Das konnte ich mir beim besten Willen nicht vorstellen. Vermutlich war er einfach verunsichert. War ihm das Thema unangenehm? Ich überlegte.

»Wieso hast du mir nichts von deinem Bruder erzählt? Caleb, richtig?«, wollte ich wissen, um mit einem für ihn hoffentlich weniger schlimmen Thema zu beginnen.

Ich sah, wie Shaun einmal tief ein- und dann wieder ausatmete.

»Macht der Gewohnheit, schätze ich«, antwortete er. »In der Regel verlaufen meine One-Night-Stands nicht so wie mit dir, Harper. Es ist Sex und das wars. Ich möchte vermeiden, dass jemand etwas zu Intimes von mir erfährt.« Unverwandt sah er wieder auf und mir direkt in die Augen. Ich konnte das, was bei seinen Worten in ihnen lag, nicht richtig deuten, doch mein verräterisches Herz begann, spürbar heftiger zu klopfen.

»Warum?«

Ich hatte nicht einmal geplant, dass mir diese Frage herausrutschte. Shaun verzog keine Miene und wandte sich nicht ab, doch war es, als würde er förmlich durch mich hindurchsehen. »Weil es so sicherer ist. Sowohl für mich als auch für die Frauen, mit denen ich schlafe.«

Bilder davon, wie sich eine andere Frau Shaun hingab, fraßen sich ungefragt in meine Netzhaut – ich schauderte. Ich verstand nicht, was genau er damit meinte, doch hoffte ein kleiner Teil von mir, dass es daran liegen könnte, dass es Shaun tatsächlich ähnlich ging wie mir. Ich entschied mich dafür, ihn nicht zu bedrängen, weil ich damit wohl nur das Gegenteil erreicht hätte. Und ich wollte nicht, dass er gleich wieder zurückruderte. Ich ahnte, dass Shaun nämlich genau das tun würde, wenn man ihn zu sehr in die Enge trieb. Er sollte es nicht bereuen, mir das anvertraut zu haben.

»Warum die Drogen?«, stellte ich die Frage, wegen der ich in erster Linie hier war. Noch immer rieb die Ernüchterung darüber, dass er sich aus dem Wohnheim geschlichen hatte, wie grobes Schmirgelpapier über mein fragiles Herz. Shaun durfte davon nichts erfahren. Ich redete mir ein, dass das, was ich auf dem Gang im Wohnheim gesehen hatte, wichtiger war. Andernfalls würde ich noch verrückt werden.

»Weil ich keine andere Wahl habe«, erwiderte Shaun nüchtern. Seine Finger falteten aus einer Serviette ein undefinierbares Wesen, das mich an eine misslungene Origami-Form erinnerte. Mit hängenden Schultern mutete er an wie Atlas, der das unerträgliche Gewicht unserer gesamten Erde auf sich zu nehmen hatte. Plötzlich wirkte er um zehn Jahre gealtert. Was war es, das ihn in eine solche Zwickmühle befördert hatte und mit so viel Hoffnungslosigkeit erfüllte?

»Wie meinst du das?«

»Ich brauche das Geld. *Wir* brauchen es. Ich habe nicht ganz gelogen, als ich sagte, dass ich keine Familie mehr habe. Ja, es gibt noch Caleb, aber wir sind vollkommen auf uns gestellt. Ich bin für ihn verantwortlich.«

»O mein Gott. Was ist mit deinen Eltern?«, fragte ich atemlos und wusste selbst nicht, wohin mit all meinen Emotionen.

»Beide tot«, sagte Shaun mit harter Stimme, doch obwohl sein Blick gesenkt war, entging mir nicht der wehmütige Ausdruck in seinen sonst so unleserlichen Augen. Der Schmerz, der ihn allein bei dem Gedanken daran quälte. Ich hatte vor allem in letzter Zeit kein sonderlich gutes Verhältnis zu meinen Eltern gehabt. Doch wollte ich es mir trotz allem nicht vorstellen, wie es sich wohl anfühlen musste, beide Eltern zu verlieren. Und das, wenn man noch so jung war und sich außerdem um seinen kleinen Bruder kümmern musste. Ich schluckte schwer.

»Das tut mir so unglaublich leid, Shaun.« Mit Sicherheit wollte er das nicht hören, weil das die Reaktion sein musste, die man von den Leuten in so einer Situation wohl immer entgegengeschmettert bekam. Diese Offenbarung erschütterte mich schonungslos bis ins Mark, sodass mir nichts weiter als eine Floskel über die Lippen kam, hinter der für mich so viel mehr steckte.

»Ich habe keine Perspektive mehr. Es war gelogen, als ich dir sagte, dass ich nie studieren wollte. Systemtechnik als Hauptfach belegen und Pilot werden, die Welt aus einem ganz besonderen Blickwinkel erkunden. Das war schon immer mein Traum. Dad hat diese Dokus über alles, was mit dem Fliegen und Reisen zu tun hatte, regelrecht verschlungen. So oder so wird es dazu nie kommen. Ich kann mir das jetzt nicht mehr leisten, und ich muss für Caleb da sein.«

»Oh, Shaun«, hauchte ich, außerstande, die richtigen Worte zu finden. »Und was ... verkaufst du, um euch über Wasser zu halten?«

Es musste unvorstellbar hart sein, sein eigenes Leben, das seines Bruders und zwei Jobs unter einen Hut zu bringen. Und obendrein verkaufte Shaun auch noch Drogen.

»Hauptsächlich Oxys. Da du Medizin studierst, muss ich dir wohl nicht erzählen, worum es sich dabei handelt«, sagte er schulterzuckend, als ob es nichts wäre. Vielleicht klappte das bei anderen, doch hatte ich die Traurigkeit sehr wohl gesehen, die unter seiner harten Fassade unter Verschluss lag.

»Nein«, sagte ich. »Ich weiß, was Oxycodon mit einem macht. Wie es wirkt. Dass es abhängig macht. Und ich muss gestehen, dass ich Drogen verabscheue, Shaun. Egal, in welcher Form.« Ich konnte trotz seiner Umstände nichts dagegen tun, dass sich sofort ein Knoten in meinem Bauch bildete.

Leider gab es selbst im Bereich Medizin mehr als genug Studierende, die regelmäßig verbotene Substanzen zu sich nahmen, um sich besser zu fühlen oder konzentrieren zu können – allen Risiken und jeglicher Ethik zum Trotz.

Shaun nickte. »Das kann ich verstehen. Unter anderen Umständen hätte ich davon die Finger gelassen. Manchmal hat das Leben andere Pläne. Wer hätte gedacht, dass ich so tief sinken würde?« Seine Verbitterung erreichte in Form eines freudlosen Lachens ihren Höhepunkt. »Wenigstens nehme ich das Zeug nicht selbst und verkaufe es nicht an Minderjährige.«

Ich wusste nicht, ob seine Aussage meine Abscheu gegen das, was er tat, minderte. Machte es das denn besser? Eine Woge des Schwindels erfasste mich. Wie konnte ich ihn dafür verurteilen, wenn ich seine wahren Motive kannte? Doch wie sollte ich meine Prinzipien mit seinem Lebensweg in Einklang bringen?

Ein großer Stein fiel mir vom Herzen, als ich hörte, dass er selbst keine Drogen konsumierte – und ich glaubte ihm. Ich traute mir zumindest zu, dass ich es bemerken würde, wenn jemand in meinem Umfeld high war oder anderweitig konsumierte. Dafür gab es immer klare Anzeichen. So blind hätte ich einfach nicht sein können. Dennoch stand ich im Zwiespalt mit mir selbst. Shaun dealte aus einem nachvollziehbaren Grund. Dennoch führte er Menschen in die Abhängigkeit – jedem guten Ziel zum Trotz. Unter anderen Umständen wäre ich unvermittelt aufgestanden, gegangen und hätte nie mehr zurückgeblickt. Aber nicht bei Shaun. Ich konnte mich nicht dazu durchringen, ihn deshalb in den Wind zu schießen, entgegen aller Alarmglocken, die in mir schrillten.

»Ich kann nicht gerade sagen, dass mir das gefällt«, sagte ich schließlich. »Trotzdem kann ich nachvollziehen, wieso du es tust, Shaun«, wiederholte ich, weil ich sonst nicht wusste, was ich sagen sollte.

Schweigend saßen wir an unserem Tisch, hingen beide unseren mehr oder weniger düsteren Gedanken nach. Und sobald ich die Kellnerin ein drittes Mal davongeschickt hatte, weil wir uns immer noch für nichts auf der Karte entschieden hatten, überkam mich eine Idee. Uns war wohl beiden der Appetit vergangen, doch hatte ich den Eindruck, dass sowohl mir als auch Shaun ein klein wenig Ablenkung guttun würde. Nachdem er derart lange geschwiegen hatte, wusste ich, dass er nicht bereit sein würde, auf weitere Fragen zu antworten, und ich wollte nicht zu neugierig wirken.

»Hey, wann warst du das letzte Mal in einer Spielhalle?«, fragte ich Shaun und brachte ihn so dazu, sich mir wieder zuzuwenden.

»In einer Spielhalle?«, fragte er stirnrunzelnd. »Bestimmt schon seit zehn Jahren nicht mehr.«

»Was? O Mann, Shaun!«, rief ich empört. »Ich glaube, du brauchst mal wieder eine ordentliche Portion Spaß, und dieses Mal redest du dich nicht raus.« Ich rollte mit den Augen, als ich das plötzlich auftretende anzügliche Grinsen sah, das sich dabei auf seine Lippen stahl. Immerhin war das noch da. »Eine andere Art von Spaß«, stellte ich klar, stand dann, ohne zu zögern, auf, schnappte mir seine Hand und zog ihn entgegen jeder Widerworte mit mir.

Ob das unser neues Ding war?

– 13. Kapitel: Harper –

»Harp, warte«, stöhnte Shaun, sobald ich ihn aus dem *Empire Diner* gezogen hatte und ihn in einem guten Tempo die Straße hinunterdirigierte.

Seine Hand lag nach wie vor in meiner, und das Gefühl, das diese simple Berührung in mir auslöste, ließ mich erschaudern, dabei gab ich mir Mühe, das zu ignorieren. Es fühlte sich eben gut an, mit Shaun zusammen zu sein. Mit ihm Spaß zu haben – auch fernab von Sex. Ich hatte versucht, mir vor ihm nichts anmerken zu lassen, doch die Geschichte über sein trostloses Schicksal beschäftigte mich. Sein bisheriges Leben, sein Verlust und seine zerstörten Träume setzten mir zu. Das änderte so ziemlich alles, denn vieles lag nun auf der Hand. Ich konnte Shaun verstehen. Sich so vor der Außenwelt zu verschließen, niemanden an sich heranzulassen. Sich mehr auf bedeutungslosen Sex einzulassen als auf eine Beziehung. All das ergab nun Sinn. Und hatte es nicht durchaus etwas zu bedeuten, wenn Shaun mir so weit zu vertrauen schien, dass er seine Geheimnisse mit mir teilte, obwohl wir uns kaum kannten? Garantiert wussten nicht viele Menschen von seiner Lage, denn schließlich hatte er selbst bereits zugegeben, dass er sich in diesem Punkt möglichst bedeckt hielt.

»Wenn du nicht so lahm wärst, Shau, müsste ich dich nicht hinter mir herziehen wie ein kleines Kind.« Funkelnd sah ich mich über meine Schulter um und streckte ihm frech die Zunge heraus. Shaun sah dabei wenig begeistert aus, aber er machte keine Anstalten, sich aus meinem Griff zu lösen.

»Können wir nicht irgendetwas anderes machen?«, beschwerte er sich unbeirrt weiter, und ich musste lachen.

»Jetzt klingst du zusätzlich noch wie ein trotziges Kind.« Wir liefen Hand in Hand über den Zebrastreifen und bogen in die nächste Seitenstraße ein.

»Ich habe nur einfach keine Lust«, kommentierte Shaun trocken und dachte wohl, dass ich das nicht gehört hatte.

Abrupt blieb ich sehen, reckte mein Kinn in die Höhe, damit ich ihm besser in die Augen sehen konnte. »Ich kann verstehen, dass es dir schwerfällt, über all das zu sprechen, was dir in deinem Leben widerfahren ist, aber ich glaube, dass ich dich mittlerweile ganz gut einschätzen kann. Du arbeitest viel, bist ständig übermüdet, hast kaum Freizeit und deshalb so gut wie nie Spaß.« Nun griff ich nach seiner anderen Hand, die bis eben ein wenig verloren an seiner Seite gehangen hatte. »Lass dich für diesen einen Abend einfach mal fallen. Vertrau mir.«

Shaun sah mit gerunzelter Stirn, deren Ausmaße an die Furchen des Grand Canyon erinnerten, auf unsere verschlungenen Hände, und es war unmöglich zu sagen, welche Art von Gedanken in diesem Augenblick durch seinen hübschen Kopf geisterten. Doch das Einzige, was hier und jetzt für mich zählte, war, dass er nach nur wenigen Augenblicken nickte. An seinem Kiefer zuckte ein Muskel. Trotzdem schien er bereit, sich darauf einzulassen. Vielleicht weil er bloß wollte, dass ich ihn nicht weiter zu überzeugen versuchte. Vielleicht weil er mir wirklich vertraute und tief in seinem Innern sehr wohl wusste, dass er mal etwas mehr Spaß in seinem Leben brauchte. Vollkommen gleich, wie klein dieses Zeitfenster auch sein mochte. Bestimmt vermisste er es, ein unbeschwertes Leben mit deutlich weniger Verpflichtungen zu führen. Es war nicht mein Ziel, ihn von dem, was ihm widerfahren war, abzulenken. Ich wollte nur, dass er einen Moment des Glücks und der Freude erleben konnte.

»Okay, worauf hast du Lust?«

Endlich hatten wir unser Ziel erreicht und betraten die Eingangshalle der Spielhalle, in der ich früher schon zusammen mit meinen Mädels gewesen war. Meistens genau wie heute mit Shaun, nachdem wir im *Empire Diner* gegessen hatten. Leider hatten viele der typischen Spielhallen zugemacht, aber diese hier gab es nach wie vor. Von Jung bis Alt versammelten sich hier die Menschen so wie früher. Unzählige verschiedene Spielautomaten reihten sich an den Wänden entlang, und in der Mitte des Raumes standen neben Billardtischen einige Airhockeytische. Das Piepen und Surren der verschiedenen Maschinen elektrisierte die Luft. Die bunten Lichter spiegelten sich in Shauns Augen wider, und auch wenn seine Lippen weiterhin einen festen Strich formten, siegte allem Anschein nach die Neugier.

»Hast du schon mal Airhockey versucht?«, fragte ich und deutete auf einen der freien Tische.

Shaun schüttelte den Kopf, positionierte sich an der Spielplatte mir gegenüber und griff nach dem Pusher. Ich lächelte ihn an und bemerkte hinter ihm einen Vater mit seinem kleinen Sohn, die zusammen bei einem Spiel mit Dinos sehr viel Spaß hatten. Der Kleine erschreckte sich jedes Mal, wenn ein Dinoknurren zu hören war. Unwillkürlich fragte ich mich, ob Shaun so etwas je mit seinem Dad erlebt hatte, doch ich verkniff es mir, ihn danach zu fragen. Die Stimmung war ohnehin schon angespannt genug. Ich wandte mich ihm wieder zu, schnappte mir meinen Pusher und platzierte den Puck davor. Dann zückte ich ein paar Münzen und warf zunächst drei Dollar ein, die für drei Spiele reichen würden.

»Airhockey ist ein Geschicklichkeitsspiel und funktioniert grob gesagt eigentlich wie Fußball«, erklärte ich ihm. »Versuch, den Puck in mein Tor zu bekommen. Ich warne dich: Vor dir steht eine Meisterin. Daran wird auch meine längere Abstinenz von diesem Spiel nichts verändert haben.«

Shaun nahm die gleiche Haltung ein wie ich, umfasste seinen Pusher fester und zog eine solche Grimasse, dass ich nicht anders konnte, als zu lachen. Offenbar schaffte ich es, seine Trübseligkeit weichen zu lassen. Am Anfang war unser Spiel ungewohnt langsam, aber sobald Shaun verstanden hatte, worauf man beim Airhockey achten musste, wurden unsere Pässe schneller und schneller.

Die erste Runde gewann ich. Ebenso wie die zweite. Doch in der dritten Runde kämpfte Shaun so hart, dass er nach einem ersten Unentschieden sogar noch einmal traf und gewann. Jubelnd riss er die Arme in die Höhe und feierte sich wie ein König, während ich ihn mit vor der Brust verschränkten Armen beobachtete und angrinste. Shaun warf Handküsse durch die Spielhalle und führte sich auf wie der größte Spaßverderber. Ich genoss jeden Augenblick davon in vollen Zügen. Sein Getue war so was von albern und genau das Gegenteil von der Version von ihm, die ich bisher kennengelernt hatte. Ein wahres Geschenk, ihn einmal so losgelöst zu erleben.

»Du bist ein schlimmerer Gewinner als Verlierer«, stellte ich fest, sobald ich wieder halbwegs ohne Lachanfall sprechen konnte.

»Ach ja? Oder bist du vielleicht nur neidisch auf mein unleugbares Airhockey-Talent?«

»Du Spinner«, murmelte ich, doch Shauns Gesichtsausdruck wurde dadurch nur noch amüsierter. Abrupt stieß er sich von dem Airhockeytisch ab, an dem er sich bis eben noch gelehnt hatte, und beugte sich dann so weit zu mir nach vorne, dass ich für einen winzigen Augenblick dachte, er würde mich küssen. Mein Herz setzte einen Schlag aus.

»Wollen wir doch mal sehen«, flüsterte er so nah an meinem Ohr, dass sein warmer Atem meine Haut kitzelte.

Ich vergaß zu atmen und musste schlucken, doch ehe ich mich an seine plötzliche Nähe gewöhnen konnte, zog sich Shaun wieder zurück, und ich beobachtete mit heißen Wangen, wie er hinüber zu einem der anderen Airhockeytische ging. Einem, bei dem man mit mehreren Pucks spielte. Ich holte tief Luft, ehe ich zu ihm aufschloss. Während des Spiels, in das sich Shaun enorm reinsteigerte, weil er augenscheinlich Blut geleckt hatte, gab ich mir Mühe, nicht daran zu denken, wie heftig mein Herz auf einmal geschlagen hatte, als er sich so nah zu mir gebeugt hatte.

Wir hatten unheimlich viel Spaß, und es war deutlich zu sehen, wie Shaun mit jeder Minute, die verstrich, immer weiter auftaute. Tatsächlich gewann er zwei Matches – genau wie ich. Wir beließen es bei einem Unentschieden, weil Shaun der Meinung war, dass er mir damit einen Gefallen tun würde. Ich ließ ihm diesen völlig abwegigen Gedanken.

Airhockey war anstrengender, als ich es in Erinnerung gehabt hatte, und so standen wir nun Schulter an Schulter an dem Tisch und kamen langsam von unserem Adrenalinschub runter. Aus den Augenwinkeln sah ich, wie ein einzelner Schweißtropfen auf Shauns Stirn glänzte. Er hatte seine Hemdärmel schon vor einer ganzen Weile nach oben gekrempelt, und ich bewunderte mal wieder, wie durchtrainiert und sehnig seine Arme waren. Wir standen wieder so nah nebeneinander, dass ich mich nur ein klein wenig nach rechts hätte lehnen müssen, um mich an seine breite Schulter zu schmiegen.

»Ich gebe zu: Du bist nicht schlecht, Shau«, sagte ich und strich mir dabei eine Strähne hinters Ohr, was sofort seine Aufmerksamkeit zurück auf mich lenkte.

»Du bist auch nicht übel, Harp«, entgegnete er amüsiert. »Was kommt als Nächstes?« Die Schatten in seinem Gesicht gehörten der Vergangenheit an, und er sah plötzlich so viel jünger aus als der Shaun, den ich kannte. Unbeschwert, liebevoll, voller Hoffnung.

Nachdenklich sah ich zu den Automaten an der Seite, bei denen man mit einem Greifarm Plüschtiere und allen möglichen Krimskrams herausfischen konnte. Ich wusste, dass diese Dinger meistens nicht mehr als reine Abzocke waren und es faktisch unmöglich war, dabei zu gewinnen, aber ich wollte es dennoch versuchen.

»Hast du Lust, es zu probieren?«

Shaun folgte meinem ausgestreckten Arm und seufzte. »Nein, eigentlich nicht. Das letzte Mal dabei gewonnen habe ich … O richtig, gar nicht. Willst du nicht etwas anderes machen?«

»Na los, ich will das jetzt testen«, bestand ich und ging hinüber. »Nur ein Versuch.« Ich griff in meine Handtasche, zückte meinen Geldbeutel und suchte die entsprechenden Münzen zusammen. Während ich diese einwarf und nochmals meine Hände ausschüttelte, um sie locker zu machen, lehnte sich Shaun seitlich an das Glas, hinter dem all die Gewinne lagen, die es zu verdienen gab. Er schmunzelte vor sich hin, stemmte die Arme in die Seiten und sah mich dabei mit so einem rechthaberischen Ausdruck in den Augen an, dass ich ihn böse anfunkelte.

»Wenn du vorhast, die ganze Zeit so dazustehen, ist es ja wohl logisch, dass das hier nichts wird«, beschwerte ich mich. Doch Shaun zuckte nur mit den Schultern, löste sich von dem Glaskasten und stellte sich hinter mich.

»Ich will nicht, dass du mir die Schuld gibst, wenn du leer ausgehst«, murmelte er da plötzlich wieder so nah neben meinem Ohr, dass mir ein wohliger Schauer über den Rücken wanderte.

Ich holte tief Luft, doch das brachte nichts, weil ich dadurch Shauns Geruch so deutlich wahrnehmen konnte, dass es mir den Atem raubte. Wenn er mir weiterhin so nahe sein würde, wäre es besser gewesen, wenn er einfach dageblieben wäre, wo ich ihn wenigstens sehen konnte. So bildete ich mir nur ständig ein, seinen Atem auf meinem Haar und in meinem Gesicht zu spüren. Ebenso wie seine forschenden Blicke. Doch ich würde einen Teufel tun und ihm das sagen, also versuchte ich, ihn, so gut es eben ging, zu ignorieren.

Behutsam brachte ich meine Hände in Position und überlegte, nach welchem Gegenstand ich angeln sollte. Ich entschied mich für eine plüschige Freiheitsstatue, die gar nicht mal so kitschig aussah. So langsam ich nur konnte, tippte ich den Hebel an, der den Greifarm bewegte, und drückte kurz darauf den Knopf, der diesen nach unten fahren ließ. Das Unmögliche zu versuchen, stellte eine meiner Marotten dar. Einer Versuchung zu widerstehen, war nicht erst seit heute eine meiner schwierigsten Übungen.

Ich hielt die Luft an, als ich den Kopf der Freiheitsstatue zu fassen bekam. Konzentriert leckte ich mir über die Lippen und versuchte dann so vorsichtig wie möglich, den Greifarm zurück nach oben fahren zu lassen. Sobald sich die Freiheitsstatue anhob, erkannte ich meinen Fehler: Ich hatte den Kopf doch nicht so gut zu greifen bekommen, wie ich zunächst angenommen hatte, und ich sah sofort, dass ich es nicht schaffen würde, meinen ausgesuchten Gewinn bis zur Ausgabeklappe zu befördern. Dennoch war mein Versuch nicht ganz umsonst, denn in der Greifhand hatte sich neben dem Plüschkopf noch eine Baseballkappe verfangen, die ich erst jetzt bemerkte. Ehe ich mich versah, hatte ich wenigstens diese nach draußen befördern können, ohne sie zu verlieren. Triumphierend griff ich danach und reckte sie in die Höhe.

»Ha! Siehst du? War doch gar nicht so schwer.«

»Zumindest dann nicht, wenn man davon ausgeht, dass es die Baseballkappe war, die du ursprünglich haben wolltest«, bemerkte Shaun trocken von der Seite.

Ich boxte ihm gegen den Oberarm, doch er lachte nur, kam nicht einmal ins Wanken. Bei all den harten Muskeln hätte ich ihn vermutlich genauso gut mit der Plüschstatue bewerfen können. Zum ersten Mal sah ich mir meinen Gewinn genauer an. Es war eine Kappe der New York Yankees. Ich war kein wirklicher Fan von Sport, egal, in welcher Form, doch das erkannte selbst ich. Die Nähte und das sauber aufgestickte Logo ließen mich vermuten, dass es sogar ein Original war. Die Tatsache, dass wir uns hier in einer Spielhalle befanden, ließ mich allerdings direkt wieder daran zweifeln. Grinsend sah ich wieder zurück zu Shaun.

»Weißt du, was? Obwohl du ein grausamer Unterstützer bist, wenn es ums Glückbringen geht, und du deinem Namen Glückskeks absolut keine Ehre machst, werde ich dir meinen atemberaubenden Gewinn schenken«, beschloss ich und setzte Shaun dann die Baseballkappe kurzerhand falsch herum auf.

Nur Sekunden später krümmte ich mich vor Lachen, weil Shaun ein solch belämmertes Gesicht zog, dass mich sein Ausdruck in Kombination mit diesem albernen Anblick innerlich schier zerriss.

»Ganz toll, vielen Dank auch«, murrte Shaun, als er mir dabei zusah, wie ich immer größere Schwierigkeiten hatte, mich noch auf den Beinen zu halten.

Mir zuliebe behielt er die Kappe noch ein wenig auf, ehe er sie sich vom Kopf zog und dann über das kurze Haar strich. Zwischenzeitlich versuchte ich, mich wieder etwas zusammenzureißen. Shaun machte wider Erwarten keinerlei Anstalten, mir mein Geschenk zurückzugeben.

»Genau genommen ist das gar nicht mal so schlecht«, sagte er schließlich. »Caleb ist ein riesiger Yankees-Fan, und erst vor ein paar Wochen hat er seine Baseballkappe verloren. Das war vielleicht ein Drama.« Er wirkte so, als wäre er für einen Augenblick in eine Welt eingetaucht, in der sich seine Probleme lediglich auf verschwundene Baseballkappen beschränkten.

»Oh, na das ist doch perfekt! Gib sie deinem Bruder, er wird sich bestimmt darüber freuen.«

Shaun schwieg für eine Weile, drehte und wendete die Mütze in seiner Hand. Von den ersten Ansätzen seiner Verspieltheit, die irgendwo tief in ihm drin sehr wohl vorhanden war und nur darauf wartete herauszukommen, war jegliche Spur verschwunden, und sie war einem augenscheinlichen Kummer gewichen, der mich bestürzte. »Caleb liegt mir schon eine halbe Ewigkeit damit in den Ohren, dass er unbedingt wieder zu einem Spiel der Yankees will. Ich muss ihn jedes Mal vertrösten.« Shaun rieb sich geistesabwesend über die kurzen Bartstoppeln an seinem Kinn. »Früher waren wir zusammen mit Dad mindestens einmal im Jahr im Stadion. Er war genauso besessen von den Yankees wie Caleb.«

Spätestens jetzt war es offensichtlich, dass Shaun in schöne und zugleich schmerzhafte Erinnerungen abgedriftet war. Redete er noch mit mir oder mit seinem früheren Selbst? Kummer drohte ihn in die endlose Finsternis zu schleifen, das sah ich. Mir brannte mehr als nur eine Frage auf der Zunge, doch ich schluckte jede einzelne davon hinunter. Ich fragte ihn nicht, was genau mit seinem Vater passiert war und ob die Tickets für sie zu teuer waren. Ich wusste, dass es am Geld lag. Obwohl wir uns noch nicht so gut kannten, stimmte es mich traurig zu sehen, dass Shaun sich so abrackerte und es dennoch nicht für das Leben ausreichte, das er seinem Bruder bieten wollte. Mein Herz schmerzte.

»Was hältst du davon, wenn wir etwas frische Luft schnappen?«, fragte ich Shaun.

Er nickte erleichtert. Dankbar dafür, dass ich keine Fragen stellte. Dankbar dafür, dass ich seinen Stimmungswechsel direkt erkannt und ihn nicht dazu gezwungen hatte, noch länger hierzubleiben. Für den Moment war das genug.

Ich gönnte Shaun erst einmal einen Moment zum Akklimatisieren. Nicht nur mir musste die stickige Spielhalle auf den Kreislauf geschlagen haben. Shaun schwieg, doch ich drängte ihn nicht. Mir all das anzuvertrauen, hatte ihn sicher äußerst viel Kraft gekostet. All das, was er bereits erlebt hatte, musste schrecklich für ihn gewesen sein – war es immer noch. Shaun zückte sein Handy und sah kurz auf das Display, ehe er es wieder verschwinden ließ.

»Ich weiß, es ist noch früh, aber wäre es okay für dich, wenn wir es für heute gut sein lassen?«

Auf einmal hatte ich das heftige Bedürfnis, mich zu entschuldigen. Für was, wusste ich selbst nicht so genau. »Natürlich. Sorry, wenn ich …«

Shaun winkte ab. »Du hast nichts falsch gemacht, Harper«, unterbrach er mich, versuchte sich dann doch wieder an einem Lächeln und streckte mir einladend seine Hand entgegen. Ohne zu zögern, griff ich danach.

Es war tatsächlich so etwas wie eine kleine Selbstverständlichkeit zwischen uns geworden, allerdings sollte ich besser nichts hineininterpretieren. Das konnte ich meinem blöden Herz nicht antun.

Ohne zu reden, schlenderten wir zurück zu der U-Bahn-Haltestelle, von der wir zuvor schon beide gekommen waren, doch es war keine unangenehme Stille. Wir konzentrierten uns auf unsere Gedanken, lauschten den nächtlichen Geräuschen der Stadt, und ich für meinen Teil versuchte, mir trotz meines Vorsatzes genau einzuprägen, wie sich Shauns Hand in der meinen anfühlte, ehe wir uns gleich für heute verabschieden würden.

Wenn ich ehrlich war, hatte ich mir nach unserem Gespräch im Diner und während unserer Albereien in der Spielhalle heimlich gewünscht, dass er wieder mit mir ins Wohnheim kommen würde, doch stand das heute nicht zur Debatte. Und das war wohl besser so. Nicht nur weil Shaun allein sein wollte. Ich hatte das ungute Gefühl, dass es mir, je mehr Zeit ich mit diesem außergewöhnlichen Mann verbrachte, nur noch mehr schaden würde. Mir und meinem kleinen gutmütigen Herz. Dennoch wollte ich es auf keinen Fall missen, mich bald wieder mit Shaun zu treffen. Es machte Spaß mit ihm, und dabei ging es nicht nur um Sex.

Der Eingang zur U-Bahn-Haltestelle kam für meinen Geschmack viel zu schnell in Sicht. Wir liefen die Treppen nach unten, bis Shaun schließlich dort stehen blieb, wo sich der Weg zu den verschiedenen Plattformen gabelte. Ich musste in die eine und Shaun in die andere Richtung. Ich war noch nicht bereit, ihn gehen zu lassen, und als ich meinen Kopf hob, um ihn anzusehen, nachdem er meine Hand wieder freigegeben hatte, hatte ich den Eindruck, dass es ihm ähnlich ging – zumindest für einen winzigen Augenblick.

»Es war wie immer schön mit dir, Shaun«, sagte ich ehrlich und lächelte ihn dabei vielsagend an, während sich seine Miene kein bisschen veränderte, doch zumindest sah er nicht weg.

»Geht mir genauso. Danke.« Plötzlich sah er so aus, als ob ihm noch so viel mehr auf der Seele brannte. Shaun zögerte. »Ich hatte schon lange nicht mehr so viel Spaß wie heute«, offenbarte er mir dann und kam mir dabei einen Schritt näher.

Ich nickte und gab mir Mühe, meine Atmung ruhig zu halten. Selbst dann noch, als er meine Taille umfasste und mir wieder so nahe kam wie vorhin in der Spielhalle.

»Weißt du, was?«, brach es da eilig aus mir heraus, ehe ich etwas Unüberlegtes tun konnte. »Wenn du morgen zu mir ins Café kommst, habe ich etwas für dich.«

Die Idee, ihm und seinem Bruder zwei Tickets für die Yankees zu kaufen, war mir auf dem Weg zur Haltestelle in den Sinn gekommen. An den lustigen Anblick von Shaun, den er mit der umgedrehten Kappe abgab, könnte ich mich gewöhnen. Ich spürte deutlich, wie wichtig ihm sein kleiner Bruder war, und ich wollte ihm eine Freude machen. Vielleicht könnten wir das nächste Mal ja sogar zusammen ein Spiel besuchen.

»Hast du?« Seine unergründlichen Augen durchbohrten mich.

»Ja«, hauchte ich, weil meine Stimme versagte.

Shaun war mir viel zu nah. Ich wusste nicht, was mir seine offensichtliche Suche nach Körperkontakt sagen sollte. Wofür dieses verheißungsvolle Leuchten stand, mit dem er mich gerade bedachte. Der muskulöse Mann vor mir schwieg, kam aber ganz langsam noch ein Stückchen weiter auf mich zu, bis ich mit dem Rücken an die Wand stieß. Die kalten Fliesen im starken Kontrast zu der Hitze, die von meinem Körper ausging.

In meinem Blickfeld gab es nichts mehr außer Shaun. Seine schwungvollen Lippen. Das zaghafte Lächeln, das sich sogleich auf sie legte. Shaun hatte es bisher tunlichst vermieden, mich zu küssen. *Richtig* zu küssen. Seine Lippen hatten noch nie die meinen berührt, doch als seine Zunge zwischen ihnen hervortrat und diese befeuchtete, kämpfte sich der Drang danach, ihn einfach an mich zu ziehen und es zu wagen, so stark in den Vordergrund, dass es mir unmöglich erschien, ihm zu widerstehen. Ich starrte so gebannt auf seinen Mund, dass ich erst in der allerletzten Sekunde begriff, dass es nicht nur mir so erging.

Shauns Becken presste sich gegen meins, während seine Hände mein Gesicht umschlossen. Sein Kuss war so stürmisch, fordernd, aber auf eine gewisse Art liebevoll, dass es mir alle Sinne raubte. Ohne nachzudenken, erwiderte ich seine wilde Liebkosung, öffnete meine Lippen für ihn, lieferte mir eine leidenschaftliche Schlacht mit seiner Zunge, zog ihn an seinem Hemd noch weiter zu mir, krallte mich an ihm fest. Mein gesamter Körper stand unter Strom. All das war neu für mich. Wegen ihm. Ein Gefühl, das ich so noch niemals zuvor erlebt hatte, doch so rasch sich dieser impulsive Moment zwischen uns aufgebaut hatte, so abrupt war er auch schon wieder vorbei.

Ohne Vorwarnung löste Shaun unsere Nähe zueinander auf und brachte mehrere Meter Abstand zwischen uns. Ich sah, wie sich seine Brust hektisch hob und senkte. Sein Mund öffnete sich, als wollte er mir etwas sagen, doch dann drehte er sich in einer fließenden Bewegung um und ging davon.

»Wir sehen uns morgen«, rief er beim Gehen und hob eine Hand zum Abschied.

Vollkommen verwirrt sah ich ihm nach, ehe er nur zwei Herzschläge später um die nächste Ecke gebogen war. Was um alles auf der Welt war denn auf einmal los gewesen? Shaun hatte mich gerade zum ersten Mal geküsst. Einfach so. Und er wollte kein Wort darüber verlieren?

Was zum Teufel?

Mein naives Herz schlug immer noch wie verrückt in meiner Brust, und ich kam nicht umhin, seine Lippen nach wie vor auf den meinen zu spüren. Dabei war er längst fort.

– 14. Kapitel: Shaun –

Tobend vor Wut trat ich gegen den überquellenden Mülleimer, der vor dem Haus stand, an dem ich gerade vorbeikam. Die graue Tonne flog so weit, dass sich der Müll nicht nur über den Gehweg, sondern wie eine stinkende Flutwelle bis zur Mitte der Straße ergoss. Eine junge Mutter mit ihrem Kind an der Hand riss erschrocken die Augen auf und wechselte umgehend die Straßenseite. Ich lachte freudlos und versuchte, die aufkeimende Panik mit beiden Händen aus meinem Gesicht zu reiben, ehe ich einmal tief ein- und dann wieder ausatmete. Ich stemmte meine Hände in die Hüften und starrte in den Sternenhimmel, von dem man hier in der Vorstadt deutlich mehr zu sehen bekam als mitten in Manhattan.

Ich brauchte einige unbeständige Herzschläge lang, bis ich mich wieder halbwegs unter Kontrolle fühlte, meine Hände in den Hosentaschen vergrub und meinen Weg fortsetzte. Was war bloß in mich gefahren? Wie hatte ich mich dazu hinreißen lassen können, Harper zu küssen? Für mich war ein Kuss etwas sehr Intimes und in der Intensität zu keinem Zeitpunkt gleichzusetzen mit Sex. Sex konnte etwas sein, was nicht im Geringsten mit Gefühlen oder gar Liebe verbunden sein musste. Es konnte die Befriedigung reiner körperlicher Bedürfnisse darstellen und mehr nicht. Doch ein Kuss ... Ein Kuss zeugte von Emotionen. Von Gefühlen. Im schlimmsten Fall von Liebe. Der schlimmste Fall deshalb, weil das einer Möglichkeit entsprach, die ich mit Harper unter keinen Umständen in Betracht ziehen durfte. Auf gar keinen Fall. Absolut niemals. Nicht ohne Grund hatte ich mir vor Jahren die eigene Regel aufgestellt, eine Frau niemals zu küssen, wenn es nur um Sex ging. Oder, in Harpers Fall, um das Erreichen eines ganz bestimmten Ziels.

Ich hatte seit Jahren keine Frau mehr geküsst. Also warum ausgerechnet jetzt? Warum Harper? Und wieso dachte ich überhaupt immer noch darüber nach? Diese Frau ging mir viel zu sehr unter die Haut, brachte mich durcheinander, vernebelte meine Sinne.

Schlecht gelaunt ging ich die Stufen zu unserem Haus hinauf, schloss auf und schlurfte in die Küche. Ich schnappte mir ein Bier und holte mir die Reste vom Vortag aus dem Kühlschrank, denn so langsam knurrte trotz allem mein Magen. Während ich darauf wartete, dass die Nudeln warm wurden, hörte ich, wie Caleb die Treppe nach unten gepoltert kam. Zunächst sah er zu mir, ehe sein Blick zur Arbeitsplatte wanderte und er zu strahlen begann.

»Eine Yankees-Kappe, wow!«, rief er euphorisch aus, stürmte darauf zu und nahm sie so bedächtig in die Hände, dass man meinen könnte, er würde den Heiligen Gral halten. »Wo hast du die her?«, fragte mein Bruder, ohne den Blick von der Mütze abzuwenden.

»Harper hat sie mir gegeben. Du kannst sie haben, wenn du willst. Ich habe ihr schon gesagt, dass du sie ohnehin bekommen wirst.«

»Wow«, wiederholte Caleb, und ich konnte nur den Kopf schütteln, ungläubig darüber, wie sehr ihn dieses Teil faszinierte. »Ich liebe deine Freundin jetzt schon. Bring sie doch mal mit hierher.« Strahlend wie ein Honigkuchenpferd setzte sich Caleb die Baseballcap auf seinen Dickschädel.

»Sie ist nicht meine Freundin, Caleb.« Wie oft musste ich das noch erklären? Schließlich besann ich mich eines Besseren. Mein kleiner Bruder konnte nichts dafür, dass mich diese ganze Thematik so miesepetrig stimmte. Ich durfte es nicht an ihm auslassen. »Vielleicht bringe ich sie irgendwann einmal mit, dann kannst du dich persönlich bei ihr bedanken.« Calebs Strahlen war wie Balsam für meine schwarze Seele.

Ich brachte grundsätzlich nie eine Frau hierher. Es hatte nur einmal ein Mädchen gegeben, das ich mit nach Hause genommen hatte, und das war schon eine halbe Ewigkeit her. Dad hatte sich unheimlich darüber gefreut. Bei dieser Erinnerung sah ich sein Gesicht plötzlich mit einer Klarheit vor mir, die die feinen Härchen in meinem Nacken zu Berge stehen ließ. Ich redete mir ein, dass ich das Caleb gerade nur erzählt hatte, um ihn zu beschwichtigen und mein Ziel damit womöglich schneller zu erreichen. Ich wusste, dass Caleb eine weibliche Bezugsperson schmerzlich vermisste. Er konnte sich kaum noch an Mom erinnern – noch weniger als ich. Vermutlich war das der Grund, wieso er mir immer öfter damit in den Ohren lag, dass ich mir eine Freundin suchen sollte. Dass er womöglich längst alt genug war, um zu verstehen, wie sehr ich mir ein normales Leben wünschte, ignorierte ich.

»Hast du Lust, noch einen Film mit deinem langweiligen steinalten Bruder zu gucken?«, fragte ich ihn.

»Wenn es sein muss, ja.« Mein kleiner Bruder kicherte über seinen eigenen Scherz.

Schon als ich in die U-Bahn stieg, die mich bis zur Haltestelle unweit des Cafés bringen würde, in dem Harper arbeitete, schwitzten meine Handflächen. Ruppig wischte ich sie an meiner Hose ab und bemerkte, dass sich meine Beine selbstständig gemacht und immer wieder in einem hektisch vorgegebenen Tempo auf und ab wippten. Ich gab mir alle Mühe, auch das abzustellen und mich ruhig in meinen Sitz fallen zu lassen.

Dieses Theater war seit gestern, seit dem Kuss mit Harper, an der Tagesordnung. Ich konnte mir einfach nicht erklären, was seitdem mit mir los war. Harper geisterte permanent durch meine Gedanken, und das trieb mich verdammt nochmal in den Wahnsinn. Wenn sie mich via Chatnachrichten nicht förmlich angefleht hätte, gleich heute wieder zu ihr zu kommen, weil sie mir irgendetwas Ominöses geben wollte, hätte ich mich erst einmal zwei oder drei Tage zurückgezogen. Um mich wieder unter Kontrolle zu bekommen. Denn so, wie ich aktuell drauf war, vertraute ich mir kein Stück. Ich durfte mein Ziel nicht aus den Augen verlieren. Das war alles, was für mich zählte. Das Einzige, das mich vorwärtstrieb. Warum hinterfragte ich also seit dem dummen Kuss ständig meine Motive? Wieso war mir Harpers Wohlergehen auf einmal doch wichtig?

Es war kurz nach fünf, als ich in die Straße einbog, in der Harpers Arbeitsplatz lag. Wie immer viel zu früh für meine Schicht im *Dreams*, aber ich wusste, dass Harper heute bis um sieben arbeiten würde, und ich hatte es schlichtweg nicht länger ausgehalten. Ich hatte keinen blassen Schimmer, was derart wichtig sein konnte, dass Harper sich mehr oder weniger gezwungen fühlte, es mir unbedingt heute geben zu müssen. Und zu allem Überfluss wusste ich nach wie vor nicht, wie ich mich ihr gegenüber verhalten sollte.

In den gestrigen Nachrichten hatte es keinerlei Anzeichen dafür gegeben, dass sich an unserem Umgang miteinander irgendetwas geändert hatte. Der beste Weg würde also sein, Gras über diesen Riss in meiner Fassade wachsen zu lassen und so zu tun, als ob dieser Kuss niemals stattgefunden hätte. Es konnte ja wohl nicht wahr sein, dass ich wegen so einer winzigen Kleinigkeit sofort in diesem Ausmaß die Fassung verlor. Das war einfach erbärmlich.

Ich straffte meine Schultern, ehe ich ins *Lava Java* eintrat und prompt die Glocke über meinem Kopf ertönte, die neue Kundschaft ankündigte. Ich entdeckte Harper wie gewohnt hinter der Theke, jedoch wandte sie mir gerade den Rücken zu, um einen Kaffee zuzubereiten. Als sie hörte, wie jemand den Laden betrat, sah sie über ihre Schulter, und ihre neugierig suchenden Augen fanden die meinen. Ich lächelte schwach und ging zu ihr an den Tresen. Beobachtete, wie sie den Milchschaum auf den Kaffee setzte und mir dann ein Zeichen gab, einen Augenblick zu warten, während sie das Heißgetränk einem der Gäste in den Sitznischen brachte. Ich hatte das *Lava Java* bisher nicht so gut besucht erlebt wie heute, was mich wunderte.

»Entschuldige, jetzt bin ich voll und ganz bei dir«, beteuerte Harper, wusch sich die Hände und sah dann mit freudiger Miene zu mir.

Kritisch suchte ich ihr Gesicht nach irgendwelchen Indizien dafür ab, dass dieser dämliche Kuss doch etwas verändert hatte, doch da war nichts. Sie sah nicht im Geringsten so aus, als ob sie sich die gleichen tausend Gedanken darüber gemacht hatte wie ich, was mich wurmte. Oder aber der Kuss hatte mich meiner Fähigkeit beraubt, sie zu lesen, wie ich es bisher getan hatte. Verfluchte Scheiße.

»Was gab es denn so Dringendes, dass ich unbedingt heute noch bei dir vorbeikommen sollte? Eigentlich habe ich heute keine Zeit für solche spontanen Aktionen«, murrte ich und log ihr, ohne mit der Wimper zu zucken, ins Gesicht.

»Ich habe etwas für dich.« So, wie sie dreinschaute, ähnelte ihr Strahlen dem von Caleb, als ich ihm die Baseballkappe vermacht hatte. »Hier«, flötete sie begeistert, zückte einen weißen Umschlag und fuchtelte so lange damit vor meinem Gesicht herum, bis ich ihn ihr aus der Hand riss.

Beinahe hätte ich einen bissigen Kommentar darüber abgegeben, dass es albern von ihr war, sich wegen eines Umschlags so aufzuführen, und dass sie ruhig etwas präziser werden könnte, doch ich schluckte all die hochgekommenen Worte hinunter.

»Mach ihn schon auf«, forderte Harper und rieb sich dabei ungeduldig die Hände.

Eine Weile sah ich sie mit zusammengeschobenen Augenbrauen an, da ich bisher noch nie erlebt hatte, dass sie sich so albern verhielt, doch schließlich kam ich ihrer Bitte mit einem mulmigen Gefühl in der Magengrube nach. Was konnte in diesem Umschlag stecken, dass sie so hibbelig war? Zeit, es herauszufinden.

Das Kuvert war nicht verschlossen, weshalb ich einfach reinschauen konnte. Der Briefumschlag war ungewöhnlich schwer, doch als ich den Inhalt herauszog, wusste ich auch, wieso, und das flaue Gefühl in meinem Magen verwandelte sich in Sekundenschnelle in eine so zerstörerische Wut, dass ich kaum noch atmen konnte. Die Eintrittskarten sahen mit ihrem schicken Glitzereffekt und der glänzenden Laminierung auf der Vorderseite nicht nur teuer aus, sondern sie waren es auch. Dafür musste ich nicht einmal auf den vermerkten Preis sehen.

»Was ist das?«, fragte ich gepresst, um nicht auf der Stelle die Beherrschung zu verlieren.

»Nach was sieht es denn aus? Tickets für die Yankees natürlich! Für dich und Caleb«, erklärte sie, so als ob sie nicht begreifen konnte, wieso ich das nicht gleich erkannt hatte – doch das hatte ich. Oh und wie ich das hatte.

»Was glaubst du eigentlich, wer du bist?« Ich bebte vor Zorn und bemühte mich, ruhig zu bleiben, doch das war alles andere als leicht. Mit zitternden Fingern ließ ich die Tickets zurück in den Umschlag gleiten und warf sie zurück auf den Tresen.

»Ich ... verstehe nicht«, murmelte Harper verwirrt. »Du hast von Caleb erzählt und wie er es vermisst, ab und an zu einem Spiel seiner Lieblingsbaseballmannschaft zu gehen.« Sie sah von dem Umschlag auf, musterte schockiert meine zu Fäusten geballten Hände, die ich so hart zusammenpresste, dass ich sie kaum noch spüren konnte. »Ich dachte, du würdest dich freuen«, sagte Harper verletzt. Als wäre ich derjenige, der sich bei ihr entschuldigen müsste und nicht umgekehrt.

Ein kräftiger Stromschlag durchzuckte mich. Diese brodelnde Wut unter Verschluss zu halten, kam mir jetzt wie ein unmögliches Unterfangen vor. Auch das konzentrierte Ein- und Ausatmen zeigte nicht den gewünschten Effekt. *Scheiße.*

Ich wollte nicht vollends die Beherrschung verlieren. Nicht vor ihr. Nie mehr. Das war nicht ich. Es war nicht Harpers Schuld. Sie war anders. *Fuck!* Dass Dad tot war, hatte nicht sie zu verantworten, sondern *er*. Dieses gewissenlose Arschloch, das für all das büßen würde.

Tote leere Augen. Metallischer Geruch, der schwer wie Blei in meine Nase beißt, meine Augen tränen lässt. Ein Klingeln in den Ohren, so laut, dass ich Calebs ängstliche Schreie überhaupt nur dumpf zu mir durchdringen höre. Seine kleinen Hände, die mich wegziehen wollen. Dad, wie er aus dem Haus gestolpert kommt. Die ungefilterte Angst, dass unser Leben unter dem Radar in diesem Moment Geschichte geworden ist.

Blut. Überall nur Blut. Auf meinem T-Shirt, auf meinen Armen. Das war meine Schuld. Ich war dafür verantwortlich.

Als allerletzten Ausweg dachte ich einzig und allein an meinen kleinen Bruder. Wie er mich umarmte, wenn ich nach einem langen Tag nach Hause kam. Sein Kichern, das mir jedes Mal aufs Neue bewies, dass ich in meiner Brust noch immer ein schlagendes Herz hatte. Dass ich dem Zorn in mir nicht noch mehr Spielraum zugestehen durfte. Für ihn. Für Caleb.

Einige stolpernde Herzschläge lang schloss ich meine Augen und konzentrierte mich lediglich auf meine Atmung. Ein und aus. Ein und aus. Meine Fäuste lösten sich wie von selbst wieder, zitterten unkontrollierbar. Ich öffnete die Augen. Harper sah mich immer noch unverwandt an, doch nun lag etwas in ihrem Blick, das mich jedes Mal zur Weißglut brachte, wenn ich es bei anderen Leuten bemerkte: Mitleid.

»Spar dir das«, zischte ich, immer noch darum bemüht, die Situation nicht eskalieren zu lassen, denn damit wäre niemandem geholfen.

»Wovon redest du?«

»Ich ... *Wir* brauchen weder dein Mitleid noch deine Hilfe. Wir kommen bestens ohne Almosen zurecht«, stellte ich unmissverständlich klar, schob Harper den Umschlag noch einmal demonstrativ weiter vor die Nase und wandte mich dann zum Gehen, ehe ich doch noch dieser Finsternis in mir die Oberhand zugestehen musste.

»Shaun!« Sie schien aus ihrer kurzen Schockstarre erwacht zu sein, und ich hörte, wie sie den Tresen umrundete. Ich hatte inständig gehofft, dass sie das sein lassen würde. »Jetzt warte doch mal! Ich wollte dir nicht den Eindruck vermitteln, dass ich das aus Mitleid getan habe oder sogar, um dich zu kränken! Shaun!«

Sobald ich ihre Hand auf meiner Schulter spürte, ehe ich es schaffte, das Café zu verlassen, blieb ich abrupt stehen, so als ob sie mich gerade mit einem Taser erwischt hätte. Jeder einzelne Muskel in meinem Körper war zum Zerreißen angespannt und meine Zähne so fest zusammengebissen, dass es knirschte.

»Fass mich nicht an!« Lange hatte ich nicht mehr so die Beherrschung verloren. Ruppig wischte ich ihre beschwichtigenden Versuche fort. Ich sah die aufflackernde Angst in ihrem Blick. Ob *um mich* oder *vor mir*, konnte ich nicht sagen. So oder so löste das ein Rumoren in mir aus, das mir ganz und gar nicht gefiel. Harper brachte mich ins Straucheln.

Der Zorn schien mir so deutlich ins Gesicht geschrieben zu sein, dass sie einen großen Schritt nach hinten tat und automatisch von mir abließ. Ich war mir der plötzlichen Stille um uns herum mehr als bewusst. Ebenso wie der Tatsache, dass uns praktisch jeder hier neugierig anstarrte und unseren Streit mitverfolgte.

»Es tut mir leid, Shaun.« Schonungslose Ehrlichkeit strahlte mir entgegen. Was sollte ich damit anfangen? Was sollte ich fühlen? Was denken? Fahrig rieb ich mir mit dem Unterarm den kalten Schweiß von der Stirn. Mein T-Shirt klebte mir unnachgiebig am Rücken.

Ich schaute kein zweites Mal zurück, sondern stürmte durch die Tür und hinaus auf die Straße, wurde empfangen von Lärm, der meine eigenen explodierenden Gedanken übertönte. Harper war so schlau, mir nicht zu folgen oder mich anderweitig aufzuhalten. Sie ließ mich gehen und gab mir Zeit, wieder runterzukommen. Ich ging nicht zurück zu der Haltestelle, von der ich gekommen war, sondern rannte einfach los. Vollkommen planlos. Hauptsache weg von diesem Ort. Ich wollte vergessen, dass das gerade wirklich passiert war.

Seit meinem impulsiven Abgang im *Lava Java* hatte ich nichts mehr von Harper gehört. Inzwischen waren zehn Tage vergangen, in denen absolute Funkstille zwischen uns geherrscht hatte. Beinahe zwei Wochen, in denen ich mich Tag für Tag mehr in ein emotionales Wrack verwandelte. Wahrscheinlich tigerte sie just in dieser Sekunde mit zahllosen angefangenen und nie zu Ende geführten Nachrichten in ihrem Zimmer auf und ab. So, wie ich sie kennengelernt hatte, fiel es ihr unter Garantie nicht leicht, sich zurückzuhalten. Es musste ihr regelrecht unter den Fingernägeln brennen, sich wieder mit mir in Verbindung zu setzen. Das war eben ihre

Art. Die so vieler Menschen. Leute, die mich als Baustelle sahen. Von der Welt in die Knie gezwungen. Mit ein bisschen Spucke schon zu reparieren. Für sie war ich nicht mehr als ein Projekt.

Immer noch kein Sterbenswörtchen. Harper besaß mehr Stärke, als ich angenommen hatte. Über den Punkt, dass ich mich deswegen noch wunderte, war ich jedoch längst hinaus. Sie tat gut daran, mich in Frieden zu lassen. Zu ihrem eigenen Wohl. Bis ich mich selbst wieder verstand. Wusste, was zu tun war.

Ich war trotz größter Bemühungen, ruhig zu bleiben, ausgeflippt. Es hatte mehrere Stunden gedauert, bis ich wieder halbwegs runtergekommen war. Zugegebenermaßen war ich stolz auf mich, dass meine Wut mich nicht so zerfressen hatte, wie es früher der Fall gewesen wäre. Harpers Aufrichtigkeit spielte darin meiner Meinung nach eine große Rolle. Wie ich mit dieser Erkenntnis jedoch umgehen sollte, das konnten mir wohl nur die Sterne beantworten. Seit diesem Vorfall fühlte ich mich auf eine Weise benommen, die ich nicht zu erklären vermochte. Diese Frau brachte mich noch um den Verstand. Die Befürchtung, dass ich langsam nichts mehr gegen meine Gefühle für sie tun konnte und dass ich nicht mehr in der Lage sein würde, daran etwas zu ändern, nagte an mir. Sie raubte mir Nacht für Nacht den Schlaf.

An diesem Abend arbeitete ich wieder im *Dreams*, allerdings bewegte sich meine Laune auf einem absoluten Tiefstand. Ich mixte die gemachten Bestellungen, war dabei nur körperlich anwesend. Ich vermied jeglichen Kontakt zu anderen Leuten, wenn das denn möglich war, und sagte nur das Nötigste. Zumindest bis ein Mädchen zu mir an die Bar trat, das ich sofort erkannte. Der intensive dunkle Lippenstift verlieh ihr einen verruchten Touch, der geradezu nach Ärger rief.

»Shaun, mein Guter«, begrüßte mich Amanda überschwänglich und schenkte mir ihr schönstes Lächeln – zumindest ihrer Auffassung nach.

Meine Kopfhaut begann zu kribbeln. War *sie* auch hier? Es war so lange her, dass ich sie das letzte Mal gesehen hatte. Mit ausdrucksloser Miene musterte ich Amanda für einen Augenblick, ehe ich hinter sie sah und meinen Blick scheinbar desinteressiert umherschweifen ließ. Normalerweise bewegten sich die drei nur in ihrer Clique und als eine Einheit fort. Bis auf wenige Ausnahmen. Dieses eine Mal, als sich Harper bei mir über ihre Freundinnen ausgekotzt hatte. In der Nacht, als sie sie unter einem billigen Vorwand ins - *Dreams* gelockt hatten. Mir damit wunderbar in die Karten gespielten hatten. Einer jener Dominosteine, die mehr und mehr ins Wanken gerieten und zu fallen drohten. Und natürlich Amandas Besuche bei mir, die sich seit der Funkstille zwischen mir und Harper häuften. Alle drei waren mir seit unserem Streit nicht mehr gemeinsam unter die Augen gekommen – bis heute.

»Leah und Harper sitzen dahinten, falls sie es sind, die du suchst«, kommentierte Amanda süffisant grinsend, wie ich aus den Augenwinkeln bemerkte.

Dieser Hinweis wäre überhaupt nicht nötig gewesen, denn in dieser Sekunde entdeckte ich die Mädchen. Sie unterhielten sich, doch kaum dass Harper meine Aufmerksamkeit auf sich spürte, wandte sie sich mir zu. Wie ein fehlendes Puzzleteil, das sich endlich an seinen angestammten Platz gesellte. Dass sie ebenso schlecht schlief wie ich, bemerkte ich auch über diese Entfernung hinweg. Ihr hübsches Gesicht war von dunklen Schatten überzogen, die rein gar nichts mit der Beleuchtung zu tun hatten. Das Blut rauschte in meinen Ohren. Verdammter Mist, ich verlor endgültig die Kontrolle.

»Also, was ist denn nun? Hast du es?« Abwartend sah Amanda mich an, legte ihre Hand auf den Tresen und schob sie langsam vorwärts in meine Richtung.

Möglichst unauffällig sondierte ich meine Umgebung, ehe ich meine Finger auf die ihre legte und ihr in einer fließenden Bewegung die Scheine aus der Hand nahm. Eilig prüfte ich auf Vollständigkeit, ließ sie in meiner Jeans verschwinden. Ich nickte beiläufig, schnappte mir eines der *Hurricane*-Gläser und begann, ihr den Cocktail zu mixen, den sie das letzte Mal auch verlangt hatte.

Amanda war schon vor einigen Tagen an mich herangetreten und hatte mich vollkommen unverblümt nach meinem Angebot gefragt. Als wäre ich ein Restaurant mit Speisekarte. Wahrscheinlich hatte Harper ihr davon erzählt, und obwohl ich anfangs nicht begeistert davon gewesen war, ihr etwas zu verkaufen, hatte sie mich schlussendlich doch davon überzeugt – sie hatte einfach keine Ruhe gegeben. Das erste Mal hatte sie wider Erwarten überraschend gut vertragen, also machte ich mir ihretwegen keine Gedanken mehr. Außerdem brauchte ich das Geld, und Harpers Freundin zahlte besser als alle anderen.

Was war schon dabei? Niemand würde etwas davon mitbekommen. Dafür war ich viel zu diskret, und Amanda hatte mir versichert, dass sie Harper nichts davon stecken würde. Allein schon weil sie nicht wollte, dass Harper erfuhr, dass sie Drogen konsumierte.

Nachdem ich nochmals überprüft hatte, ob uns jemand beobachtete, holte ich das unauffällige Fläschchen hervor und gab die farblose Flüssigkeit mit in den Cocktailmixer. Amanda trommelte ungeduldig mit ihren grellen Kunstnägeln auf dem abgegriffenen Holz der Bar, konnte es wohl gar nicht abwarten, ihren Chemiecocktail zu sich zu nehmen. Normalerweise machte ich das nur sehr selten, aber auf diese Weise den Stoff zu verkaufen, war sicher und sehr lukrativ. Zumindest wenn man es so wie ich machte und es nur dann tat, wenn man den Käufern absolut vertraute. Bei Amanda hatte ich von Anfang an vermutet, dass sie empfänglich für solche Substanzen war. Diese Art des Verkaufs war für einen Barkeeper wie mich genial und absolut unauffällig. Die Tatsache, dass mein Boss Adrian darüber Bescheid wusste und das Ganze sogar billigte, solange ich ihm eine kleine Gewinnbeteiligung unter der Hand zuschob, machte den Deal perfekt.

Ich stellte den Mixer ab und goss das Getränk in das bereitgestellte Glas, ehe ich einen Strohhalm hineinsteckte und Amanda reichte. Verschlagen zwinkerte sie mir zu. Ich hatte angenommen, dass sie ihren Drink mit zurück an ihren Platz nehmen würde, so wie schon beim letzten Mal, doch das tat sie nicht. Womöglich deshalb, weil ihre Freundinnen sehr wohl direkt bemerken würden, dass etwas nicht stimmte. Genüsslich führte sie sich den Strohhalm an die Lippen und sog ihn lasziv lächelnd zwischen sie. Mir war nicht entgangen, dass sie an mir interessiert war, mich kümmerte es nur nicht. Sie war nicht mein Typ, und davon einmal abgesehen würde das meinen Plan mit Harper vermutlich endgültig durcheinanderbringen. Noch mehr Chaos in meinem Leben konnte ich nicht gebrauchen.

»Was zum Teufel geht hier vor?«

Mir gefror das Blut in den Adern. Jeder Verfänglichkeit zum Trotz waren wir beide so in unsere Machenschaften vertieft gewesen, dass weder Amanda noch ich Harper bemerkt hatten.

»Ach, sei nicht sauer.« Amanda machte eine wegwerfende Handbewegung. »Wir flirten doch nur etwas. Shaun geht ja nicht einmal darauf ein«, erklärte sie, weil sie wohl der Annahme war, dass es Harper darum ging, doch ich wusste es besser. Ich sah das rote Tuch, das sie damit vor ihren Augen schwenkte. Schließlich blieb ihr Blick auf dem Glas hängen, das Amanda abgestellt hatte. Der Keim des Misstrauens, den wir unweigerlich in ihr gesät hatten, entwickelte sich in rasender Geschwindigkeit zu etwas, das mich ins sichere Verderben stürzen würde.

»Ich habe genau gesehen, dass du ihr etwas ins Getränk gemischt hast, Shaun!«, rief sie gerade so laut, dass man es über die Musik hinweg noch verstehen konnte, und ignorierte ihre Freundin komplett.

Ich hatte es gleich gewusst. Sie hatte etwas bemerkt. Ob das ihr einziges Motiv gewesen war, um zu mir zu kommen? Ich machte den Mund auf, um mich aus der Affäre zu ziehen, sie mit Samthandschuhen anzufassen. Eine siedend heiße Glut raste mir die Wirbelsäule hinab. Wieso kümmerte mich die Enttäuschung, mit der sie mich jetzt bedachte, nur so sehr? Doch Amanda kam mir zuvor.

»Mach dich mal locker, Süße«, sagte sie. »Der gute Shaun hat nichts getan, was er nicht sollte, alles klar?«

»Wie bitte?«, fragte sie heiser. »Sag mir, dass ich mich gerade verhört habe!« Fassungslos fuhr Harpers Kopf zu ihrer Freundin herum, und die Enttäuschung, die ihr gerade noch buchstäblich im Gesicht gestanden hatte, veränderte sich in Sekundenschnelle zu massiver Ungläubigkeit und Wut. Ich hatte absolut kein gutes Gefühl bei der Sache. So aufgelöst hatte ich Harper bisher noch nie erlebt. Unser erneutes Aufeinandertreffen nach der Sache mit den Baseballtickets hatte ich mir jedenfalls anders vorgestellt.

– 15. Kapitel: Harper –

»Hast du nicht«, sagte Amanda in einem Tonfall, den man beinahe als beleidigt interpretieren könnte, wenn man sie so gut kannte wie ich. »Ich habe Shaun gebeten, mir etwas zu verkaufen und es mir ins Glas zu schütten. Damit fällt niemandem außer uns etwas davon auf.«

»Seit wann nimmst du denn bitte Drogen?«, verlangte ich, von ihr zu erfahren, und starrte erst sie, dann Shaun finster an. Dass er es offensichtlich nicht einmal für nötig hielt, auch nur eine Silbe über meine Vorwürfe zu verlieren, verletzte mich und fachte die Flammen der Wut in mir noch ausufernder an. Impulsiv entriss ich Amanda das Glas, beäugte skeptisch den Inhalt, als wäre er des Rätsels Lösung.

»Ich habe immer mal wieder etwas anderes probiert, und als ich mitbekommen habe, dass Shaun auch verkauft, musste ich es noch mal versuchen«, erklärte meine Freundin schulterzuckend, so als ob tatsächlich nichts dabei wäre.

Mir platzte der Kragen. Das brachte das Fass endgültig zum Überlaufen. Die Tatsache, dass sie ihren Drogenkonsum vor mir und Leah verheimlicht hatte, brach mir das Herz. Dass ich die ganze Zeit über nichts davon bemerkt hatte.

Dass ich seit dem Kuss mit Shaun nichts mehr von ihm gehört hatte und vollkommen verwirrt war.

»Was zum Teufel soll das?!«, schrie ich sie barsch an und knallte den Cocktail so fest auf den Tresen, dass es mich kein bisschen gewundert hätte, wenn das Glas auf der Stelle zerbrochen wäre, doch es ging lediglich ein wenig der für beide wohl kostbaren Flüssigkeit verloren. »Man muss doch nicht Medizin studieren, um zu wissen, wie bösartig dieses Zeug sein kann! Du weißt ganz genau, wie sehr ich gegen solche Substanzen bin, wir haben unzählige Male darüber gesprochen. Und trotzdem hintergehst du mich und Leah und erzählst uns nichts davon, wenn es für dich anscheinend ganz normal geworden ist, etwas einzuwerfen!«

»Jetzt komm mal wieder runter, Harp.« Amanda versuchte, mich zu beschwichtigen, doch damit erreichte sie lediglich das Gegenteil. Ich hasste es so dermaßen, mich von ihr belehren zu lassen! »Du weißt doch selber am besten, dass Drogen nicht gleich Drogen sind. Du kannst nicht einfach alles verteufeln, nur weil es dir dabei hilft, dich besser zu fühlen!«

»Ach ja?« Mir war klar, dass ich wie ein trotziges Kind klang. »Und Shaun verkauft mit Sicherheit das ganz harmlose Zeug, nicht wahr? Oxycodon zum Beispiel. Vollkommen harmlos. Auf jeden Fall. Ist ja nicht so, als ob dich das innerhalb eines Fingerschnippens abhängig machen würde«, fauchte ich sarkastisch, schnippte dabei unterstreichend mit Daumen und Zeigefinger und deutete mehrfach auf Shaun, der nach wie vor schwieg – einfach nur toll.

»Scheiße nochmal, ich habe keine Oxys gekauft, okay?«, protestierte sie, und ich merkte klar und deutlich, wie jetzt auch bei Amanda alle Dämme brachen. »Und außerdem weiß Leah Bescheid. Im Vergleich zu dir hat sie nicht so ein Theater gemacht! Sie hat sich ganz leicht davon abbringen lassen, dir etwas davon zu erzählen.«

Nicht nur mir erging es so, dass ich hörbar nach Luft schnappte. Shaun schien ebenfalls zu ahnen, dass mich das, was Amanda mir hier gerade an den Kopf schmiss, endgültig aus der Bahn werfen würde. Ich sah meine Freundin schockiert an, während sie gar nicht richtig zu begreifen schien, was sie eigentlich alles gerade von sich gegeben hatte. Mein Kreislauf spielte wie auf Knopfdruck völlig verrückt, und ich ließ mich kraftlos auf einen der freien Barhocker fallen. Ich spürte die stechenden Blicke von den Leuten, die um uns herum standen. Sollten sie doch alle mitbekommen, worum es hier ging. Mir war durchaus bewusst, dass ich eine Szene machte.

»Du bist nicht anders als all die anderen versnobten Frauen hier! Du bist nichts weiter als eine falsche Schlange.« Niemals hätte ich gedacht, dass ich zu einer solchen Unbarmherzigkeit fähig war. Aber dass mir gerade meine jahrelang treue Freundin diesen Dolchstoß verpasste, ohne es auch nur ansatzweise zu bereuen, damit konnte ich nicht umgehen.

»Es ist nichts passiert, was jemand nicht wollte, Harper«, mischte sich nun auch Shaun von seinem Platz hinter der Bar ein, nachdem er es die gesamte Zeit über wohl vorgezogen hatte, die Klappe zu halten.

Abrupt löste ich den Blickkontakt mit Amanda und nahm Shaun ins Visier. Wenn ich es nicht besser gewusst hätte, hätte ich glatt gesagt, dass so etwas wie Ratlosigkeit und Verunsicherung in seinen dunklen Augen stand. Shaun hatte mich genauso verraten. Er war ebenso berechenbar wie all die anderen, die nur auf ihren eigenen Vorteil bedacht waren und sich einen Dreck um ihre Mitmenschen scherten. Er hatte mich eiskalt belogen.

»Okay!«, gab ich immer noch fuchsteufelswild zurück. »Also liegt es bloß an mir, dass ich um den Fakt, dass eine meiner ältesten Freundinnen auf einmal Drogen nimmt und sich zusammen mit meiner anderen gegen mich verschworen hat, zu viel Wind mache? Weil das alles ach so harmlos ist?« Ich redete mich immer weiter in Rage und griff wieder nach dem *Hurricane*-Glas auf der Theke.

»Harper ...« Abermals versuchte Shaun, zu mir durchzudringen, und hob beschwichtigend die Hände, wobei er durchaus alarmiert wirkte – ahnte er, was ich vorhatte?

»Wisst ihr, was?«, fuhr ich beide an und bedachte sie abwechselnd mit meinem besten Todesblick. »Wenn ihr wirklich der Meinung seid, dass das alles so unbedenklich ist, dann bringt es ja niemanden um, wenn ich diesen Cocktail einfach selbst trinke.«

Ohne auf eine Erwiderung der beiden zu warten oder mein gewagtes Vorhaben nochmals zu überdenken, hob ich das gut gefüllte Glas, setzte es an meine Lippen und trank.

»Harp, nicht!«, rief Amanda entgeistert und sprang von ihrem Barhocker auf, um mich abzuhalten.

»Lass das sofort sein!«, rief Shaun und machte Anstalten, mir das Glas aus der Hand zu reißen.

Beide griffen jedoch zu spät ein, und der Schaden war bereits angerichtet. Ich hatte den kompletten Inhalt des *Hurricane*-Glases in drei großen Schlucken hinuntergewürgt. Triumphierend stellte ich das Glas zurück auf den Tresen und beobachtete mit Genugtuung, wie Amanda und Shaun zu Salzsäulen mutierten. Keiner von uns sagte etwas, doch ich verschränkte abwartend die Arme von der Brust. Noch spürte ich nichts von dem Zeug. Keine Ahnung, was es letzten Endes gewesen war. Insgesamt war mir im Geschmack nur die schwache salzige Note aufgefallen.

»Fuck, was zum Teufel?«, fluchte Shaun ungehalten, fuhr sich mit beiden Händen durch das Haar und fand somit als Erster seine Stimme wieder.

»Du hast nicht gerade ernsthaft das ganze Glas geleert, ohne zu wissen, was Shaun da reingetan hat.« Plötzlich klang meine Freundin nicht mehr so locker wie kurz zuvor. Etwa besorgt? Gut so.

»Doch, wieso nicht? Es war schließlich ganz harmlos«, gab ich schulterzuckend zurück und grinste breit.

Amanda schüttelte nach Worten ringend mit dem Kopf, wohingegen Shaun immer noch wie angewurzelt dastand und kein weiteres Wort über die Lippen brachte. Schlussendlich riss er sich dann doch aus seinem tranceähnlichen Zustand, setzte sich in Bewegung und verschwand hinter der Bar im Mitarbeiterbereich. Ich hörte, wie er seinen Kollegen rief, der kurz darauf auftauchte und eilig nickte, sobald Shaun ihm irgendetwas erklärt hatte. Mit wenigen großen Schritten war Shaun zurück, umrundete den Tresen und stellte sich neben mich.

»Die Dosis wird sie spätestens in ein paar Minuten umhauen«, meinte er an Amanda gewandt und legte mir einen Arm um die Schultern. »Ich kenne mich damit aus. Lass mich sie mit nach Hause nehmen. Ich verspreche, dass ich mich gut um sie kümmern werde.« Shauns Beteuerung klang aufrichtig, soweit ich das noch beurteilen konnte. Ich spürte, wie sich mein Geist immer weiter vernebelte. Bildete ich es mir ein, dass Shaun ernsthaft besorgt klang? Besorgt um mich?

»Harp würde mich umbringen, wenn ich dir erlauben würde, sie einfach so mitzunehmen. Nur weil ihr gevögelt habt, heißt das schließlich noch lange nicht, dass sie dir vertrauen kann.«

Ich hörte, wie Shaun schnaubte. »Das mag wohl stimmen. Allerdings kam das Zeug von mir. Und noch mal: Ich kenne mich damit aus und bin nüchtern, im Gegensatz zu dir«, erklärte er ihr geduldig und gab dabei nicht nach. »Wenn der Stoff in so einem Ausmaß bei Harper einschlagen wird, wie ich es annehme, wird das alles andere als angenehm, glaub mir. Ich bringe sie, so schnell ich kann, zu mir nach Hause.« Wirsch beugte er sich über die Theke, wobei ein schmaler Streifen seiner umbrafarbenen Haut hervorlugte. Shaun malträtierte eine Serviette mit einem Kugelschreiber, reichte sie an Amanda, die den Wisch misstrauisch beäugte. »Hier hast du meine Nummer, wir bleiben in Kontakt. In Ordnung?«

Shaun und Amanda lieferten sich ein Blickduell. Amanda öffnete und schloss mehrfach den Mund, ohne dass nur ein Laut diesen verließ. Jegliche Farbe war aus ihrem Gesicht gewichen. Ich hatte sie in all den Jahren unserer Freundschaft noch nie so neben der Spur erlebt. Das hätte mir große Sorgen machen sollen, tat es jedoch nicht. Nicht im Geringsten. Anscheinend setzte die Wirkung von dem Zeug gerade erst richtig ein. War mir deshalb so schwindelig?

»Hey, ich hab dich«, hörte ich Shaun sagen und bemerkte erst Sekunden später, dass ich an seine stählerne Brust gesunken war. Mein ganzer Körper fühlte sich verdammt komisch an. »Amanda!« Shauns Stimme klang ungewöhnlich, wie in Watte gepackt.

»Okay, in Ordnung! Aber sei gut zu ihr, versprich es mir!«

»Versprochen.« Shaun zog mich mit sanfter Gewalt von dem Barhocker, auf dem ich zwischenzeitlich mehr gehangen als gesessen hatte, und bugsierte mich vorwärts.

»O mein Gott, Harp! Was ist denn mit dir passiert?«, drang eine verstörte Leah an meine Ohren, doch ich war nicht in der Lage zu sprechen. »Amanda, was ist passiert? Was hat Shaun mit ihr vor?«

»Bleib ruhig, Leah.« Dafür, dass sie Leah wohl beruhigen wollte, klang sie selbst viel zu angespannt. »Ich erklär dir gleich alles in Ruhe. Shaun kümmert sich um sie, alles ist gut.«

Die Stimmen wurden immer undeutlicher, ergaben keinen Sinn mehr, während ich zusammen mit Shaun auf Wattewolken nach draußen schwebte. Ich hörte die laute Musik, Amanda, Leah und Shaun, wie sie aufgeregt miteinander sprachen, wie ihre Worte in meinem Kopf dröhnten. Hände, die mich berührten, und letztendlich Shaun, der mich unentwegt weiter vorwärtsschob. Sein Arm lag fest um meine Taille und gab mir Halt.

»Shaun ...« Ich hatte längst keine Ahnung mehr, wie ich mich gerade fühlen sollte. Hunderte Emotionen schienen zeitgleich über mir hereinzubrechen. Warum zum Teufel war ich auf einmal so quengelig?

»Alles wird gut, Harp.« Wieso war Shaun so weit weg? Er hörte sich meilenweit entfernt an. Oder spielte mir mein Hirn einen Streich? Ich bekam nicht mehr wirklich mit, was um mich herum los war. »Komm schon, nicht einschlafen! Du musst mir schon etwas helfen«, bat er mich, und ich spürte, wie eine unsichtbare Kraft immer mehr an mir zerrte.

Meine Augenlider flatterten, doch als ich einen Blick auf meine eigenen Füße erhaschte, stellte ich verwundert fest, dass sie tatsächlich immer noch einen vor den anderen setzten. Alles kam mir so unendlich langsam und gemächlich vor, doch sosehr ich mich anstrengte, ich konnte nichts daran ändern. Mein gesamter Körper fühlte sich taub an, und ich schien keine Kontrolle mehr über ihn zu haben. Alles war immer noch ein Teil von mir und irgendwie auch wieder nicht. Ich konnte das, was ich gerade empfand, überhaupt nicht in Worte fassen.

»Hey, hey, nur noch ein paar Stufen, okay?«

Ich stolperte vorwärts und bemerkte die Treppe erst, als ich sie beinahe der Länge nach hinuntergefallen wäre. Zwei starke Arme packten mich kräftig an den Schultern. Jemand hinter mir fluchte, doch ich konnte nicht anders, als schallend zu lachen. Diese Situation war einfach so verdammt lustig, dass mich ein tiefes, kehliges und selbst in meinen eigenen Ohren fremd klingendes Lachen durchflutete.

»Verdammt, Harper!«, knurrte Shaun ungehalten. »Steh auf! Bitte, du musst mitspielen. Ich muss dich schleunigst nach Hause bringen.«

Mein Lachen ebbte langsam wieder ab, und mir fiel erst jetzt auf, dass ich plötzlich auf den Stufen saß. Oder, besser gesagt, eher lag. Shaun thronte über mir, und sein Gesicht war dem meinen so nahe, dass ich nur meine Hand hätte ausstrecken müssen, um ihn zu berühren.

»Shaun ...«, hauchte ich, sobald ich wieder in der Lage war, ein vernünftiges Wort über meine Lippen zu bringen.

Ich versuchte mit aller Macht, meine Hand anzuheben. Ich wollte sie ihm an die Wange legen. Seine Bartstoppeln unter meinen Fingerspitzen fühlen, seine warme Haut auf der meinen spüren. Meine Finger über seine verführerischen Lippen wandern lassen. Ihn küssen.

»Fuck, lass das«, murrte Shaun gereizt und packte mich am Handgelenk.

Wow, ich hatte meinen Arm also doch bewegt. Allerdings war meine Hand auf seinem rechten Auge und seiner Nase gelandet, wie ich feststellte, nachdem ich mein Blickfeld scharf gestellt hatte. Ich prustete los.

»Okay, das reicht jetzt. Hoch mit dir!«

Auf einmal verschwand der Boden unter mir, und ich klammerte mich, so fest ich nur konnte, an ihn.

»Ist das nicht unglaublich? Ich fliege! Shaun, ich kann fliegen!«

Shaun stöhnte, und plötzlich war da dieser Krach. Ich hatte wieder Boden unter den Füßen. Wie war ich denn in die U-Bahn gekommen?

»Shaun!« Panik erfasste mich. Doch er war da, gab mir Halt, strich mir beschwichtigend durchs Haar. Erleichtert seufzend lehnte ich mich an ihn, kuschelte mich an seine Brust. Shauns Griff wurde fester, er ließ mich nicht los, hielt mich.

»Ich bin hier«, versicherte er mir. »Ich bin hier, keine Angst. Wie fühlst du dich?«

»Alles ... dreht sich, und mir ist ... ein bisschen schlecht«, antwortete ich ihm ehrlich, vergrub meine Nase an seinem Hemd, legte meinen Arm um seinen Bauch und lehnte mich mit meinem vollen Gewicht an ihn. »Du riechst so gut«, nuschelte ich. Shaun spannte sich spürbar an und sog scharf die Luft ein, doch er erwiderte nichts auf meine Feststellung. »Du riechst *so* verdammt gut. Weißt du, was? Ich hab dich echt gern, obwohl du manchmal ein richtiger Arsch sein kannst.« Die Worte sprudelten nur so aus mir heraus. »Willst du wissen, was ich denke, Shau? Mein lieber, unglaublich attraktiver Glückskeks? So bist du in Wahrheit gar nicht, stimmts?« Ich tippte ihm bei jedem Wort bestimmend auf die Brust.

»Ruh dich etwas aus.« Shauns strenger Tonfall erregte mich, allerdings war es nicht das, was ich hatte hören wollen.

»Wieso denn auf einmal wieder so Ernst, Glückskeks? Oder weißt du, wie sehr mich das anmacht, wenn du so autoritär wirkst?«

Meine Finger fielen von seiner Brust ab und glitten zu seinem Oberschenkel. Provokativ strich ich darüber und drückte ihn dort fest, ehe er meine Hand wegstieß.

»Hör auf damit! Du bist nicht du selbst!«

»Willst du mich etwa auf einmal nicht mehr?«, fragte ich beleidigt, machte dabei einen Schmollmund und versuchte mit so viel Energie, wie ich nur aufbringen konnte, meine Finger zurück auf seinen Oberschenkel zu befördern, doch Shaun hielt problemlos dagegen.

»Wir sind gleich da.« Der Griff um mein Handgelenk wurde fester. »Sorry, zu viel getrunken«, meinte er dann auf einmal entschuldigend, und es dauerte eine ganze Weile, bis ich begriff, dass er nicht mit mir, sondern mit ein paar Fahrgästen sprach, die unweit von uns saßen.

»Ach was, hab ich nicht«, beteuerte ich und wollte noch etwas anfügen, doch schlagartig verschwand der Boden unter meinen Füßen abermals, und Shauns Gesicht war mir wieder so nah, dass ich ihn hätte küssen können, ohne mich großartig zu bewegen. Ich konnte schon förmlich seine Lippen schmecken. Erst jetzt drang endlich die Information, dass Shaun mich trug, so richtig zu meinem Hirn vor. »Sind wir bald da?«, jammerte ich, doch er ignorierte mich.

So zogen sich die Minuten in vollkommener Stille hin. Es war einfach nur grausam, und obwohl ich nicht mehr selbstständig laufen musste, ließ mich mein Kreislauf immer mehr im Stich. Bunte Sterne tanzten vor meinen Augen, und mein Kopf fühlte sich an, als ob er gerade Bekanntschaft mit einer Abrissbirne gemacht hätte.

»Leg dich hin, ich hole dir etwas zu trinken.«

Ich hörte hektische Schritte, während ich immer weiter und weiter in dem weichen Sofa versank, auf dem mich Shaun abgesetzt hatte. Mir war unglaublich heiß. Warum war es hier drin so heiß? Hatte Shaun etwa die Heizung angestellt? Im Sommer?

Ein Glas Wasser tauchte in meinem Blickfeld auf, und ich griff ungeschickt danach. Als ich feststellte, wie angenehm kühl das Wasser war, kippte ich den gesamten Inhalt auf einmal hinunter – und die Hälfte davon über mein Sweatshirt.

»Wie viel Grad hat es bitte hier drin?«, beklagte ich mich wehleidig und versuchte, mir irgendwie das nasse Shirt über den Kopf zu ziehen. »Schwitzt du nicht? Es ist so warm!«

»Du tust dir bloß weh, lass mich dir helfen.«

Automatisch wurde mir noch heißer – siedend heiß. Shauns Fingerspitzen streiften meine Hüften, als er mir das Shirt über den Kopf zerrte. Begierig griff ich ihn am Hals und zog ihn ein Stück zu mir hinab.

»Du willst mich also ausziehen, ja?«

»Ich will nur nicht, dass du dich verletzt.«

»Also löst dieser Anblick nichts in dir aus? Wieso glaube ich dir das nicht?«, fragte ich ihn frei heraus, strich ihm über das Schlüsselbein, über die Brust und landete schlussendlich mit einer meiner Hände in seinem Schritt. »Du magst das doch, Shau. Schlaf mit mir. Bitte!« Ich versuchte, mich, so weit es ging, nach oben zu beugen, um ihn zu küssen, was mir unter großen Anstrengungen gelang. Shaun erwiderte meinen Kuss, stöhnte hinein, während ich versuchte, ihm seine Gürtelschnalle zu lösen – bis er mir Einhalt gebot.

»Nicht«, sagte er. »Das kann ich nicht zulassen, solange du so drauf bist.«

»Warum denn nicht? Ich spüre doch, dass du es willst.« Ich startete einen neuen Versuch, ihn zu küssen, doch stellte enttäuscht fest, dass meine Lippen mir nicht mehr gehorchen wollten.

»Darum geht es jetzt nicht«, stellte er klar und nahm dann wieder Abstand zu mir.

»Shaun?«

»Hör zu … Ich weiß, dass das Zeug, was du geschluckt hast, das hervorruft. Und ich werde nicht …«

»Shaun, mir wird schlecht. Ich glaube, ich muss gleich …«

Ehe ich mich versah, hatte er mich wieder in seine Arme genommen, und nur einen Herzschlag später kuschelte ich anstatt mit Shauns Brust mit der Toilette. Shaun blieb bei mir, strich mir beruhigend über den Rücken und sorgte dafür, dass meine Haare nicht im Weg waren. Mir war so elend zumute, und irgendwann, nachdem ich jegliches Gefühl für Zeit und Raum verloren hatte, brach ich schlussendlich in seinem Badezimmer zusammen.

»Halt dich fest. Alles wird gut«, wiederholte Shaun, und ehe ich wusste, wie mir geschah, lag ich in einem Bett – in *Shauns* Bett.

»Du solltest einfach hier liegen bleiben. Ich glaube, du hast das Schlimmste jetzt überstanden.« Seine unverhohlene Erleichterung darüber traf mich unvorbereitet, brachte den Schwindel mit aller Wucht zurück.

»Ich … liege in deinem Bett. Bleibst du bei mir?«, fragte ich hoffnungsvoll, denn obwohl mir immer noch ein klein wenig schlecht war und sich alles um mich herum drehte, wollte ich ihn bei mir haben.

»Ich lasse dich in diesem Zustand auf keinen Fall allein.« Voller Vorfreude verfolgte ich, wie er sich sein Hemd aufknöpfte. »Zum Schlafen, Harp«, fügte er schnell hinzu, weil er wohl meine Gedanken gelesen hatte – mal wieder.

»Also schön«, schmollte ich, lächelte dennoch, als er sich kurz darauf in seinem schmalen Bett neben mir niederließ und hinter mich legte, jedoch darauf achtete, mich nicht zu berühren. Ich hoffte inständig, dass er nur so handelte, weil er der Ansicht war, dass mir immer noch unerträglich heiß war. Nicht unbedingt falsch.

»Shaun?«

»Ja?«

»Ich glaube, ich hab mich voll in dich verliebt«, murmelte ich träge in die Stille um uns hinein, kurz bevor ich mich tiefer in sein Kissen kuschelte und wegdämmerte.

– 16. Kapitel: Harper –

Es waren die verfluchten Kopfschmerzen, die mich endgültig aus dem Land der Träume rissen. Stöhnend drehte ich mich auf den Rücken und legte mir den Arm über die Augen, um das grelle Licht auszublenden, das mich quälte. Ich hatte den Eindruck, jeden einzelnen Muskel in meinem Körper überdeutlich zu spüren. Mir tat alles weh, und ich fühlte mich, als müsste ich gleich sterben. Eine Weile lag ich noch so da, bis sich meine Blase bemerkbar machte und auch mein staubtrockener Hals immer mehr schmerzte. Frustriert nahm ich den Arm von meinen Augen und setzte mich auf. Ich staunte nicht schlecht, als ich feststellte, dass ich nicht in meinem eigenen Bett lag. An der Wand vor mir standen Möbel, die ich definitiv niemals in mein winziges Wohnheimzimmer bekommen hätte. Verwirrt sah ich mich weiter um, was meinem hämmernden Kopf alles andere als guttat. Nein, ich war irgendwo anders. Wo war ich? Wessen Bett war das?

Panisch sah ich an mir hinab und hob die Bettdecke an, um zu sehen, ob ich nackt war, doch zumindest das war nicht der Fall. Ich trug immer noch meine Unterwäsche, was aber ebenso gut bedeuten konnte, dass ich sie danach nur wieder angezogen hatte. Mein Herzschlag beschleunigte sich, und ich rieb mir leise fluchend über die Stirn, doch ich konnte mich beim besten Willen nicht daran erinnern, was letzte Nacht vorgefallen war.

Sobald ich glaubte, meinem Körper wieder halbwegs vertrauen zu können, und sich in meiner sitzenden Position nicht mehr alles drehte, sah ich über die Bettkante und suchte nach meinen Klamotten. Ich entdeckte sie fein säuberlich zusammengefaltet auf dem Schreibtisch rechts von mir. Mühsam schleppte ich mich dorthin und zog mir so langsam wie möglich mein dünnes Sweatshirt und meine Jeans an, was verdammt nochmal eine Ewigkeit dauerte. Auch meine Handtasche war noch da und lag auf dem Stuhl vor dem Schreibtisch. Suchend griff ich hinein und fischte mein Handy hervor. Es war bereits kurz nach zwei am Nachmittag. Normalerweise schlief ich nie so lange. Danach checkte ich meine Benachrichtigungen. Vier Textnachrichten von Leah, zwei von Amanda und drei verpasste Anrufe.

Plötzlich erinnerte ich mich wieder. Der Streit mit Amanda. Die Drogen in ihrem Cocktail, den ich letzten Endes aus völlig bescheuerten Gründen selbst getrunken hatte. Die Überraschung und Furcht in Shauns Gesicht, als ich das wirklich durchgezogen hatte. Amanda, deren Zorn schlagartig aus ihrer Miene verschwunden war. Meine Augen wurden groß, als ich mich erneut in dem Zimmer umsah, in dem ich mich befand. Wenn ich weder bei Leah noch bei Amanda war, konnte ich nur bei Shaun sein. Mit aller Kraft versuchte ich, mich daran zu erinnern, wie ich hierhergekommen war. Oder hatte ich mit noch einem Mann gesprochen? Diese Frage erübrigte sich, als ich Shauns Klamotten vom Vortag in einer Ecke entdeckte. Ich musste ihn dringend finden.

Sobald ich die Tür zum Flur geöffnet hatte, hörte ich gedämpfte Stimmen. Ich sah die Treppe, die nach unten führte, und ging leise vorwärts. Vorsichtig stützte ich mich an den Wänden ab, um meinem Kreislauf die Möglichkeit zu geben, sich an die Bewegung zu gewöhnen. Ich erinnerte mich, dass das Badezimmer zu meiner Linken gelegen hatte, also machte ich mich zunächst kurz frisch und erschreckte mich höllisch, als ich mich im Spiegel musterte. Mascara und Eyeliner hingen unter den Lidern und erinnerten an einen schlecht geschminkten Panda. Eingefallene blasse Wangen, verknotetes Haar. Aber gut, wahrscheinlich hatte Shaun mich in einem viel schlimmeren Zustand erlebt, als ich drauf gewesen war. Was zum Teufel hatte mich da nur geritten? Ich war so unsagbar wütend gewesen. Auf Amanda, auf Shaun ...

Als ich die Treppe nach unten gehen wollte, hörte ich wieder die Stimmen, dieses Mal deutlicher. Eine davon gehörte zu Shaun, und die andere musste die seines kleinen Bruders Caleb sein.

»Ist sie jetzt deine Freundin oder nicht?«, hörte ich Caleb da gerade sagen, und obwohl es mir schlecht ging, musste ich schmunzeln.

»Nein, ist sie nicht«, erklärte Shaun und klang dabei so, als ob sein Bruder ihn das schon mehr als einmal gefragt hatte.

»Und wieso hast du dich dann letzte Nacht so um sie gesorgt?«

»Du warst also doch wach.«

Vorsichtig setzte ich mich auf den obersten Absatz. Zum einen, weil ich mich etwas ausruhen musste, und zum anderen, weil ich hören wollte, wie das Gespräch zwischen den Geschwistern weiterging. Ich hatte mir immer eine Schwester gewünscht. Bestimmt hätten wir uns als Duo um einiges besser gegen meine Helikoptereltern behaupten können.

»Wieso liegt sie immer noch in deinem Bett? Schläft sie etwa noch? Was war denn gestern mit ihr?« Caleb überflutete seinen Bruder förmlich mit Fragen, und ich meinte zu hören, wie Shaun leise lachte.

»Du stellst zu viele Fragen, Kumpel.« Für einen Moment dachte ich, dass Caleb es dabei belassen würde.

»Wann gehen wir in den Zoo, Shaun?«, fragte er dann.

»Heute gar nicht mehr, sorry, Kleiner. Ich weiß, dass ich dir das versprochen habe, aber ich muss mich um Harper kümmern. Sie fühlt sich bestimmt immer noch nicht gut, und ich möchte sie nicht allein lassen.«

»Sie ist vielleicht nicht deine Freundin, aber du magst sie. Ich wusste es!«, rief er triumphierend, und auf einmal fing er an, laut zu lachen.

»Komm her, du!« Von meinem Platz an der Treppe konnte ich sehen, wie beide auf einmal an mir vorbeirannten – Caleb schreiend voraus.

Obwohl das wahrhaftig in den Ohren schmerzte, wurde mein Lächeln dennoch breiter. Die Brüder hatten mich noch nicht bemerkt, während Shaun seinen Bruder durch das ganze Haus jagte und wohl versuchte, ihn zu kitzeln. Diese Seite von Shaun zu erleben, ging mir unmittelbar ans Herz. Ich hatte von Anfang an gewusst, dass er tief in seinem Innern kein bisschen so war, wie ich ihn zunächst kennengelernt hatte.

Als es wieder etwas ruhiger zwischen Shaun und Caleb geworden war, stand ich auf und machte mich auf den Weg nach unten. Ich folgte den jetzt wieder leiseren Stimmen und stand unmittelbar in der Küche. Caleb war der Erste, der mich im Türrahmen entdeckte, und grinste mich breit an.

»Du bist wach!«, rief er begeistert, kam auf mich zu und nahm mich unerwartet in den Arm. Perplex erwiderte ich seine Umarmung. »Ich bin Caleb, und du bist Harper.«

»Das ist richtig. Schön, dich kennenzulernen, Caleb.« Ich lachte, obwohl das meinem Kopf immer noch ziemlich zusetzte.

»Du erdrückst sie ja noch, Caleb«, meinte Shaun aus dem Hintergrund, und als ich aufsah, trafen sich unsere Blicke. Er lehnte mit den Unterarmen auf einer Kücheninsel aus gefliestem Holzimitat, von der an den Rändern erste Kacheln abzuplatzen begannen.

»Guten Morgen«, murmelte ich, ein bisschen unschlüssig darüber, wie ich mich ihm gegenüber nun verhalten sollte. Ich konnte nicht einmal mit Sicherheit sagen, ob ich letzte Nacht mit ihm geschlafen hatte oder nicht. »Oder, besser gesagt, guten Mittag, in Anbetracht der Uhrzeit.«

Shauns Mundwinkel zuckten, als er sich an seinen Bruder wandte. »Lässt du uns mal kurz allein?«

»Bin schon weg«, flötete Caleb und rannte die Stufen nach oben.

Entweder er mochte mich wirklich, oder er freute sich tatsächlich so dermaßen, dass Shaun mich mit in ihr Zuhause genommen hatte. Wenn Letzteres der Fall war, stellte sich mir automatisch die Frage, ob Shaun öfter Frauen hierherbrachte oder in letzter Zeit sogar eine Freundin gehabt hatte. Viel wichtiger war aber: Wieso interessierte mich das?

Nachdenklich musterte ich Shaun, der mich ebenfalls aufmerksam ansah. So, als würde er herausfinden wollen, ob bei mir alles wieder in Ordnung war. Ich hatte ihn bisher noch nie in etwas anderem als einem schicken Hemd gesehen. Doch das Bild, was sich mir jetzt gerade bot, war ein gänzlich anderes. Sein weißes T-Shirt hing locker an seinem durchtrainierten Körper und die weiten dunkelgrauen Jogginghosen gefährlich niedrig auf seinen Hüften. Dieser Aufzug minderte seine Anziehungskraft auf mich nicht im Geringsten.

»Hey«, erwiderte er schließlich, umrundete die Kücheninsel und bedeutete mir, mich auf einen der abgewetzten Barhocker zu setzen – ich ließ mich nicht ein zweites Mal bitten. »Wie fühlst du dich?«

»Ganz ehrlich? So als ob mich ein Lastwagen überrollt hätte.«

Ich hatte erwartet, dass Shaun das zumindest ein bisschen witzig finden würde, doch das tat er nicht. Seine Miene verhärtete sich, und der spielerische Shaun, den ich gerade noch zusammen mit Caleb erlebt hatte, war wie vom Erdboden verschluckt.

»Kannst du dich erinnern?«

Eine simple Frage, auf die ich keine richtige Antwort hatte. Je länger ich jedoch darüber nachdachte und dabei Shaun musterte, desto nervöser wurde ich. War neben Sex irgendetwas passiert, was ihn so stimmte? Hatte ich ihn vielleicht in irgendeiner Form beleidigt? Unschlüssig kaute ich auf meiner Unterlippe herum.

»Nicht wirklich. Ich weiß noch, dass ich mich mit Amanda gestritten habe. Dass du ihr Drogen ins Glas gemischt hast, und danach ist alles sehr verworren«, gestand ich, und Shaun nickte langsam. »Habe ich irgendetwas gesagt oder getan, mit dem ich dich beleidigt habe?«

Shaun antwortete mir nicht direkt, sondern brach so abrupt in ein tiefes Lachen aus, dass ich verwundert die Augenbrauen zusammenzog. War er froh, dass ich mich nicht erinnern konnte? Oder amüsierte er sich über meine Verwirrung?

»Nein, hast du nicht. Nicht ganz.«

»Wie soll ich das nun wieder verstehen?«, wollte ich wissen und spürte, wie mir die Hitze in die Wangen stieg.

»Du hast mir gesagt, dass du dich in mich verliebt hast«, antwortete Shaun jetzt sichtlich amüsiert darüber, dass ich mich nicht erinnern konnte.

»Ernsthaft?«, entfuhr es mir erschrocken. »Stimmt das, oder verarschst du mich gerade?«

»Ich verarsche dich nicht.« Diese Miene eines Unschuldslamms passte so gar nicht zu ihm. »Ich habe dich nach Hause gebracht, weil Amanda und ich der Meinung waren, dass ich mich besser um dich kümmern kann. Die ganze Fahrt über hast du wirres Zeug geredet und dich regelrecht an mich rangeschmissen. Du kannst froh sein, dass ich nicht das Arschloch bin, für das mich die meisten Leute halten. Sonst hätte ich dich flachgelegt und keine Rücksicht darauf genommen, dass du absolut high warst.«

»Ich habe versucht, dich dazu zu bewegen, mit mir zu schlafen? Wirklich?« Die Woge der Peinlichkeit, die mich gnadenlos erfasste, brachte mich ins Straucheln. Der Mann vor mir war noch immer Shaun, mein ganz persönlicher Glückskeks. Trotzdem hatte sich die Beziehung zwischen uns verändert. Etwas war anders.

Shaun rieb sich verlegen den Nacken, was bloß dafür sorgte, dass ich mich noch mehr zu ihm hingezogen fühlte. »Hast du, aber ich habe mich zurückgehalten. Keine meiner leichtesten Übungen, wie ich gestehen muss. Du sahst so …« Er brach ab, einen ertappten Ausdruck im Gesicht. Was hatte er sagen wollen?

»Also ist nichts …«

»Wir haben nicht miteinander geschlafen, wenn es das ist, worüber du dir Sorgen machst«, entgegnete Shaun schnaubend, und ich konnte nicht mit Sicherheit sagen, wie ich das nun verstehen sollte. »Du hast mir eine Scheißangst eingejagt, Harp.« Und obwohl er das immer noch mit einem gewissen Schalk in der Stimme sagte, hatte ich den Eindruck, dass mehr dahintersteckte. Dass er lediglich versuchte, über seine eigene Verunsicherung und Sorge in der letzten Nacht hinwegzutäuschen.

»Langsam kommen die Erinnerungen wieder, aber nur bruchstückhaft.«

»Das ist normal. Wenn du Glück hast, kommt bald wieder alles oder zumindest mehr, an das du dich erinnern kannst.«

»Was war in dem Cocktail, Shaun?« Ich stand im Zwiespalt mit mir selbst. Einer Hälfte von mir brannte die Frage danach, was ich zu mir genommen hatte, schon die ganze Zeit unter den Nägeln, während die andere am liebsten Gras über diese Sache wachsen lassen wollte.

Shaun starrte mich stumm an, ehe er antwortete. »Eine nicht zu verachtende Menge GHB.«

»Liquid Ecstasy«, murmelte ich. »Das hätte deutlich schlimmer ausgehen können.«

»Genau.«

»Wow.« Ich sank auf meinem Barhocker zusammen, während auch Shaun den Blick von mir losriss und mir eine dampfende Tasse Kaffee vor die Nase stellte. »Du weißt ja, dass ich ein ziemliches Problem mit Drogen habe. Das ergibt sich allein schon aus meinem angestrebten Beruf, aber ich muss doch zugeben: Es hat sich überhaupt nicht so angefühlt, wie ich angenommen hatte. Ich kann mich zwar noch nicht wieder an alles erinnern, aber ich habe mich schon etwas ... *übermenschlich* gefühlt. Als ob mir nichts und niemand etwas anhaben könnte. Ich habe Dinge, die ich sonst gar nicht bewusst wahrgenommen habe, auf einmal so deutlich gespürt, dass mich meine Gefühle schier übermannt haben. Ich kann weder sagen, dass es sich unheimlich unangenehm angefühlt hat noch besonders angenehm. Es war wie eine Art Zwischenstadium.«

Shaun beobachtete mich aufmerksam. Mit den Fingern trommelte er auf der Kücheninsel herum. War er ebenso rastlos wie ich? Das alles war so aufwühlend. Eine neue Form der Scham riss mich mit sich, und ich versteckte mich erst einmal hinter meiner Kaffeetasse.

»Danke, dass du dich meiner angenommen hast.« Schuldbewusst und zutiefst darüber erschüttert, dass ich dieser Erfahrung nicht zu hundert Prozent negativ gegenüberstehen konnte, rutschte ich unruhig auf dem Barhocker hin und her. »Das muss alles andere als leicht für dich gewesen sein. Wie hast du überhaupt Amanda und Leah davon überzeugen können, dass du mich mitnimmst?«

»Ich habe schon deutlich Schlimmeres erlebt, und mit zwei Mädchen werde ich gerade noch fertig«, antwortete er ausweichend. An seinen Mundwinkeln nagte ein zurückhaltendes Lächeln. Mir war klar, dass ihn das mehr mitgenommen hatte, als er zugeben wollte. Offen blieb damit nur, wie ich darüber dachte.

Du hast mir eine Scheißangst eingejagt, Harp.

Betreten rührte ich mit dem Löffel in meinem Kaffee herum, erzeugte einen kleinen Strudel. Diese abrupte Stille war unerträglich, und wenn ich aus den Augenwinkeln zu ihm sah, war es mir unmöglich zu sagen, was gerade in seinem Kopf los war. Seine vermischten Signale brachten nicht nur ihn, sondern auch mich vollkommen durcheinander. Shaun hatte recht gehabt. Die ersten Erinnerungen kamen wieder zurück, und ich konnte vor meinem inneren Auge sehen, wie er sich oberkörperfrei neben mich in sein Bett gelegt hatte. Wie ich ihn gebeten hatte, bei mir zu bleiben, mich nicht zu verlassen.

Ich lasse dich in diesem Zustand auf keinen Fall allein.

Hatte er sich tatsächlich so große Sorgen um mich gemacht, obwohl das, was uns verband, nicht mehr als ein ausgedehnter One-Night-Stand war? Obwohl er mich nach seinem überraschenden Kuss ignoriert hatte? Dieser Umstand lag so schwer zwischen uns in der Luft, dass es mir in der Tat schwerfiel, ihm überhaupt noch in die Augen zu sehen. Und als ob es das Ganze nicht noch viel komplizierter machen würde, hatte ich ihm auch noch in meinem durch den Drogennebel verschleierten Hirn gesagt, dass ich mich in ihn verliebt hatte. Hatte ich das denn wirklich? Bis zu diesem Zeitpunkt hatte ich das Wort *Liebe* in Zusammenhang mit Shaun nicht einmal gedacht. War das alles nicht viel zu früh? Viel zu schnell? Viel zu unvernünftig, wenn man bedachte, dass wir uns eigentlich überhaupt nicht kannten? Doch der Fakt, dass sich die Linien auch für Shaun immer mehr verzerrten, sprach Bände.

Um mich abzulenken, sah ich mich in Shauns Zuhause um. Das Haus war nicht besonders groß, aber geräumig und versprühte auf seine ganz eigene Art einen gewissen Charme. Nicht nur im Obergeschoss, sondern ebenso hier unten war alles sehr spartanisch eingerichtet. Von meinem Platz aus konnte ich in den Flur und das angrenzende Wohnzimmer sehen. Nur wenige Möbel standen in den Räumen, die schon deutlich abgelebt wirken. Die weiße Tapete an den Wänden war längst nicht mehr so hell, wie sie das wohl in ihrem ursprünglichen Zustand einmal gewesen war. An einigen Stellen löste sie sich bereits vollständig ab. Auf der Kommode im Flur entdeckte ich ein Familienfoto, doch aus dieser Entfernung konnte ich bloß sehen, dass neben dem deutlich jüngeren Shaun und Caleb eine Frau und ein Mann standen. Vor wie vielen Jahren dieses Foto wohl entstanden war? Eine Zeit lang mussten die beiden Jungs eine glückliche Familie gehabt haben, doch jetzt waren sie auf sich allein gestellt. Wie lange das wohl schon her war? Am liebsten hätte ich genau diese Frage an Shaun gerichtet, doch ich ließ es lieber sein.

»Das Leben ist schon seit einiger Zeit hart für uns. Nicht erst, seit Dad gestorben ist. Dadurch wurde es nur noch viel schlimmer. Daran wird sich wohl nie mehr etwas ändern«, murmelte Shaun resigniert, als er bemerkte, dass ich mich neugierig umsah.

Wieso sagte er das? Sollte mich das abschrecken? Neben seiner Verbitterung über seine Situation schwang noch etwas gänzlich anderes in seiner Stimme mit.

Ich räusperte mich. »Caleb ist ein süßer Junge.«

»Lass ihn das bloß nicht hören. Er hasst es, wenn man so etwas zu ihm sagt, wobei ... Vielleicht würde er dir das sogar durchgehen lassen«, entgegnete Shaun. »Möchtest du etwas essen? Ich kann dir ein paar Eier in die Pfanne hauen, oder möchtest du lieber Toast?«

»Nein, schon gut. Um ehrlich zu sein, ist mir immer noch etwas schlecht, und mein Kreislauf meldet sich zu Wort«, antwortete ich. Sein Angebot war aufrichtig und nicht nur Mittel zum Zweck, um die unangenehme Anspannung zwischen uns zu unterbrechen. »Du musst dir keine Umstände machen. Geh lieber mit deinem Bruder in den Zoo, und ich sehe zu, dass ich nach Hause komme und mich noch etwas hinlege.«

Als er nicht direkt reagierte, sah ich auf und erkannte meinen Fehler. Mist. Von ihrem Besuch im Zoo durfte ich streng genommen überhaupt nichts wissen. Shaun hingegen verzog lediglich besorgt das Gesicht. Eine tiefe Sorgenfalte zierte seine Stirn, die ich am liebsten mit meinen Fingerspitzen geglättet hätte. Hoffentlich dachte er nun nicht, dass ich sie die ganze Zeit über belauscht hatte. Er sah aus, als ob er jede Sekunde dagegen protestieren wollte, doch da klingelte es auf einmal an der Tür, und wir fuhren beide zusammen. Schließlich sprang Shaun auf und ging zur Haustür. Ich hörte, wie sie geöffnet wurde, und die Überraschung in Shauns Stimme, als er erkannte, wer da vor ihm stand.

»Was machst du denn hier?«, fragte er ungläubig.

»Was denn? Darf ich meinen besten Freund nicht spontan besuchen, wenn mir danach ist?«, erwiderte der unerwartete Besucher, und kurz darauf erklangen schwere Schritte im Flur. Die Haustür fiel wieder ins Schloss.

»Klar, aber es passt gerade nicht, Bro«, erklärte Shaun resigniert, da er wohl ahnte, dass sich der ungebetene Gast nicht so schnell wieder verziehen würde.

»Was ist denn los mit dir? Hast du etwa eine Braut hier, die du vor mir verstecken willst?«

Meine Nackenhärchen stellten sich auf, als die Schritte näher kamen und schließlich ein hochgewachsener, bulliger Kerl mit kahl geschorenem Kopf zu mir in die Küche trat.

Wie erstarrt blieb er stehen, sobald er mich an meinem Platz an der Kücheninsel entdeckt hatte, und ließ seinen Blick ungeniert ganz langsam meinen Körper entlangwandern. Der lüsterne Ausdruck, der dabei in Sekundenschnelle in seine kalten Augen trat, ließ mich intuitiv frösteln. Das Unwohlsein, das die Nähe zu diesem Mann in mir emporkriechen ließ, brachte mich aus dem Konzept. Es gab diese Menschen, die eine unheilvolle Aura umhüllte, und dieser Typ gehörte ohne Zweifel dazu. Er trug so etwas Ähnliches wie Shaun an diesem Mittag, doch waren seine Arme einschließlich der Hände mit Tattoos bedeckt, seine Finger übersät mit zahlreichen breiten Ringen, und die Goldkette, die um seinen Hals lag, trug ein Gewehr als Anhänger.

»Oh, wen haben wir denn hier? Ich dachte, du bringst keine Weiber hierher, Shaun. Hast du die Kleine etwa bei dir übernachten lassen?«

»Lass sie in Ruhe, Sam.« Shaun baute sich schützend neben mir auf. Eine unmissverständliche Warnung »Ich glaube, du solltest jetzt besser gehen«, murmelte er an mich gewandt, sah dabei aber weiterhin zu Sam.

»Unsinn! Wir lernen uns doch gerade erst kennen!«, protestierte Sam und trat näher an mich heran. »Seit wann fickst du denn Weiße? Ich dachte, du ...«, begann Shauns Besucher, als ihm jedoch die Worte im Hals stecken blieben und ein überraschtes Funkeln in seine Augen trat. »Ist das etwa Harper? Fuck, Shaun! Du hattest mit keinem Wort erwähnt, wie heiß diese Braut ist!«

Mir drehte sich augenblicklich der Magen um, was ich in meiner aktuellen Verfassung kaum aushalten konnte. Dieser Typ war einfach nur widerwärtig. War das wirklich ein Freund von Shaun? Klar, Shaun hatte einen ähnlichen Eindruck vermittelt, als wir uns kennengelernt hatten. Dennoch war ich felsenfest davon überzeugt, dass Sam tatsächlich so war, wie er sich mir gegenüber gab. Und woher zum Teufel kannte dieser Sam überhaupt meinen Namen? Hatte Shaun ihm etwa schon von mir erzählt? Was bedeutete das?

Shaun sog scharf die Luft ein, ehe er mich an der Hand packte und mir signalisierte aufzustehen. Das Flehen, das auf einmal in seinen Augen lag, machte mich stutzig.

»Bitte«, flüsterte er und beugte sich dabei so nah an mein Ohr, dass nur ich ihn hören konnte. »Du musst jetzt gehen, vertrau mir. Es tut mir leid. Pass nur bitte auf dich auf und melde dich, wenn du zurück im Wohnheim bist, okay?« Die plötzliche Besorgnis in seinen Worten verunsicherte mich, doch ich nickte.

Ohne ein weiteres Wort zu verlieren, zog mich Shaun vorwärts in den Flur und eilte dann schnell nach oben, um mir meine Handtasche zu holen. Sobald ich alles hatte, öffnete er mir die Tür und sah mich noch einmal entschuldigend an.

»Melde dich«, sagte er erneut und lächelte knapp, ehe er mir einfach so die Tür vor der Nase zuschlug, als würden ihn böse Dämonen verfolgen, vor denen er mich beschützen wollte.

– 17. Kapitel: Harper –

Upper East Side, New York City – 5 Jahre zuvor

Entnervt ließ ich meinen Rucksack neben meiner Zimmertür auf den Boden sinken und seufzte, als ich das grellgelbe Kleid und die farblich dazu passenden High Heels mit viel zu hohen Absätzen auf meinem Bett entdeckte. Heute war mein vorletzter Tag auf der Highschool gewesen, und ich hatte mich schon seit Wochen auf die inoffizielle Abschlussparty meines Jahrgangs gefreut.

Ich hatte mir sogar zusammen mit Amanda und Leah ein Outfit speziell für diesen Abend zusammengestellt. Vollkommen umsonst, wie ich jetzt begriff, denn meine Eltern würden mir nicht erlauben, an diesem Abend das Haus zu verlassen. Und ich durfte nicht einmal anziehen, worauf ich Lust hatte. Selbst das verboten sie mir, und dieser ganze Aufstand nur deshalb, weil mein Vater, der in ganz New York berüchtigte Staatsanwalt, zu einer versnobten Gartenparty eingeladen hatte und alle möglichen hohen Tiere aus der Justiz anwesend sein würden.

Ich hatte so was von keine Lust mehr auf dieses ganze Theater. Keine Lust mehr darauf, mich immer nur nach meinen Eltern und dem zu richten, was sie wollten. Das zu tun, was sie für mich als richtig erachteten. Ihre herablassende Art gegenüber Menschen zu tolerieren, die nicht wie unsere Familie mit ihrem Reichtum protzten. Wie oft hatte ich mit meinem Vater darüber gestritten, dass er sich für einen Staatsanwalt, der eigentlich am Wohl der Allgemeinheit interessiert sein sollte, viel zu sehr damit rühmte, derart viel Geld zu besitzen, und nicht bereit dazu war, etwas davon für wohltätige Zwecke auszugeben. Selbstverständlich gab es die für unsere Kreise üblichen Charity-Events, die meine Eltern lediglich zum Schein organisierten und sich stets für die gerade angesagtesten Zwecke starkmachten – als ob. Es war erstaunlich, dass ihnen das überhaupt noch jemand außerhalb ihres Dunstkreises abnahm, aber anscheinend war ich allein mit der Ansicht, dass das, was sie taten, nicht scheinheiliger sein könnte.

»Was ziehst du denn schon wieder für ein Gesicht, Spatz? Das Kleid ist doch atemberaubend, oder etwa nicht?«

Ich rollte mit den Augen, als die fröhliche Stimme meiner Mutter hinter mir erklang. Obwohl sie selbst beruflich sehr erfolgreich war, stand sie dennoch immer im Schatten meines Vaters. Ich hatte grundsätzlich ein besseres Verhältnis zu ihr als zu ihm. Das war schon immer so gewesen, aber das verhinderte leider nicht, dass wir in letzter Zeit immer öfter aneinandergerieten, weil sie ein noch viel größeres Problem mit meinem Studienziel hatte als mein Vater. Mit dem Medizinstudium etwas anderes als Schönheits-OPs durchzuführen oder gar den *Ärzten ohne Grenzen* beizutreten, war für sie reine Zeitverschwendung.

»Du weißt ganz genau, dass ich es nicht leiden kann, wenn ihr mir vorschreibt, was ich anziehen soll«, konterte ich bissig. Ich hasste es, so mit ihr zu reden, doch hatte sich das vor allem in den letzten Monaten so eingebürgert. Ich freute mich so dermaßen darauf, endlich auszuziehen und mein Studium anzufangen.

»Dein Vater findet es ganz toll«, erwiderte meine Mutter, als ob das etwas daran ändern würde, dass ich dieses hässliche Teil unter keinen Umständen anziehen würde.

»Schön für ihn.«

»Harper! Was ist denn in dich gefahren?« Ihre gespielte Empörung ging mir auf den Zeiger.

»Das weißt du ganz genau. Ich hatte heute so viel Besseres zu tun, als irgendwelchen Small Talk mit Anwälten zu führen.«

Meine Mutter sah mich mit ausdrucksloser Miene an. »Du kannst *jeden* Abend auf Partys gehen, aber nicht heute. Diese Veranstaltung ist wichtig für deinen Vater.«

»Ja«, murmelte ich. »Das ist sie immer.«

Meine Mutter holte Luft, um mir eine flapsige Antwort entgegenzuwerfen, doch dann erklangen schwere Schritte auf dem Flur, und mein Vater streckte nur Sekunden später seinen Kopf in mein Zimmer. Er musterte einen Moment lang unsere Gesichter und kniff die Augen zusammen. Überflüssig zu erwähnen, dass meine Eltern längst fein herausgeputzt vor mir standen, ungeachtet dessen, dass die Feier erst in ein paar Stunden beginnen würde.

»Was ist denn hier los?«, fragte mein Vater unnötigerweise.

»Harper mag das Kleid nicht, das wir für sie ausgesucht haben.«

»Darum geht es doch gar nicht!«, stöhnte ich, ließ mich auf mein Bett fallen und starrte kopfschüttelnd an die Decke. »Ich wollte heute auf eine Party, zu der wirklich *alle* aus unserer Abschlussklasse gehen, aber ich muss hierbleiben und mich mit arschkriecherischen Anwaltschnöseln rumschlagen. Ist ja klar, dass du heute früher da bist, wenn deine schleimigen Anwaltskollegen kommen. Dabei bist du ansonsten praktisch nie hier!«

Meine Mutter schnappte entgeistert nach Luft. »Harper!«

Es kümmerte mich nicht mehr. Ich war längst alt genug, um mir den Mund nicht mehr so leicht verbieten zu lassen. Seit diesem Jahr war ich volljährig.

»Haben wir das denn nicht schon ausführlich genug besprochen?«, mischte sich nun mein Vater ein. Er rührte sich nicht von seinem Platz im Türrahmen. Seine gesamte Ausstrahlung erinnerte mich an sein Auftreten im Gerichtssaal, nur dass ich seine Tochter war und kein Schwerverbrecher auf der Anklagebank. »Du solltest dich besser im Vorfeld von dem Gedanken verabschieden, dass du, wenn du erst einmal auf die Universität gehst, viel Zeit für so einen Unsinn haben wirst.«

»Woher willst du wissen, was ich in Zukunft machen werde? Davon wirst du nämlich nichts mehr mitbekommen, wenn ich aus diesem protzigen Haus ausgezogen bin!«, fauchte ich wütend. Doch obwohl ich bemerkte, dass mein Temperament mit mir durchging, weigerte ich mich, es zu zügeln.

»Das wird nicht passieren«, sagte mein Vater hart und verfiel nun allumfassend in den *Staatsanwalt-Modus*, wie ich ihn gern nannte. Mich konnte er allerdings nicht darüber hinwegtäuschen, dass sich sein Gesicht schon jetzt in einen ungesund aussehenden Rotton verfärbte.

»O doch, wird es, und du weißt ganz genau, dass du daran nichts wirst ändern können«, zischte ich, aber mein Vater behielt dabei vollständig seine harte Maske.

»Du führst heute Abend Small Talk mit meinen Kollegen, lächelst, schüttelst Hände, und all das wird in diesem Kleid passieren. Ende der Diskussion!« Mein Vater ließ keinen Spielraum für jeglichen weiteren Einspruch und wandte sich an meine Mutter: »Ich habe diesen nichtsnutzigen Kellner gerade eben gefeuert, nachdem ich ihn in der Küche dabei erwischt habe, wie er etwas von dem Essen geklaut hat. Ruf bitte David an, damit er sich umgehend um einen Ersatz kümmert, der etwas taugt. Und dieses Mal möchte ich niemanden in meinem Haus sehen, dessen Akzent man nicht versteht.«

Sie gaffte ihn mit großen Augen an, allerdings mit Sicherheit nicht wegen seiner rassistischen Ausdrucksweise, sondern aufgrund der Tatsache, dass der Kellner angeblich geklaut haben sollte. Ich würde meinen Studienplatz darauf verwetten, dass mein Vater den armen Kerl nur entlassen hatte, weil er ein nicht zu verachtendes Problem mit Menschen aus ärmeren Schichten hatte, wozu für ihn automatisch jeder Afroamerikaner oder Hispano zählte. Genau solche Dinge waren es, die mich immer weiter weg von meinem Vater trieben, und ich hatte den Eindruck, dass es von Tag zu Tag schlimmer wurde. Ich passte schlichtweg nicht mehr hierher. Ich war nicht wie meine Eltern, nicht im Geringsten, und ich würde einen Teufel tun, jemals so zu werden wie sie.

Ohne auf eine Antwort meiner Mutter oder weiteren Widerspruch meinerseits zu warten, löste sich mein Vater aus dem Türrahmen, und ich hörte, wie er in gemächlichem Tempo dem langen Gang weiter zu ihrem gemeinsamen Schlafzimmer folgte. Wie nach einer gewonnenen Schlacht.

»Wir wissen doch beide, dass Dad den Kerl nicht gefeuert hat, weil er geklaut hat«, sagte ich, nachdem meine Mutter einige Herzschläge lang keinerlei Anstalten gemacht hatte, noch einmal den Mund aufzumachen. So als würde sie noch vollständig in dem fragwürdigen Auftritt meines Vaters festhängen. Manchmal fragte ich mich wirklich, wie er wohl zu der Zeit gewesen war, als sie sich kennengelernt hatten. Oder war das der gleiche Mann, in den sie sich vor vielen Jahren verliebt hatte? Wohl kaum.

»Schluss damit, Harper! Genug ist genug. Ruh dich noch etwas aus. Wir erwarten die Gäste in etwa drei Stunden. Bis dahin will ich, dass du dich beruhigst und deinen Vater nicht vor seinen Kollegen blamierst.« Sie fuchtelte mit ihrem ausgestreckten Zeigefinger vor mir herum. Hallo? Ich war doch keine zehn mehr! Das würde mich erst recht nicht zur Ordnung rufen.

Dann, endlich, verließ sie mein Zimmer. Sofort sprang ich auf und knallte die Tür so fest ins Schloss, dass das Foto von mir, Leah und Amanda, das an der Wand daneben hing, zu Boden fiel. Das Glas zersprang klirrend in zahllose scharfkantige Splitter. Es war mir vollkommen gleich, was sie sagten. Dieser bescheuerte Auftritt meiner Eltern hatte mir endgültig klargemacht, dass ich einen Teufel tun würde, heute Abend hierzubleiben und auf die Party zu verzichten, auf die ich unbedingt wollte. Wenn sie nicht bereit waren, mich verstehen zu wollen, wieso sollte ich das dann tun? Entschlossen griff ich nach meinem Handy und wählte Amandas Nummer.

»Harp!«, rief meine Freundin begeistert, als sie nach nur einem Freizeichen abnahm. »Was gibts?«

»Könnt ihr mich auf dem Weg zur Party abholen? Ich muss dringend hier raus.«

Einen Moment lang herrschte absolute Stille am anderen Ende der Leitung, und ich hatte kurzzeitig sogar den Verdacht, dass sie womöglich aufgelegt haben könnte, doch dann brach Amanda in schallendes Gelächter aus.

»Süße.« Ich musste sie nicht vor mir haben, um ihr wölfisches Grinsen zu erahnen, das just in diesem Moment ihre Lippen zieren musste. »Du hast doch nicht ernsthaft geglaubt, dass wir dich nicht kidnappen würden, damit du mit uns auf die Party des Jahres gehst, oder etwa doch?«

Ich gluckste. An Tagen wie diesen war ich für unsere Freundschaft noch dankbarer als ohnehin schon.

»Danke«, murmelte ich erleichtert.

»Jederzeit, Harp.«

Upper Manhattan, New York City – heute

Normalerweise hatte ich keine Orientierungsprobleme und fand mich nach kürzester Zeit überall zurecht, doch nachdem ich auf einmal allein, immer noch ziemlich wackelig auf den Beinen und mit Kreislaufproblemen vor Shauns Haus gestanden hatte, dauerte es doch eine ganze Weile, bis ich zur nächsten U-Bahn-Station gelangte. Meine Navigationsapp auf dem Handy hatte es nicht besser gemacht.

Auf dem Weg zur Haltestelle kam ich an so einigen maroden Gebäuden, dubiosen Typen, bei deren Anblick ich meine Schritte beschleunigte, und verdreckten Seitenstraßen vorbei. Das Viertel, in dem Shaun wohnte, war heruntergekommen und bestimmt nicht so sicher wie manch andere Gegend. Wenn es gegangen wäre, hätte mich Shaun bestimmt nicht allein zur U-Bahn laufen lassen. Glücklicherweise hatte mich aber niemand behelligt. Normalerweise war ich kein Mensch, der sich schnell unsicher fühlte. Möglicherweise hatte ich mir vieles nur vorgestellt, weil ich immer noch nicht ganz auf der Höhe war. Fest stand jedoch, dass es für einen so süßen Jungen wie Caleb wohl viele andere Wohngegenden gegeben hätte, die angemessener gewesen wären.

Sobald ich mich im Schneckentempo bis hin zur nächsten Bahn geschleppt und mich zahlreichen merkwürdigen Seitenblicken ausgesetzt hatte, saß ich nun endlich auf meinem Platz, lehnte mich nach hinten und schloss die Augen, um erst einmal tief Luft zu holen.

Was für ein verrückter Tag. Womöglich lag das nur an meinem immer noch gut vernebelten Hirn, aber ich wusste längst nicht mehr, was ich über Shaun denken sollte. Seit heute erst recht nicht. Er hatte sich liebevoll um mich gekümmert, war unheimlich süß zu seinem kleinen Bruder, und es hatte da diesen Moment zwischen uns gegeben, der mich förmlich zu ihm hinzog. Niemand konnte mir erzählen, dass es für ihn anders gewesen war. Doch dann hatte er mich wortwörtlich vor die Tür gesetzt. Das konnten die Entschuldigung und die geäußerten Sorgen um mich nicht wettmachen. Wenn mir jemand vor ein paar Wochen erzählt hätte, dass der stumme Barkeeper im *Dreams* tatsächlich so eine Seite hatte und wir uns eines Tages so nahekommen würden, hätte ich die Person wohl für verrückt erklärt.

Dieser Sam war mir äußerst unsympathisch gewesen. Gut, ich kannte ihn nicht und wollte ihn keinesfalls verurteilen. Dennoch konnte ich das ungute Prickeln, das sein Besuch ausgelöst und das so voller Vorahnung gesteckt hatte, nicht leugnen. Was entging mir? Wieso suchte sich Shaun ausgerechnet solche Freunde? Sam schrie schon so dermaßen nach Ärger, dass ich bloß hoffen konnte, dass Shaun auf sich aufpasste. Irgendetwas gefiel mir an diesem Typ nicht. Erst recht nicht, nachdem mich Shaun aus seinem Haus geschmissen hatte, sobald der Kerl aufgetaucht war. Meine imaginäre Liste mit Dingen, über die ich bei passender Gelegenheit mit Shaun sprechen wollte, wurde immer länger und länger. Es war offensichtlich, dass sich etwas zwischen uns verändert hatte, und damit meinte ich in erster Linie nicht einmal den Kuss, der ebenfalls auf dieser besagten Liste stand.

Irgendwie hatte ich es schließlich in mein Zimmer im Wohnheim geschafft, und ich schleppte mich mit letzter Kraft auf mein Bett. Mühevoll streifte ich mir die Schuhe von den Füßen und blieb dann wie erschlagen liegen. Ich hatte keinen blassen Schimmer, wie lange ich dagelegen hatte, doch als meine Tür mit voller Wucht gegen die Wand schlug und ich mich im Zuge dessen furchtbar erschreckte, war die Sonne bereits dabei unterzugehen.

»Harp! Da bist du ja!«, rief Amanda erleichtert, während Leah auf mich zugesprungen kam und mich an sich zog.

Leah schnatterte gleichzeitig los, und die Schimpftirade verwandelte sich prompt in einen Zweifrontenkrieg. »Wir haben uns höllische Sorgen gemacht! Wieso bist du nicht an dein Handy gegangen? Wie geht es dir?«

»Mädels, ihr erdrückt mich gleich.«

Die beiden ließen mich zwar los, rückten aber keinen Zentimeter von mir und blieben auf meinem Bett sitzen. Kurze Zeit schwiegen sie. Bei Leah wusste ich sehr wohl, dass sie die ruhigere und vernünftigere von meinen Freundinnen war, jedoch erlebte man Amanda in der Regel niemals ruhig. Auffällig war auch, dass sie mir wahrhaftig nicht in die Augen sehen konnte. Anscheinend ging es nicht nur mir so, dass der Streit zwischen uns immer noch an mir nagte. Ich konnte mich nicht einmal daran erinnern, wann wir uns das letzte Mal gestritten hatten. Das musste schon mehrere Jahre her sein.

»Es tut mir leid, Harp«, sagte Amanda irgendwann leise und sah mich dann wieder an. In ihrem Blick lag so viel Zuneigung und Bedauern, wie ich es selten an ihr erlebte. Ich wusste ganz genau, wieso sie schon seit Jahren zu meinen besten Freundinnen gehörte. Trotz ihrer schrägen und zugleich verrückten Art. »Ich habe mich wie eine verdammte Bitch aufgeführt. Es ist keine Entschuldigung, dass ich schon ziemlich angetrunken gewesen bin, als ich das gesagt habe, aber trotzdem ... Ich hoffe, du weißt, dass ich das nicht so gemeint habe«, erklärte sie und rieb sich dabei unschlüssig über die Oberschenkel. Eigentlich gehörte sie zu jenen Menschen, die nie etwas aus der Fassung brachte. Wer hätte gedacht, dass ich das doch noch erleben würde? »Keine Ahnung, wieso ich das Zeug überhaupt nehmen wollte. Du kennst mich. Manchmal ziehe ich echt schrägen Scheiß ab, und obwohl ich wusste, dass du ein großes Problem mit diesen Dingen hast, habe ich es trotzdem durchgezogen. Das war falsch, entschuldige. In Zukunft werde ich definitiv die Finger davon lassen. Ich bin verdammt froh, dass es dir gut geht, echt.«

»Mir tut es auch leid«, murmelte ich, konnte nicht länger an mich halten und breitete die Arme aus. Amanda reagierte sofort, und ich umarmte sie fest. »Ich hab dich doch lieb, du verrückte Nuss.«

»Und ich dich, du vorbildliche Streberin. Komm, Süße«, forderte sie Leah auf, sich unserer Umarmung anzuschließen, und für einen Moment lagen wir uns zu dritt in den Armen.

»Wie fühlst du dich?« Leah tastete sich vorsichtig vorwärts. Ich verzog gequält das Gesicht.

»Na ja, schon besser, aber immer noch hundsmiserabel. Außerdem zerbreche ich mir schon die ganze Zeit den Kopf darüber, was ich jetzt über Shaun und sein Verhalten denken soll. Ich fasse es übrigens nicht, dass er euch dazu gebracht hat, mich mit ihm gehen zu lassen.« Dabei war ich weder Leah noch Amanda richtig böse, denn ich konnte mir nur allzu gut vorstellen, dass Shaun tatsächlich der Experte gewesen war, den ich in diesem Zustand gebraucht hatte.

»Du glaubst nicht, wie beharrlich er sein kann, Harp«, verteidigte sich Amanda prompt. »Außerdem hättest du ihn mal sehen sollen! Er hat dich wie einen Rohdiamanten behandelt. Als ob du das Einzige wärst, was für ihn in diesem Augenblick zählt. Shaun hat auf der Stelle alles stehen und liegen lassen und hat sich um dich gekümmert. Du kannst dich nicht daran erinnern, oder?«

Widerwillig schüttelte ich den Kopf. Sosehr ich es auch wollte: Meine Erinnerungen waren nach wie vor zerrüttet. Das warme, wohlige Gefühl in meinem Bauch verstärkte sich bei dem Gedanken an ihn. Amandas Worte taten ihr Übriges.

»Ich habe echt keine Ahnung, was mich geritten hat, als ich nach dem Glas gegriffen habe«, meinte ich düster. »Das hätte richtig böse ausgehen können.«

»Stimmt.« Leah zog eine Grimasse. Was Drogen betraf, ging es ihr ähnlich wie mir. »Sorry, dass ich dir nicht gesagt habe, dass …«

»Schon gut, Leah«, unterbrach ich sie und winkte ab.

»Und? Hat Shaun dich auch gut behandelt, oder muss ich mir ihn vorknöpfen?«

»Nein, nein, er war ganz wunderbar. Er ist mir nicht von der Seite gewichen, bis die Wirkung nachgelassen hat. Aber ich habe mich unfassbar blamiert«, beichtete ich und vergrub mein Gesicht in meinen Händen.

»Erzähl!«, riefen meine Freundinnen beinahe zeitgleich, und ich seufzte.

»Ich habe wohl die ganze Zeit wirres Zeug geredet und dann versucht, mit ihm zu schlafen, wovon er mich abgehalten hat, weil er mich nicht ausnutzen wollte. Und dann habe ich ihm anscheinend gesagt, dass ich ... mich in ihn verliebt habe.«

Ich hörte, wie Amanda ein erstauntes Quieken von sich gab, während Leah nach Luft schnappte, doch keiner sprach. Zumindest bis Leah als Erste ihre Sprache wiederfand. Zwei Mal an einem Tag, wer hätte das gedacht? »Also ... ich rechne es ihm hoch an, dass er dich abgewimmelt hat. Das hätte nicht jeder Kerl getan, und es zeigt deutlich, dass er dich mag. Stimmt es denn, was du ihm gesagt hast? Hast du dich in ihn verliebt?«

»Ich weiß es nicht.« Frustriert raufte ich mir das Haar. »Ich habe ihn gern, und er ist so anders, als ich ihn mir vorgestellt habe. Er kann liebevoll, witzig und unheimlich tiefgründig sein, wenn er möchte. Natürlich hat er diese dunkle Seite, die ich noch nicht durchschaue und die nicht in das Bild, das ich von ihm habe, hineinpasst, aber er ist ... er ist etwas Besonderes. Und ihr hättet ihn mit seinem Bruder sehen sollen!«

Leah und Amanda warfen sich einen vielsagenden Blick zu, ehe sie wieder zu mir sahen und beide gleichzeitig nickten.

»Du bist so was von in ihn verknallt, Harp«, bestätigte Leah. »Du glühst ja förmlich!«

Ich seufzte. Leah sprach nur das aus, was ich längst in meinem Innern wusste. »Selbst wenn: Ich weiß nicht, was er empfindet. Er hat es humorvoll abgetan, dass ich ihm meine Zuneigung gestanden habe. Keine Ahnung, ob ich ihm das abkaufen soll oder nicht. Und über den Kuss habe ich auch noch nicht mit ihm gesprochen, das alles ist so ...«

»Kuss?! Ihr habt euch geküsst? Wieso zum Teufel wissen wir davon nichts?«

»Weil ich selbst nicht genau weiß, was ich davon halten soll. Bisher hat er es immer vermieden, mich zu küssen, aber an diesem einen Abend letztens ... Da hat er mich nach einem aufreibenden Gespräch über seine Familie an sich gezogen, als ob ich die Einzige für ihn wäre. Ich hatte gehofft, dass wir heute darüber sprechen könnten, doch dann kam einer seiner Freunde vorbei, und er hat mich regelrecht vor die Tür gesetzt.«

»Meintest du nicht, dass er dich gut behandelt hat? Elender ...«

»Das hat er. Ihr habt diesen Typen nicht gesehen. Er war wirklich angsteinflößend. Shaun schien mich vor ihm beschützen zu wollen, mir ist bloß noch nicht ganz klar, wieso, wenn es ein Freund von ihm war.«

»Hast du seitdem etwas von ihm gehört?«

»Ja, wir haben uns schon einige Nachrichten hin und her geschickt. Er wollte, dass ich mich melde, wenn ich zu Hause bin.«

Meine Freundinnen sahen sich wieder einmal lange an, ehe beide nach meinen Händen griffen und sie sanft drückten.

»Hör zu«, meinte Amanda schließlich. »Ich glaube, dass Shaun durchaus mehr für dich empfindet, als er zugeben möchte. Dass das bei euch beiden längst über das hinausgegangen ist, was bei einem One-Night-Stand typisch ist. Das dachte ich mir schon seit dem Zeitpunkt, an dem du meintest, dass ihr euch so oft seht und es nicht nur mit Sex zu tun hat.« Amanda legte eine kleine Pause ein und sah mir eindringlich in die Augen. »Ihr solltet miteinander reden. Und wenn er das nicht von sich aus ansprechen kann, dann solltest du es tun. Bitte sei vorsichtig, okay? Niemand von uns weiß, wie tief er in dieser Drogensache drinsteckt, und na ja, versteh mich jetzt nicht falsch, aber ...«

»Ursprünglich wollten wir nur, dass du dich einfach mal wieder fallen lässt«, pflichtete Leah ihr bei.

»Ihr habt beide recht«, antwortete ich abwesend und sah nun nach draußen. »Ich weiß ja selbst nicht einmal, wohin das alles führen soll und ob ich mich weiter auf ihn einlassen möchte. Es gibt nur einen Weg, das herauszufinden.«

– 18. Kapitel: Harper –

Normalerweise ging es mir nie so, dass ich bei etwas übermäßig lange überlegte oder mich leicht verunsichern ließ. In diesem speziellen Fall mit Shaun jedoch war das völlig anders. Ich hatte es immerhin drei Tage lang ausgehalten. Drei Tage, ehe ich nach einer quälend langen Funkstille den Kontakt zu ihm gesucht und ihn nach einem Treffen gefragt hatte. Shaun hatte nicht ein Mal die Nähe zu mir gesucht, seit er sich nach meinem überstürzten Abgang nach meinem Wohlbefinden erkundigt hatte. Keine Anrufe und keine einzige Nachricht. Nichts.

Ich hatte versucht, mir in dieser Zeit klar darüber zu werden, wie die Sache zwischen uns weitergehen sollte, doch egal, wie lange ich darüber gegrübelt hatte, ich war zu keinem richtigen Entschluss gekommen. Dafür war dieses ganze Thema einfach viel zu aufwühlend für mich. Und außerdem wollte ich erst einmal wissen, was Shaun darüber dachte. Wie stand er zu dem Kuss? Und wie tief war er in diese Schattenseite des Lebens verwickelt, in der Drogenhandel alltäglich war? Konsumierte er wirklich nicht selbst? Was steckte noch dahinter? Was war es, das er vor mir verheimlichte? Denn ich war mir sicher, dass es etwas gab, bei dem er nicht bereit war, mir davon zu erzählen.

Heute war ich nicht allein im *Lava Java*. Meine Kollegin Theresa half mir dabei, die Bestellungen zuzubereiten und sie an die Tische der Gäste zu bringen. Mittlerweile war es aber schon spät, und meine Schicht würde gleich enden. Ich hatte Shaun gebeten, zum Café zu kommen, damit wir direkt nach meiner Schicht reden konnten. Noch wusste ich nicht genau, wohin ich mit ihm für ein solches Gespräch gehen sollte. Vielleicht wäre es am besten, wenn wir uns wieder etwas bei diesem Foodtruck holten und in der Nähe der Staten-Island-Fähre einen Platz suchen würden. Ein Restaurant war meiner Meinung nach in diesem Fall nicht das Richtige. Oder dachte ich bloß zu viel darüber nach? Ob es Shaun wohl auch so ging? Ich hatte ihm nicht verraten, wieso ich dieses Treffen so früh wie möglich vereinbaren wollte, und Shaun hatte nicht danach gefragt.

Punkt sechs zog ich meine Schürze aus, warf sie zu den anderen in die Waschmaschine und holte meine Tasche. Ich war bereit zu gehen und würde mich einfach noch etwas nach vorne setzen, ehe Shaun jede Minute hier auftauchen musste. Als ich gerade dabei war, hinter dem Tresen hervorzukommen, schwang die Tür auf. Mein Herz machte einen hoffnungsvollen Satz. Ich rechnete fest damit, unmittelbar in Shauns Augen zu versinken, doch dem war nicht so. Denn die Person, die in diesem Augenblick das Café betrat und sich dabei mit gerunzelter Stirn umsah, war nicht Shaun, sondern jemand, den ich seit längerer Zeit vollständig ignorierte, was sich bisher als die beste Möglichkeit herausgestellt hatte. Im *Lava Java* stand niemand Geringeres als mein Vater.

Ohne dass ich es verhindern konnte, klappte mir die Kinnlade nach unten. Wie lange war es her, dass ich diesen Mann das letzte Mal gesehen hatte? Ich konnte mich nicht einmal mehr daran erinnern. Nachdem ich ausgezogen war, hatten wir den Kontakt zwar anfangs noch sporadisch gehalten, doch nachdem er immer noch der Ansicht gewesen war, mir den Mund verbieten zu müssen, hatte sich auch das ganz schnell gelegt. Offenbar waren wir beide der Meinung gewesen, dass es besser wäre, wenn wir uns, soweit es eben ging, voneinander lossagten. Mit meiner Mutter sah das ein bisschen anders aus, unser Kontakt war jedoch ebenfalls eher rar gesät.

Ich hätte es wissen müssen. Allerdings wäre ich nicht im Traum davon ausgegangen, dass mein Vater einfach so unangemeldet hier aufkreuzen würde. Geschweige denn, dass er überhaupt wusste, wo ich arbeitete. Das hatte ich gegenüber meiner Mutter mit keiner Silbe erwähnt. Ebenso wenig, dass ich überhaupt arbeitete, weil das nur zu unschönen Diskussionen geführt hätte. Andererseits: Was hatte ich erwartet? Mein Vater war Staatsanwalt. Ein berühmter Staatsanwalt. Wenn er eine Information brauchte, dann bekam er sie auch. Hatte er mich womöglich die gesamte Zeit über beobachtet? Wieso zum Teufel war er hier? Was wollte er?

»Harper«, sagte er steif, sobald er mich entdeckt hatte und die missbilligende Musterung des Ladens, in dem ich mir die Hände schmutzig machte, vollzogen war.

»Dad«, erwiderte ich ebenso verhalten, trat nun doch hinter dem Verkaufstresen hervor und ging mit vor der Brust verschränkten Armen auf ihn zu. »Was willst du hier?«, fragte ich geradeheraus, doch mein Vater verzog keine Miene, sondern fixierte mich mit einem Ausdruck in den Augen, den ich nur allzu gut von früher kannte. Sowohl aus den Verhandlungen, zu denen er und meine Mutter mich schon als kleines Kind immer mitgeschleppt hatten, als auch von zu Hause, wenn er mal wieder mit etwas, das ich getan hatte, nicht zufrieden war. Ich sparte es mir, danach zu fragen, wie er an die Details zu meinem Arbeitsplatz gekommen war. Er konnte verdammt froh sein, dass ich ihn überhaupt noch mit *Dad* ansprach.

»Darf ich meine Tochter nicht ohne Grund besuchen?« In seinem Gesicht zeigte sich nach wie vor keine Regung.

Ich schnaubte verächtlich. »Mom ist nicht hier, du musst dich also nicht wie sonst verstellen, damit sie zufrieden ist. Was willst du?«, wiederholte ich meine Frage und war ernsthaft gespannt darauf, wie seine Antwort ausfallen würde.

Mein Vater hatte mich in den letzten Tagen mehrfach kontaktiert und versucht, mich dazu zu überreden, wieder mit ihm zu kommunizieren. Nicht dass er mich vorher angerufen hätte. Über förmliche Textnachrichten, die allesamt mit einer verklemmten Grußformel und seinem vollen Namen geendet hatten, war das Ganze nicht hinausgegangen. Er hatte gefragt, wie es mir ging und wie mein entsprechender Tag gewesen war. Ich hatte mir nicht die Mühe gemacht, ihm zu antworten, und jede Nachricht umgehend wieder gelöscht. Mein Vater war zwar der Meister im Small Talk, aber ich wusste dennoch ganz genau, wie sehr er diesen eigentlich hasste, darum konnte ich seinen albernen Kontaktversuch nicht ernst nehmen. Dass er nun vor mir stand, irritierte mich allerdings doch ganz schön. Spontanität passte kein bisschen zu dem stoischen Mann, der sich als mein Elternteil ausgab.

Eine ganze Weile lange starrte er mich nur an, ohne zu sprechen, ehe etwas in seine Augen trat, was ich so schon seit vielen Jahren nicht mehr an ihm gesehen hatte: Verunsicherung. Fassungslos beobachtete ich, wie er von einem Bein auf das andere trat und sich unschlüssig an seinen ergrauten Schläfen kratzte.

»Nachdem du meine Nachrichten ignoriert hast, habe ich fest damit gerechnet, dass du mir nicht aufmachen würdest, wenn ich bei dir im Studentenwohnheim auftauche«, erwiderte er. Ich konnte nicht ignorieren, dass er sich Mühe gab, seine Abneigung zu unterdrücken. Seine Meinung zu meiner gewählten Wohnsituation hatte sich kein bisschen verändert.

»Damit liegst du richtig.« Sehnsüchtig linste ich hinter ihn und damit zur Tür, doch von meiner Rettung in Form von Shaun war weit und breit nichts zu sehen.

Die tiefen Furchen auf der Stirn meines Vaters verschwanden nicht, und er nahm meine unverhohlene Ablehnung hin. Seine Hände glitten in die Hosentaschen, ballten sich dort zu Fäusten. Das überraschte mich nicht. Er sah so aus, als ob er vollgepumpt mit Adrenalin direkt vom Gericht hierhergekommen war. Sein Anzug saß makellos, und das Einzige, was nicht perfekt an ihm war, war die Müdigkeit, die ihm deutlich ins Gesicht geschrieben stand.

»Ich kann verstehen, dass du dich nicht gerade freust, mich zu sehen.« Kontrolle war das Instrument, mit dem er sich schon immer am meisten verbunden gefühlt hatte. Deshalb musste es ihm eine Menge an aufgesparter Energie kosten, so besonnen zu agieren. Die kleinen Rädchen hinter seiner Stirn gerieten aus dem Takt.

»Auch damit liegst du verdammt richtig.« Im Grunde genommen wartete ich nur darauf, dass er früher oder später wieder die Beherrschung verlieren würde, so wie es immer der Fall war – vermutlich eher früher als später. Was bedeutete, dass ich schleunigst hier weg oder ihn wenigstens aus dem *Lava Java* bugsieren musste.

»Deine Mutter ist nicht der Grund, wieso ich hier bin, Harper«, fuhr er unbeirrt fort, doch spürte ich mit jedem Wort verstärkt die Unruhe, die auf einmal von ihm ausging und bei der er wohl nicht in der Lage war, sie hinter seiner Anwaltsfassade zu verstecken. »Ich wollte einfach nur ... mit dir reden. Dich sehen.«

»Was soll das?«, erwiderte ich prompt und war es nun selbst, die die Stirn in tiefe Falten legte. Seit ich von zu Hause fortgegangen war, war mein Leben nicht nur entspannter, sondern auch mit einer guten Portion weniger Aggressivität gesegnet. Ich hasste es, dass ausgerechnet er dazu imstande war, mich auf eine Weise wütend zu machen wie sonst niemand auf der Welt. »Nach all der Zeit tauchst du aus dem Nichts hier auf und erwartest, dass ich dir das glaube?«

»Warum denn nicht? Du bist immer noch meine Tochter.« Zwar fielen mir all die Anzeichen dafür auf, die darauf hinwiesen, dass er es womöglich sogar ernst meinte, doch konnte ich mir das beim besten Willen nicht vorstellen.

»Das hat dich in den letzten Jahren auch nicht interessiert, Dad«, warf ich ihm nun schon etwas ungehaltener an den Kopf und zog die Nase kraus. »Du warst viel zu beschäftigt damit, dich für mich zu schämen und Karriere zu machen.«

Dann geschah etwas, womit ich niemals gerechnet hätte. Nicht bei meinem Vater. Niemals. Seine Züge zeigten einen nie da gewesenen Schmerz. So als ob ich ihm gerade ein Messer in die Brust gerammt hätte. Für einen kurzen Augenblick dachte ich an die Zeit zurück, in der unser Verhältnis zueinander ein gänzlich anderes gewesen war. Eine Zeit, in der wir viel gelacht und Spaß miteinander gehabt hatten. Bevor er einer der erfolgreichsten Staatsanwälte geworden war, die New York jemals gesehen hatte.

»Ich weiß, dass das seltsam auf dich wirken muss. Dass du, wie ich zugeben muss, zurecht glaubst, dass ich es nicht ernst meine und nur wegen eines Vorwands hier bin, aber ich ...« Mein Vater rang nach Worten. »Ich vermisse dich. Du bist meine Tochter.«

Alles um mich herum verschwamm zu einer grauen Masse. Seine Ehrlichkeit überrumpelte mich. Das war ich so nicht gewohnt. Ich wusste nicht, was ich davon halten sollte, dass mein Vater einfach so hier auftauchte und mich um Vergebung für all die verpassten Jahre bat. War das ein Traum? Mein Vater war nie ein Mann gewesen, der sich bei irgendjemandem für irgendetwas entschuldigte. Wieso also jetzt? Woher dieser plötzliche Sinneswandel? Tatsache war jedoch, dass er aufrichtig klang. Zumindest hoffte ich, dass ich damit richtiglag.

»Es … tut mir leid, Harper.« Sein Mund klappte auf wie bei einem Fisch auf dem Trockenen. Meine Augenbrauen schossen bis zum Haaransatz empor. Was sollte das denn auf einmal? »Ich verstehe ja, dass du dein eigenes Leben willst. Du bist erwachsen geworden.« Er lächelte versonnen, doch bei ihm konnte man sich nie sicher sein, wann so eine Regung echt war und wann sie nur Theater darstellte. »Ich bin stolz auf dich. Du gehst deinen eigenen Weg. Hast gelernt, für dich einzustehen. Das respektiere ich.«

Wachsam analysierte ich seine Mimik und Gestik, traute ihm kein Stück über den Weg, denn er wusste nur allzu gut, welche Knöpfe er drücken musste, um zu mir durchzudringen. »Ich weiß nicht, was gerade mit dir los ist, aber ich bin gleich noch verabredet«, sagte ich, dieses Mal um etwas weniger Schroffheit bemüht. »Ich wusste nicht, dass du vorhast vorbeizukommen, also …«

»Oh.« Mein Vater kratzte sich erneut unschlüssig an den Schläfen. Das lag wohl zum einen daran, dass er es nicht gewohnt war, ein Nein zu hören, und zum anderen, dass er es nicht kannte, so offen zu reden. »Ich dachte, wir könnten vielleicht für den Anfang zusammen essen gehen.«

»Lass mich darüber nachdenken, okay?« Ich hatte keine Lust, mich direkt auf ihn einzulassen. Meine Zweifel saßen noch zu tief. Sein Verhalten war merkwürdig. Jegliche Form der Zuneigung war bei ihm stets an eine Bedingung geknüpft gewesen.

»Versprichst du mir, dass du mir wenigstens antwortest, wenn ich versuche, dich zu erreichen?«

Tja, er kannte mich leider gut genug, um zu ahnen, dass sich meine Bedenkzeit auf ein paar Tage ausweiten konnte.

Es war nicht so, dass ich meinen Vater nicht vermisste. Oder meine Mutter. Textnachrichten und abgehackte Gespräche ersetzten keineswegs das Band, das uns früher einte. Ich vermisste den Familienzusammenhalt. Den Spaß und die Freude. Die Vertrautheit. Das Gefühl, über alles reden zu können. So vieles hatte sich in den letzten Jahren geändert, und ich war der festen Überzeugung gewesen, dass es dabei bleiben würde. Ich liebte meine Eltern. Obwohl sie die schlimmsten Sturköpfe aller Zeiten waren, die mich in der Vergangenheit an den Rand der Verzweiflung getrieben hatten. Keine Unstimmigkeit und kein Streit konnten das Band der Familie durchtrennen, und ich musste gestehen, dass ich mich oft dabei ertappte, wie ich neidisch glückliche Familien beobachtete. Dieses Urteil war vernichtend. Und dennoch: Selbst wenn ich mir meine Eltern hätte aussuchen können, hätte ich das wohl nicht ernsthaft in Betracht gezogen.

Plötzlich wurde die Eingangstür zum *Lava Java* aufgestoßen, und die Glocke oberhalb der Tür erklang. Dieses Geräusch war es, das uns aus unserer beidseitigen Starre riss und den intensiven Blickkontakt zwischen uns auflöste.

Ich sah hinter meinen Vater und reckte mich etwas. Mein Herz schlug intuitiv schneller, sobald ich Shaun entdeckte, der gerade eintrat. Ein behutsames Lächeln kämpfte sich an die Oberfläche, sobald er mich ebenfalls erkannte. Aus den Augenwinkeln sah ich, dass mein Vater schnell begriff, dass meine Aufmerksamkeit nicht mehr bei ihm lag und ich ihm meine Antwort schuldig bleiben würde. Schließlich drehte er sich um. Abschätzig wanderte sein sonst so unterkühlter Blick zu Shaun, und auch wenn ich sein Gesicht nur noch von der Seite her mustern konnte, war es offensichtlich, dass sein eben noch so reuevoller Gesichtsausdruck umgehend verschwand und purer Argwohn an dessen Stelle trat. Zähneknirschend hielt ich für mich selbst also fest, dass sich auch an seiner rassistischen Denkweise rein gar nichts verändert hatte, seit wir das letzte Mal miteinander gesprochen hatten.

Als ich jedoch zurück zu Shaun sah, der wie zu einer Salzsäule erstarrt innegehalten hatte, war sein Lächeln vollständig verschwunden. Seine gesamte Ausstrahlung zeugte auf einmal von einer derartigen Aggressivität, dass mich eine eisige Gänsehaut von Kopf bis Fuß erfasste. Die Hände an den Seiten zu Fäusten geballt und die Lippen fest aufeinandergepresst, starrte er meinen Vater nieder.

Kannte Shaun meinen Vater etwa? Wieso sonst sollte er so auf ihn reagieren? Wenn sie sich schon zuvor begegnet waren, dann konnte sich mein Vater wiederum nicht an Shaun erinnern, denn an ihm entdeckte ich keine Erkenntnis. Er wirkte lediglich skeptisch und wenig erfreut darüber, dass augenscheinlich Shaun der Grund war, wieso ich an diesem Abend keine Zeit für ihn hatte. Dennoch musterten sich die beiden Männer vor mir immer noch so intensiv, dass es mir so vorkam, als ob hier gleich irgendetwas hochgehen würde.

Shaun löste sich als Erstes von dieser eigenartigen Szene. Ich hörte, wie er geräuschvoll die Luft aus seiner Lunge presste, bevor er die Tür, durch die er vor wenigen Augenblicken erst gekommen war, erneut aufriss und davonstürmte. Vollkommen verwirrt sah ich ihm nach, ehe ich mich aus meiner eigenen Starre lösen konnte und ihm nacheilte. Mein Vater rief meinen Namen, doch ich ignorierte ihn und trat nach draußen.

»Shaun, warte!« Die Rushhour war in vollem Gange, und den Verkehr zu übertönen, war fast unmöglich. Shaun hielt weder inne noch sah er sich nach mir um. Unmöglich zu sagen, ob er mein Rufen ignorierte oder es schlichtweg nicht bis zu ihm durchgedrungen war.

So schnell mich meine Beine trugen, rannte ich ihm nach und erreichte ihn nur Sekunden später. Um ihn aufzuhalten, legte ich ihm eine Hand auf die Schulter, doch Shaun schüttelte sie so schwungvoll ab, dass ich mich fühlte, als ob ich gerade den größten aller Fehler begangen hätte. Dennoch hatte ich mein Ziel erreicht, und er drehte sich zu mir um. Als ich jedoch direkten Blickkontakt zu ihm herstellte, wich ich wie von selbst einen großen Schritt vor ihm zurück. Der ungezügelte Hass, der mir auf einmal entgegenstrahlte, raubte mir den Atem, und ich verstand nicht, was um alles auf der Welt sich hier eigentlich gerade vor mir abspielte. Endloser Kummer spiegelte sich in seinem Gesicht wider, und ich sah, wie sich seine Brust immer heftiger anhob und kurz darauf wieder senkte, als würde er versuchen, nicht auf der Stelle die Beherrschung zu verlieren. Seine Hände waren zu Fäusten geballt und zitterten.

»Was ist denn los?«, fragte ich und suchte fieberhaft nach einem Grund für seinen plötzlichen Stimmungswandel.

»Du solltest mich besser gehen lassen, sonst kann ich für nichts garantieren«, presste Shaun hervor und rang dabei hörbar um Fassung.

»Aber warum denn?« Erneut machte ich Anstalten, ihn zu berühren, doch bevor ich ihn erreichen konnte, war er es dieses Mal, der einen großen Schritt zurück machte.

»Ich kann nicht in einem Raum mit diesem Scheusal sein.« Shaun bebte, sah über meine Schulter und verzog das Gesicht zu einer zornigen Grimasse. Resigniert stellte ich fest, dass mein Vater uns gefolgt war. Wachsam sondierte er die Lage, unverhohlenes Misstrauen in jeder seiner Fasern.

»Du meinst ihn? Wieso?«

»Es ist seine Schuld, dass Caleb ohne Vater aufwachsen muss!«, schrie Shaun so laut, dass ich zusammenzuckte. »Wegen ihm war Dad im Gefängnis, obwohl *ich* es hätte sein müssen! Wegen ihm ist er dort drin umgebracht worden!«

»Ich verstehe nicht ...«

»Ich habe meinen Bruder vor einem Kinderschänder gerettet. Es war Notwehr. Dad wusste, dass das niemanden interessiert, solange der Täter Schwarz ist. Er wollte mich da rauslassen und nahm die Schuld auf sich. Ich habe ihn angefleht, das nicht zu tun. Ich habe den Staatsanwalt angefleht, mir zu glauben, doch es war ihm egal! Es war ihm schlichtweg egal, wie die Wahrheit aussieht! Was an jenem Tag wirklich passiert ist!«

Mit schwirrendem Kopf sah ich von Shaun zurück zu meinem Vater, der sich uns genähert hatte. Purer Schock schien uns wie blinkende Leuchtreklame entgegen, Sekunden später nicht zu bändigender Zorn. Das Ausmaß davon bedeutete mir, wachsam zu bleiben. Schlagartig kroch die Angst in mir empor, dass das hier gleich eskalieren würde. Noch verstand ich nicht genau, was überhaupt geschah. Mein Körper produzierte derart viel Adrenalin, und mein Herz schlug so heftig, dass ich kaum noch einen klaren Gedanken fassen konnte. Das Blut rauschte in meinen Ohren, als ich zurück zu Shaun blickte.

»Du musst dich erst einmal wieder beruhigen, Shaun«, sagte ich und versuchte, ihm mit zitternder Stimme gut zuzureden. »Ich weiß nicht, was ...«

»Frag ihn!«, brüllte Shaun ungehalten und kam mir und somit meinem Vater zwei große Schritte näher. Sein Blick war starr auf ihn gerichtet. Die ersten Passanten wechselten eilig die Straßenseite oder blieben wie angewurzelt stehen, weil diese Szenerie durchaus Aufsehen erregte. »Frag ihn nach dem Fall Amri Leboo. Dein Vater ist ein korrupter, rassistischer Bastard, dem alles vollkommen egal ist, solange das Geld stimmt! Dank ihm glaube ich nicht mehr an die Justiz. Selbstjustiz ist das Einzige, was Ergebnisse bringt! Das *Einzige*, das einem wahre Gerechtigkeit gibt! Seine Ignoranz hat unser Leben zerstört!«

»Ich weiß, dass mein Vater kein Unschuldslamm ist, aber er würde nicht ...«, begann ich kleinlaut, weil es mir unmöglich erschien, überhaupt irgendetwas darauf zu erwidern. Fragen über Fragen formten sich in meinen Gedanken, bei denen ich nicht einmal wusste, was ich zuerst erfahren wollte, doch mein Vater kam mir zuvor.

»Du!«, keuchte er, als er sich an mir vorbeischob und sich vor mich stellte, wobei er einen Arm schützend vor mir ausstreckte, als ob er befürchten würde, dass Shaun jeden Moment handgreiflich werden könnte. »Ich wusste gleich, dass ich dich irgendwoher kenne. Du bist dieser Leboo-Junge!«

»Du erinnerst dich also an mich«, knurrte Shaun und kam meinem Vater dabei so nah, dass sich ihre Schuhspitzen beinahe berührten, doch mein Vater wich keinen Zentimeter vor ihm zurück, sondern erwiderte seine ungefilterte Feindseligkeit.

Die beiden Männer starrten sich nieder, und weil Shaun sogar noch etwas größer war als mein Vater, wirkte er noch bedrohlicher.

»Sag ihr die Wahrheit! Erzähl ihr, was an diesem Tag wirklich passiert ist!«

»Halt dich von meiner Tochter fern, Abschaum!«, fauchte mein Vater gefährlich ruhig zurück, ohne auf Shauns Aufforderung einzugehen.

Die Situation drohte definitiv zu eskalieren. Ohne zu zögern, kämpfte ich mich hinter meinem Vater hervor, zwängte mich zwischen sie, legte beiden Männern jeweils eine Hand auf die Brust und versuchte, sie so auseinanderzubringen.

»Hört auf damit!« Kalter Schweiß bedeckte meine nackten Arme. Ich musste unbedingt vermeiden, dass die beiden aufeinander losgingen. »Das führt zu nichts.«

»Abschaum?«, spie Shaun hervor, ohne mich zu beachten. »Die Frage ist doch, *wer* hier der Abschaum ist«, höhnte er und spuckte meinem Vater gezielt ins Gesicht.

Entsetzt schnappte ich nach Luft, als mein Vater sich die Spucke mit dem Ärmel aus dem Gesicht wischte und mich dann entschlossen aus dem Weg schob. Ich taumelte zwei, drei Schritte seitwärts, während mein Vater Shaun am Kragen packte und noch näher zu sich heranzog.

»Dad, hör auf!« Verzweifelt sprang ich vorwärts. Die in der Luft liegende Mordlust dämpfte zunehmend meine Hoffnung auf einen friedlichen Ausgang dieser Konfrontation.

Shaun packte meinen Vater an den Handgelenken und löste sich mit einer geschickten Bewegung aus seinem unnachgiebigen Griff. Mein Vater verzog schmerzerfüllt das Gesicht, ließ sofort los und krümmte sich, doch Shaun holte bereits mit geballter Faust aus, um nachzusetzen.

»Shaun, halt!«, schrie ich panisch und sprang, ohne nachzudenken, nach vorne.

Ein heftiger Schmerz durchzuckte mich, als mich Shauns Faust mit voller Wucht am Kopf traf. Bunte Sterne tanzten vor meinen Augen, und mein Sichtfeld wurde in Sekundenschnelle immer kleiner und kleiner. Ich taumelte und spürte, wie mein Gleichgewichtssinn versagte. Ich wollte nicht nachgeben, doch schlussendlich ging ich zu Boden und verlor das Bewusstsein.

– 19. Kapitel: Shaun –

»Harper!«, brüllte der Mann, der mich und meinen Bruder um ein behütetes Familienleben gebracht hatte, und eilte an die Seite seiner Tochter.

Harpers Lider zuckten. Jeden Moment würde sie zu Boden gehen. Erstarrt beobachtete ich, wie in Zeitlupe jegliche Energie aus ihren Gliedern wich. Ich war weder dazu in der Lage, mich zu bewegen, noch, auch nur eine Silbe von mir zu geben. *Fuck!* Warum rührte ich mich nicht? Wieso konnte ich ihr nicht helfen? Was stimmte bloß nicht mit mir?! Ich sah mit an, wie der Staatsanwalt gerade noch rechtzeitig bei Harper ankam, um nach ihr zu greifen und sie aufzufangen, ehe sie mit dem Kopf auf den harten Beton aufschlagen konnte. Er ging neben ihr auf die Knie und legte ihren bewusstlosen Körper auf seinen Beinen ab, während er sie fest an seine Brust drückte. Ich konnte nicht anders, als zu starren. Es war meine Schuld, dass Harper nun regungslos in den Armen dieses Mannes lag. Ich sah die stark gerötete Stelle gleich unterhalb ihrer Lippen. Ihre Unterlippe war aufgeplatzt und blutete. Was hatte ich bloß getan?

»Was stehst du immer noch hier? Siehst du denn nicht, was du angerichtet hast?«, brüllte ihr Vater, sobald er aufsah und bemerkte, dass ich immer noch wie angewurzelt die Szenerie vor mir beobachtete. »Mach, dass du wegkommst! Verschwinde! Und wag es ja nicht, meine Tochter noch einmal zu kontaktieren, habe ich mich klar ausgedrückt?«

»Ich wollte nicht, dass das passiert«, presste ich mühevoll hervor, rührte mich dabei jedoch nicht vom Fleck. »Harp?« Verzweifelt raufte ich mir das kurze Haar. Wie erwartet, bekam ich natürlich keine Antwort – sie rührte sich nach wie vor nicht. Eng an ihren Vater geschmiegt sah sie so verdammt friedlich aus. Ich wusste ganz genau, dass sie das nicht mehr sein würde, sobald sie erwachte.

»Noch einen Schritt näher, und das wars für dich, Junge!«, warnte der auf dem Boden kauernde Anwalt. Obwohl er auf mich in diesem Augenblick alles andere als bedrohlich wirkte, hielt ich in der Bewegung inne.

»Es tut mir leid.« Das galt nicht ihm, sondern ihr. Ich betete, dass das auf magische Weise zu ihr durchdrang.

»Verschwinde endlich! Lass uns in Ruhe!«

Doch ich rührte mich nicht. Zu gehen erschien mir wie Hochverrat an Harper. Irgendetwas in mir zerbrach. Ich ekelte mich. Ich ekelte mich vor mir selbst, weil ich eine Frau geschlagen hatte. Es war keine Absicht gewesen, nein, doch das änderte für mich nichts. Meine Tat erschütterte mich bis ins Mark. Gedankenverloren sah ich auf meine Hand, mit der ich ihr die Lippe blutig geschlagen hatte. Auch an ihr klebte Blut. Angewidert von mir selbst, wischte ich es an meiner Hose ab und ging wie ferngesteuert einige Schritte rückwärts. Übelkeit überrollte mich. Rasselnd atmete ich ein und aus, pumpte kaum noch Sauerstoff in meine Lunge.

Unmengen an Blut auf dem strahlenden Weiß der Duschwanne, das sich gemächlich zum Abfluss schlängelte. Dad in Handschellen. Caleb, wie er sich an mein Hosenbein klammert. Das widerliche Geräusch von reißendem Fleisch.

Ich beobachtete, wie der Staatsanwalt Harper eine lose Strähne aus dem Gesicht strich und sie in seinen Armen wiegte. Wie er ihr beruhigende Worte ins Ohr flüsterte. Wie konnte ein Mann wie er nur so einfühlsam sein?

Meine Beine trugen mich immer weiter von dem fort, was ich angerichtet hatte. Ein letztes Mal studierte ich Harpers in der Bewusstlosigkeit vermeintlich zufriedenes Gesicht, ehe ich mich abrupt umdrehte und davonging. Erst langsam, doch mit jedem Schritt wurde ich schneller und schneller, bis ich die Straßen entlangrannte und im Zuge dessen mehrere Passanten anrempelte. Wüste Beschimpfungen verfolgten mich wie die quälenden Erinnerungen an die Tat, die mich für den Rest meines Lebens in die Knie zwingen würde.

Was hatte ich bloß getan? Ich hatte die Beherrschung verloren. Mein verfluchtes Temperament war endgültig mit mir durchgegangen, und ich hatte nicht einmal den Mumm, um bei dem Mädchen zu bleiben, das es abbekommen hatte. Ich wollte nicht miterleben, wie die Zuneigung, die bisher unumstritten in ihren Ozeanen gestanden hatte, einer gänzlich anderen Emotion weichen würde, sobald sie ihre wunderschönen Augen aufschlug und begriff, was vorgefallen war – Abscheu. Wenn nicht sogar Hass. Darauf, was ich ihr angetan hatte. Darauf, wer ich war.

Ich konnte kaum noch atmen und begann, aus lauter Anspannung zu zittern. Ich fühlte mich ähnlich verloren wie an jenem Tag, an dem das Drama in meiner Familie seinen Lauf genommen hatte. Der Gedanke daran, dass Harper mich ab sofort so sehen könnte wie viele andere Menschen auch, schnürte mir die Kehle zu. Dass ich diesem Bastard eines Tages wieder gegenüberstehen würde, war für mich unvermeidlich gewesen, doch hätte ich über den exakten Zeitpunkt entschieden. Nicht er. Und wie sich herausgestellt hatte, war ich noch lange nicht bereit dazu. Wieso musste er ausgerechnet jetzt auftauchen?

Wie in Trance und mit einem permanenten Klingeln in den Ohren ging ich die Stufen zur U-Bahn-Haltestelle hinab und stieg in die Bahn, die mich nach Hause bringen würde. Verzweifelt und aufgebracht vergrub ich mein Gesicht in meinen Händen und versuchte mit aller Macht, mich zu beruhigen. Ich fröstelte, dabei musste es um mich herum um die dreißig Grad haben. Die alljährliche brütende Hitze in den U-Bahn-Tunneln der Stadt taten ihr Übriges, um meine Panik weiter anzufachen.

»Geht es Ihnen gut?«, fragte mich die Frau mittleren Alters, die mir gegenübersaß, besorgt, doch ich konnte ihre Worte nur sehr schwer durch dieses immer lauter werdende Rauschen in meinen Ohren wahrnehmen.

Ich ignorierte sie. Gesichtslose Mitreisende beäugten mich, ich spürte es bis in die Knochen. Niemand sollte um mich besorgt sein. Nicht wenn ich in der Lage war, so etwas zu tun. Sie würden sich nicht um mein Wohlergehen sorgen, wenn sie wüssten, wozu ich fähig war.

Was hatte Harper mit mir angestellt? Wieso nahm es mich so mit, wenn ich daran dachte, was sie von mir halten würde, sobald sie aufwachte? Warum verspürte ich blanke Panik und Angst, wenn ich mir ausmalte, wie sie mich von sich stoßen würde, wenn sie sich nicht selbst von meiner Wahrheit überzeugen konnte? Wieso sollte sie mir glauben? Meine schweren Anschuldigungen würden für sie keinen Sinn ergeben, und ihr Vater würde ihr niemals die Wahrheit beichten. Seit Dad hatte ich mich nicht mehr so verloren gefühlt. Nicht in diesem Ausmaß.

Was war nur los mit mir? Ich hatte dieses Mädchen ruinieren wollen. Drogen verwandelten Menschen in einen Schatten ihrer selbst. Das hatte ich mehr als einmal miterleben müssen. Ich hatte ihr Leben zerstören wollen, so wie ihr Vater das meine zerstört hatte. Sie auf die schiefe Bahn bringen, so wie ihr Vater es bei mir getan hatte.

Und jetzt? Jetzt war da bloß noch diese Wärme, die sich immer wieder schlagartig in meiner Brust ausbreitete, wenn ich an sie dachte. Es brachte mich um den Verstand, daran zu denken, dass ich sie verletzt hatte. Nie im Leben hätte ich das bis zum Ende durchziehen können. Nicht nach heute. Nicht nach dem Abend, an dem ich sie unter Drogen erlebt hatte.

Wann war das passiert?

Es kostete mich alle Willenskraft, nicht hier in der Bahn vollständig auszuflippen. So gut ich konnte, hielt ich die Verzweiflung und den Zorn in mir gefangen. Die Frau mir gegenüber hatte sich noch mehrfach nach meinem Befinden erkundigt, doch ich hatte nur den Kopf geschüttelt. Als ich mich, endlich an meinem Ziel angekommen, aus dem Waggon kämpfte, an den vielen Menschen vorbeiquetschte und wieder nach oben zur Straße quälte, konnte ich kaum noch geradeaus laufen.

Nach Hause konnte ich unter keinen Umständen. Ich wollte nicht, dass Caleb mich so sah. Zielstrebig setzte ich einen Fuß vor den anderen und zwang mich dazu, mein Tempo weiter zu beschleunigen, soweit es meine aktuelle Verfassung zuließ. Als ich um die Straßenecke bog und endlich sein Haus sehen konnte, atmete ich erleichtert aus. Gleich hatte ich es geschafft.

»Sam!«, brüllte ich, obwohl ich immer noch mehrere Hundert Meter entfernt war. »Samuel!«

Alles war durcheinander. So verfickt durcheinander. Ich war nicht mehr imstande, klar zu denken.

»Sam!«

Erst als mich keine zehn Meter mehr von meinem Ziel trennten, schwang die Haustür meines Freundes auf. Ein angespannt wirkender Samuel stürmte nach draußen, sah sich hektisch um und wandte sich erst dann an mich.

»Verfluchte Scheiße! Was ist denn in dich gefahren? Wieso schreist du ohne Grund die ganze Gegend zusammen? Ich dachte, es stirbt jemand!«

Ohne etwas zu erwidern, kam ich ihm näher, bis ich mich schlussendlich an ihm vorbeischob und ihn dabei anrempelte. Sam musterte mich verwundert.

»Was ist denn mit dir passiert, Alter? Du siehst echt mitgenommen aus«, stellte er fest, und ich konnte nicht anders, als über diesen geistreichen Kommentar zu schnauben.

»Danke, wäre mir selbst nicht aufgefallen.« Brummend ging ich weiter in sein Wohnzimmer und sah mich suchend um, während Samuel mir folgte. »Wo hast du es?«

»Wo habe ich *was*? Shaun, was ist los mit dir?«

»Hör auf, meine Zeit zu verschwenden, und sag mir, wo du dein Zeug hast!«, schrie ich ihn ungehalten an.

Samuels Augen weiteten sich. »Dein Ernst, Bro?«, fragte er hörbar irritiert. »Du willst was einschmeißen?«

»Ja, verdammt! Sonst wäre ich ja wohl kaum hier!«

»Fuck, Mann«, entgegnete Samuel kopfschüttelnd, tat aber endlich, was ich wollte, ging für meinen Geschmack viel zu langsam zu einer der Kommoden und öffnete die oberste Schublade. »Das hat gesessen.«

Ich hörte ihm überhaupt nicht richtig zu. Ich fokussierte mich einzig und allein auf die zahlreichen Tütchen, die ich in der Schublade liegen sah, sobald ich hinter Samuel getreten war. Abrupt drehte er sich zu mir um, legte mir eine Hand auf die Brust und brachte so wieder etwas mehr Abstand zwischen uns.

»Bro, bist du sicher, dass du das wirklich willst?« Ich nickte, ohne nachzudenken, doch Sam rührte sich nicht. Seine linke Hand lag immer noch auf meiner Brust, während seine rechte das hielt, wonach ich mich so sehr sehnte. »Du nimmst doch nie selbst was davon. Ich weiß ganz genau, wie strikt du dabei bist. Allein schon wegen Caleb.«

»Wenn du jedem deiner potenziellen Käufer so einen Vortrag hältst, frage ich mich wirklich, wie du bisher überhaupt eine Pille vertickt hast«, antwortete ich düster. »Jetzt halt endlich die Klappe und gib mir das Zeug! Irgendetwas, das mich runterbringt! Na los, mach schon, Sam!«

»Okay, okay.« Samuel nahm zu meiner großen Erleichterung die Hand von meiner Brust und griff in die offene Schublade, bis er das gefunden zu haben schien, wonach er gesucht hatte. »Hier, das wird dich entspannen. Für den Anfang aber nur eine, die wird bei einer Pussy wie dir genug reinhauen«, scherzte er und legte mir dann endlich die weiße rundliche Pille in die Hand. »Und danach erzählst du mir, was überhaupt los ist.«

Gierig nahm ich sie entgegen und würgte sie ohne einen Tropfen Wasser hinunter. Zufrieden taumelte ich hinüber zu dem abgenutzten Sessel in der Ecke und ließ mich darauffallen. Ich lehnte mich gegen die Rückenlehne, schloss die Augen und wartete darauf, dass die Wirkung der Tablette hoffentlich so schnell wie möglich einsetzte.

»Ich will nicht darüber reden«, murmelte ich. »Ich will einfach nicht länger darüber nachdenken.«

Zu seinem eigenen Wohl schien Samuel erkannt zu haben, dass es nun vorerst besser war, einfach die Klappe zu halten. Ich spürte, wie sich eine Form der Entspannung und Ruhe immer intensiver in meinem gesamten Körper ausbreitete, die ich in dieser Form schon viel zu lange nicht mehr gefühlt hatte. All die Sorgen und Probleme schienen auf einmal überhaupt nicht mehr so dramatisch zu sein, wie ich es noch vor wenigen Augenblicken angenommen hatte. Vielleicht hatte ich es schlichtweg übertrieben. Nichts konnte so schlimm sein, dass es mich derart aus der Fassung brachte. Alles war nichtig.

»Ich bin Harpers Vater begegnet«, hörte ich mich schließlich sagen, hielt meine Augen dabei jedoch geschlossen. Meine Lider waren so unsagbar schwer. »Ich bin ausgerastet und habe unbeabsichtigt Harper geschlagen.« Trägheit erfüllte mich, Müdigkeit schoss durch meine Adern. Die Welt sah auf einmal so viel weniger trist aus, verkannte meinen inneren

Konflikt, der mir in der Nacht den Schlaf raubte. »Und das Gefühl, dass das in mir auslöst, mag ich überhaupt nicht.«

Sam schwieg, doch konnte ich mir sein Gesicht zu meiner Beichte nur allzu gut vorstellen. Ich vernahm, wie er unruhig sein Gewicht auf dem Sofa verlagerte und laut ausatmete. Offenbar gefiel ihm mein Geständnis ganz und gar nicht, doch war mir das in diesem Augenblick ziemlich egal. Ich brauchte nur jemanden, der gewillt war, mir zuzuhören.

Nach mehreren verstrichenen Augenblicken kam dann: »Ich wusste von Anfang an, dass das schiefgehen würde, Bro.«

»Was meinst du?«, murmelte ich. Komischerweise klang meine Stimme dabei überhaupt nicht mehr wie die meine, doch es waren meine Lippen, die sich bewegten und über die die Worte wanderten.

»Scheiße, die Braut ist irre scharf. Als sie so verdammt unschuldig in deiner Küche gesessen hat, hätte ich sie am liebsten auf der Stelle flachgelegt.«

»Halt deine verfickte Klappe, Sam!«, murrte ich, doch trotz allem konnte mich sein dummes Gequatsche nicht so aus der Fassung bringen, wie er das sonst des Öfteren schaffte. »Du lässt deine Finger von ihr. Sie gehört mir.«

»Ach, tut sie das?«, höhnte Sam, und ich öffnete schließlich doch wieder die Augen, um ihn mit zusammengezogenen Brauen zu mustern. »Hast du dich etwa in deinem eigenen Spiel verloren, Shaun? Die Kleine hat dich fest an den Eiern, wie es aussieht.« Er klatschte triumphierend in die Hände. »Na, wer hätte das gedacht? Der liebe Shaun hat sich verknallt. In eine weiße Schlampe, ha! Aus so einem Stoff werden Legenden, Mann! *Legenden!*«

»Lass es sein.« Ächzend hievte ich mich aus dem Sessel hoch. »Was genau hast du mir gegeben?«

»Xanax. In ein paar Stunden lässt die Wirkung wieder nach.« Anscheinend war Sam tatsächlich bereit, diese üblichen Sticheleien nur ein einziges Mal sein zu lassen.

»Benzos«, murmelte ich geistesabwesend und schlurfte weiter zur Haustür. Sam folgte mir. »Kein Wort darüber, klar? Ich gehe jetzt nach Hause und leg mich hin.«

Wie auf Kommando gähnte ich und bugsierte mich ungeschickt aus Samuels Haus.

Samuel ließ mich ohne ein weiteres Wort in Frieden.

Es war ein sonniger Samstagmorgen, und das ganze Haus duftete bereits nach Dads Buttermilch-Pancakes, die mir jede Woche aufs Neue das Wasser im Mund zusammenlaufen ließen. Ich brummte müde, konnte mich diesem Geruch aber nur wenige Augenblicke länger entziehen, klaubte die am nächsten liegenden Klamotten vom Boden, streifte sie mir über und eilte nach einer Katzenwäsche die Treppe nach unten. Caleb saß bereits auf einem der Barhocker an der Kücheninsel und beobachtete mit den Beinen zappelnd, wie Dad mit einem Geschirrhandtuch über der Schulter den restlichen Teig für die Pancakes in einer großen Schüssel mit einem Schneebesen durchschlug und dann unter lautem Zischen in die Pfanne gab.

»Nur nicht so ungeduldig, Caleb«, sagte mein Vater und grinste mich schief an, sobald ich in die Küche trat. »Wir wollen doch auch deinem Bruder noch eine Chance geben, welche davon abzubekommen, oder nicht?«

»Nein, die sind alle für mich!«, legte Caleb mit Messer und Gabel in der Hand nüchtern fest, ohne mich dabei zu beachten.

Mein Vater lachte, und ich grinste verschmitzt, als ich mich immer noch etwas schlaftrunken neben meinen Bruder auf den Barhocker setzte und ihm grob durch das Haar wuschelte.

»Mann, hör auf, Shaun!«

»Erst wenn du mir mindestens drei Pancakes abgibst.«

»Okay, aber nur drei und keinen mehr.«

»Und was ist mit mir?«, mischte sich Dad in unseren Rationsplan ein und verschränkte dabei mit gespielt beleidigter Grimasse die Arme vor der Brust. »Der Koch geht bei euren Verhandlungen immer leer aus, oder wie soll ich das verstehen? Das ist ganz schön ungerecht, findet ihr nicht?«

»Du kannst dir doch einfach noch welche machen«, erwiderte Caleb, und als mich mein Vater daraufhin ansah, mussten wir beide lachen.

»Na kommt schon, essen wir, bevor sie kalt werden.« Dad packte jedem von uns gleich viele Pancakes auf den Teller. »Wir müssen schließlich gestärkt sein, wenn wir heute noch so viel vorhaben.«

Dabei wurde Caleb natürlich sofort hellhörig. »Was haben wir denn vor?«

Mein Vater zwinkerte mir verschwörerisch zu, denn im Gegensatz zu Caleb wusste ich ganz genau, wovon er redete. Mein kleiner Bruder hatte zwar erst morgen Geburtstag, doch die Yankees spielten nun einmal heute, und Dad hatte ihm und uns unbedingt Tickets dafür besorgen wollen. Wir hatten dafür alle Ersparnisse der letzten Monate zusammenkratzen müssen. Ich wusste, dass Dad durchaus große Geldsorgen hatte, doch hatte er mein Angebot, ihm etwas von meinem Taschengeld zu überlassen, damit er die Tickets kaufen konnte, vehement abgelehnt.

Er redete nicht gern darüber, doch sah ich ihm die Sorge um uns jedes Mal an, wenn es darum ging, wie wir über die Runden kommen sollten. Dad arbeitete sehr viel und hart, weshalb ich es als meine Pflicht ansah, neben der Schule noch zu kellnern, um zumindest ein wenig Geld beizusteuern. Natürlich so, dass er das nicht merkte, denn wenn er es ab und an doch tat, hielt er mir immer wieder einen Vortrag darüber, wie wichtig es war, dass ich mein selbst verdientes Geld für mich ausgeben konnte. Ich ignorierte ihn jedes einzelne Mal. Und ich hoffte inständig, an ein Stipendium zu kommen, damit ich studieren gehen und in naher Zukunft so viel Geld verdienen würde, damit ich Dad und meinem Bruder unter die Arme greifen konnte. Wir führten kein schlechtes Leben, aber es könnte so viel leichter sein, wenn wir zumindest ein klein wenig mehr Geld zur Verfügung hätten.

»Wieso sagt denn niemand etwas?«, drängelte Caleb und löste seinen Blick von unserem Vater, um mich ins Visier zu nehmen. »Sagt schon, na los!« Mein kleiner Bruder saß schmollend vor seinen Pancakes und stocherte nur in ihnen herum. Er war Dad wie aus dem Gesicht geschnitten. Ich konnte Dad ansehen, wie sehr er es genoss, seinen Jüngsten auf die Folter zu spannen. Wir wussten beide, wie er sich darüber freuen würde, mal wieder ein Spiel seiner Lieblingsbaseballmannschaft vor Ort mitzuerleben.

Während mein Dad einen seiner Pancakes zerteilte und mit Blaubeersirup übergoss, wurde Caleb zunehmend ungeduldiger, und ich musste mir auf die Zunge beißen, damit ich nicht loslachte. Caleb war einfach der beste kleine Bruder, den man sich nur wünschen konnte – trotz aller Zankereien, die mir manchmal den letzten Nerv raubten. Es war anders ohne Mom. Die bruchstückhaften Erinnerungen an sie verblassten zunehmend. Ein paar Jahre nach ihrem Tod hatte Dad uns die drei Musketiere getauft. Ich mochte diese Vorstellung. Nichts konnte uns etwas anhaben, und wir standen alles zusammen durch – *alles*. Wir mochten wenig Geld zur Verfügung haben, doch die grünen Scheine waren nicht alles. Das Glück und die Zufriedenheit, die in unserer Familie vorherrschten, waren wichtiger.

»Ihr seid doof«, stellte Caleb fest, als wir ihm immer noch nicht geantwortet hatten. Doch nun nickte Dad mir zu, und ich durfte das Geheimnis endlich auflösen.

»Wir fahren nach dem Frühstück in die Stadt. Und wir werden uns das Spiel der Yankees im Stadion ansehen.« Ich tat dabei so, als ob ich nicht ganz genau wüsste, wie sehr mein kleiner Bruder gleich vor Freude explodieren würde.

Prompt fielen ihm Messer und Gabel aus der Hand. Unglauben erfasste seinen kleinen Körper, während er ruckartig zu Dad schaute. Als ob ich ihn bei so einer Sache anflunkern könnte. »Stimmt das?«

Dad nickte. »Ja, Caleb. Sieh es als dein vorgezogenes Geburtstagsgeschenk.«

»Du bist der Beste, Dad!«, schrie Caleb so begeistert, dass es mir um ein Haar das Trommelfell weggeblasen hätte. »Danke, danke, danke!« Mein Bruder sprang von seinem Barhocker auf und rannte Dad fast um, als er sich mit vollem Gewicht an ihn klammerte. Unser Vater legte ihm glücklich lächelnd die Arme um den Rücken. Ich wünschte, ich könnte ihn öfter so sorglos erleben. »Ich gehe mich umziehen, wir dürfen nicht zu spät kommen! Ich brauche noch ein Autogramm von ...«, brabbelte Caleb wie wild darauflos, doch den Rest seines Satzes verschluckte er auf seinem Weg nach oben in sein Zimmer.

»Caleb, deine Pancakes!«, rief Dad ihm hinterher, doch mein Bruder hörte ihn längst nicht mehr.

Ich schüttelte amüsiert den Kopf, stopfte mir das letzte Stück meines Pancakes in den Mund und stellte meinen Teller in die Spüle.

»Ich sehe nach ihm und sag ihm, dass er noch etwas essen muss, bevor wir gehen.«

»Danke, Shaun. Du bist ein guter großer Bruder.« Dad schlug mir väterlich auf die Schulter. Ich lächelte stolz und ging dann ebenfalls nach oben ...

Abrupt schlug ich die Augen auf. Heiße salzige Tränen rannen mir die Wangen hinab, als sich meine hellen, mit Sonnenlicht durchtränkten Wände von einer Sekunde auf die nächste in ein graues trostloses Zimmer verwandelten. Alles, was bis vor wenigen Augenblicken noch so friedvoll, glücklich und in bunte Farben getaucht gewesen war, war nun niederschmetternd, schmerzhaft und dunkel.

Die Erinnerungen an die drei Musketiere taten so verdammt weh.

Ich wünschte, Dad wäre noch am Leben.

Ich wünschte, alles wäre nicht so gekommen, wie es heute nun einmal war.

Ich wünschte, ich hätte Dad öfter sagen können, wie sehr ich ihn liebte. Wie sehr ich ihn vermisste.

Wütend auf mich selbst, wischte ich mir die Tränen von den Wangen. Ich hatte seit dem Tag, an dem Dad gestorben war, keine einzige Träne mehr vergossen. Nicht einmal auf seiner Beerdigung. Ich musste stark sein. Für Caleb.

Ich verfluchte die Xanax, die Samuel mir gegen hatte, denn für einen kurzen, unbedeutenden Augenblick, hatte sich alles so angefühlt wie früher. Doch jetzt, sobald ich aus diesem naiven Wunschtraum aufgewacht war, war alles wieder so wie zuvor.

Trostlos, kalt und leer.

Nur weit in der Ferne konnte ich ein helles strahlendes Licht sehen.

Harper.

– 20. Kapitel: Harper –

Ein seltsames Piepen riss mich aus meinem unruhigen Schlaf. Kaum dass ich mich aufsetzen wollte, durchzuckte mich ein spitzer Schmerz. Er fraß sich wie Säure durch meine Unterlippe. Mein rechter Mundwinkel pochte höllisch und hinderte mich daran, auch nur einen einzigen sinnvollen Gedanken zu formen. Den Drang niederkämpfend, über die pochenden Stellen zu streichen, sank ich ächzend zurück auf die schwarze Ledercouch.

»Scheiße, was ist passiert?«

Die sterilen weißen Wände schmückte kein einziger Bilderrahmen. Lediglich ein überdimensionaler Aktenschrank und ein ausufernder Mahagonischreibtisch bestückten den spärlichen Raum. Darüber hing eine schlichte Uhr. 00:41 Uhr. Scheiße, ich war lange weg gewesen.

Mir gegenüber lief munter ein Fax nach dem anderen durch. Ich kannte nur eine Person, die im 21. Jahrhundert überhaupt noch ein Faxgerät besaß. Das hier war sein Büro. Er hatte mich ohne Umwege ausgerechnet an den Ort gebracht, den ich am meisten verabscheute. Alles in mir verkrampfte sich. Der Streit zwischen Shaun und Dad. Shaun, der Schlag und dann – nichts. Scheiße. Ich musste hier weg, bevor mein Vater zurückkam.

Als die Tür aufgerissen wurde und an die dahinterliegende Wand knallte, rieselte ein Teil des Putzes wie Puderzucker auf den dunklen Teppichboden, gesellte sich zu dem immer größer werdenden Haufen. Ich hatte es nicht einmal von dem Sofa runtergeschafft, ehe er zurück war.

»Du bist wach. Hier«, sagte er grimmig und reichte mir das Coolpack in seiner Hand, als würde das allein alles wieder richten. Tja, da musste ich ihn wohl enttäuschen.

Sein Sakko war verschwunden, die Ärmel seines blütenweißen Hemdes bis zu den Ellenbogen nach oben gekrempelt, die pechschwarze Krawatte, die dieselbe Farbe hatte wie seine Seele, baumelte locker um seinen Hals.

»Ich brauche deine Hilfe nicht.«

Mehr war nicht nötig, um sein Pokerface aus der Ruhe zu bringen. Ich konnte das Brodeln unter seiner Oberflächlichkeit spüren. Mir machte er nichts vor. Ich biss die Zähne zusammen, schlug sein lächerliches Friedensangebot beiseite und mühte mich auf die Beine. Schwankend stützte ich mich auf der Lehne ab, sammelte mich für einen Moment.

»Du musst dich ausruhen.«

»Nein, ich muss gehen.«

»Harper ...«

Das Feuer in seinen kalten Augen wuchs.

»Erspar mir deine Lügen. Ich will sie nicht hören«, fauchte ich.

Mein Vater hielt inne, rupfte an seiner Krawatte herum, schmiss sie achtlos hinter sich auf den Teppichboden. »Du weißt, dass dieser Junge das nur sagt, um einen Keil zwischen uns zu treiben.«

»Dass du auch nur für einen Moment annimmst, ich würde dir glauben. Hältst du mich für so dumm?« Dad öffnete den Mund, doch ich schüttelte den Kopf. »Du erzählst mir auf der Stelle die Wahrheit.«

Seine buschigen Augenbrauen berührten beinahe seinen Haaransatz. »Wie sprichst du mit mir, Tochter?«

»Verschone mich damit, *Dad.* Wovon hat Shaun da gesprochen?«

Das war der Augenblick, in dem er endgültig explodierte. »Das, was dieser Abschaum da geschwafelt hat, ist ausgemachter Unsinn! Sein Vater war schuldig. Er hat einen unschuldigen Mann getötet. Dafür wurde er verurteilt. Ende der Geschichte!«

Trotzig baute ich mich vor ihm auf, durchbohrte ihn mit meinen Blicken. »Du willst mir also weismachen, dass du nichts Falsches getan hast? Dass rein gar nichts von dem, was Shaun erzählt hat, der Wahrheit entspricht?«

»Wieso verteidigst du einen Mann, der dich geschlagen hat?«, schrie Dad ungehalten, und einzelne Speicheltropfen landeten auf meiner Wange und Stirn.

»Weil es keine Absicht war! Hör auf, dich aus der Affäre zu ziehen! Ich habe die Schnauze voll von deinen Spielchen!«, brüllte ich. Den jahrelang aufgestauten Zorn konnte ich nun endgültig nicht mehr zurückhalten.

»Mäßige deinen Ton, junge Dame. Meine Kollegen …« Für diese Uhrzeit war das nicht einmal weit hergeholt. Vor allem in seinem direkten Umfeld waren die Anwälte exzessive Workaholics, schlugen sich im ewigen Kampf auf der Karriereleiter koffeingetrieben Nacht um Nacht um die Ohren.

»Sehe ich aus, als ob es mich einen feuchten Dreck scheren würde, ob deine lieben Kollegen unseren Streit hören? Sie dürfen ruhig erfahren, mit was für einem schlechten Menschen sie zusammenarbeiten!« Die Zeit, ein Blatt vor den Mund zu nehmen, war vorbei. »Scheiße, Dad! Ich bin keine zwölf mehr! Dass du das immer noch nicht akzeptieren kannst. Du hast mir gesagt, dass ich dir wichtig bin. Dass du die Nähe zu mir vermisst.« Ich reckte mich noch ein Stückchen höher, verlagerte mein Gewicht auf meine Zehen. »Du bist ein Lügner. Das warst du schon immer und wirst es auch immer sein.«

»Harper!«

»Nichts *Harper*!« Langsam kam ich richtig in Fahrt. »Beantworte mir Folgendes: Ist es wahr, dass du das Leben von Shaun und seinem kleinen Bruder nur aus rassistischen Motiven heraus unwiederbringlich zerstört hast? Dass du nicht nur ignoriert hast, dass der Totschlag in Notwehr geschah, sondern du auch Shauns Schuldeingeständnis in den Wind geschlagen hast? Und dann, um alles noch schlimmer zu machen, hast du deine Beziehungen spielen lassen, um seinen Vater absichtlich in das schlimmste Gefängnis des Staates zu verlegen, das dir eingefallen ist?«

Für mich war das ein zweischneidiges Schwert. Ich konnte nicht in Worte fassen, wie froh ich darüber war, dass Shaun für die Rettung seines Bruders nicht im Gefängnis verrotten musste. Die Motive seines Vaters waren ehrenhaft gewesen. Er war ein Mensch gewesen, der unsagbaren Mut bewiesen hatte. Und doch hätte es niemals zu diesem Punkt kommen dürfen. Keiner von beiden hätte für einen Mord bestraft werden dürfen, der aus reiner Notwehr zustande gekommen war. So durfte die Auffassung unseres Rechtssystems nicht aussehen. Wofür gab es eine Justiz, wenn die schalten und walten konnte, wie es ihr gerade in den Kram passte? Wo kamen wir mit diesem korrupten und parteiischen Vorgehen bloß hin?

Der Mann vor mir war ein Fremder geworden. Vollends hinter der unterkühlten Fassade aus Stein verschwunden, die nicht länger mein Vater war. »Du verstehst nichts von diesen Dingen.«

»Tue ich das nicht? Für mich sieht dieser Fall eindeutig aus.« Die Ader auf seiner Stirn, die immer dann zum Vorschein kam, wenn er sich tierisch ärgerte, trat nun sichtbar hervor. Er packte mich unsanft an den Oberarmen, schüttelte mich, als wollte er mich zur Besinnung bringen. »Begreifst du denn nicht? Ich bin Staatsanwalt geworden, um die Stadt für mein kleines Mädchen sicherer zu machen! Um den Abschaum der Straßen dorthin zu schicken, wohin er nun einmal gehört: hinter Gitter. Ich habe das für dich getan, Harper. Nur für dich. Damit du in Frieden und Sicherheit aufwachsen kannst.«

Mein Herz setzte einen Schlag aus, ehe es davongaloppierte und mich mit Schwindel und einer unbesiegbaren Übelkeit torpedierte. Die Erkenntnis, dass Shaun recht behalten würde, sickerte unaufhaltsam auch in die letzte meiner Synapsen. Der winzige Funke an Hoffnung, dass der Mann, der mich aufgezogen hatte, nicht dieses Scheusal war, das ich jahrelang hinter seiner Maske vermutet hatte, zerbarst in Schall und Rauch.

Energisch pflückte ich seine Finger von mir, verpasste ihm eine schallende Ohrfeige, die nicht nur von den schmucklosen Wänden widerhallte, sondern meine Hand rot anlaufen ließ. Das war es mir wert gewesen. »Wie kannst du es wagen, das auf mich abzuwälzen! Wie kannst du mir in die Augen sehen und dich auf diese Weise für dein abartiges Verhalten rechtfertigen? Ich bin nicht mehr dein kleines Mädchen. Und das werde ich auch nie wieder sein.« Das Rauschen in meinen Ohren wurde lauter und lauter, während ich mich an ihm vorbeischob. »Du bist für mich gestorben. Komm ja nicht noch mal auf die Idee, mich anzurufen oder gar bei mir aufzuschlagen. Wir sind fertig miteinander.«

Ich taumelte zur Tür, ohnmächtig vor Wut. Mein Mund füllte sich langsam mit Blut. Die Wunde musste von all der Aufregung aufgegangen sein.

Und da lachte er bitter auf. »Du kannst mich nicht aus deinem Leben streichen. Wer bezahlt denn dann dein Studium, hm?« Entsetzt schnappte ich nach Luft, presste meine Hand auf mein wild pochendes Herz. Das konnte doch alles nicht wahr sein! Ich konnte nicht fassen, dass er die Dreistigkeit besaß, diese Karte auszuspielen. »Ich will dein schmieriges Geld überhaupt nicht! Behalte es! Ein Stipendium zu bekommen, wird nicht leicht werden, aber dieses Risiko gehe ich liebend gern ein, anstatt auch nur noch einen Penny von dir zu nehmen!« Meine Kehle schnürte sich zu, und ich konnte keine Sekunde länger mit ihm in einem Raum bleiben. Wie in Trance stürmte ich den Gang entlang, der um diese Unzeit nur noch von dem trägen Licht erhellt wurde, das aus den gläsernen Büros hervordrang. Es kümmerte mich nicht, dass die anderen Kollegen mich anstarrten, als wäre ich ein verwirrter Alien. Ich wollte nur noch weg. Raus aus diesem Hochhaus. Der Fahrstuhl brauchte eine Ewigkeit, und sobald ich zurück im Regen von New York stand, brach ich zusammen. Das Wasser trommelte wie ein Sturzbach auf mich ein, durchnässte meine Kleidung, ließ mein Haar an Nacken und Stirn festkleben. Von bodenloser Enttäuschung erfüllt, sank ich auf die Knie, während sich unaufhörlich Tränen mit den Regentropfen vermischten, meine Wangen hinabrannen wie mein ganz eigener Bachlauf. Wie ein Häufchen Elend saß ich auf dem mit Pfützen übersäten Asphalt der Stadt, was mir jedoch nicht mehr als angewiderte Blicke der Passanten einbrachte. Diese Menschen waren die wahre Plage von NYC. Mein Vater und alle seinesgleichen.

Das Chrysler Building spiegelte sich in den durch den mageren Verkehr aufgewühlten Pfützen vor mir, ragte wie ein tröstendes Mahnmal in den sternenlosen New Yorker Himmel. Eine feste Konstante, die beschwichtigend dem Schauer trotzte. Majestätisch erleuchtet, als wolle es mir Mut zusprechen. Wenn ich als Kind ab und an Dad im Büro besucht hatte, war der Wolkenkratzer in Art-déco-Stil mit seinen unvergleichlichen Dreiecksfenstern für mich jedes Mal ein Highlight gewesen.

Meine Tränen wollten nicht versiegen, und trotzdem zwang ich mich dazu aufzustehen. Ich musste zu ihm. Zu Shaun. Rein gar nichts konnte mich davon abhalten. Und während ich bis auf die Knochen durchnässt durch die dunklen Straßen der Nacht irrte, begriff ich mit jedem Schritt, dass das die beste Entscheidung meines Lebens gewesen war.

– 21. Kapitel: Shaun –

Selten brachte mich die Funkstille mit jemandem dermaßen aus der Fassung. Um genau zu sein, war sie die Erste überhaupt, deren ausbleibende Nachrichten mir den Verstand raubten. Harper machte mich noch wahnsinnig – genau wie mein schlechtes Gewissen. Seitdem ich sie mit ihrem Vater allein gelassen hatte, gab es keinerlei Kontakt mehr zwischen uns. Ich war der festen Überzeugung, dass ich Harper Zeit geben musste. Zeit, um über all das nachzudenken, was ich ihr ungeplant vor die Füße geschleudert hatte. Zeit, um zu verarbeiten, dass ich sie im Affekt geschlagen hatte. Das war zu keinem Zeitpunkt beabsichtigt gewesen. Wäre sie doch bloß nicht zwischen uns getreten. Ich gehörte nicht zu jenen Männern, die sich andauernd prügeln mussten, doch der Staatsanwalt war für mich ein Symbol dessen, was ich verloren hatte. Allerdings könnte kein Hass der Welt mich dazu bringen, absichtlich eine Frau zu schlagen.

Seit ich das erste Mal mit Harper gesprochen hatte, war so unglaublich viel passiert. Meine Gedanken und Sorgen kreisten in den letzten Tagen beinahe ausnahmslos um sie und standen so widersprüchlich dem gegenüber, was ich ursprünglich für sie hatte empfinden wollen. Dazu war ich aus heutiger Sicht jedoch längst nicht mehr in der Lage. Und als ob das nicht schon verrückt genug wäre, wollte ich eben das nicht ändern. Mein Plan gehörte der Vergangenheit an. Ich hatte längst eingesehen, dass das der bessere Weg war.

Für mich, weil ich mich auf eine Art zu Harper hingezogen fühlte, die ich so noch niemals zuvor gespürt hatte, und für sie, weil sie nicht im Geringsten so war, wie ich sie mir vorgestellt hatte. Und deshalb verdiente sie es, die Wahrheit zu erfahren. Ich musste ihr alles beichten. Angefangen von Caleb und Dad bis hin zu meinem Plan und der Tatsache, dass sie es in kürzester Zeit geschafft hatte, mich wieder so empfinden zu lassen wie vor Dads Tod.

Ich fühlte mich nicht mehr verlassen und einsam – nur dank ihr. Ihr nicht schreiben zu können, ihre Stimme nicht zu hören oder ihr Gesicht zu sehen, schmerzte mehr, als ich es angenommen hatte. Sehnsüchtig sah ich immer wieder in die Richtung des Eingangs vom *Dreams*, doch natürlich würde sie in dieser Nacht nicht auftauchen und mir ihr Lächeln schenken, mit dem sie mich so leicht um den Finger gewickelt hatte.

Ich war nur ins *Dreams* gegangen, um rauszukommen. Ich hatte meine ganz normale Routine fortgesetzt, damit ich nicht zu Hause sitzen und darauf warten würde, bis sie sich meldete. Davon einmal abgesehen, konnte ich es mir nicht leisten, einfach blauzumachen. Und nun war ich hier, und jede Kleinigkeit erinnerte mich an sie.

»Ist es immer noch wegen der Kleinen?«, fragte Adam vorsichtig und holte mich zurück ins Hier und Jetzt.

Das Whiskey-Glas, das ich bis gerade eben abwesend poliert hatte, war wohl das mit Abstand strahlendste, das ich in meiner Laufbahn als Barkeeper erlebt hatte. Seufzend ließ ich es damit gut sein und stellte es zu den anderen ins Regal, ehe ich mich mit dem Rücken an die Bar lehnte und nickte.

»Geht es ihr denn mittlerweile wieder besser? Sie war lange nicht mehr hier«, fuhr mein Kollege fort. Seine Neugier mischte sich mit einer gehörigen Portion Besorgnis.

Die Frage war jedoch: um Harper oder um mich? Womöglich hatte er aber nur Angst, dass ich ihn jeden Augenblick wieder anfahren könnte, so wie ich es ihm gegenüber bereits oft getan hatte.

»Ich weiß momentan leider überhaupt nicht, wie es ihr geht«, gestand ich und zuckte dabei mit den Schultern. »Wir haben eine Art Pause eingelegt und keinen Kontakt zueinander.«

»Das ist schade«, sagte Adam aufrichtig, trat neben mich und legte mir beschwichtigend eine Hand auf die Schulter. »Ich hatte den Eindruck, dass es dir in den vergangenen Wochen gut ging. Ich dachte wirklich, das mit euch wäre anders ... Besser.«

»Wie meinst du das?«, fragte ich stirnrunzelnd und sah dabei auf die Hand auf meiner Schulter, doch entzog ich mich ihm nicht. Dass Adam sich mir gegenüber nun so brüderlich verhielt, wunderte mich, schließlich hatte ich ihm keinerlei Grund dazu geliefert.

»Du warst ruhiger, ausgeglichener. Als ob sich etwas in dir verändert hätte. Dein Verhältnis zu ihr war anders als zu den anderen.« Auf einen Schlag wurde mir bewusst, dass Adam ein äußerst aufmerksamer Beobachter war. Deshalb wohl auch die nach wie vor präsente Nervosität seinerseits. Nichts von seinem Wissen stammte aus einer Erzählung von mir. »Ich habe dich lange mit niemand anderem gesehen.«

»Da hast du wohl recht«, gab ich seufzend zu und sah dann lächelnd zu ihm auf. »Danke.«

Adam blinzelte mich verwirrt an. »Wofür?«

»Dafür, dass du überhaupt noch mit mir redest«, antwortete ich freudlos lachend. »Ich habe mich dir gegenüber oft genug wie der größte Arsch verhalten. Sorry, Mann.«

»Das hast du, aber du musst dich deswegen nicht entschuldigen. Du hast viel durchgemacht.«

Mein Kollege überraschte mich. Die Größe, jemandem so vorbehaltlos zu verzeihen, besaß nicht jeder. Am aller wenigsten ich selbst. »Du weißt davon? Ich rede nie darüber.«

»Das brauchst du gar nicht, ich merke es dir an. Ich habe selbst vor ein paar Jahren jemanden verloren, der mir sehr wichtig war. Jake war … mein bester Freund«, erzählte er leise, während sein Blick geistesabwesend durch den Club schweifte – endlich begriff ich. Es war, als hätte sich auf einmal ein unsichtbarer Schalter in meinem Kopf umgelegt.

Die ganze Zeit über hatte ich nie viel mit Adam zu tun gehabt. Wir hatten kaum miteinander gesprochen, was in erster Linie mein alleiniges Verschulden gewesen war, weil ich unentwegt Abstand gehalten hatte. Adam war mir von Anfang wie ein verklemmter Vollpfosten vorgekommen, doch letzten Endes ging es ihm nicht viel anders als mir. Er hatte viel durchgemacht und den Mann verloren, den er geliebt hatte. Wenn ich mich nur ein klein wenig mehr mit ihm beschäftigt hätte, hätte ich vielleicht bemerkt, dass Adam schwul war.

»Das tut mir echt leid, Adam.« Ich räusperte mich verlegen.

Adam lächelte traurig. »Darum musst du mir versprechen, dass du das mit Harper wieder in Ordnung bringst. Ich habe gesehen, was du dir für Sorgen um sie gemacht hast. Ihr beide solltet das nicht ignorieren.«

»Danke, Mann.« Zu mehr war ich in diesem Moment nicht in der Lage. Kurzerhand zog ich Adam in eine brüderliche Umarmung, die es mir ersparte, das, was ich gerade empfand, in Worte zu fassen. Ich war noch nie sonderlich gut mit Worten gewesen. »Du bist echt ein guter Kumpel. Lass uns mal ein Bier zusammen trinken, okay?«

Adam nickte, sobald ich mich wieder von ihm gelöst hatte, und lächelte.

»Und jetzt, mein Freund, würde ich dir dringend empfehlen, dem durstigen Kerl dahinten etwas zu trinken zu bringen. Er sieht schon die ganze Zeit über so eifersüchtig zu uns rüber.« Möglichst unauffällig deutete ich in die Richtung, in der besagter Gast saß. Jetzt, nachdem ich endlich begriffen hatte, ergab alles so viel mehr Sinn. Dinge, die mir zuvor überhaupt nicht aufgefallen waren, fügten sich nun zusammen.

»Meinst du?«

»Aber so was von. Ich habe ihn in den letzten Tagen ziemlich oft hier gesehen. Ich glaube, er steht auf dich.« Ich sprach ihm grinsend Mut zu und war ihm ehrlich dankbar, dass er mich für einen kostbaren Augenblick aus meinem tiefen dunklen Loch gezerrt hatte.

Adam strahlte über das ganze Gesicht, ehe er sich von mir abwandte und zu dem Kerl ging. Immer noch lächelnd, sah ich ihm nach und musste intuitiv wieder an Harper denken. Ihr hatte ich es zu verdanken, dass diese unendliche Leere in mir nicht mehr so vereinnahmend und überwältigend war, wie noch vor wenigen Wochen. Sie hatte es geschafft, mich wieder mehr zu dem werden zu lassen, der ich früher einmal gewesen war. Sollte sie beschließen, mich aufzugeben, wäre das mein sicherer Untergang, von dem ich mich nicht mehr so schnell würde erholen können. Hoffentlich meldete sie sich bald wieder bei mir und war bereit, über das, was geschehen war, zu reden.

Adam war ein wirklich guter Kerl und scheuchte mich eine Stunde vor meinem Schichtende aus dem *Dreams*. Die Bar war ungewöhnlich leer geworden, und er wollte mir ein bisschen Ruhe gönnen. Wieso hatte ich nicht schon früher mit ihm geredet? Ich war ihm definitiv etwas schuldig.

Es war zwar unheimlich spät, doch das konnte mich nicht davon abhalten, mir zum Runterkommen noch etwas stärkeren Alkohol einzuverleiben. Für solche Tage hatte ich den abschließbaren Schrank über der Mikrowelle. Mit einer Flasche Jack Daniels in der Hand und dem aufgewärmten Essen saß ich kurz darauf auf dem Sofa vor dem Fernseher. Es fühlte sich beinahe wie Luxus an, noch ein klein wenig mehr vom Tag zu haben. Oder besser gesagt der Nacht.

Caleb schlief tief und fest oben in seinem Zimmer, und obwohl im Fernsehen nur Schrott lief, war ich – zumindest, so gut es die aktuelle Situation zuließ – so entspannt wie schon lange nicht mehr. Wäre da nicht Harper, um die immer noch permanent meine Gedanken kreisten.

Ich war gerade dabei, mir den letzten Bissen der Mac'n'Cheese einzuverleiben, die ich am Vortag für mich und Caleb gekocht hatte, als ich mir einbildete, dass es an der Haustür klopfte. Zunächst dachte ich mir nichts dabei, doch als es kurz darauf deutlich hörbar und wiederholt klopfte und mit jedem Mal nur noch kräftiger wurde, stand ich brummend auf. Leise fluchend beeilte ich mich, zur Tür zu kommen, sonst würde der Lärm noch Caleb wecken.

»Verflucht nochmal, geht das auch leiser?«, zischte ich wütend, sobald ich die Tür aufgerissen hatte, doch wich schlagartig jeglicher Zorn aus mir, als ich erkannte, wer es war, der dort wie wild an die Haustür gehämmert hatte. Ich hatte fest mit Sam gerechnet.

Ohne ein Wort fiel mir Harper um den Hals und presste sich zitternd an mich. Ich taumelte einige Schritte rückwärts. Das war das Letzte, womit ich gerechnet hatte. Ich hörte, wie sie schluchzte, sobald ich sie, ohne zu überlegen, in den Arm nahm, sie ins Haus dirigierte und die Haustür wieder hinter uns schloss. Ich hielt sie, so fest ich nur konnte, ohne sie zu erdrücken.

»Harper.« Ich gab mir alle Mühe, ruhig zu bleiben, küsste sie liebevoll aufs Haar. In meinen Eingeweiden brodelte es. »Was ist denn los? Geht es dir gut? Ist etwas passiert?« Eine lähmende Welle der Angst riss mir den Boden unter den Füßen weg. Nur die pure Vorstellung, dass Harper noch mehr

Leid widerfahren sein könnte, brachte mich fast um. »Du bist ja klatschnass!«

»Du hattest recht. Er ... er ist ein Monster!« Ich konnte sie kaum verstehen. Sie bebte, klammerte sich immer fester an mich. »Es tut mir so leid, Shaun. So wahnsinnig leid!«

»Bitte beruhige dich«, sagte ich und versuchte sie so aus dieser Spirale, die in ihrem hübschen Kopf herumspukte, herauszuholen. Sie war nicht allein damit. Mein Herz donnerte in meiner Brust, ich konnte kaum noch klar denken. »Lass mich dir ein Handtuch und etwas Trockenes zum Anziehen bringen, okay? Du zitterst am ganzen Körper.« Ich machte Anstalten zu gehen, sobald ich sie auf dem Sofa abgesetzt und mich von ihr gelöst hatte, als sie nach meinem Arm griff.

»Geh nicht«, flehte sie. Die Verzweiflung und die Verletzlichkeit, die nun nicht nur in ihrer Stimme mitschwangen, sondern auch in ihren Augen geschrieben standen, erweckten etwas in mir. Etwas, das ich vor so vielen Jahren in einem namenlosen Grab hinter mir gelassen hatte.

Das war der Moment, in dem ich begriff, dass ich ihr endgültig verfallen war – ohne Wenn und Aber. Und dennoch wusste ich, dass ich sie unwiderruflich verlieren würde, sobald sie die ganze Wahrheit kannte. Ich löste ihre Finger behutsam von meinem Arm, beugte mich zu ihr hinab und küsste sie auf ihren Handrücken, ehe ich ihr beruhigend über die Wange strich. Umgehend lehnte sie sich dieser Berührung entgegen.

»Ich bin gleich wieder bei dir, versprochen«, versicherte ich ihr, ließ sie dann los und eilte, so schnell und gleichzeitig so leise ich konnte, nach oben, damit Caleb nicht doch noch wach wurde.

Als ich mit einem grauen Pullover, schwarzen Jogginghosen und einem großen Handtuch zurück ins Wohnzimmer kam, saß Harper unverändert dort. Ihr nasses Haar klebte ihr im Gesicht und stand in alle Richtungen ab, während ihre Wangen nicht nur vom Regen nass waren. Wie sie so dort saß, weinend und zitternd und mit verlaufenem Make-up, bohrte sich ein glühendes Eisen in meine Brust. Natürlich machte ich mir Sorgen um sie und konnte es nur schwer ertragen, sie so aufgelöst zu sehen. Was zum Teufel war nur geschehen, dass sie wie ein Häufchen Elend vor mir saß? Was war zwischen ihrem Vater und ihr geschehen? Das Letzte, was ich wollte, war, sie zu drängen, mit der Sprache rauszurücken. Trotzdem lagen meine Nerven blank, bis ich wusste, was ihr widerfahren war.

Wie hatte sie sich in dieser kurzen Zeit so in mein Herz schleichen und es wieder auftauen können? Wie hatte sie es so schnell schaffen können, dass sich dieser unbedarfte Junge, der ich vor Dads Tod gewesen war, mit aller Macht wieder an die Oberfläche zu kämpfen versuchte? Dass ich gut sein wollte – für sie. Und dennoch war all das nicht von Bedeutung, wenn sie erst einmal wusste, was ich ihr hatte antun wollen. Fahrig zupfte ich an dem plötzlich viel zu engen Kragen meines T-Shirts, weil es mir auf den Adamsapfel drückte, meine Haut einschnitt wie eine Klinge. Der Stoff klebte mir am Rücken. Scheiße nochmal. Nicht jetzt. Bitte nicht jetzt! Mir wurde heiß und kalt zugleich, meine Kehle schnürte sich mit jedem Atemzug weiter zu. Mir blieb buchstäblich die Luft weg, und das lag nicht an dem Mädchen vor mir, in das ich mich verliebt hatte. Ich konzentrierte mich auf meine Atmung, versuchte, meinen Puls zu verlangsamen. Atmete tief ein und wieder aus. Ruppig wischte ich mir mit dem Saum meines T-Shirts über die Stirn, beseitigte den dünnen Schweißfilm. Erst dann trat ich näher zu ihr.

»Hier.« Ich legte ihr das Handtuch um ihren vollkommen durchnässten Körper und rubbelte sachte über ihre Schultern, während ich mich neben ihr auf der Couch niederließ. »Vielleicht solltest du dich besser erst mal umziehen. Sind die Sachen für dich okay?«, fragte ich unsicher und deutete auf die Klamotten, die ich in der Schnelle für sie herausgesucht hatte.

Es dauerte einige Atemzüge, ehe Harper sich rührte und aus trüben, geschwollenen Augen zu mir aufsah. Ich versuchte mich an einem beschwichtigenden Lächeln, ehe ich aufstand und mich mit dem Rücken zu ihr drehte, sodass sie sich in aller Ruhe umziehen konnte, ohne meinen Blicken ausgeliefert zu sein. Natürlich wäre das für mich kein neuer Anblick gewesen, aber dennoch hatte ich das Bedürfnis danach gespürt, ihr den Freiraum und die Privatsphäre zu geben, die sie sich in ihrer aktuellen Verfassung vermutlich wünschte. Verdammt, meine Hände entwickelten sich zu einem tropischen Sumpf, und auch die Feuchtigkeit unter meinen Achseln sprach eine deutliche Sprache, dabei hatte ich eben erst Deo benutzt. Von wegen, achtundvierzig Stunden Schutz. Seit wann schwitzte ich so viel? Mühsam rieb ich meine Hände an meiner Hose ab.

»Du kannst dich wieder umdrehen«, sagte Harper leise, und ich setzte mich wieder zu ihr.

Kaum dass ich saß, legte sie sich auf die Seite und ihren Kopf in meinen Schoß. Wie von selbst wanderten meine Finger zurück zu ihrem Haar, und ich strich ihr in einem gleichmäßigen Rhythmus immer wieder beruhigend darüber. Es fühlte sich richtig an, sie hier bei mir liegen zu haben, während ich sie streichelte und ihr unverkennbares Lavendel-Vanille-Parfüm mich vollständig einlullte. Es könnte alles so perfekt sein, wenn wir uns bloß unter anderen Umständen und zu einem anderen Zeitpunkt kennengelernt hätten.

Ihr Schluchzen war verstummt. Ihre Tränen waren versiegt, doch die unendliche Trauer, die sie auch sonst immer mal wieder hatte durchblicken lassen, war unverkennbar präsent. Ich sah hinab zu ihrem Mund. Ihre Unterlippe war verkrustet, und gleich unterhalb ihres rechten Mundwinkels war eine blau-grün unterlaufene Hautpartie auszumachen. So fest ich nur konnte, presste ich meine Kieferknochen zusammen und holte tief Luft. Zumindest hatte ich ihr nichts gebrochen.

»Es war nicht deine Schuld«, murmelte dieses süße, unschuldige Mädchen, das in meinem Schoß lag, als ob es geahnt hätte, worum meine Gedanken in diesem Augenblick kreisten. »Ich weiß, dass du mich nicht schlagen wolltest.«

»Das ändert aber nichts an der Tatsache, dass ich die Beherrschung verloren habe«, gab ich trocken und immer noch so unendlich wütend auf mich selbst zurück, woraufhin sie sich auf den Rücken legte, um mich ansehen zu können.

»Er hätte es verdient«, entgegnete Harper mit einer solchen Ernsthaftigkeit, dass ich sie überrascht anblinzelte. Was bedeutete das?

»Du hattest recht. Ich habe ihm die Frage gestellt, was all das zu bedeuten hatte, obwohl ich die Antwort darauf eigentlich überhaupt nicht hören wollte. Er hat sein fragwürdiges Verständnis von Moral dazu benutzt, seine Taten zu rechtfertigen. Mich als Grund vorgeschoben. Ihm war von Anfang an klar, dass du unschuldig bist. Mein Vater ist ein schrecklicher Mann. Ich habe schon immer vermutet, dass er nicht nur außerhalb des Verhandlungssaals diskriminierend handelt und korrupt ist. Er war, was seine Arbeit anbelangt, schon immer sehr verbissen«, erzählte Harper, und ich fühlte, wie sich mit jedem Wort meine Muskeln immer weiter anspannten. »Nachdem mir mein Vater partout nicht sagen wollte, *was eigentlich* passiert ist ... Erzählst du mir die ganze Geschichte?«, murmelte sie und stellte die alles entscheidende Frage in den Raum, von der ich immer noch nicht wusste, wie ich sie beantworten sollte, ohne Harper von mir zu stoßen. Ohne sie noch weiter zu verletzen.

Ich schwieg einen Augenblick, sammelte mich, musste die Informationen erst durchsickern lassen. »Du bist vor ihm weggelaufen. Hat er dich verletzt?«

Harper schüttelte erschöpft den Kopf und nahm mir damit eine tonnenschwere Last von den Schultern. Meine Atmung normalisierte sich. »Das würde er nicht tun. Ich musste nur weg von ihm. Wir sind fertig miteinander. Er wollte dich mit allen Mitteln als schlechten Menschen darstellen. Warum?«

»Ich weiß nicht, wo ich anfangen soll«, gestand ich, holte schwerfällig Luft und ließ meine Hand, die bis jetzt ihr Haar liebkost hatte, zur Ruhe kommen. Harper blieb stumm, als wollte sie mir sagen, dass es okay war, wenn ich Zeit dafür brauchte, ihr meine Geschichte zu erzählen. Mein Herz schlug mir bis zum Hals, doch es gab kein Zurück mehr.

»Ich war nicht immer so wie heute«, begann ich mit belegter Stimme. »Caleb und ich verloren schon früh unsere Mutter, und außer unserem Dad hatten wir keine andere Familie. Wir führten ein völlig normales Leben. Ich träumte davon, ein Stipendium zu ergattern, und arbeitete hart dafür. Nicht nur für das Stipendium, sondern auch um meinem Dad unter die Arme zu greifen. Wir hatten nie viel Geld, trotzdem kamen wir gut über die Runden. Eine kleine glückliche Familie«, erzählte ich ihr, während ich auf einen fixen Punkt an der gegenüberliegenden Wand starrte und in Erinnerungen versank, die gleichzeitig wunderschön und kostbar, traurig und zerstörerisch waren.

»Bis zu dem Tag, an dem ein schmieriger Kerl meinen kleinen Bruder auf dem Weg von der Schule nach Hause belästigte.« Als ich davon sprach, durchzuckten mich all die unschönen Bilder, die sich an jenem Tag für den Rest meines Lebens in mein Gedächtnis gebrannt hatten. »Ich hörte seine Hilferufe bis zu unserem Haus. Panisch rannte ich los, um ihn zu finden, doch als ich ihn am Ende der Straße entdeckte, sah ich nur noch, wie der Kerl ihn in sein Auto zerren wollte. Das hier ist keine schöne Gegend, Harper. Schlimme Dinge passieren hier jeden Tag, und es gibt mehr kranke als normale Menschen. Menschenhändler, Perverse ... Alles Niederträchtige lauert auf diesen Straßen.« Angewidert schüttelte ich den Kopf. »Ich schrie den Mann an, meinen kleinen Bruder auf der Stelle loszulassen, doch der zückte ein Messer und hielt es ihm an die Kehle.« Ich hatte all diese Bilder für so eine lange Zeit im letzten Winkel meines Gedächtnisses vergraben, dass es mich fast ohnmächtig werden ließ, zurück an diese Situation zu denken. Sie nochmals zu erleben, als würde sie live ein zweites Mal passieren.

»Ich war wie erstarrt vor Angst. Das musst du verstehen, Harper. Mein Dad und Caleb waren für mich schon immer das Wichtigste in meinem Leben«, rechtfertigte ich mich, und ich sah aus den Augenwinkeln, wie sich Harper wieder auf den Rücken legte, um mich entsetzt über das, was ich ihr erzählte, anzusehen, doch ich brachte es nicht über mich, ihren Blick zu erwidern, also starrte ich weiterhin auf die Wand, während sie gebannt an meinen Lippen hing. »Ich wollte den Mann beruhigen, doch er war fuchsteufelswild. Alles passierte so schnell. Irgendwie schaffte ich es, an ihn heranzukommen, ihn zu überrumpeln und die Waffe an mich zu nehmen. Das war das einzige und letzte Mal in meinem Leben, dass ich ein Messer als Waffe gehalten habe und halten werde.« Erneut brach ich ab und spürte, wie meine angestauten Emotionen, die ich über all die Monate tief in meinem Innern eingeschlossen hatte, weil ich für Caleb hatte stark sein müssen, ohne Vorwarnung aus mir herausbrachen. Salzige Tränen rannen mir über die Wangen, und ich schämte mich nicht länger dafür. Nicht solange Harper bei mir war. »Es war Notwehr. Er wollte mich niederringen, mir das Messer aus den Fingern reißen. Bis zu diesem Tag hatte ich keiner Fliege auch nur ein Haar gekrümmt oder irgendetwas anderes Illegales getan, aber während wir miteinander kämpften, geriet das Messer in seinen Bauch.«

Harper gab einen erstickten Laut von sich, setzte sich auf und schlug sich entsetzt beide Hände vor den Mund. »Irgendjemand musste längst die Cops gerufen haben, denn ich konnte schon die Sirenen hören, als mein Dad angerannt kam. Er hatte von dem ganzen Vorfall nichts mitbekommen, aber als er den … toten Mann zu meinen Füßen liegen sah, riss er mir die Waffe aus der Hand und wies mich an zu verschwinden, doch ich weigerte mich. Überall war Blut … So viel Blut … Dad schrie mich an, endlich abzuhauen. Ich stand vollkommen unter Schock. Das Blut eines Menschen klebte an meinen Händen, Caleb weinte an meiner Brust, ich war verwirrt und wusste nicht, was ich tun sollte, also tat ich, was er verlangte. Ich rannte zusammen mit Caleb ins Haus.« Ich atmete zittrig ein und aus. Eine Form der Panik, die ich lange Zeit in den hintersten Teil meines Seins gedrängt hatte, versuchte abermals, die Oberhand zu gewinnen. »Dad behauptete, *er* hätte den Mann getötet, um Caleb zu schützen. Er nahm die Schuld auf sich. Er wusste, dass uns niemand glauben würde, dass es Notwehr gewesen war. Wir leben zwar in einem freien Land, aber wenn du nicht weiß bist, hast du es nach wie vor schwer. Mein Vater wusste das. Er ahnte, dass die Hintergründe niemanden interessieren würden, solange sie einen Schuldigen hatten, den sie wegsperren konnten.« Ich schenkte Harper einen knappen Seitenblick, konnte dem intensiven Ausdruck in ihren Augen nicht standhalten.

»Aber es war mir egal, was mein Vater wollte. Leider erkannte ich das erst viel zu spät. Ich hätte mich nicht von ihm in Schutz nehmen lassen dürfen. Ich versuchte, deinen Vater davon zu überzeugen, dass mein Dad log, um mich zu schützen. Ich flehte ihn an, mich anzuhören, doch er wollte nichts davon hören. Er drohte mir, dass wenn ich nicht endlich die Klappe halten würde, er mir mein Leben und das von meinem Bruder zur Hölle machen und dafür sorgen würde, dass mein Dad eine noch längere Haftstrafe erhalten würde. Er wollte diesen Fall einfach nur schnell und ohne Komplikationen zum Abschluss bringen. Schließlich sollte er damit auch recht behalten. Mein Vater kam in ein Gefängnis, das dafür berüchtigt ist, besonders ausländerfeindlich zu sein. Er wurde …« Meine Worte blieben mir in der Kehle stecken. Ich zerbrach, genau wie damals. Wie verflucht nochmal sollte ich das nur aussprechen?

Harper war der erste Mensch in meinem Leben, dem ich schonungslos die Wahrheit beichtete. Nicht einmal Samuel gegenüber war mir der Wendepunkt meines Seins über die Lippen gekommen. All der Kummer und die Hoffnungslosigkeit waren meine ständigen Begleiter gewesen, jedoch nicht so. Heute war es anders, unbarmherziger. Niemals würde ich vergessen, wie das schrille Klingeln des Telefons die kläglichen Reste unserer heilen Welt mit einer Erbarmungslosigkeit in den Staub gezwungen hatte. Ich wappnete mich für meinen ganz persönlichen Todesstoß.

»Er wurde von einem anderen Häftling zu Tode geprügelt.« Ich vergrub mein Gesicht in meinen Händen und versuchte, nicht vollständig zusammenzubrechen. »*Ich* hätte verurteilt werden müssen, nicht er. *Ich* hätte an seiner statt dort sterben sollen. Doch nicht er! Nicht *er*!«, wimmerte ich und sank mit jedem Wort immer mehr in mich zusammen, nahm mich nicht mehr zurück.

»Shaun, ich weiß nicht, was ich sagen soll. Ich ...«, begann Harper, als ich einige Herzschläge brauchte, um überhaupt weiterreden zu können.

»Ich bin noch nicht fertig. Hör dir die ganze Geschichte an, bevor du etwas sagst. Bitte«, sagte ich bebend, und obwohl ich sie zögern sah, nickte Harper wortlos. Ich seufzte und begann, immer wieder vor und zurück zu wippen. »Du fragst dich sicher, wie es dazu kommt, dass ausgerechnet *wir* uns begegnet sind. Wieso ich dir nie davon erzählt habe. Wenn du dachtest, dass das ein verrückter Zufall war, irrst du dich, Harper. Dass wir aufeinandertreffen ... Dass ich dich verführe ... Die Drogen ... All das war beabsichtigt und geplant. Ich wollte, dass du mir verfällst. Dass ich dich auf die schiefe Bahn ziehe. Ich wollte dich ruinieren, damit dein Vater spürt, wie es ist, wenn einem ein Familienmitglied auf so eine brutale Art ohne Sinn entrissen wird. Der Gedanke daran, auf diese Weise Rache an dem Mann zu nehmen, der meiner Familie so viel Leid gebracht hatte, war viele Monate lang mein einziger Antrieb. Dich zu zerstören, war für mich neben Caleb der einzige Grund, überhaupt weiterzumachen. Aber du … du warst überhaupt nicht so wie das Bild, das ich mir von dir zurecht gesponnen hatte. Du warst weder so niederträchtig noch so selbstverliebt oder verwöhnt wie dein Vater. Das verwirrte mich. Und trotz all meiner Bemühungen hast du dich in mein Herz geschlichen und etwas in mir verändert. Ein Gefühl ausgelöst, das ich seit Dads Tod nicht mehr hatte.« Zum ersten Mal, seit ich angefangen hatte zu erzählen, wagte ich es, unmittelbar in ihre wunderschönen ozeanblauen Augen zu sehen. Das, was ich darin sah, ließ mein Herz jedoch bleischwer werden.

»Ja, ich habe dir etwas vorgespielt, um an dich heranzukommen. Ja, ich hatte mehr als niederträchtige Pläne mit dir, aber nicht alles war gelogen, das musst du mir glauben. Der Kuss an der U-Bahn? Ich konnte nicht mehr länger an mich halten. Es erschütterte mich bis ins Mark, darüber nachzudenken. Der Moment, indem du diesen Cocktail getrunken hast und umgekippt bist? Seit Dad und Caleb war das der schlimmste Moment in meinem Leben. Ich hatte so eine verdammte Angst um dich. Das war der Augenblick, in dem ich mir endgültig eingestand, dass ich längst nicht mehr wusste, was ich tat. Ich konnte und wollte das nicht länger durchziehen, weil … weil du etwas mit mir machst, Harper. Weil du mir etwas bedeutest.«

Ich verstummte und starrte sie an. Ihre Augen waren weit aufgerissen, doch sie erwiderte einfach nur meinen Blick. Es brachte mich um. Mit jeder Sekunde, die verstrich, brach mein Herz mehr. Stück für Stück. Je länger sie sich nicht rührte und nichts sagte, desto schlimmer wurde es. Dumm, wie ich war, griff ich nach ihrer Hand, die scheinbar ruhig auf ihrem Oberschenkel lag, doch sie zog sie so hastig aus meiner Reichweite, als ob ich sie hätte verbrennen wollen. In einer fließenden Bewegung sprang sie auf und nahm Abstand von mir. Ich tat es ihr gleich und hob beschwichtigend die Hände, um ihr zu zeigen, dass ich ihr nichts Böses wollte. Dass sie vor mir keine Angst haben musste.

Doch ich wusste nicht, wie sie auf das, was ich ihr gebeichtet hatte, reagieren würde. Ob meine Worte, mit denen ich einfach noch nie gut gewesen war, ausgereicht hatten, um ihr zu erklären, was sie mir bedeutete. Ich konnte überhaupt nicht einschätzen, was passieren würde. Ich atmete tief ein und hielt die Luft an. Wohl wissend, dass die nächsten Sekunden alles verändern würden. Einfach alles.

– 22. Kapitel: Shaun –

Keiner von uns rührte sich. Unverändert standen wir mit mehreren Armeslängen Abstand vom jeweils entfernt und starrten uns an. Jegliches Gefühl für Raum und Zeit gehörte der Vergangenheit an. Ich wollte sie in den Arm nehmen, an mich ziehen und nie mehr loslassen. Doch ich wartete darauf, dass der brodelnde Vulkan ausbrach und sie mich ohne Rücksicht auf Verluste anschreien würde. Oder sie würde einfach aus dem Haus stürmen und nie mehr zurückblicken. Mir wurde schwindelig, bunte Sterne begannen vor mir zu tanzen. Mit dem, was sie tatsächlich tat, erwischte sie mich eiskalt. Harper ließ ihren Blick plötzlich hektisch suchend durch das Wohnzimmer gleiten, eilte hinüber zu der Kommode, auf der der Fernseher stand, riss die Schubladen auf und durchwühlte sie.

»Harper?«, murmelte ich ruhig, aber von ihrem Verhalten mehr als überfordert.

»Wo hast du sie?«, wollte sie fordernd wissen, doch war es nicht ihre veränderte Tonlage, die mich alarmierte.

»Wo habe ich was?« Ich zog die Augenbrauen in die Höhe und ging zu ihr. Bis sie mir bedeutete, stehen zu bleiben. Ich tat sofort wie geheißen.

»Na was denn wohl? Wo sind sie?« Harper so aufgebracht zu erleben, lähmte mich. Es war, als redete sie nur noch mit sich selbst. Ich sah, wie sie meinen beigefarbenen Rucksack in der Ecke ausmachte und umgehend in dessen Richtung spurtete. »Hast du sie hier drin?«

»Ich weiß nicht, ob das eine gute Idee ist«, kommentierte ich düster, während sie sich an meinem Rucksack zu schaffen machte und wie von ihr erhofft darin fündig wurde.

Viel zu verwirrt, um zu verstehen, was sich hier eigentlich gerade abspielte, blieb ich, wo ich war. Natürlich wusste ich, wonach sie suchte, und spätestens dann, als sie triumphierend ein Tütchen mit Xanax hochhielt, das mir Samuel nach meinem Ausrutscher angedreht hatte, beschlich mich ein verdammt mieses Gefühl.

»Harp, nein.« Blitzschnell war ich bei ihr und wollte ihr die Benzos aus der Hand reißen, doch sie entzog sich mir.

»Ach, auf einmal hast du tatsächlich ein Problem damit?«, höhnte Harper. Ich erkannte sie nicht wieder.

Was hatte ich bloß getan? Ich setzte an, ihr die Pillen endgültig abzunehmen, was für mich ein Leichtes gewesen wäre, doch als Harper energisch den Kopf schüttelte und mich flehend mit ihren großen strahlenden Augen ansah, hielt ich inne.

»Wenn du willst, dass ich irgendwie damit klarkomme, dann brauche ich das jetzt. Ich drehe gleich durch, Shaun. Also bitte«, flüsterte sie eindringlich, und ich geriet ins Wanken.

»Bist du dir wirklich sicher? Du verabscheust Drogen.« Meine Erwiderung klang selbst in meinen eigenen Ohren schwach, weil ich beim besten Willen nicht wusste, was zum Teufel ich tun oder wie ich mich verhalten sollte. »Ich glaube, wir sollten einen klaren Kopf bewahren und …«

»Shaun«, unterbrach mich Harper, griff dabei in das Tütchen und nahm zwei Tabletten heraus. Sie wusste genau, was sie tat, was sie da in Händen hielt. »Uns beiden könnte ein klein wenig Entspannung nicht schaden. *Bitte.* Nur dieses eine Mal«, bettelte Harper, behielt eine Tablette in der Hand und reichte mir die zweite. »Das alles ist schwer zu verarbeiten, und ich weiß, dass ich damit nicht allein bin. Ein Moment der Ruhe. Mehr verlange ich nicht.«

Mein Schädel dröhnte. Was sagte es über mich aus, dass ich das tatsächlich in Betracht zog? Ich redete mir ein, dass es für sie war. Nur für Harper. Ich begutachtete die längliche weiße Pille in ihrer ausgestreckten Hand. Ich haderte mit mir selbst, doch tief in meinem Innern wusste ich, dass sie recht hatte. Ein Mal. Nur noch ein letztes Mal. Und wenn es mir auch nur im Entferntesten dabei helfen konnte, damit fertig zu werden, dass Harper mich von sich stoßen würde, sobald sie der Drogenrausch wieder verlassen hatte, dann nahm ich das nur allzu bereitwillig auf mich.

Zielstrebig griff ich nach der Xanax, führte sie an meinen Mund und sah abwartend zu Harper. Ein kaum erkennbares Lächeln zuckte an ihren Mundwinkeln, was unter den gegebenen Umständen verstörend war, doch ich wusste, was sie mir damit hatte sagen wollen. Vielleicht bestand zumindest eine verschwindend geringe Chance, dass doch noch irgendwie alles gut werden würde.

Konnte das wirklich sein? Konnte ich nach allem, was in meinem verkorksten Leben vorgefallen war, noch einmal so etwas wie Glück empfinden? Liebe? War es tatsächlich das, was ich verdient hatte? Oder war ich für den Rest meines Lebens dazu verdammt, mit meiner Schuld leben zu müssen? Damit, dass ich meine einzige Chance auf eine vernünftige Zukunft verspielt hatte? Ich hatte einem Menschen das Leben genommen.

Wir nahmen die jeweilige Pille zeitgleich auf die Zunge und schluckten sie hinunter. Ich reichte Harper eine Wasserflasche, und wir spülten beide gut nach. Ich fühlte mich, als ob mir jemand in just diesem Augenblick all die unerträglichen Erinnerungen genommen hatte. Die Xanax würden in nur wenigen Minuten wirken, und doch hatte ich die Gewissheit, dass ich mir eine erneute Auszeit von diesem riesigen Chaos nehmen konnte.

Gefangen in unseren ganz eigenen, noch düsteren Gedanken, saßen wir nebeneinander auf dem Sofa. Obwohl uns immer noch ein großer Abstand voneinander trennte, konnte ich ihre Wärme deutlich auf meinen Unterarmen spüren.

Alles fühlte sich so verdammt ruhig und friedlich an. Es schien nichts mehr zu geben, was mich aus der Fassung bringen konnte. Keinen Schmerz, kein Leid, keine Trauer. Keinen Verlust. Mit einem letzten Blick zu Harper, die in ihre ganz eigene Welt abgetaucht zu sein schien, ließ ich meinen Kopf auf die Lehne des Sofas sinken. Ein erleichtertes Lächeln wanderte auf meine Lippen, und ich suhlte mich in dem Rausch, der sich wie ein Lauffeuer in meinem Körper ausbreitete. Es war eine unbeschreibliche Kombination aus Emotionen, die mich auf eine Weise schweben ließen, wie ich es niemals für möglich gehalten hätte. Rationales Denken war nicht länger notwendig. Alles ging unter in Schall und Rauch.

Mit geschlossenen Augen tastete ich nach der Whisky-Flasche neben mir und führte sie an meine Lippen. Ich sah nichts Verwerfliches darin, dieses Gefühl noch etwas zu verstärken. Zu intensivieren. Die Chance zu bekommen, dieses Empfinden weiter auszubauen. Nie mehr aus dieser Wolke des Glücks abzusteigen. Für immer hierzubleiben. Hier, wo alles heil und perfekt war. In meiner Blase, in der Harper neben Caleb die wichtigste Person in meinem Leben geworden war. Wie gut ich mich in ihrer Gegenwart fühlte. Unbeschwert, glücklich und frei. Auf eine ganz eigene Art. Ich brauchte Harper in meinem Leben. Dieser Gedanke erschreckte mich zuweilen viel weniger, als er das eigentlich sollte, doch ich gab es auf, mich dagegen zu wehren. Ich akzeptierte es bereitwillig. Ich mochte Harper. Mehr, als gut für mich und vor allem sie war.

Noch ein großer Schluck.

Jeder Muskel in meinem Körper entspannte sich, und ich streckte alle viere von mir. Alles fühlte sich an wie Gummi. Als hätte ich keine Kontrolle mehr über mich.

Ich nahm das Brennen des Alkohols nur noch vage wahr und vergaß alles um mich herum. Wusste nicht mehr, wo ich war. Mit wem war ich hier? Was war geschehen? Wieso war ich gerade eben noch so am Boden zerstört gewesen? Ich hatte es vergessen.

Lachend setzte ich die Flasche ein weiteres Mal an. Etwas der bernsteinfarbenen Flüssigkeit ging daneben und durchnässte mein Shirt. Mein Lachen wurde immer lauter.

»Shaun? Geht es dir gut?«

Wer zum Teufel redete hier mit mir? Ich versuchte, meine bleiernen Lider zu öffnen, doch es gelang mir nicht.

»Was hat er?«

Noch jemand mischte sich ein, doch auch diese Stimme war mir gänzlich unbekannt. Es schüttelte mich zwischenzeitlich so heftig, dass Tränen in meinen Augen aufwallten.

»Bleib bei ihm, ich rufe einen Krankenwagen.«

Schritte. Rufe. Stille.

Einen Krankenwagen? Wozu denn das? Verdammt, wieso musste ich ständig lachen?

Ein lauter Knall, es klingelte in meinen Ohren. Ich kippte zur Seite, als ich mich zum Flur umwenden wollte, doch meine Sicht war vollständig verschwommen.

»Was ist hier los?!«

Noch jemand Neues? Was taten all diese Menschen hier? Wo zum Teufel war ich?

»Dad? Was tust du denn hier?«

»Dich vor diesem Scheusal beschützen, aber offenbar bin ich zu spät. Was hast du dir nur dabei gedacht? Bist du etwa high?«

Was genau war hieran eigentlich so witzig? Wann hatte ich das letzte Mal so viel gelacht? Ich konnte mich nicht erinnern.

»Lass mich los!«

»Du kommst auf der Stelle mit!«

»Aber Shaun braucht Hilfe!«

»Ich bin wegen dir hier, nicht wegen ihm. Komm jetzt!«

Minuten vergingen. Oder waren es Stunden? Ich wusste es nicht. Die Stimmen verschwanden. Bis auf eine, die immer und immer wieder meinen Namen rief. Jemand rüttelte an meiner Schulter, doch es war viel zu anstrengend, die Augen aufzuschlagen. Ich rutschte weiter auf die Seite.

Helle Lichter tanzten hinter meinen Lidern. Neue Stimmen kamen und gingen. Sirenen. Blecherne Durchsagen. Ich verstand rein gar nichts mehr. Müde. So müde. Ich wollte bloß noch schlafen, alles andere spielte keine Rolle.

»Shaun?! *Shaun!*«

Dunkelheit und Kälte. Einsamkeit und Schmerz. Alles in meinem Körper schrie nach Erlösung. Jede einzelne Faser sehnte sich ihrem baldigen Ende entgegen. Ich wollte bloß noch, dass es aufhörte. Ein für alle Mal. Diese Leere brachte mich um, fraß sich durch meine Gedanken. Langsam. Stück für Stück.

»Shaun?« Eine Stimme. So weit entfernt und doch so nah. »Caleb, ich glaube, er wird wach!«

Ich stöhnte, hustete und spürte plötzlich ein federleichtes Gewicht auf meinem Oberkörper. Zwei Arme schlangen sich um meinen Hals, doch ich schaffte es nicht, meine Augen aufzuschlagen. Noch nicht.

»Shaun, wach auf!« Dieses Flehen nagte an mir.

»Caleb?«, raunte ich verwirrt, wobei mein Hals schmerzte, als ob ich ein Sägeblatt verschluckt hätte.

»Du bist wach! Du bist endlich wach!«, rief mein kleiner Bruder, schlang seine dünnen Arme noch fester um mich und legte seinen Kopf knapp unterhalb meines Schlüsselbeins.

Ich konnte etwas Nasses fühlen, was meinen Hals hinabrann. Weinte Caleb etwa? Was zum Teufel war hier los? Unter größten Anstrengungen legte ich meine Arme um ihn und öffnete die Augen. In meinem Handrücken steckte eine Kanüle mit einem daran befestigten durchsichtigen Schlauch.

»Verdammt, Alter! Du hast uns beiden eine Scheißangst eingejagt.«

»Samuel?«, fragte ich verwirrt, als ich es schlussendlich schaffte, meine Sinne zu schärfen, und ihn klar und deutlich neben mir stehen sehen konnte. »Was machst du hier? Wo bin ich?«

Sam schnaubte und schüttelte mit ernster Miene den Kopf. »Mach so was nie wieder, alles klar?«, warnte mich mein Kumpel, und etwas in seinen Augen leuchtete derart intensiv auf, wie ich es noch nie zuvor bei ihm gesehen hatte.

Der warnende Unterton in seiner Stimme, der mir zeigte, dass er nicht vor Caleb darüber sprechen wollte, blieb mir nicht verborgen. Weil das hier kein Thema für Kinder war. Ich stöhnte, als ich begriff. Kraftlos sank mein pochender Schädel zurück auf das Kopfkissen, doch meine Arme blieben, wo sie waren. Ich hatte alles aufs Spiel gesetzt, was mir in meinem Leben noch geblieben war. Was verdammt nochmal hatte ich mir nur dabei gedacht? Das hätte beinahe mein Leben zerstört. Und das von Caleb.

»Es tut mir so leid, Caleb«, presste ich mühsam hervor und versuchte dabei, ihm durchs Haar zu streichen, was in meiner aktuellen Verfassung jedoch viel zu anstrengend war. »Das musst du mir glauben. Ich wollte nicht, dass du mich jemals so siehst.«

Ich konnte nicht fassen, was ich Caleb damit angetan und wie verantwortungslos ich gehandelt hatte. Selbsthass erfasste mich, und ich verfluchte mich selbst für mein unreifes Benehmen.

»Das wird nie wieder vorkommen. Ich würde dich niemals im Stich lassen, das weißt du doch, oder?«, fragte ich meinen kleinen Bruder, der in meinen Armen schluchzte.

Er presste sich nach wie vor so fest an mich, dass ich sein Gesicht nicht sehen konnte, doch er hatte genickt. Caleb glaubte mir. Das war alles, was ich in diesem Augenblick von ihm brauchte. Ich war so unfassbar dumm gewesen. Unvernünftig und leichtfertig wie ein kleines Kind, dabei lag das einzige kleine Kind weit und breit hier auf mir.

»Caleb, kannst du mich und deinen großen Bruder einen Augenblick allein lassen?«, mischte sich Samuel wieder ein, und ich hörte, wie Münzen klirrten. »Hier, hol dir am Automaten einen Schokoriegel, okay?«

Mein kleiner Bruder hob seinen Kopf und starrte verunsichert auf die ihm dargebotenen Münzen. Als er zögernd zurück zu mir sah, versuchte ich mich in einem Lächeln und nickte. Ich sah ihm an, dass er das nicht gern tat, doch er griff nach den Münzen und kletterte dann behutsam von mir runter, um kurz darauf den Raum zu verlassen.

Sobald Sam und ich unter uns waren, schnappte er sich einen Stuhl aus der Ecke und stellte ihn neben mein Krankenbett. Das monotone Piepen der Maschine unweit des Bettes jagte mir einen Schauer über den Rücken, sobald ein Moment der Stille zwischen uns herrschte. Es war das einzige Geräusch in diesem Zimmer.

Ich war seit Jahren in keinem Krankenhaus mehr gewesen. Nicht mehr, seit meine Mutter gestorben war. Krankenhäuser standen für mich seit jenem Tag nur noch für den Tod. Der Geruch, der mit ihnen einherging, erzeugte eine grausame Stimmung in mir, die mich kurzzeitig zurück in mein jüngeres Ich katapultierte.

»Danke, dass du gekommen bist«, sagte ich kratzig, ehe mir Sam ein Glas Wasser reichte. »Ich kann dir nicht genau sagen, wie das passieren konnte. Ich bin so ein selbstgefälliges Arschloch.«

»Die Untertreibung des Jahrhunderts«, brummte Sam. »Wusstest du überhaupt, was du tust? Wohl kaum. Erst hältst du mir jahrelang täglich eine Moralpredigt, dass du aus Prinzip die Finger von dem Scheiß lässt, und dann das! Du hast alles, das dir geblieben ist, leichtfertig aufs Spiel gesetzt«, sagte er. »Caleb braucht dich zurechnungsfähig. Du bist seine Familie.«

»Ich weiß«, entgegnete ich seufzend. »Es war ... einfach zu viel, verstehst du? Ich konnte nicht mehr klar denken. Ich habe Harper alles gebeichtet, und sie ...« Erschrocken brach ich ab und sah mit weit aufgerissenen Augen zu Samuel, dessen Miene sich automatisch verfinsterte.

»Es geht ihr gut«, entgegnete er. »Sie hat es nicht wie du mit Alkohol kombiniert und wurde von deinem *Freund* zu einem Arzt gebracht.«

Alles in mir spannte sich an. Ich erinnerte mich daran, ihn gehört zu haben, als ich weggetreten in meinem Wohnzimmer gelegen hatte.

»Als ich ankam, nachdem Caleb mich angerufen hatte, waren sie schon weg. Er meinte, dass Harper von einem Mann in Anzug aus dem Haus gezerrt und direkt in einen Krankenwagen verfrachtet worden ist. Offenbar hat sie sich mit Händen und Füßen gewehrt. Dich ließen sie einfach zurück. Was ist das mit dir und dieser weißen Bitch?«

»Sprich nicht so über sie«, warnte ich ihn wütend, doch Samuel sah mich ungerührt an. Als hätte er meine Reaktion darauf längst vorausgesehen.

»Ich habe dir von Anfang an gesagt, dass du diesem Kerl einfach eine Kugel in den Kopf jagen und es dabei belassen solltest. Du wolltest nicht hören.« Samuel schüttelte missbilligend den Kopf. Im Gegensatz zu mir war er skrupellos.

»Ich steige aus, Sam.« Nein, die Genugtuung, auf seine Provokation einzugehen, gönnte ich ihm nicht. Ich hatte weder die Lust noch die Kraft, mich in meiner aktuellen Verfassung mit seinen Spielchen auseinanderzusetzen.

Das lockte meinen Kumpel nun doch aus der Reserve. Möglicherweise begriff er, dass ich damit nicht nur die Geschäfte mit den Drogen meinte. Irritiert lehnte er sich auf seinem Stuhl nach vorne, stemmte die Ellenbogen in seine Oberschenkel.

»Du brauchst das Geld«, sagte er und versuchte damit wohl, mich wieder zur Vernunft zu bringen.

»Ich finde einen anderen Weg.«

»Weil du einmal schwach geworden bist? Wir wissen beide, dass das nicht mehr vorkommen wird.«

»Nein, das ist es nicht«, meinte ich. »Ich kann das einfach nicht mehr. So bin ich nicht, Sam. Ich passe nicht in diese Welt. Habe ich nie.«

»Was willst du denn ansonsten tun?«

»Ich weiß es nicht, aber mir wird schon etwas einfallen. Ich hätte das schon viel früher beenden sollen. Nicht nur für mich. Du hast es selbst gesagt: Caleb braucht seine Familie.«

»Mach mir doch nichts vor!«, zischte Samuel hörbar aufgebracht. »Hier geht es einzig und allein um Harper.«

»Und wenn schon, das geht dich nichts an, *Bro*«, fauchte ich zurück, womit meine Stimmbänder noch zu ringen hatten.

Warum sollte ich mich vor ihm rechtfertigen? Ich hatte keine Lust mehr, mir von ihm auf die Finger sehen zu lassen. Ich wollte Menschen nicht länger von etwas abhängig machen, das ihr Leben und das ihrer Familie zerstören konnte. Es war wie eine Art Eingebung. Mein Vater würde sich im Grab umdrehen, wenn er wüsste, in was ich mich nach seinem Tod verstrickt hatte. Das war nicht meine Welt und würde sie niemals sein.

Ich wollte ein normales Leben. Ein Leben mit Familie. Ein Leben mit Liebe. Ein Leben innerhalb der gesetzlichen Grenzen. Es würde immer Ungerechtigkeit geben, doch daran würde sich nichts ändern, wenn ein korrupter und manipulativer Staatsanwalt von der Bildfläche verschwinden oder ich seiner Tochter etwas antun würde. Das begriff ich jetzt. Die Lücke, die er hinterlassen würde, würde nur durch jemand Neuen ersetzt werden.

Harper hatte mir die Augen geöffnet. Nichts konnte meinen Dad zurückbringen. Nichts würde sich daran ändern, dass er für immer fort war und Caleb und ich auf uns allein gestellt waren. Es gab nichts, was ich tun konnte, außer Harper um Verzeihung zu bitten. An ihr Herz zu appellieren, weil sie mir meins längst gestohlen hatte. Gleichzeitig würde ich es ihr nicht nachtragen, sollte sie das nicht können. Nichts würde sich an meiner Entscheidung, mich aus Samuels Welt zurückzuziehen, ändern, wenn sie dazu nicht in der Lage sein sollte.

Das Bedürfnis danach, ihre Stimme zu hören oder ihr wenigstens zu schreiben, dass es mir gut ging, stieg ins Unermessliche. Ich wusste nicht, ob sie sich überhaupt noch darum scherte, ob es mir gut ging oder nicht, doch trotz allem musste ich ihr das unbedingt mitteilen.

»Du solltest jetzt besser gehen.« Ich starrte Samuel nieder, ließ keinerlei Spielraum für Widerworte.

Sam erwiderte stumm meinen Blick, als würde er in ihm nach irgendetwas suchen, jedoch wurde er allem Anschein nach nicht fündig. Er schnaubte und stand abrupt auf, seine Hände an den Seiten zu Fäusten geballt.

»Wie du willst«, entgegnete er. »Aber komm nicht in ein paar Wochen wieder bei mir angekrochen. Von mir brauchst du keine Hilfe mehr zu erwarten.«

Ich gab mir keine Mühe mehr, ihm etwas zu entgegnen. Ich war ihm dankbar für das, was er für mich getan hatte, doch wenn ich absolut ehrlich zu mir war, hatte die Freundschaft zwischen uns schon vor langer Zeit aufgehört zu existieren.

Ich beobachtete, wie Sam aus meinem Zimmer stürmte und mich keines letzten Blickes mehr würdigte. Damit ging ein Kapitel meines Lebens zu Ende, was mich einerseits besorgt unserer Zukunft entgegensehen ließ, aber andererseits auch eine Last von meinen Schultern nahm, wie es keine Drogen der Welt hätten erreichen können.

– 23. Kapitel: Harper –

Ich konnte nicht in Worte fassen, wie erleichtert ich war, als ich endlich von Shaun hörte. Es war nicht viel, nur eine einzige Nachricht mit vier Worten darin: *Mir geht es gut.* Das reichte aus, damit ich wieder um Fassung rang. Zwei quälend lange Tage waren vergangen, in denen ich ihn nicht hatte erreichen können. Ich hatte nicht gewusst, wie es ihm ging. Ob man ihn gut behandelt hatte. Aus lauter Verzweiflung war ich sogar bei ihm zu Hause aufgeschlagen, aber ich hätte mir gleich denken können, dass Caleb nicht völlig allein dort auf Shauns Rückkehr warten würde. Hätte ich doch nur früher herausfinden können, in welches Krankenhaus er gekommen war. Ich hätte Sam fragen können, aber ich wusste nicht mal, ob er überhaupt in derselben Gegend wie die beiden wohnte. Das hätte mir einiges an Kummer erspart.

Immer wieder las ich seine Nachricht. Heiße Tränen rannen mir über die Wangen und zwangen mich in die Knie. Ich schlug mir die Hände vors Gesicht und weinte. Shaun war am Leben, und es ging ihm gut. Die Anspannung der letzten Tage fiel schlagartig von mir ab, und ich konnte endlich wieder frei atmen. Wäre ihm etwas passiert ... ich hätte es mir nicht verzeihen können.

All das war meine Schuld. Ich hatte ihn dazu genötigt, die Xanax zu schlucken, und ich hatte es in meinem Zustand nicht mehr geschafft, ihn davon abzuhalten, den Effekt mit Alkohol zu intensivieren. Letzten Endes waren wir beide keine guten Menschen. Jeder von uns auf seine ganz eigene Art und Weise, doch zumindest gaben wir uns Mühe, etwas daran zu ändern.

In mich zusammengesunken saß ich auf meinem Bett und versuchte zu verarbeiten, was in den letzten achtundvierzig Stunden passiert war. Alles war von Anfang an eine Lüge gewesen. Shauns anfängliche Verschwiegenheit, seine Distanziertheit, sein Versuch, mich in sein Bett zu bekommen. Sein Charme. Hatte er sich auch damit, mir Caleb vorzustellen, absichtlich zurückgehalten, um Mitleid von mir zu ernten? Hatte er ihn wie ein Puzzleteil für seinen Plan nutzen wollen, um mich um den Finger zu wickeln? Es war naheliegend. Gleichzeitig hatte ich gesehen, wie er auf Mitleid reagierte. Nichts davon hatte gespielt gewirkt, und dennoch erschütterte mich der Gedanke daran bis ins Mark. War es falsch, dass ich mich immer noch zu Shaun hingezogen fühlte? Weil der Kuss, den er mir an jenem Abend an der U-Bahn-Station gegeben hatte, nicht im Geringsten gefühllos gewirkt hatte? Weil er sich um mich gekümmert hatte, als ich das Liquid Ecstasy geschluckt hatte? Weil er mir alles gestanden hatte, anstatt sein Ziel weiterzuverfolgen?

Möglicherweise war ich naiv. Shaun einfach so aus meinem Leben zu streichen, kam mir wie ein Verrat an mir selbst vor. Unmöglich. Nicht nach dem, was wir zusammen durchgemacht hatten. Nicht, nachdem er mir die Augen geöffnet und ich erkannt hatte, was für ein grausamer, hinterlistiger Mensch mein Vater in Wahrheit war. Dass er ohne Skrupel und ohne Reue sein konnte, hatte ich bereits lange Zeit vermutet, es aber nicht wahrhaben wollen. Wenigstens konnte ich nun damit abschließen. Akzeptieren, dass mein Leben in Zukunft allein in meinen Händen lag. Nie wieder Vorschriften. Nie wieder Rechtfertigungen dafür, nach meinem Gewissen und meiner Überzeugung zu handeln. Ich würde niemals wie *er* oder Mom werden.

Dieses Kapitel war abgeschlossen. Eine Erkenntnis, die einen bitteren Beigeschmack auf meiner Zunge und ein klaffendes Loch in meiner Brust hinterließ. Ob ich mich jemals daran gewöhnen würde? Wahrscheinlich nicht, doch das durfte mich nicht davon abhalten. Der Stapel an prall gefüllten Umschlägen, in denen die zahllosen Bewerbungen für ein Stipendium schlummerten, wuchs und wuchs. Sie waren die beste Ablenkung für mich. Ich wollte und konnte nicht länger der Spielball meiner Erzeuger sein.

Dafür war ich Shaun dankbar. Ebenso dafür, dass er erkannt hatte, dass ich nicht im Geringsten wie mein Vater war. Dass er mich nicht mit ihm in einen Topf geworfen hatte.

Wenn es nach meinem Vater gegangen wäre, hätte er Shaun einfach sich selbst überlassen. Ich konnte mich nach wie vor nicht an alles erinnern, was vorgefallen war, aber daran, dass mein Vater plötzlich vor mir gestanden und mich aus dem Haus gezerrt hatte. Noch im Krankenwagen hatte ich Calebs Weinen vernommen. Ich war nicht in der Lage gewesen, Shaun zu helfen, hatte sie einfach im Stich gelassen.

Seit jenem kurzen Nachrichtenaustausch hatte ich nicht mehr mit Shaun gesprochen oder geschrieben und ihn erst recht nicht gesehen. Die Tage kamen und gingen, doch die Furcht davor, was aus uns werden würde, und die Unsicherheit, die die Offenbarung von Shauns Plan und der Verrat meines Vaters in mir ausgelöst hatten, hielten mich zurück.

Shaun hatte mir gestanden, dass er etwas für mich empfand. Ebenso wie ich für ihn. Konnte ich über all das, was zwischen uns vorgefallen war, hinwegsehen und mich darauf einlassen? Herausfinden, was passierte, wenn es nichts mehr gab, das zwischen uns stand? Wäre das tatsächlich möglich? Und die viel wichtigere Frage: Wollte und konnte ich das? Konnte ich Shaun jemals vertrauen?

Es waren nahezu drei Wochen vergangen, in denen ich es nicht gewagt hatte, mich bei Shaun zu melden, was jedoch auf Gegenseitigkeit beruhte. Jede freie Sekunde schweiften meine Gedanken ab und drehten sich nur noch um ihn. Ich wusste, dass ich etwas ändern musste. Ich wusste, dass es an der Zeit war, Licht in dieses Dunkel zu bringen. Niemand von uns schien zu wissen, was nun zu tun war, doch war es eben das, was ich für meinen Teil herausfinden wollte. Shaun auch?

Mein Herz drohte aus meiner Brust zu springen, als ich vor seiner Tür stand und klingelte. Während ich darauf wartete, dass sich die Tür öffnete, sah ich mich in der Nachbarschaft um. Das Zuhause von Shaun und Caleb ragte wie ein weißer Turm der Hoffnung aus diesem Viertel empor. Die Straße war übersät mit Dreck und Abfall, die der Sturm letzte Nacht aus den umgekippten Tonnen getrieben haben musste. An dem Geländer der Veranda lehnte ein achtlos liegen gelassenes lädiertes Kinderfahrrad. Daneben hatten sich zwei *Power Rangers*-Actionfiguren eingefunden – gelb und rosa. Schmunzelnd dachte ich an die uralte Serie, mit der ich ebenso aufgewachsen war.

So viele Erinnerungen hingen an diesem Ort. Nicht nur negative, sondern auch viele positive. Ich hörte Schritte, und mein Blick schnellte umgehend zurück zu der Haustür. Sie wurde schwungvoll geöffnet, und mein Blick traf unverwandt auf ebenjene Augen, in denen ich mich die ganze Zeit über hatte verlieren wollen, es mir aber selbst verweigert hatte.

Shaun sah unheimlich müde und erschöpft aus. Dunkle Schatten lagen unter seinen Augen, und sein eingefallenes Gesicht deutete auf mehrere schlaflose Nächte sowie endlose

Verzweiflung hin. Noch nie war sein Kinn mit solch einem dichten Bart bedeckt gewesen. Der ließ ihn fünf Jahre älter aussehen. Doch sobald er zu begreifen schien, wer hier gerade auf seiner Veranda stand, leuchtete etwas in seinen Augen auf. Nur ganz schwach und kaum erkennbar, aber der Funke war da. Ich konnte sehen, wie er sich kerzengerade hinstellte, mehrfach hintereinander blinzelte und dann seinen Blick wild über mein Gesicht wandern ließ. Als wäre er sich nicht sicher, ob ihm sein Verstand einen Streich spielte.

»Harper«, hauchte Shaun im Flüsterton, als würde er fürchten, ich könnte verschwinden, wenn er meinen Namen nur ein klein wenig lauter aussprechen würde.

Ich lächelte schwach. Es tat weh, ihn so mitgenommen zu sehen. War das meine Schuld? Einen Moment lang schien es uns beiden den Atem verschlagen zu haben. Mit jedem Wimpernschlag wollte ihn nur noch an mich ziehen und nie wieder loslassen. Jedem Zweifel zum Trotz. Herz über Kopf. Ich räusperte mich und löste den Blickkontakt, der meine Haut zum Kribbeln brachte.

»Kann ich ... vielleicht reinkommen?«

Shaun öffnete die Haustür einladend einen Spalt weit.

Mein Lächeln wurde breiter, und ich trat ein. Obwohl Shaun genügend Abstand zu mir hielt, fühlte ich mich ihm auf einmal so unfassbar nah. Ihn umgab nach wie vor die frische Limettennote. Die Wärme zu spüren, die von seinem Körper ausging, hypnotisierte mich. Stumm gingen wir in sein Wohnzimmer und setzten uns beide auf das Sofa, wobei Shaun tunlichst darauf achtete, einen gewissen Abstand zwischen uns zu wahren. Er sah mich nicht an, doch er rieb nervös seine Handflächen aneinander, während er darauf zu warten schien, dass ich als Erstes sprach. Womöglich weil er sich selbst nicht traute, den Anfang zu machen.

»Wie geht es dir?«, fragte ich sanft und betrachtete sein Seitenprofil.

»Es geht mir gut.«

Ich nickte abwesend. »Ich habe den Kontakt zu meinem Vater endgültig abgebrochen«, meinte ich dann freiheraus und wartete auf irgendeine Regung in Shauns Gesicht, die jedoch ausblieb. Stattdessen war er es nun, der nickte.

»Das tut mir leid.« Keine Plattitüde, wie man sie von anderen Menschen unbedacht vor die Füße geschmettert bekommen hätte. Wenn jemand verstehen konnte, wie sich eine solche Trennung anfühlte, dann Shaun.

»Muss es nicht«, murmelte ich. »Ich weiß, dass du alles dafür tun würdest, um deinen Dad zurückzubekommen, aber meiner ist für mich ebenfalls gestorben.«

»Das kann ich verstehen. Es ist meine Schuld, dass es so weit kommen musste.«

Eine böse Vorahnung beschlich mich. »Das ist nicht wahr. Das Verhältnis zu meinem Vater war schon seit Jahren gestört. Du hast keinen Grund, dir dafür die Schuld aufzulasten.«

Shaun rieb sich müde über seinen Bart. Zu gern hätte ich gespürt, wie er sich anfühlte. Geschlagen schaute er zu Boden. Ich wurde das Gefühl nicht los, dass er mir nicht glaubte.

»Ich kann dir gar nicht sagen, wie froh ich bin, dass du am Leben bist und dass es dir gut geht«, platzte es schlussendlich aus mir heraus. Shaun schnaubte, seine Augen starrten nun glasig in die Ferne.

»Du kennst die Wahrheit über mich und all das, was ich dir antun wollte, und trotzdem sagst du das?« Seine Fassungslosigkeit darüber zeugte von unendlich angestauter Wut auf sich selbst. Kein Mensch konnte so viel Schuld tragen, ohne daran zu zerbrechen.

»Als du mich geküsst hast ... war das auch nur gespielt?«

Ruckartig zuckte sein Kopf nach oben. Dunkles Braun vermischte sich mit Ozeanblau. »Nein.«

»Und als du dir Sorgen um mich gemacht hast, weil ich Amandas Cocktail getrunken habe?«

»Nein«, wiederholte Shaun ebenso schnell.

Ich nickte, doch ehe er sich wieder von mir abwenden konnte, kratzte ich jeglichen übrig gebliebenen Mut zusammen und rückte näher an ihn heran. Wachsam beobachtete ich, wie er hart schluckte, verunsichert durch mein Suchen nach Nähe. Vorsichtig griff ich nach seinen Händen und verschränkte seine Finger mit meinen. Ich war ihm so nah, dass ich bereits seinen Atem auf meinem Gesicht spüren konnte.

»Ich habe dich wirklich gern, Shaun«, flüsterte ich. Wir beide, Stirn an Stirn. Pures Adrenalin rauschte durch meine Venen. Er wandte sich nicht von mir ab, ließ es zu.

»Ich habe dich auch unheimlich gern, Harper.« Atemlos löste Shaun eine seiner Hände aus meinem Griff und legte sie an meine Wange. Sofort schmiegte ich mich seiner federleichten Berührung entgegen.

»Ich weiß nicht, wohin das mit uns führen wird, aber ich möchte es gern herausfinden«, hauchte ich. »Ich brauche Zeit, um zu verarbeiten, was zwischen uns vorgefallen ist. Trotzdem will ich es versuchen, Shaun.«

Ich hörte, wie Shaun scharf einatmete, als wüsste er genau, dass da noch mehr kommen würde.

»Dafür gibt es allerdings eine Bedingung«, stellte ich entschieden klar. »Keine Drogen mehr. Weder als Konsument noch als Verkäufer.«

»Ich habe längst aufgehört. Ich will mit diesem Kapitel meines Lebens abschließen. Du hast mir die Augen geöffnet, Harper. Du hast mich gerettet – vor mir selbst«, flüsterte er zurück, seine Stimme bei jedem Wort mehr brechend.

Ungeduldig flatterten meine Lider zu, und ich konzentrierte mich voll und ganz auf den Geruch nach süßer Limette, der den Mann vor mir umhüllte. »Küss mich, Shaun.«

Unser Kuss war überhaupt nicht mit dem ersten zu vergleichen. Er war sanft, vorsichtig und zaghaft. Wenn ich zuvor nicht davon überzeugt gewesen wäre, dass Shaun die Wahrheit gesagt hatte, wäre ich es spätestens jetzt. Allein durch die Verbindung unserer Lippen konnte ich ganz genau fühlen, dass Shaun etwas für mich empfand. Etwas, das so viel tiefer ging, als alles, was ich mit einem Mann je gespürt hatte. Shaun machte keinerlei Anstalten, den Kuss zu vertiefen. Er war zurückhaltend und behutsam, und schlussendlich löste er sich wieder von mir, nur um seine Stirn erneut an die meine zu lehnen und mir liebevoll übers Haar zu streichen. Die Wärme in seinem Blick ließ mein Herz schneller schlagen.

»Ich würde alles für dich tun, Harper«, flüsterte er und zog mich dann fest in seine Arme und an seine Brust. Sein Gesicht vergrub er in meinem Haar und atmete tief meinen Duft ein, ehe er seufzte. »Ich dachte, du würdest nie mehr mit mir sprechen. Ich dachte, ich hätte dich verloren.«

»Ich bin hier«, sagte ich sanft. »Wir müssen es langsam angehen, aber ich werde nicht weggehen, Shaun. Du musst Geduld mit mir haben.«

»Alle Zeit, die du brauchst«, erwiderte Shaun, ohne zu zögern, und zog mich noch fester an sich.

– Epilog: Harper & Shaun –

* *Harper* *

Unschlüssig auf meiner Unterlippe herumkauend, begutachtete ich mich in dem Ganzkörperspiegel und drehte mich immer wieder hin und her. Ich verband keine guten Erinnerungen mit Kleidern und war eigentlich sowieso der Auffassung, dass mir dieses Kleidungsstück nicht stand. Ebenso sicher war aber auch, dass der Anlass ein Kleid erforderte. Etwas anderes würde mir meine beste Freundin nicht durchgehen lassen. Heute war Leahs und Derians großer Tag – nach über drei Jahren Verlobung. Die Art, mit der sie sich ansahen, sprach Bände, und ich hatte nie zwei Menschen erlebt, die mehr verliebt wirkten als Leah und ihr Derian.

Schritte erklangen hinter mir im Flur und kamen im Türrahmen zu meiner Linken zum Stehen. Ich lächelte, denn obwohl ich Shaun nicht ansah, wusste ich ganz genau, wie er mich gerade anstarrte.

»Wow.« Shaun löste sich aus dem Rahmen und trat hinter mich, sodass ich ihn, sobald er in meinem Rücken stand, im Spiegel sehen konnte und sich unsere Blicke auf diese Weise begegneten. »Du bist wunderschön. Ich kann es kaum erwarten, dich nachher aus diesem Teil zu schälen.«

Spielerisch schlug ich ihm auf die Finger, die auf meinen Schultern lagen, und drehte mich zu ihm um.

»Damit musst du dich aber definitiv bis nach der Hochzeit gedulden.« Zur Beschwichtigung gab ich ihm einen flüchtigen Kuss. »Ich habe keine Lust, meine Frisur und das Make-up noch mal zu machen.«

»Ich kann auch ganz vorsichtig sein.« Shaun umfasste mit beiden Händen meinen Po und zog mich an sich. Seine Vorfreude auf das, was noch kommen sollte, war klar erkennbar. »Außerdem siehst du für mich, so wie du bist, ohnehin perfekt aus. Du brauchst all diesen Schönheitskram nicht.«

»Shaun!«, erwiderte ich lachend. Erstaunlicherweise ließ er von mir ab und streckte die Hände wie ein Unschuldslamm in die Luft. Das dreckige zweideutige Grinsen verschwand jedoch nicht aus seinem Gesicht, und das Erkunden meines Körpers mit seinen Augen hörte ebenfalls nicht auf.

»Später haben wir noch genügend Zeit dafür«, versicherte ich ihm. »Du siehst auch nicht schlecht aus, Shau. Sehr sexy.«

Shaun zog eine belustigte Grimasse, kam wieder zu mir und nahm mich in den Arm. »Ich weiß doch, wie sehr meine Süße auf Männer in Anzügen steht.«

Jedweden vernünftigen Vorsatz in den Wind schlagend, schmiegte ich mich weiter an ihn und küsste ihn leidenschaftlich. »Auf einen ganz *speziellen* Mann in Anzug, um genau zu sein.«

»Ihh, ihr seid echt eklig!« Caleb, der ebenfalls einen Anzug trug, würgte überspitzt, kaum dass er uns entdeckte. Mit der knallroten Fliege wirkte er unheimlich niedlich.

Shaun und ich sahen uns kurz an, ehe wir uns beide lachend voneinander lösten und an Caleb wandten. In diesem Outfit wirkte er wie eine kleinere Kopie von Shaun.

»Du bist zuckersüß in dieser Aufmachung, Caleb. Die Mädchen werden sich heute scharenweise in dich verknallen.« Ich beugte mich nach unten und rückte seine Fliege gerade.

Caleb streckte stolz seine Brust heraus und lächelte wie der geborene Casanova. »Bevor ihr euch noch weiter ableckt, sollten wir gehen«, verkündete er und verschwand polternd nach unten.

Ich musste wieder lachen, doch als ich mich zu Shaun umdrehte, grinste dieser nur und schüttelte ungläubig den Kopf.

»Was denn?«

»Ich fasse es einfach nicht, dass du ihn ernsthaft *zuckersüß* nennen darfst, ohne dass er dir an den Hals springt«, meinte Shaun und verwickelte mich umgehend wieder in einen langen Kuss. »Mich würde er töten, wenn ich so etwas Peinliches von mir geben würde. Er muss dich echt mögen.«

»Aber er mag es doch nicht, wenn ich dich ablecke«, konterte ich, beugte mich vor und küsste ihn, fuhr ihm dabei neckend mit der Zunge über die Unterlippe, ehe ich leicht hineinbiss.

Shaun knurrte. »Wenn wir jetzt nicht sofort nach unten gehen, hält mich keine Ausrede mehr von dir ab.«

Für mich war es leicht ersichtlich, dass sich Shaun nicht sonderlich wohl unter all den Schönen und Reichen fühlte, die eine solch pompöse Feier immer mit sich brachte. Es war wirklich alles ein wenig viel, aber ich gönnte es Leah. Sie sah heute unheimlich hübsch aus, und viele Frauen mussten Derian nachtrauern, so wie er sich in Schale geworfen hatte.

Der Ladies Pavilion im Central Park, wo sich Leah und Derian zum ersten Mal geküsst hatten, war gleichzeitig ihre erste Wahl bei der Location ihrer Trauung gewesen. Romantisch am See gelegen, stach der Pavillon mit seinem Art-déco-Stil wundervoll hervor, und das Jawort war schnell gefallen. Die Zeremonie war wunderschön gewesen, und ich hatte sogar die ein oder andere Träne verdrücken müssen, während ich Shauns Hand fest umschlossen gehalten hatte.

Für die Feier hatte das frisch vermählte Paar keinerlei Kosten gescheut und eine Eventlocation mitten in New Yorks beliebtestem Park gemietet. Unter rauschenden Blättern, die sich allmählich orangerot färbten, tanzte ich eng umschlungen mit Shaun. Niemand von uns war ein Tanzprofi, doch das simple Hin- und Herschaukeln reichte mir gänzlich aus. Ich lehnte zu langsamer romantischer Musik an Shauns Brust, hörte seinen Herzschlag und genoss seine starken Muskeln unter meinen Fingerspitzen. Mehr brauchte es für mich nicht – nur die Nähe zu ihm.

Ich war beinahe in Tränen ausgebrochen, als Leah mir die Hochzeitseinladung übergeben und sie nicht nur an mich, sondern ebenfalls an Shaun und Caleb adressiert hatte. Seit ich mich endgültig von meinem Vater losgesagt hatte, waren mehrere Monate vergangen. Mom und ich telefonierten von Zeit zu Zeit, doch zu mehr war ich nicht fähig.

Shaun vollständig in mein Leben zu lassen, war für ihn ein reines Geduldsspiel gewesen. Mittlerweile waren wir seit ein paar Wochen richtig zusammen. Nur wir beide, sonst niemand. Na ja, da war zwar noch Caleb, aber ihn hatte ich liebend gern um mich, denn zwischenzeitlich war er so etwas wie ein kleiner Bruder für mich geworden.

Alles war anders, seit wir ein Paar geworden waren, und ich lernte fast täglich eine Seite an Shaun kennen, die ich so zuvor noch nicht erlebt hatte. Von Anfang an war mir klar gewesen, dass er nicht so war, wie er vorgegeben hatte zu sein. Doch das, was ich immer wieder aufs Neue über ihn lernte, war sogar noch einmal ganz anders als das, was ich mir ausgemalt hatte.

Natürlich dachte ich noch oft darüber nach, was zwischen uns alles vorgefallen war, und an manchen Tagen sah ich Shauns altes Ich in meinem Kopf, doch ich hatte ihm verziehen, so gut ich konnte. Für mich brauchte es nicht noch mehr Beweise, um mir sicher zu sein, dass ich ihm vertrauen konnte. Dass unter dieser rauen, harten Schale ein lieber, verständnisvoller Mann schlummerte, der mich auf Händen trug. Ich würde mit jedem Tag versuchen, diese dunklen Gedanken hinter mir zu lassen, bis nur noch meine tief verwurzelten Gefühle für ihn im Vordergrund stehen würden.

»Ich liebe dich«, murmelte ich, immer noch eng an Shaun gelehnt, ehe dieser mich auf meinen Scheitel küsste. Ich spürte, wie er gegen mein Haar lächelte.

»Und ich liebe dich.«

** Shaun **

Das Mädchen in meinen Armen war alles, was ich mir in meinen kühnsten Träumen immer gewünscht hatte. Sie war so unfassbar schön und gehörte zu mir.

Dass sie mir nach allem, was ich ihr gebeichtet hatte, verzieh, machte mich zum glücklichsten Mann auf der Welt. Und obwohl mir die drastische Umstellung meines Lebens in den nächsten Jahren einiges abverlangen würde, war es das wert. Allein an der Krankenhausrechnung würde ich lange zu knabbern haben, was so viel hieß wie: Die Yankee-Spiele der nächsten Saisons mussten definitiv gestrichen werden. So wie jeder andere teure Wunsch. Dafür würde ich mir liebend gern den Arsch aufreißen, meinen Highschoolabschluss nachholen und mit einer guten Portion Glück vielleicht doch noch studieren.

Ich hatte innig gehofft, dass Harper mir alles, was ich ihr angetan hatte, irgendwann verzeihen konnte, aber ich hatte es beinahe nicht für möglich gehalten. Doch jetzt, da sie sich für mich entschieden hatte, konnte ich sie auf keinen Fall wieder loslassen. Ich würde alles dafür tun, dass sie glücklich war.

Durch sie hatte ich meine Dämonen besiegt, die so lange Zeit ein fester Bestandteil von mir gewesen waren und mich auf Schritt und Tritt verfolgt hatten. Sie hatte mich durch all das Dunkel ins Licht geführt, ohne es zu wissen. Harper hatte mir gezeigt, dass das Leben oftmals mehr als unfair war, denn ihr Vater war letzten Endes ungeschoren davongekommen. Im Gegenzug stand seine eigene Tochter nicht länger mit ihm in Kontakt. Harper war nicht bereit dazu, jemals wieder Kontakt mit ihm zu pflegen. Auf eine makabre Art und Weise war das Ziel meines Plans also dennoch erreicht. Dieses Leid verdiente sie nicht, und ich wünschte, ich könnte ihr die heile Welt zurückholen. Niemand sollte so etwas erleben müssen. Erst recht nicht die Frau an meiner Seite, meine große Liebe.

Beiläufig sah ich über Harpers Schulter zu Caleb, der, auf seinem Stuhl sitzend, beinahe einschlief. Das kam mir gelegen, denn ich gierte schon seit einigen quälend langen Stunden danach, mit Harper allein zu sein und sie aus diesem Kleid zu pellen. Behutsam löste ich mich von ihr und nickte hinüber zu Caleb.

»Ich glaube, wir sollten ihn besser nach Hause bringen«, meinte ich, und Harper folgte meinem Blick.

»Ja, das sollten wir wohl. Nicht dass er hier noch länger ausharren muss.« Die Ironie in ihrem Tonfall war nicht zu überhören, wohl wissend, was mein eigentliches Ziel dahinter war.

Ich nahm ihre Hand und steuerte auf Caleb zu. »Das wäre unverantwortlich.«

Wäre mein kleiner Bruder nicht gewesen, hätte ich sie am liebsten gleich hier im Park in eine unbeleuchtete Ecke dirigiert und sie dort an Ort und Stelle verführt. Das wäre zumindest das, was ich früher getan hätte, doch etwas hatte sich geändert. Der Sex mit Harper war anders als alles, was ich bisher erlebt hatte, und das bedeutete einiges. Seit wir zusammengekommen waren, verspürte ich immer öfter den Drang danach, es langsam anzugehen. Ihrem Körper zu huldigen, sie zu verwöhnen, sie nicht zu ficken, sondern mit ihr zu schlafen. Liebe mit ihr zu machen. Darin bestand für mich ein himmelweiter Unterschied, von dem ich die tiefer gehende Bedeutung erst richtig verstanden hatte, seit ich diese Frau die meine nennen durfte, weil sie bedingungslos an meiner Seite stand. Und ich würde einen Teufel tun, sie jemals wieder von mir zu stoßen. Eines Tages wollte ich genau das, was Leah und Derian nun hatten. Sie sollte meine Frau werden.

Möglichst leise trug ich Caleb nach oben in sein Zimmer. Er war in der Bahn nach Hause an mich gelehnt eingeschlafen, und selbst als ich ihn in sein Bett legte und zudeckte, wachte er nicht mehr auf. Als ich in mein eigenes Zimmer kam, sah mich Harper mit einem verlangenden Ausdruck in den Augen an. Sie stand barfüßig vor meinem Bett und drehte sich mit dem Rücken zu mir, sobald ich die Tür hinter uns geschlossen hatte.

»Hilfst du mir mal?«, fragte sie mich frech über ihre Schulter, wobei ich mich natürlich kein zweites Mal bitten ließ.

Pfeilschnell war ich hinter ihr, schob ihr mit einer Hand eine aus ihrer hochgesteckten Frisur verirrte Strähne aus dem Nacken und beugte ihren Hals mit der anderen vorsichtig zur Seite, ehe ich mich an ihrer Haut festsaugte. Harper stöhnte erregt auf, als meine Lippen Kontakt zu ihrer weichen Haut suchten, und obwohl meine Hose jetzt schon unheimlich eng war, zwang ich mich dazu, langsam zu machen. Sie verdiente so viel mehr, als ich ihr bisher gegeben hatte.

Ich presste mich von hinten an sie und ließ gerade so viel Platz zwischen unseren Körpern, dass ich ihr den Reißverschluss bis knapp über das Steißbein nach unten ziehen konnte. Danach schob ich ihr sanft die Träger von den Schultern und hörte das Rascheln des Stoffs, als das Kleid nach unten zu ihren Füßen glitt und sich um diese bauschte. Ich öffnete ihr mit einem raschen Griff den BH und half ihr schleunigst aus ihrem Höschen. Schlussendlich löste ich mich von ihrem Hals und dirigierte sie vorwärts, bis sie unweit der Bettkante stand. Betont langsam drehte ich sie zu mir um und bedeutete ihr, sich auf das Laken sinken zu lassen. Sie rutschte weiter in die Mitte, stemmte sich auf ihren

Ellenbogen nach oben und winkelte ihre Beine an, gab mir dabei jedoch zu keinem Zeitpunkt einen freien Blick auf ihre intimste Stelle.

Ihre Brustwarzen waren hart und bettelten darum, von mir verwöhnt zu werden. Harper biss sich verführerisch auf die Unterlippe und sog diese dann in ihren Mund, sodass ihre Zähne zum Vorschein kamen. Sie wusste ganz genau, dass mich das wahnsinnig machte. Ich knurrte, besann mich aber darauf, auf keinen Fall nachlässig zu werden.

Langsam schlüpfte ich aus meinem Sakko, löste die Krawatte und öffnete die Knöpfe an meinem Hemd. Meine Hände zitterten, weil ich es kaum erwarten konnte, endlich wieder über ihr zu sein. Ihren zierlichen süßen Körper auf meinem zu spüren. Haut auf Haut. In dem Wissen, dass es für mich nur noch Harper geben würde und sonst niemanden. In gewisser Weise hatte sie mich für immer verdorben, denn es würde nie mehr eine andere Frau geben, die mich derart in ihren Bann ziehen konnte wie sie. Sie war wie meine Droge. Die mächtigste auf der ganzen Welt.

Sobald mein Oberkörper nackt war, brannten sich Harpers Augen hinein. Ich wusste genau, wie sehr sie den Adler auf meiner Brust mochte, und ich wusste auch, dass sie das anmachte. Oh, wie ich diese Frau liebte. Ich öffnete meinen Gürtel, den Reißverschluss und ließ meine Hose zu Boden gleiten. Nun vollkommen nackt und mit steinhartem erhobenem Schwanz stand ich vor ihr, während sie ungeniert auf ihn blickte und sich voller Vorfreude über die Lippen leckte.

Das war der Augenblick, in dem Harper ihre Beine für mich öffnete. Mich einlud, zu ihr zu kommen. Ihr das zu geben, was sie brauchte – ebenso wie ich. Umgehend war ich über ihr, leckte sie am Hals, küsste mir meinen Weg zu ihren vollen Brüsten, knabberte an ihren Nippeln. Harpers Körper wölbte sich mir in immer kürzer werdenden Abständen entgegen. Rieb sich an mir, führte meine Erektion wie von selbst zu ihrer Mitte. Sie war so feucht, und das nur für mich. Sie wollte mich, und dafür brauchte es nicht einmal Worte, doch mein heutiger Vorsatz sollte nicht ins Wanken geraten. Ich wollte sie auf Händen tragen.

»Shaun«, keuchte sie. »Bitte.«

Ich hielt inne, sah sie an. Wer hätte gedacht, dass ich jemals mit einer Frau zusammen sein würde, die ausgerechnet wegen mir vor Glück so explodieren konnte wie der Times Square an Silvester?

»Noch nicht«, erwiderte ich und fuhr damit fort, jeden Zentimeter ihres Körpers zu erkunden. Mich ihren Bauch hinabküssend, ließ ich absichtlich die Stelle aus, an der sie mich am meisten fühlen wollte.

»Shaun, ich brauche dich!«

»Darf ich dich nicht verwöhnen?«

»Nein, nicht heute. Bitte. Shaun, ich will dich. Jetzt!«

Ich hörte auf, sie zu necken, und begegnete einer solchen Form der Liebe, Zuneigung und Lust, dass es mir beinahe den Atem raubte. Ich haderte mit mir selbst, ob ich ihrer Bitte wirklich nachkommen oder meinen Plan weiterverfolgen sollte. Doch wer war ich denn, dass ich solchen Augen nur eine einzige Bitte hätte abschlagen können? Zum Teufel mit diesen verdammten Plänen!

»Du weißt ganz genau, dass ich gar nicht anders kann, wenn du mich so ansiehst«, presste ich hervor und fischte eilig ein Kondom hervor, um es mir überzustreifen. »Eigentlich hatte ich heute gänzlich anderes mit dir vor«, raunte ich an ihr Ohr und knabberte an ihrem Ohrläppchen, während ich meine Härte für sie vorbereitete. »Du bist viel zu ungeduldig für mich. Heute bekommst du deinen Willen, aber das nächste Mal werde ich dich nach allen Regeln der Kunst verführen und ein einfaches Bitte wird nicht ausreichen, um dich zu erlösen.« Eine verheißungsvolle Gänsehaut breitete sich auf ihrem gesamten Körper aus.

»Shaun!«, keuchte sie, und ich fackelte nicht lange. Ich küsste sie voller Leidenschaft, und in dem Moment, in dem ich meine Zunge zwischen ihre vollen Lippen zwängte, schob ich gleichzeitig meine Spitze vorsichtig in sie hinein. Harper stöhnte erleichtert auf und schob ihr Becken nach vorne, damit sie mich sogleich ein Stückchen weiter in sich aufnehmen konnte. Ich lachte leise, ehe ich meine Erektion Zentimeter für Zentimeter in quälend langsamem Tempo immer weiter in ihr versenkte. Es war unheimlich schwer für mich, mich zurückzuhalten.

Langsam und gefühlvoll war neu für mich, aber es war genau das, was ich all die Zeit über immer vermisst hatte. Harper war mein Zuhause. Sie gab mir das Gefühl, angekommen zu sein, alles schaffen zu können.

Sie kam wenige Minuten später, dicht gefolgt von mir, mit einem spitzen Schrei, den ich mit meiner Hand dämpfen musste, damit Caleb nicht doch noch aufwachte. Und als sie kurz darauf eng an meine Brust geschmiegt einschlief, hatte ich nicht den blassesten Schimmer, wie ich jemals hatte annehmen können, dass es nichts Schlimmeres gäbe, als neben einer Frau zu liegen und sie ganz ungeniert beim Schlafen zu beobachten.

Während ich so dalag, ihr durchs Haar strich und der angenehmen Stille lauschte, fiel mein Blick auf ihr Zeichenbuch, in dem sie am Vormittag etwas skizziert hatte. Ihr Vertrauen in mich wuchs mit jedem Tag an, sodass sie seit einer Weile sogar dieses Heiligtum zu mir mitnahm, wenn sie vorhatte, länger zu bleiben. Ich hatte nie eine Zeichnung von ihr gesehen, weil sie mich nicht sehen lassen wollte, was sie tat. Harper dachte, dass sie kein Talent dazu hatte, aber das konnte ich mir nicht vorstellen. Sie arbeitete stets so konzentriert, und ich sah ihr gern dabei zu, wenn sie zeichnete. Ich liebte diese kleinen Fältchen, die sich um ihre Augen bildeten, wenn sie so fokussiert arbeitete.

Es juckte in meinen Fingern. Sollte ich, oder sollte ich nicht? Mit möglichst wenigen Bewegungen reckte ich meinen Arm und erwischte eine Ecke des Buches mit meinen Fingerspitzen.

Es stellte sich schnell heraus, dass sie sogar noch mehr Talent besaß, als ich angenommen hatte. Mit großer Bewunderung musterte ich ihre Zeichnungen. Wenn ich mir das so anschaute, hätte sie eindeutig etwas mit Kunst studieren sollen – Medizin hin oder her. Sie war sowohl gut mit Landschaften als auch mit Personen. Da war diese Zeichnung von einem älteren Ehepaar auf einer Parkbank, die mir besonders gut gefiel.

Ich blätterte weiter und stockte. Eine Zeichnung von mir, jedoch nicht vollendet. Wie ich hinter dem Bartresen stand und gezielt in eine bestimmte Richtung sah, nämlich frontal zu demjenigen, der auf diese Zeichnung blickte. Mein Blick hart und unergründlich. Ich blätterte weiter, nur um noch eine Zeichnung von mir zu finden. Dieses Mal, wie ich in dem Café, in dem Harper arbeitete, in einer Nische saß und nach draußen blickte. Ich erinnerte mich noch sehr gut an diesen Tag. Es war das erste Mal gewesen, dass ich sie außerhalb des *Dreams* gesehen hatte. Es fühlte sich an, als ob das eine halbe Ewigkeit her war, dabei waren seitdem nur wenige Monate vergangen. Und dennoch waren wir uns gegenseitig von Anfang an verfallen. Doch das hätten wir uns damals niemals eingestanden.

Es schmeichelte mir, dass sie mich bereits in so einem frühen Stadium unserer Beziehung in ihrem Zeichenbuch verewigt hatte, und das noch mit so viel Talent. Mit einem letzten Blick auf die Zeichnung schlug ich das Buch wieder zu und legte es zurück an seinen Platz. Ich zog die Decke noch weiter über Harpers Schultern, damit ihr bloß nicht kalt wurde, und kuschelte mich noch etwas enger an sie.

Meine Harper.

Mein Mädchen.

Meine Liebe.

Danksagung

Das zweite Buch zu veröffentlichen, fühlt sich nicht weniger überwältigend an, so viel steht fest. Und langsam beschleicht mich der Verdacht, dass sich das auch in Zukunft nicht ändern wird.

Nach all der Zeit noch einmal so tief in die Geschichte von Shaun und Harper abzutauchen, war ein ganz besonderes Erlebnis für mich. Als ich 2020 mit der Rohfassung von »The Shadows on Your Soul« in der Kategorie »New Adult« einen der fünfzig deutschen Wattys gewann (das war schon unfassbar), hätte ich niemals gedacht, dass mich das Abenteuer eines Tages an diesen Punkt führen würde.

Das alles wäre aber niemals ohne eine ganze Reihe an wundervollen Menschen möglich gewesen. Daher gilt meine Dankbarkeit vor allem den folgenden Beteiligten:

Petra. Deine euphorische E-Mail, dass Piper ein Vertragsangebot für mich hat, hat mich regelrecht umgehauen. Durch die Zeitverschiebung zwischen Kanada und Deutschland war es schon kurz nach null Uhr, aber das hat mich nicht davon abgehalten (mein Freund kann es bezeugen), wie verrückt durch die Wohnung zu springen. Danke, dass du dich für mich eingesetzt und immer ein offenes Ohr hast.

Elke. Dir danke ich vor allem für diese gigantische Chance, das mir entgegengebrachte Vertrauen und den herzlichen Empfang im Team Piper. Die Zusammenarbeit hat mir sehr viel Spaß gemacht. Ich kann es auch heute noch nicht fassen, dass es von all den Geschichten auf Wattpad gerade Shaun und Harper in die Reihe Wattpad@Piper geschafft haben. Ich habe die bei euch veröffentlichten Bücher schon von Beginn an vergöttert. Davon nun ein Teil zu sein, ist für mich absolut surreal.

Mira. Danke für deine ausführlichen Verbesserungsvorschläge. Die Rundumerneuerung hat noch so einiges aus der Geschichte herausgeholt, worauf ich sehr stolz bin und womit ich Harper und Shaun guten Gewissens in die Welt entlassen kann. Danke auch für deine Unterstützung gerade bei den kritischen Themen, die im Buch behandelt werden. Ich hoffe sehr, dass ich auf diese Weise immer die richtigen Worte gefunden habe.

Philipp, mein Seelenverwandter (und das ist genauso kitschig gemeint, wie es klingt). Ich werde dir wohl für immer etwas schuldig bleiben, denn ohne deine Überzeugungskünste hätte ich mich vielleicht nie getraut, mich vor fünf Jahren auf Wattpad anzumelden. Diese Geschichte wäre ohne dein gigantisches Wissen nicht zu der geworden, die sie heute ist. Meine ganz persönliche Wikipedia. Danke, dass du mir seit sieben Jahren nicht von der Seite weichst. Ich liebe dich und kann es kaum erwarten, *dein* erstes fertiges Buch in Händen zu halten.

Mama und Papa. Danke. Einfach weil ihr ihr seid. Meinem Redefluss immer zuhört, wenn es Neuigkeiten gibt. Und ich hoffe inständig, dass ihr manche Szenen in diesem Buch einfach überlest *hust*.

Oma. Du hast mein letztes Buch mehrfach gelesen, jedem davon erzählt und dabei voller Stolz gestrahlt, wenn du darüber gesprochen hast.

Meinen Wattpad-Lesern. Ihr habt »The Shadows on Your Soul« damals in seiner absoluten Rohfassung gelesen und geliebt. Das bedeutet mir alles. Jeder von euch hat dazu beigetragen, dass ihr die Geschichte von Shaun und Harper jetzt als richtiges Buch in Händen halten könnt. Also: danke!!!

Und zu guter Letzt: Dir. Du hast dieses Buch gekauft. Vielleicht kanntest du es in seiner früheren Fassung, oder du bist ganz unabhängig von Wattpad auf Shaun und Harper gestoßen. So oder so bin ich so happy, dass du dich für »The Shadows on Your Soul« entschieden und bis hierher gelesen hast. Wenn dir die Geschichte gefallen hat, würde ich mich sehr darüber freuen, wenn du auf den gängigen Portalen bzw. Händlerplattformen eine Bewertung hinterlassen würdest.

Triggerwarnung

Dieses Buch enthält potenziell triggernde Inhalte. Folgende Aufzählung kann den Verlauf der Geschichte leicht spoilern:

- Rassistische Verhaltensweisen gegenüber Schwarzen, explizit rassistisch motivierte Handlungen
- Explizit beschriebener Drogenmissbrauch/-konsum und dessen Auswirkungen
- Gewalttätige Szenen

PEDRO GARCÍA AGUADO
FRANCISCO CASTAÑO MENA

A salvo en la red

DEBOLS!LLO

Primera edición en Debolsillo: abril de 2018
Primera reimpresión: octubre de 2018

Travessera de Gràcia, 47-49. 08021 Barcelona

Printed in Spain – Impreso en España

ISBN: 978-84-663-4237-7
Depósito legal: B-2.916-2018

Impreso en QP Print

P 3 4 2 3 7 7

Penguin
Random House
Grupo Editorial

Todos los padres quieren proteger a sus hijos de cualquier peligro. Para conseguir que estos estén a salvo, tienen que estar pendientes y al día del uso que hacen de las nuevas tecnologías.

Índice

1

Presentación

Si preguntáramos a los padres y a las madres qué temas les preocupan más con relación a sus hijos, veríamos que las nuevas tecnologías, y en especial los teléfonos móviles, se hallan en los primeros puestos. A diario oímos dudas como: «¿Es recomendable que mis hijos tengan teléfono móvil?», «¿A partir de qué edad?», «¿Es malo que se pasen todo el día enganchados a las maquinitas?», «¿Por qué hablan tanto por WhatsApp?» o «¿Se recomienda el uso de las nuevas tecnologías en clase?».

En *A salvo en la red* encontraréis respuesta a todas estas preguntas y aprenderéis sobre la mejor manera de utilizar los *smartphones*, esos aparatos que tanto han cambiado las comunicaciones en el siglo XXI. Es indudable que las nuevas tecnologías son parte intrínseca de la sociedad actual, pero no siempre son perniciosas, pueden ser instrumentos útiles para evitar el fracaso escolar o para detectar el acoso escolar (*bullying*); todo depende del uso que se les dé. Para hacer de ellas una buena herramienta educativa es imprescindible que tanto el padre como la madre sepan utilizarlas bien. Al fin y al cabo, ¿cuál es nuestro objetivo? En eso coincidimos todos: queremos que nuestros hijos sean personas autónomas y felices, y la mejor manera de lograrlo es educarlos en la responsabilidad, lo cual incluye, también, el buen uso de los *smartphones* y las redes sociales.

Ahora bien, ¿cuántos padres saben más de redes sociales que sus hijos? ¿Cuántos se manejan con la misma soltura que sus hijos en internet o con un teléfono móvil? Esta brecha tecnológica entre generaciones es el origen de muchos problemas de las familias actuales. Pero que no cunda el pánico, en estas páginas os daremos las herramientas necesarias para que conozcáis las nuevas tecnologías en profundidad y os indicaremos cómo educar en su buen uso.

Aprender a educar

«Aprender a educar» es un proyecto de asesoría familiar dirigido a padres y a madres y, por supuesto, a sus hijos (nos referimos, obviamente, a hijos e hijas) en el que trabajamos con chicos y chicas que se comportan mal. Nuestro objetivo es sensibilizar a los progenitores sobre la importancia de guiar a los niños en su crecimiento. Puede parecer una obviedad, pero ser padres no nos convierte de forma automática en buenos educadores; la mayoría de nosotros necesitamos que nos echen una mano en esa complicada tarea que es aprender a educar. La buena noticia es que **la felicidad es posible porque TODO SE EDUCA**.

¿Cómo es un niño o un joven bien educado? Un niño bien educado es muy parecido a un adulto bien educado:

es una persona con valores, responsable, que confía en sí misma, que es capaz de sentirse bien, de hacer que los demás se sientan bien y de encajar los fracasos y las frustraciones. Los niños que han recibido una buena educación conocen sus límites y sus posibilidades, saben qué pueden hacer y qué no. ¿Y dónde aprenden todo eso? Pues principalmente en casa. Nosotros, los padres, somos los primeros educadores y, sin duda, los más importantes.

La educación no se basa en fórmulas secretas y misteriosas. Educar bien está al alcance de todos; solo hay que aprender cómo hacerlo. Cuanto antes empecemos, antes veremos los resultados en nuestros hijos. Lo ideal es hacerlo desde el día en que entran a formar parte de nuestra vida, pero cualquier momento es bueno para ponerse a ello.

La mejor manera de demostrar cuánto queremos a nuestros hijos es enseñarles a ser autónomos. De este modo los preparamos en un doble sentido: les enseñamos a disfrutar de su juventud y de su vida adulta y, al mismo tiempo, a ser capaces de afrontar las dificultades que sin duda irán surgiendo en su camino. ¿Y qué implica todo este proceso? Significa saber poner normas y cumplirlas, transmitir valores, enseñar buenos hábitos, y todo ello desde el cariño más absoluto.

Es posible que a menudo nos sintamos desorientados. En nuestra infancia las cosas eran diferentes. Eran otros tiempos, y en el peor de los casos los problemas se solucionaban con jarabe de palo. Por suerte, en la mayoría de los hogares eso es agua pasada, pero también es cierto que se ha caído en el extremo opuesto; ahora es muy habitual tener a los pequeños en una burbuja desde que se despiertan por la mañana hasta que por la noche se duermen a la hora que ellos quieren.

La sobreprotección por parte de los padres impide que los hijos descubran que son valientes y resolutivos —lo vemos a diario en nuestra consulta—, y de hecho les priva de una lección esencial, pues tarde o temprano deberán esforzarse por conseguir sus objetivos. El extremo opuesto —los padres en exceso permisivos— es igual de pernicioso: si dejamos que nuestros hijos hagan lo que quieran, les estaremos negando la oportunidad de aprender qué son los límites, las consecuencias, las responsabilidades..., todo aquello que es fundamental para vivir en sociedad.

Está claro que las familias necesitan herramientas que les ayuden a afrontar esta tarea, en apariencia tan natural y fácil pero en la práctica tan complicada. Y esa es la razón por la que hace unos años creamos el proyecto «Aprender a educar».

¿Quiénes somos?

Pedro García Aguado, presentador para Atresmedia de *Cazadores de trolls*, es experto en desarrollo personal, conferenciante y mediador familiar, además de técnico en prevención sobre el uso de las drogas y experto en resolución de conflictos dentro del ámbito familiar. Ha sido uno de los mejores waterpolistas españoles: campeón olímpico en Atlanta 1996, campeón del mundo en Perth 1998, 565 veces internacional, siete veces campeón de liga y seis veces campeón de la Copa del Rey. En la actualidad, compagina su labor en televisión con la asesoría especializada en diferentes áreas relacionadas tanto con la adicción a las drogas como con los trastornos de conducta en adolescentes.

Francisco Castaño Mena es profesor de educación secundaria y durante siete años fue tutor en el proyecto Aula Oberta en el instituto Les Marines de Castelldefels, adonde acudían los alumnos con desmotivación, baja autoestima, trastornos conductuales, absentismo, necesidades educativas especiales, en riesgo social o con retraso significativo en el aprendizaje. El objetivo era trabajar con ellos de manera más individualizada, utilizando metodologías y planteamientos enfocados a inculcar el valor del esfuerzo y apoyado todo ello en un seguimiento y acompañamiento a los padres para guiarlos en la educación de sus hijos. En la actualidad escribe artículos para portales educativos y prensa; imparte conferencias sobre educación dirigidas a padres y a alumnos de secundaria, ciclos formativos y bachillerato, y desarrolla talleres para padres, en institutos y colegios, con el fin de orientarlos en la educación de los hijos desde un punto de vista muy práctico y útil.

Pedro García Aguado y Francisco Castaño Mena son creadores del proyecto «Aprender a educar» y autores de los libros *Aprender a educar. Evitar el mal comportamiento y el fracaso escolar* y *Aprender a educar 2. Herramientas prácticas*, ambos publicados en Grijalbo.

2

Introducción

Nuevas tecnologías y cambios sociales

Si por algo se caracteriza el tiempo en que vivimos es por el uso cotidiano de nuevas tecnologías. Estamos rodeados de aparatos que a veces ni siquiera sabemos para qué sirven o si realmente los necesitamos. Al mismo tiempo, la sociedad y los hábitos en los hogares están cambiando a velocidades inauditas, lo que se traduce en nuevos comportamientos y nuevas formas de relación.

En «Aprender a educar» creemos que los padres debemos poner normas en el uso de los móviles, vigilar lo que hacen nuestros hijos en internet, estar pendientes de sus teléfonos y de sus tablets.

Sabemos que algunos de nuestros lectores ya están poniendo el grito en el cielo: «¿Y qué pasa con la **intimidad** de nuestros hijos?». Veremos eso más adelante, pero en «Aprender a educar» abogamos por la **seguridad** y la **protección**. De acuerdo con la ley, los padres tenemos la obligación de proteger a nuestros hijos mientras no se hayan emancipado, y esa protección se extiende también al ámbito de internet y las redes sociales.

Lo que para algunos adultos es un entretenimiento, o incluso una vida de mentira o una vida secundaria, es decir, WhatsApp, Facebook, Instagram o Twitter, para nuestros hijos es LA manera de relacionarse. No una de tantas, sino a veces casi la principal. Y lo que para nosotros son herramientas puntuales, es decir, los móviles, para ellos son un canal de comunicación imprescindible.

Pedro recuerda un comentario que le hizo una de sus hijas al salir del cine una tarde. Al acabar la película se le acercó muy alicaída y le dijo: «No soy nadie». Pedro no sabía si achacar su tristeza a la película o a algún problema en el colegio y le preguntó a qué se refería. Su hija le respondió que durante la hora y media que había durado la película no había recibido ningún mensaje de WhatsApp.

En sus grupos de amigos, en sus aplicaciones, los pequeños y los jóvenes entablan relaciones, se comunican, construyen grupos, hacen planes, comparten información sobre deberes o exámenes. En una palabra: viven. Y mientras eso ocurre, ¿cuántos padres tienen alguna idea de lo que hacen sus hijos con sus *smartphones* o en su Instagram? ¿Cuántos padres, de hecho, siguen sin saber lo que es Facebook o Snapchat? ¿Saben con quién se comunican?

En muchos hogares existe una **brecha tecnológica entre padres e hijos**. Si queremos educar en las nuevas tecnologías es fundamental que nosotros, los padres, sepamos de qué estamos hablando. Francisco, en estos asuntos, suele decir que no hay nada mayor que la ignorancia, y añade además que la ignorancia es muy atrevida. Muchas veces bajamos la guardia o no tomamos precauciones porque no sabemos —no podemos imaginar— qué cosas pueden ocurrir. Y los móviles, que cada vez regalamos antes a nuestros hijos, son una vía de acceso a un universo de posibilidades que, por desgracia, no siempre son buenas o deseables.

Eso no significa que haya que demonizar y prohibir las nuevas tecnologías. Todo lo contrario. Vivir en el siglo XXI implica manejar aplicaciones, teléfonos, teclados y correos electrónicos para desarrollarnos personal y profesionalmente. Los que han nacido después del año 2000 son nativos digitales y tienen más facilidad que los adultos para manejarse con las nuevas tecnologías. Pero los *smartphones*, las tablets, los ordenadores y las videoconsolas son herramientas que hay que saber utilizar. Como padres, no saber o no querer saber cómo funcionan no nos exime de nuestro deber de educar en su uso correcto y responsable. Es nuestra obligación.

Sensibilizar, prevenir o evitar

Es bien sabido que el bienestar actual y futuro de nuestros hijos depende en gran medida de que les ofrezcamos una buena educación en todos los ámbitos: en el personal y en el lectivo, pero también en el uso del WhatsApp. El porqué es obvio. En «Aprender a educar» creemos en el desarrollo integral de la persona, y la «identidad digital» forma parte de ese desarrollo integral. Como veremos más adelante, la identidad digital es el rastro de los datos y las acciones, las visitas a webs, los comentarios, las aficiones, las compras, las informaciones, etc., que dejamos en la red. Es información nuestra que queda grabada en internet, quizá para siempre, si no pedimos o logramos que la eliminen. Por ello hay que ser muy precavidos con lo que hacemos o dejamos de hacer. LA RED NO OLVIDA, y eso es algo que nuestros hijos deben tener muy claro.

Conocer los riesgos de los malos usos de internet y las redes sociales es imprescindible. Para evitar esas posibles consecuencias negativas los padres debemos adquirir habilidades educativas y entrenarnos a fondo en establecer normas y límites. El objetivo último es que nuestros hijos crezcan en un entorno saludable en todos los sentidos, que consigan un nivel de educación correcto, y que disfrutemos juntos de una agradable convivencia familiar. Muchos casos de fracaso escolar, mal comportamiento, consumo de drogas u otras conductas de riesgo pueden evitarse con una educación acertada. Deberíamos grabarnos a fuego en la mente que LOS CHICOS Y LAS CHICAS NO SON MALOS, SE COMPORTAN MAL PORQUE NO SE LES HA EDUCADO BIEN.

Cada vez son más los casos de acoso escolar, mal comportamiento o fracaso escolar que detectamos o reconducimos a causa y gracias a las redes sociales. Debemos utilizar las redes como una herramienta no solo para comunicarnos con nuestros hijos sino también para acercarnos a ellos; lo que parece una rabieta puntual o un mal día puede ser, en realidad, fruto de una larga serie de violentas conversaciones digitales con algún familiar o con un amigo o grupo de amigos del colegio, en las que han insultado o se han visto insultados. En este sentido deberíamos dar gracias de que todo quede grabado en la red, porque eso nos permite saber con exactitud qué se ha dicho y cuál es la gravedad del asunto. Dicho de otro modo: podemos vigilar de cerca, aunque sea a modo retroactivo, lo que hacen y dicen nuestros hijos para detectar posibles problemas y, de ser así, actuar.

¿Y en qué consiste actuar? Fácil: en poner normas y límites y cumplirlos. Si supiéramos prevenir, nos ahorraríamos muchas discusiones y muchos sufrimientos a nosotros y a nuestros hijos.

Aprender a educar 3.0

Este nuevo libro de «Aprender a educar» propone una serie de objetivos. El primero de ellos, y el más general, consiste en dar recursos a los padres y a las madres para que sepan guiar a sus hijos en el uso de las nuevas tecnologías. Si ya nos conocíais, mucho de lo que leeréis en las páginas siguientes os sonará. Aunque aquí hablemos de dispositivos electrónicos, la manera de supervisar y cuidar a nuestros hijos es siempre con normas, hábitos saludables y mucho amor. Con todo, no podemos bajar la guardia nunca; nuestros hijos aprenden con muchísima más facilidad que nosotros sobre aparatos y aplicaciones, y estar al día requerirá esfuerzo y dedicación por nuestra parte.

Ese es el segundo objetivo de este libro: reducir la brecha tecnológica (que coincide con la generacional) entre padres e hijos. Para ello es imprescindible conocer los productos que más utilizan los chicos de hoy, algo no siempre fácil cuando estamos bombardeados por anuncios de todo tipo las veinticuatro horas del día. El recorrido que hemos trazado por la jungla de inventos y productos actuales (capítulo 5) os ayudará a orientaros. Ahí encontraréis los recursos tecnológicos que existen, las aplicaciones, cuáles son y para qué sirven las *apps* más populares entre nuestros hijos, etc.

Por otro lado, hemos dedicado dos capítulos a que vosotros, padres y madres, os conozcáis mejor como usuarios de redes y aplicaciones. En el capítulo 3 encontraréis un cuestionario; si respondéis con sinceridad, veréis cuán cerca o lejos estáis de saber lo que para vuestros hijos es, probablemente, el pan de cada día. Asimismo, el capítulo 8 incluye una clasificación de los tipos de actitud paterna ante las redes sociales, actitudes en lo particular que están íntimamente relacionadas con el enfoque que damos, con mayor o menor conciencia, a la educación de nuestros hijos.

Otro apartado que no podía faltar es el relacionado con los peligros de internet y los recursos —los hábitos— que nos servirán para preservar la seguridad de nuestros hijos en la red. Debemos ser conscientes de lo importante que es que estemos allí, con ellos, para ayudarlos y guiarlos, pues en el mundo virtual a veces puede ser difícil distinguir un amigo de un enemigo, o adivinar cuándo la información que nos está llegando es de fiar o no. ¿Dejarías a tu hijo de 10 años solo en medio de la calle en una ciudad desconocida? Entonces ¿por qué no le supervisas cuando navega por la red? Los capítulos 6 y 7 están dedicados a poner luz sobre estos temas.

Os adelantamos ya una de las conclusiones de este libro: el fracaso de nuestros hijos en los estudios, su exposición prematura o indeseada al sexo o a las drogas, y su caída en conductas de riesgo o en problemas de comportamiento dependen en cierta medida de lo preparados y lo protegidos que estén en el uso de las nuevas tecnologías. Tan importante es que sepan utilizar el correo electrónico como que sean capaces de defenderse y denunciar casos de *bullying* en las redes.

Para terminar, en los capítulos 9 y 10 se explican las profesiones que han surgido en los últimos años y se incluye un pequeño glosario para que asimiléis los términos que están más de moda. Cuando acabéis de leer el libro sería conveniente que repasarais los datos y las habilidades presentados a lo largo de estas páginas con el fin de reforzarlos y dominarlos completamente.

REFLEXIÓN: «PENSÉ QUE ERA COSA DE CRÍOS»

Para que comprendáis lo importante que es saber qué hacen nuestros hijos en internet, aquí va una noticia que apareció recientemente en los principales periódicos del país. Dos niños de Alicante querían ser *youtubers*, y para conseguirlo abrieron, en agosto de 2016, una página web en la que enlazaban vídeos. Querían cobrar dinero por cada contenido subido y difundido. El problema vino cuando, confundidos y desorientados, se abrieron una cuenta en el servicio de anuncios de

Google, Google AdWords, y empezaron a pagar por publicidad. Las cifras que acabaron barajando fueron de casi 100.000 euros, que les llegaron en la forma de una factura descomunal. La madre de uno de los chavales admitió que había oído decir a su hijo que quería ser *youtuber* y que no le había hecho mucho caso. «Pensé que era cosa de críos», comentó. Sin embargo, la factura era muy real. La familia se puso en contacto con informáticos y abogados para solucionar el problema.

Como veis, nos queda mucho trabajo por delante, pero en el camino aprenderéis y os divertiréis. Más importante aún, vuestros hijos agradecerán que los acompañéis y los protejáis en algo tan necesario como es su descubrimiento del mundo digital.

3

Cuestionario

> Nuestro conocimiento es necesariamente finito, mientras que nuestra ignorancia es necesariamente infinita.
>
> KARL POPPER

A continuación encontraréis una serie de preguntas muy sencillas a las que solo tendréis que responder SÍ o NO con total franqueza. Están divididas por grupos, y cada grupo se centra en un ámbito particular de las nuevas tecnologías y la educación que damos a nuestros hijos. Al terminar cada apartado deberíais hacer un recuento de los SÍ y los NO. Después del cuestionario veréis cómo hay que leer los resultados.

1) Conocimientos teóricos

	SÍ	NO
¿Te has creado alguna vez una cuenta de correo electrónico?	☐	☐
¿Sabes cómo hacerlo?	☐	☐

	SÍ	NO
¿Sabes ordenar tus e-mails según su relevancia?	☐	☐
¿Te has abierto alguna cuenta en una red social (Facebook, Twitter, Instagram)?	☐	☐
¿Sabes cómo hacerlo?	☐	☐
¿Sabes configurar la privacidad de tu cuenta para que solo unos pocos puedan ver tus publicaciones?	☐	☐
¿Sabes explicar lo que es un *smartphone*?	☐	☐
¿Puedes decir al menos diez usos que se le pueden dar a un *smartphone*?	☐	☐

2) Educación en nuevas tecnologías

¿Has entrado a internet alguna vez con tus hijos?	☐	☐
¿Has puesto normas con respecto al uso de las nuevas tecnologías?	☐	☐
¿Has puesto límites con respecto al uso de nuevas tecnologías?	☐	☐
¿Has establecido sanciones, o consecuencias, para cuando no se cumplen las normas y los límites?	☐	☐
¿Sabes lo que es el *cyberbullying*?	☐	☐
¿Has explicado a tus hijos lo que es el *cyberbullying*?	☐	☐

	SÍ	NO
¿Sabrías denunciar un caso de *cyberbullying*?	☐	☐
¿Has explicado lo que es el respeto hacia las otras personas en redes sociales?	☐	☐
¿Sabes decir desde qué dispositivos pueden acceder tus hijos a internet?	☐	☐

3) Protección de los hijos

¿Revisas generalmente los perfiles de tu hijo en redes sociales?	☐	☐
¿Está algún adulto presente cuando tu hijo se conecta a internet?	☐	☐
¿Sabes cuántos amigos tiene tu hijo en Snapchat?	☐	☐
¿Sabes si tu hijo comparte fotos con desconocidos?	☐	☐
¿Sabrías decir si alguna vez ha quedado para verse con desconocidos?	☐	☐
¿Sabe tu hijo lo que es el *sexting*?	☐	☐
¿Sabe tu hijo lo que es el *grooming*?	☐	☐

Antes de leer los resultados, queremos que veas el siguiente vídeo en YouTube sobre los peligros a los que están expuestos nuestros hijos si no los educamos correctamente en el uso de las redes sociales:

VÍDEO: «Peligros de las redes sociales»

<https://www.youtube.com/watch?v=xvlYGc8glYE>

El vídeo nos muestra un pequeño experimento sociológico en el que un adulto se hace pasar por un adolescente en internet y así contacta con tres niñas (14, 13 y 12 años), de quienes obtiene información personal e incluso una cita. Ante el asombro de sus padres, las tres niñas abren la puerta de su casa a un completo desconocido, y todo gracias al engaño y la manipulación que permiten las redes sociales e internet. Lo más curioso del caso es que los padres insisten en que ya habían hablado de eso con sus hijas, lo cual no impidió que el protagonista del experimento lograra vencer todas sus precauciones.

Recordad: LA MEJOR DEFENSA ES EL CONOCIMIENTO, y para ello primero hay que adquirirlo y luego transmitirlo a nuestros hijos.

Y ahora veamos los resultados obtenidos en el cuestionario.

Resultados

Si has respondido «sí» 8 veces o menos, es probable que no hayas prestado atención a los nuevos avances tecnológicos porque te parecen una moda pasajera, un avance poco útil o una pérdida de tiempo. Sea cual sea tu caso, ya va siendo hora de reciclarse y admitir que las nuevas tecnologías son el futuro y que de ello dependen la educación de tus hijos, su felicidad y su éxito académico y profesional. No se trata únicamente de saber utilizar el WhatsApp para enviar mensajes; se trata además de educar en el buen uso, de prevenir y proteger, con lo que tan importante es saber qué es un *smartphone* y cuáles son sus usos como tener herramientas para poner normas y conocer cuáles son los riesgos que esconden las redes sociales.

Si has respondido «sí» entre 9 y 16 veces, eres de aquellos padres que se han adaptado al siglo XXI y manejan con soltura teléfonos móviles, aplicaciones y programas de ordenador. Es probable que lo necesites en el ámbito laboral en el que trabajas, o puede que incluso en tu día a día recurras a estos avances para hacer más ágil y dinámica tu vida. Ahora bien, ¿cuánto sabes sobre el protocolo de actuación en caso de que tus hijos sufrieran *cyberbullying*? ¿O cuánto sabes sobre el uso que tus hijos dan a internet? Tener cierta información, haberles transmitido datos y programas, no significa protegerlos como es debido. Vale la pena ampliar y perfeccionar nuestros saberes cotidianos para asegurar que la relación de nuestros hijos con las redes sociales es sana y satisfactoria.

Si has respondido «sí» entre 17 y 24 veces, encarnas la frase que hemos escrito un poco más arriba: la mejor defensa es el conocimiento. Estás al día de lo que ofrecen las nuevas tecnologías y eres consciente del enorme papel que desempeñan en el crecimiento de tus hijos, con lo que puedes educar en el buen uso y proteger. El primer paso ha sido informarte sobre estos temas o ir aprendiendo sobre la marcha, pero a continuación has aplicado lo aprendido en la educación de tus hijos. De todos modos, en educación siempre es necesario dar **una pedalada más**, para utilizar una frase de Francisco, y el ritmo al que avanzan los *smartphones*, tan rápido como el ritmo al que crecen nuestros hijos, es un buen motivo para seguir aprendiendo sobre móviles, normas y tendencias.

4

Vivir en la sociedad tecnológica del siglo XXI

El niño es el futuro del hombre.

Jacques Delors

Un vistazo general

En los últimos años se ha hablado mucho de la tercera revolución industrial, lo que viene a decir, en pocas palabras, que los países desarrollados empiezan a gestionar sus recursos de una manera diferente a como se hacía en el pasado: estamos descubriendo las energías renovables (solar, eólica...), los ciudadanos nos organizamos para compartir gastos y contaminar menos (el sistema de transporte Uber, el alquiler de viviendas Airbnb, las huertas colectivas...) y aparecen instrumentos para que construyamos objetos en casa (impresora 3D). Como sociedad, nos hemos dado cuenta de que la energía más limpia e igualitaria es la que la naturaleza distribuye por todo el mundo. La tercera revolución industrial es un esfuerzo consciente por aprovechar sus posibilidades.

El sociólogo Jeremy Rifkin explica que esa nueva gestión de los recursos requiere de un sistema de comunicación que sea común y ágil y que funcione a modo de red. Lo que entendemos como internet ocupa ese espacio y sus principales ventajas son que no está organizado de arriba abajo, como las empresas clásicas, sino en horizontal, y que funciona a modo de colaboración en vez de a partir de mandatos. Día tras día nos enteramos de nuevos inventos que han sido posibles gracias a esta colaboración mundial a favor de la igualdad y el respeto al medio ambiente.

Un gran ejemplo del poder transformador de las nuevas formas de comunicación lo tenemos en lo que se llamó la Primavera Árabe. Según Joan Tapia, periodista y exdirector de *La Vanguardia*, «la revolución de las nuevas tecnologías (internet) y las nuevas redes sociales (Facebook, Twitter...) hacen que las noticias circulen rápidamente y sin censura», con lo que resulta fácil difundir las mentiras de un gobierno dictatorial y exigir «libertad y mejores condiciones de vida».

Sin embargo, como se suele decir, no todo el monte es orégano. Hay muchos países en los que se bloquea el acceso a internet, o donde el gobierno lo manipula de cara a la comunidad internacional para esconder que muchos de sus ciudadanos no tienen acceso a agua potable, alimentos, sanidad y tecnología.

Por otra parte, por cada gesto de bondad y de compañerismo entre Estados o entre ciudadanos, hay otros tantos de aislamiento y marginación. Mientras algunos afortunados podemos viajar por el mundo a un precio baratísimo porque contamos con el dinero y con el saber necesario para acceder a internet, hay familias que se ven obligadas a vender cuanto tienen para escapar de la miseria o la violencia. La desigualdad y la guerra siguen estando muy presentes a lo largo y ancho del mundo.

Según el informe de la Unesco de finales del siglo pasado *La educación encierra un tesoro*,* el avance tecnológico y científico no servirá de nada si no educamos en valores a las generaciones futuras. Internet, al igual que el trabajo en equipo, es una herramienta, y como tal puede utilizarse bien o mal, para ayudar a los demás o para lograr todo lo contrario. Por ello, además de ocuparnos de que nuestros hijos tengan acceso a internet, a las tablets o a los *smartphones*, debemos asegurarnos de que sepan utilizarlos correctamente, para hacer el bien y para su beneficio y crecimiento personal. No olvidemos que el respeto y la igualdad son valores que deben enseñarse en casa. Lo que nuestros hijos hagan con su *smartphone* dependerá de lo que les enseñemos.

Los nativos digitales

Estamos viviendo una etapa de cambios económicos, políticos y tecnológicos constantes. Nada indica que las transformaciones vayan a detenerse en un futuro cercano, más bien al contrario. El mundo a nuestro alrededor cambia y

* Encontraréis un resumen en el siguiente enlace: <http://www.unesco.org/education/pdf/DELORS_S.PDF>

seguirá cambiando cada vez más rápido. Gracias a la tecnología, tanto la cultura como la economía y las relaciones humanas tomarán formas muy diversas que quizá a día de hoy ni siquiera podemos imaginar.

¿Cómo son los chicos y las chicas que nacen y viven desde pequeños en este entorno digital y global? En primer lugar hay que decir que muchos de ellos son nativos digitales, o residentes digitales, en el sentido de que han crecido en entornos altamente tecnificados. La tecnología es indispensable en su forma de relacionarse con el mundo y con sus congéneres, por lo que tienen una facilidad tremenda para comprender y utilizar todo tipo de maquinitas. Se comunican entre sí a través de la tecnología; los hay que nunca se llaman por teléfono, o no se ven durante días, porque se comunican a distancia y mediante *apps*.

En segundo lugar cabe señalar que los procesos de comunicación de cada generación cambian según cuáles sean sus *apps* o sus herramientas favoritas. Hace catorce años eran muy importantes el Windows Messenger y el Fotolog; hace cinco años lo eran Facebook y Twitter, y ahora los más jóvenes utilizan Snapchat y Telegram. Como todo, la comunicación virtual funciona por modas y tendencias. No son ni mejores ni peores métodos de comunicación. Por otra parte, si nos limitamos a valorar de modo superficial —mejor, peor— los sistemas, sin llegar a comprender sus entresijos y cómo responden a las necesidades de los usuarios, estaremos perdiendo la oportunidad de saber cómo viven nuestros hijos y, en consecuencia, cómo será el futuro de todos.

Con independencia de las diferencias en cuanto a *apps*

o *smartphones*, los chicos que han nacido en los últimos veinte o treinta años forman parte de un entorno donde se barajan principalmente las siguientes acciones:

- **La creación de contenidos.** Basta comparar las enormes enciclopedias que teníamos de pequeños en casa con la popularísima Wikipedia. Del producto creado por unos pocos, de pago, hemos pasado a un servicio gratuito en el que cualquiera puede ser editor de contenidos. Plataformas como Facebook, Instagram o Snapchat llevan la creación de contenidos personales al siguiente nivel y nos permiten construir una identidad digital tal como nosotros queremos.
- **Dar tu opinión y valorar.** Gracias a páginas como TripAdvisor o el servicio de anuncios de Google podemos comentar, valorar y puntuar negocios de todo tipo, como restaurantes, hoteles, atracciones turísticas, agencias de viajes, museos, supermercados, tiendas de ropa... Aquí no se trata de crear contenido propiamente dicho, sino de orientar a otros clientes respecto a los servicios que se ofrecen en una ciudad determinada. No hay que confundir la valoración de servicios con el punto siguiente.
- **Expresar y denunciar.** ¿No opinamos también a diario sobre las noticias que recibimos en Facebook, por WhatsApp o en Twitter? Las redes sociales tienen algo de la plaza del pueblo de antes, cada persona tiene libertad para defender a su equipo de fútbol, a su partido político, sus ideales o sus gustos musicales, ya sea mediante blogs personales o comentarios en las webs de periódicos o revis-

tas, con independencia de la ideología o del color que sean. Más aún, permiten alabar o denunciar públicamente actos, gestos, pensamientos o ideas.

- **Compartir.** Este es quizá el punto crucial del mundo de relaciones posibles que nos abre internet: en cuestión de segundos personas de todo el mundo pueden enterarse de sucesos, cambios sociales, tendencias musicales, hallazgos e incluso bromas, comentarios, inventos, cosas positivas y negativas. Compartimos aquello que nos gusta y que nos disgusta, lo cual puede servir de expresión personal individual pero también como medio de hacer publicidad o de dirigir la opinión pública.

ANÉCDOTA: EL PODER DE COMPARTIR

La Academia Khan, o Khan Academy, que seguramente muchos ya conoceréis, es un magnífico exponente del poder beneficioso que puede tener una web. Se trata de una gran escuela virtual donde podemos encontrar más de cien mil vídeos sobre temas diversos. Su particularidad, y aquello que le da su toque personal, es que todo empezó cuando un chico, Salman Khan, estaba ayudando a su prima a resolver un problema matemático y, al descubrir que se explicaba bien, decidió subir vídeos de sus clases a internet. Su popularidad creció con rapidez debido a la utilidad de sus consejos y, principalmente, al hecho de que eran clases gratuitas.

En doce años ha cosechado millones de usuarios en cuarenta idiomas, con lo que se convierte en un referente importante de los usos positivos que se le pueden dar a internet.

Para más información: <https://es.khanacademy.org/>

Los valores de la sociedad del futuro

Hemos visto qué son y qué pueden hacer los nativos digitales. Ahora bien, ¿tenemos alguna idea de cuáles son sus objetivos y qué los motiva? En el informe de la Unesco *La educación encierra un tesoro* se advertía de que las nuevas tecnologías requieren de una base de valores sólida para ser verdaderamente útiles a la humanidad. Y lo mismo puede decirse respecto al uso de las herramientas tecnológicas por parte de nuestros hijos. Si les enseñamos a ser generosos y empáticos en su vida ordinaria, lo más probable es que actúen de manera parecida en las redes sociales. Por el contrario, si están acostumbrados a manipular o a ejercer la violencia para conseguir lo que quieren, su relación con los compañeros vía WhatsApp o Snapchat será tóxica y perjudicial.

A continuación veremos los valores que en «Aprender a educar» consideramos fundamentales, teniendo en cuenta que lo principal es que nuestros hijos sean personas felices y autónomas, sepan apasionarse por algo («tener una pasión»), esforzarse por conseguir lo que quieren («el valor del esfuerzo»), y aceptar los fracasos y los reveses de la vida («tolerancia a la frustración»).

Amistad

La amistad es el ingrediente más importante en la receta de la vida; elegir bien a los amigos es fundamental. Nos juntamos de forma instintiva con personas con las que nos sentimos bien, que están por nosotros igual que nosotros estamos por ellas, y con las que hay una confianza mutua. En el terreno de las redes sociales e internet, es básico tener claro, y hacer entender a nuestros hijos, que no todos aquellos con los que interactuamos son nuestros amigos. Eso significa que debemos relacionarnos tan solo con aquellas personas que conocemos y nos hacen sentir bien, unas personas que sin duda cuidarían de nosotros en caso de necesidad. Eso implica tener sentido común a la hora de incorporar nuevos usuarios a nuestra red de contactos y jamás confiar información personal a alguien que no sea del ámbito estrictamente familiar; nunca sabemos quién está al otro lado de la pantalla. Los amigos de verdad se pueden contar con los dedos de una mano; no dejemos que las redes nos confundan y seamos consecuentes: invitemos a nuestra red solo a quien invitaríamos a nuestra casa.

Generosidad

Es la capacidad de compartir con los demás aquello que somos, que sabemos y que tenemos. La generosidad debe entenderse como una forma de ser útil a los demás, en especial a nuestros amigos. En las redes sociales, la generosidad suele relacionarse con el esfuerzo de los millares de usuarios que día a día construyen plataformas de acceso gratuito (caso de Wikipedia). Internet es el lugar en el que todos podemos y debemos dar lo mejor de nosotros mismos para que otras personas alrededor del mundo se beneficien de nuestros conocimientos. No se trata de escribir lo primero que nos pase por la cabeza, compartir rumores y difundir medias verdades, sino de participar críticamente y con optimismo en la construcción de un mundo mejor. A veces para ayudar es preferible callar, no intervenir en una discusión sin pies ni cabeza en la que se dice de todo menos argumentos, y a veces ayudar consiste en hacer saber a un negocio de qué manera podría mejorar sus servicios. Ser generoso es ir con la verdad por delante, sentirse bien con uno mismo y hacer que los demás se sientan bien.

Empatía

La empatía no consiste solo en ponerse en la piel del otro. La verdadera empatía exige salir de nuestra comprensión del mundo, ver y sentir el mundo desde las percepciones y las emociones del otro; de lo contrario nos estaremos quedando a medio camino. A ciertas edades, en especial cuando los niños son pequeños, la empatía aún no es posible porque el cerebro y las emociones no han madurado lo suficiente. Crecer y hacernos adultos consiste precisamente en ir reconociendo que los demás tienen tantos derechos como nosotros y que uno de esos derechos es sentir las cosas a su manera, nos guste o no. Cuando nos comunicamos con la otra persona sin siquiera verle la cara y con una pantalla y mucha distancia de por medio, es fácil olvidar que debemos tratarla igual que si estuviéramos charlando en medio de la calle: tiene emociones, sentimientos, derecho a expresarse y a ser respetada. Enseñemos a nuestros hijos a hacer el esfuerzo de escuchar y comprender a la otra persona, con más empeño aún si «solo» están hablando por WhatsApp o por el ordenador: si no vemos a la otra persona es terriblemente fácil dejar de ser empáticos con ella.

Honestidad

Este valor exige, de entrada, conocerse a uno mismo, porque si uno no sabe quién es no puede saber si está diciendo la verdad sobre sí mismo. Dicho esto, la honestidad implica expresar sin temor lo que se siente y se piensa, es decir, ir con la verdad por delante y cumplir las promesas que hacemos, tanto a nosotros como a los demás. Una persona de palabra es alguien con quien vale la pena relacionarse y en quien se puede confiar. En el terreno de las redes sociales, la honestidad consiste en ser quien eres y, por ejemplo, no abusar de la supuesta «libertad» o «anonimato» de las redes sociales para herir a otra persona o decir barbaridades. Al contrario, tenemos que aprovechar el poder de expresión que permiten las redes para manifestar nuestra opinión de forma constructiva y respetuosa, dar voz a quienes no la tienen, proteger a los desfavorecidos, y denunciar aquellas mentiras y tergiversaciones que solo buscan molestar o hundir.

Pasión

Cuando crees en ti mismo y en lo que haces, cuando persigues apasionadamente tu meta, todo es posible. Nada grande se ha hecho en el mundo sin una gran pasión, sin ese sueño que todos deberíamos perseguir. Internet está lleno de ejemplos de personas que han luchado por sus sueños hasta hacerlos realidad. Algunos *youtubers* y bloggeros han conseguido hacer un oficio de su hobby o su pasión compartiéndolo con millones de personas. Pero no hace falta mirar tan arriba: a diario leemos en periódicos y en mensajes de Facebook sobre personas que se dedican a ayudar a ancianos, a rescatar y alimentar a mascotas abandonadas, a defender los derechos de los desfavorecidos o a entretener a los pacientes de los hospitales. Internet es un gran escaparate en el que vemos qué significa actuar como un verdadero ser humano y no hay pasión que valga más la pena.

Respeto

Es la consideración hacia el otro, hacia sus opiniones y prácticas, aunque difieran de las nuestras. El respeto empieza por uno mismo: debemos respetarnos y hacernos respetar. Si no nos respetamos a nosotros mismos, no sabremos respetar adecuadamente a los demás, solo conseguiremos alejarnos del mundo y perder oportunidades de aprender, descubrir cosas nuevas y disfrutar. Pero el respeto también tiene que ver con dar a los demás el tiempo y el espacio para ser ellos mismos y para expresarse con total libertad. En las redes sociales son muchos los que confunden el anonimato con la posibilidad de perder el respeto de la peor manera. Debemos enseñar a nuestros hijos a ser respetuosos en cualquier circunstancia, incluso cuando una persona que no conocemos escribe mensajes con los que no estamos en absoluto de acuerdo. Sin perder las formas, respetando su espacio y su derecho a pensar como quiera, le haremos saber que no coincidimos con su opinión.

Perseverancia

No debemos renunciar a nuestros sueños. Si nos caemos mil veces, tendremos que levantarnos otras mil. O, como dirían Francisco y su hijo Isma, siempre hay que dar una pedalada más, es decir, perseguir un objetivo claro, mantener una actitud positiva y ser constantes en nuestros propósitos. Siempre que empecemos un nuevo proyecto online, ya sea una página web o un negocio, la perseverancia será nuestra mejor compañera. Gracias a ella avanzaremos en el aprendizaje continuo de inventos nuevos y programas innovadores. Es, también, la mejor manera de educar a nuestros hijos en el buen uso de las redes; siempre podemos aprender un poco más, siempre podemos hacerlo un poquito mejor.

Responsabilidad

El sentido de la responsabilidad se enseña con el ejemplo. Los padres debemos dar responsabilidades y tareas a nuestros hijos siempre en función de su personalidad, edad y madurez, pero ya desde pequeños, para que se acostumbren a ser responsables de algo y aprendan que toda acción o falta de acción tiene una consecuencia. En las redes sociales, como en cualquier ámbito de la vida, la responsabilidad de las propias acciones y los propios comentarios no es algo que pueda dejarse aparcado para el día siguiente; somos lo que hacemos y lo que decimos en cada momento. El asunto se agrava en internet, donde todo queda grabado y es muy difícil eliminar las huellas de aquello que has dicho o hecho incluso cuando pensabas que nadie estaba mirando. Políticos, banqueros, cajeros de supermercado y dependientes de tiendas de ropa que han perdido un trabajo, una oportunidad laboral o una relación de amor o amistad por no saber llevar con responsabilidad su actividad en las redes sociales. Basta con una pizca de sentido común. Cada uno de nosotros sabe cómo no querría verse y que le vieran en el futuro. Pensémoslo dos, tres y cuatro veces antes de escribir algo de lo que más adelante podamos arrepentirnos.

Trabajo en equipo

El trabajo en equipo es imprescindible para el buen equilibrio y funcionamiento familiar. Trabajar en equipo implica unidad, comunicación, toma de decisiones, apoyo mutuo, compromiso, sentimiento de pertenencia. Es función de los padres lograr esa comunión entre los miembros de la familia: todos sumamos. Las redes sociales funcionan de manera muy parecida; el respeto, la responsabilidad, el buen humor y el espíritu constructivo son cosa de todos y cada uno de sus usuarios. La única manera de hacer de internet un lugar instructivo, seguro, sano y divertido es poner algo de nuestra parte cada vez que escribimos o interactuamos. Por fortuna, eso lo permite en gran medida la Web 2.0, que se construye por lo general gracias al trabajo conjunto de los millones de personas que dan consejos, se ayudan mutuamente, denuncian agresiones y humillaciones e intentan dar voz a los que no la tienen.

Crítica constructiva

Significa buscar soluciones a los problemas de la manera más beneficiosa para todos. A veces es necesario un punto de vista externo para saber dónde fallan las relaciones o los procesos, y si somos capaces de detectar esos puntos conflictivos y de expresar de forma correcta y amable qué es preciso para arreglarlos, estaremos haciendo un gran favor a los demás. Sin esta herramienta, internet, tal como lo entendemos en el siglo XXI, no existiría; sin el apoyo mutuo y la visión constructiva, muchos de los avances de los últimos tiempos no habrían sido posibles. Aprovechemos cada instante para mejorar nuestra sociedad aportando ideas renovadoras. Enseñemos a nuestros hijos a buscar maneras alternativas de mejorar y crecer como comunidad.

Voluntad

Es la fuerza interior que nos permite alcanzar aquello que nos proponemos. Pero para que haya voluntad hay que tener autoestima, de lo contrario nos faltará lo que de verdad es imprescindible para ser felices: nuestro propio apoyo. Gracias a la voluntad de millares de personas contamos con grandes plataformas online de ayuda y guía; el trabajo personal e introspectivo para tener una voluntad de hierro está de moda. Tener claro qué queremos y saber cómo conseguirlo es el primer paso para lograr el éxito personal, sea el que sea.

Superación

Continuando con los símiles del ciclismo que tanto gustan a Francisco, diremos que a la cima no se llega superando a los demás sino superándonos a nosotros mismos. Antes que competitivos, nos será de gran ayuda ser competentes. El éxito en la vida se mide por los obstáculos que superamos.

La escuela y la tecnología

En la actualidad los profesores suelen dividirse en dos grupos: los que intentan sacar el máximo provecho de portátiles, tablets y *smartphones* con la voluntad de que la enseñanza se adapte a los nuevos tiempos, y los que creen que esa integración no es útil ni necesaria. Aunque son los centros los que dictan el marco de uso de las nuevas tecnologías, ciertas actitudes profesionales reflejan un claro desdén o falta de compromiso respecto a éstas. Uno de los argumentos principales es que los aparatos distraen a los alumnos en vez de ayudarlos a trabajar. Pero con los móviles pasa lo mismo que con cualquier otra herramienta: hay que saber utilizar un *smartphone* o un portátil para que nos rinda al cien por cien. Que un aparato sirva para guiar y estructurar una clase o para terminar de distraer a los alumnos dependerá de lo que les enseñemos a hacer con él.

Una manera de escapar a esta dicotomía de bueno/malo o útil/no-útil sería preguntarnos cómo podríamos aprovechar los últimos avances tecnológicos para cambiar (y mejorar) la educación. Muchos alumnos, capaces de utilizar estas herramientas con mayor libertad e ingenio que muchos adultos, tendrían la respuesta sin saberlo. La transformación que posibilitan estas tecnologías pasa por rediseñar los métodos de investigación y de estudio en las clases, así como por reconfigurar la interacción entre estudiantes y profesores, la relación entre los propios estudiantes y la gestión de las tareas en el aula.

La educación implicada con la revolución tecnológica

recibe el nombre de «e-learning», que consiste en conocer y aprender a partir del acceso a aparatos y sistemas digitales, lo que significa que los alumnos pueden gestionarse a sí mismos y seguir ampliando sus conocimientos en cada momento. Otro término que se utiliza muchísimo en los medios de comunicación es «aprendizaje multitarea»; los alumnos no solo escuchan al profesor, o no solo leen el libro de texto, como es lo habitual, sino que además llevan a cabo varias actividades de forma simultánea, como, por ejemplo, escuchar la lección online, tomar apuntes y organizar la información en un esquema.

Se trata de modificar ligeramente nuestro enfoque educacional y pasar de una preocupación por los **contenidos**, que siguen siendo importantísimos, a una preocupación por las **habilidades**. Pensemos que los contenidos, por norma general, se memorizan y luego se escupen en el examen; es un conocimiento que a la larga suele caer en desuso o en el olvido. En cambio, determinadas habilidades pueden ser puestas en práctica día a día y en cualquier ámbito de la vida. Así, por ejemplo, saber utilizar las herramientas necesarias para distinguir una información verdadera de una falsa, algo que es de gran utilidad tanto en clase como en casa. O incluso dominar los mecanismos de creación de contenido online para compartir los propios apuntes o los temas del examen con los otros estudiantes del curso.

Lo mejor de todo es que nuestros hijos seguramente ya lo están haciendo sin que nadie se lo haya dicho. Son mucho más conscientes de las posibilidades y la riqueza de las nuevas tecnologías, y ello porque han vivido con ellas desde pequeños, sí, pero también porque tienen necesidades y las tecnologías los ayudan a cubrirlas. Si los profesores y los adultos en general no las tenemos tan presentes es porque vivimos en un mundo que está condenado a desaparecer. Nuestros pequeños nos llevan la delantera en estas cosas, ¡y en tantas otras!

Algo muy positivo es que entre los niños de nuestra sociedad exista cierta igualdad ante la tecnología y los contenidos. Forman parte de un mismo mundo online, que a veces es de acceso privado (la intranet del colegio, por ejemplo) y a veces es público (Facebook, Twitter, etc.). Por otro lado, en internet, la diversidad de fuentes de información y de cuestiones sobre las que debatir es tan amplia que cada alumno puede trazar su propio recorrido personal en busca de sus inquietudes y aspiraciones. Un ejemplo sería el profesor o la profesora que ayuda a sus estudiantes a orientarse por internet, de manera segura y responsable, armados con su **brújula personal de la curiosidad**.

Del mismo modo, la existencia de plataformas online de discusión y debate (privadas o públicas) facilitaría que cada alumno de la clase diera o expresara su opinión con cierta profundidad y que sus compañeros la debatieran o corroboraran a fondo, algo que no siempre es posible en el entorno inmediato de la clase, marcado por las tareas pendientes y el temario.

UN BUEN MODELO

La Science Leadership Academy, de Filadelfia, orienta sus cursos desde hace más de diez años a partir de las siguientes prácticas. ¿Cuántas de ellas crees que se aplican en el colegio de tus hijos? ¿De qué manera crees que podrían ser útiles para el trabajo en el aula?

CUESTIONAR. Para aprender hay que querer saber y realizar de buen inicio las preguntas adecuadas.

INVESTIGAR. Para resolver las preguntas que nos formulamos es preciso buscar la información donde y cuando corresponda.

COLABORAR. En muchas ocasiones la investigación debe realizarse no en solitario sino en compañía de otros, lo que implica trabajar en equipo y ayudarse mutuamente.

PRESENTAR. ¿De qué sirve un buen trabajo si la presentación no está a la altura (faltas de ortografía, mala impresión, nerviosismo a la hora de exponerlo en público)?

REFLEXIONAR. Para mejorar es imprescindible ser conscientes de qué hacemos, y por qué, y de qué manera podemos ser más eficaces, pertinentes o precisos.

Adaptarse al nuevo mundo laboral

Para muchos padres y madres la gran pregunta es: «¿Qué quieres ser de mayor?». Nos importa que nuestros hijos tengan un objetivo, que sepan a qué querrán dedicarse, para así tener la seguridad de que se ganarán la vida dignamente y, si es posible, con algo que los motive. Sin embargo, tal como está estructurado el mercado laboral a día de hoy, es probable que a lo largo de su vida trabajen en diferentes empresas, ocupaciones y países. El sueño de «un trabajo para toda la vida» hace tiempo que acabó. Ahora tenemos que enseñar a nuestros pequeños que saber adaptarse y sacar lo mejor de cada situación es una habilidad imprescindible, pero teniendo siempre presente quiénes son, cuáles son sus objetivos y por qué hacen lo que hacen.

Esa adaptabilidad sin perder de vista quiénes son tiene que venir acompañada de, en primer lugar, una capacidad de interacción con los demás y, en segundo lugar, de una actitud de espíritu crítico con ellos mismos y con el mundo. El trabajo en equipo tiene que basarse en la empatía y el compañerismo y, a su vez, debe venir respaldado por una capacidad de análisis realista y penetrante de lo que ocurre alrededor. Incluso es probable que les toque colaborar con equipos internacionales, a miles de kilómetros de sus compañeros, con lo que habrá que trabajar en equipo y analizar datos críticamente pero con la dificultad añadida de que ante ellos solo tienen una pantalla.

Hasta ahora hemos mencionado habilidades cognitivas, es decir, competencias generales. Por encima de todas ellas, pero dentro del mismo campo, está lo que Juan Manuel Núñez Colás llama «aprender a aprender», ese proceso por el que una persona entiende las nuevas situaciones y condiciones que va encontrando a lo largo de la vida, conoce sus recursos y accede a los lugares donde puede hallar la información necesaria para seguir adelante. Como decíamos en el apartado anterior, para seguir aprendiendo debemos dar prioridad a herramientas útiles y aplicables al día a día antes que a un conocimiento adquirido de memoria que muchas veces acaba por quedar obsoleto.

Sin embargo, todo eso no bastará si la persona en cuestión no está alfabetizada digitalmente. ¿A qué nos referimos? Digamos que un niño de hoy tiene acceso a *smartphones* de última generación, sabe subir fotografías a internet y se comunica con compañeros y amigos. Esa es la base del conocimiento, cierto, pero no lo es todo. Hay que saber redactar y compartir documentos, hay que saber enviar archivos por internet, ya sea mediante correo electrónico o plataformas de almacenamiento en «la nube», hay que saber pasar un antivirus en el ordenador en caso de que se infecte, etc. En conclusión: por lo general conocemos la vertiente lúdica y divertida de las nuevas tecnologías, pero saber manejarlas con cierto rigor es algo que hay que trabajar y desarrollar. Siempre se puede aprender algo nuevo y útil para la propia vida laboral.

5

Las nuevas tecnologías: ¿qué son?

> El futuro tiene muchos nombres. Para los débiles es lo inalcanzable. Para los temerosos, lo desconocido. Para los valientes es la oportunidad.
>
> Victor Hugo

El nacimiento de internet

Situémonos: estamos en plena Guerra Fría, es decir, en los años sesenta. Ante la posibilidad real de que los rusos destruyan su sistema informático, el departamento de Defensa de Estados Unidos conecta varios ordenadores mediante una línea telefónica. El objetivo es compartir más rápidamente la información y protegerla mejor. Por fortuna, el experimento resulta muy satisfactorio y es cuestión de tiempo que poco a poco se vaya aplicando el mismo método a grandes organizaciones del país (universidades, empresas de mayor tamaño, el propio gobierno).

A partir del momento en que la red entra en los hogares, ya no solo de Estados Unidos, sino del mundo entero, nos encontramos con la primera versión de internet, también llamada WorldWideWeb (www) o web 1.0, que se caracteriza por el «link» o «hipertexto», en el que una información determinada se vincula con otra para enriquecerla, matizarla o simplemente relacionarla. Pasar de información a información, lo que se llama «navegar por internet», solo es posible mediante buscadores y navegadores como Google o Yahoo, que son sistemas que seleccionan y organizan los datos para que puedas acceder a aquello que necesitas.

En última instancia, se trata de una relación unidireccional con la web: podemos leer, pasearnos por la red y aprender, pero la creación o la edición de contenidos aún no es posible. Los creadores de información, los que la distribuyen, son los expertos. Para encontrar una relación más compleja y creativa entre usuarios y web tendríamos que llegar hasta la web 2.0.

MÁS INFORMACIÓN: El nacimiento de internet

El siguiente vídeo explica con detalle cómo apareció internet, para qué se utilizó al principio y cuáles eran sus características:

<https://www.youtube.com/watch?v=i4RE6dBAjH4>

La web 2.0

La segunda generación en el desarrollo de la tecnología web recibe el nombre de web 2.0. Se basa en comunidades de usuarios que colaboran e intercambian información dentro de una red social. Son los propios usuarios los que crean el contenido y, por lo tanto, quienes deciden también lo que es válido y lo que no. Como ya hemos dicho, es un sistema de trabajo y de comprensión más democrático, y requiere una actitud activa y profundamente crítica por parte de los usuarios. Esta forma más abierta y participativa de entender la web nos está conduciendo hacia nuevas actitudes y conductas, hacia una nueva forma de vivir y relacionarnos.

MÁS INFORMACIÓN: La web 2.0

Sigue el siguiente enlace para obtener más información sobre la segunda generación de tecnologías web:

<https://www.youtube.com/watch?v=-KALxBabMbk>

El correo electrónico

El e-mail, o correo electrónico, fue uno de los primeros indicios que apuntaron hacia el futuro de las comunicaciones que ya estamos viviendo. Entre sus numerosísimas ventajas cabría citar su inmediatez, su comodidad (antes podíamos mandar e-mails desde casa, ahora ya desde cualquier aparato con conexión a internet) y, por supuesto, que es increíblemente económico. Además permite adjuntar todo tipo de documentos, texto, imágenes, vídeos y archivos de música o programas.

Para tener una dirección de correo electrónico deberemos acceder a la página web de una compañía que ofrezca estos servicios. Algunos de los servidores gratuitos son Gmail, Yahoo y Hotmail, entre otros. Una vez en la página del servidor que hayamos elegido, tendremos que crear una cuenta o registrarnos, dependerá de la terminología usada por el servidor. Para crear una cuenta hay que rellenar un pequeño formulario; no todos los datos son necesarios, lo verdaderamente imprescindible es:

1. El correo electrónico. Por ejemplo: aprendiendoaeducar123@gmail.com, aprendiendoaeducar123@yahoo.es, según el servidor.
2. La contraseña, que recomendamos que tenga de 6 a 8 caracteres mezclando letras mayúsculas, minúsculas y números.

Aquellas personas que ya tengan una cuenta creada y quieran acceder a ella, solo tendrán que INICIAR SESIÓN, para lo cual se les pedirá su dirección de correo electrónico y la contraseña. Conviene recordar siempre la dirección y la contraseña. Cada servidor de mensajería electrónica dispone de ciertos medios para recuperar la contraseña en caso de que la olvidemos; suele consistir en una pregunta personal cuya respuesta solo conoces o solo deberías conocer tú, u otra dirección de correo electrónico a la que solo tú tengas acceso.

Es muy recomendable dedicar un par de horas a explorar y conocer las múltiples opciones que ofrece cada servidor, como, por ejemplo, ordenar y organizar los correos electrónicos por temas, importancia, contactos o fechas. Asimismo, es aconsejable revisar a menudo las carpetas CORREO NO DESEADO o SPAM, pues a veces nos llegan correos importantes a SPAM, y PAPELERA, pues en caso de que eliminemos algún correo sin querer podremos recuperarlo en PAPELERA. Para más información podéis consultar alguno de los múltiples tutoriales que encontraréis en internet.

AMPLÍA INFORMACIÓN: El e-mail

No hace tanto que enviábamos cartas por correo postal... Escribir la carta y meterla en un sobre era todo un ritual, pero para muchos jóvenes la mera idea del correo tradicional es del todo anacrónica. Con todo, en los últimos años el uso del correo electrónico se ha desplazado principalmente hacia los ámbitos académico y profesional, dejando en manos de la telefonía de última generación (3G y 4G) la comunicación personal y familiar.

En el siguiente vídeo encontraréis información sobre los usos del correo electrónico y una pequeña comparación entre Yahoo y Gmail.

<https://www.youtube.com/watch?v=ni_w0OFkcNY>

Telefonía móvil de última generación

La revolución más reciente en cuanto a comunicaciones ha sido sin duda la aparición de los *smartphones*. Estos teléfonos móviles han ampliado enormemente los servicios y sus capacidades, con lo que el uso que podemos darles es, como quien dice, ilimitado. La nueva telefonía móvil incorpora conexión a internet, reproducción de música, cámaras para hacer fotos y vídeos, grabar y reproducir películas y vídeos, sistema bluetooth para compartir archivos e información con otros dispositivos móviles, etc.

A medida que ha ido creciendo el volumen de mensajes, vídeos e imágenes que se envían, graban o reproducen, se ha multiplicado también la velocidad de la conexión a internet. Años atrás teníamos el 3G, pero acabó por resultar insuficiente y se puso a disposición del usuario el 4G, que permite una velocidad diez veces superior a la del 3G. Así nuestras interacciones con internet y con otros usuarios son más ágiles y fluidas.

Y ahora la pregunta del millón: ¿qué podemos hacer con nuestro móvil? Para prácticamente cualquier función de un *smartphone* hay que descargarse una *app* de internet e instalarla en el sistema operativo. A continuación verás los tipos de *app* organizados según su función. Dejaremos fuera las aplicaciones de páginas como Facebook o Twitter.

Almacenamiento en la nube

Las aplicaciones de almacenamiento en la nube (o *cloud storage* en inglés) permiten guardar grandes cantidades de archivos en una página web o plataforma que puede ser privada (con contraseña) o de acceso público. El almacenamiento en la nube tiene dos grandes ventajas: 1) podemos acceder a su contenido desde cualquier ordenador o móvil, con contraseña o sin ella, y 2) permite pasar a la plataforma muchísimos contenidos no útiles (fotografías, documentos, recuerdos, películas, canciones, etc.) que llenarían hasta los topes la memoria de nuestro ordenador o móvil, con los problemas que se derivarían de su funcionamiento. Es muy útil para compartir e incluso editar documentos online si tenemos que hacer trabajos en grupo. Hace poco nos pasábamos la información con un lápiz USB, un poco antes con los CD-ROM, y antes incluso con los famosísimos disquetes. Ahora ya no es necesario cargar con ningún soporte, basta con tener conexión a internet y, si se da el caso, conocer la contraseña. Es una herramienta muy útil y muy recomendable. Algunos ejemplos son: Google Drive, Microsoft One Drive, Dropbox...

Control parental

En la actualidad existen muchas aplicaciones que permiten limitar el uso del móvil o incluso registrar todo lo que se hace con él, como, por ejemplo, Qustodio (monitorea la actividad en un dispositivo móvil y puede bloquear el uso de aplicaciones), Dinner Time (permite bloquear temporalmente los móviles o ciertas aplicaciones determinadas) o Kid's place (permite determinar en qué aplicaciones o páginas pueden navegar los niños y en cuáles no, impidiendo por ejemplo que se conecten a internet o que accedan a aplicaciones de pago). Si las sabemos utilizar bien, pueden llegar a ser nuestros mejores aliados en esta misión.

No se trata de llevar a cabo un control secreto, no se trata de espiar a nuestros hijos; a la larga eso minaría la confianza que tenemos con ellos. Es importante saber qué hacen, y desde luego es útil establecer límites en cuanto al contenido disponible (violencia, pornografía, etc.), pero el control parental no puede sustituir el trato padre-hijo ni la confianza mutua. El niño tiene que saber que sus padres le revisarán el móvil, no porque no confíen en él sino para enseñarle a utilizar bien el aparato y protegerle de posibles peligros.

En otras palabras, la supervisión de nuestro hijo debe trabajarse desde el respeto y la confianza. Igual que estábamos pendientes de con quién se relacionaba cuando lo llevábamos al parque, e igual que sabemos cómo se llaman su tutora y sus amigos del colegio, tenemos que saber qué dice y qué hace en internet y con quién habla. El objetivo es cuidar, vigilar, guiar y educar. Una idea demasiado amplia y débil de lo que es la intimidad de nuestros hijos puede provocar que nos olvidemos de nuestra responsabilidad como padres.

No obstante, debemos tener presente la siguiente fórmula: **supervisar no equivale a censurar y criticar**. Si miramos el móvil de nuestros hijos es probable que encontremos cosas que no nos gusten. Si reaccionamos gritándoles o castigándolos, solo conseguiremos que no confíen en nosotros y no quieran enseñarnos su móvil, cuando nuestra intención es seguir supervisando y vigilando para cuidarlos mejor. Sin perder la compostura, y desde el respeto y el cariño, debemos educar a los hijos en nuestros valores, y eso se consigue hablando y confiando mutuamente, entendiendo, también, que cada edad tiene sus particularidades: un niño de 12 años ya empieza a decir tonterías con sus amigos y a hablar de chicas, y una niña de catorce quizá hable de chicos con sus amigas. Es probable que no nos guste que lo hagan, sí, pero van creciendo, y supervisarles el móvil nos permite entender hacia qué dirección se dirigen y nos avisa de si hay algún aspecto en el que debamos trabajar como familia.

OPINIÓN: ¿Espiarías a tu hijo?

El artículo aquí adjunto de Susana Quadrado sobre la intranquilidad de muchos padres ante las nuevas tecnologías es altamente recomendable. Ciertas aplicaciones de control parental sirven sobre todo para dar tranquilidad a los progenitores, y si bien aceptamos que son herramientas útiles, no podemos dejar en sus manos nuestra responsabilidad como educadores. Las palabras clave son confianza, comunicación y responsabilidad.

<http://www.lavanguardia.com/vida/20161015/411013991899/espiarias-a-tu-hijo.html>

Vale la pena insistir en este punto: si accedemos a los teléfonos de nuestros hijos es para detectar problemas y explicarles cómo utilizarlos de forma adecuada, no para asustarnos, escandalizarnos y poner el grito en el cielo. Con los *smartphones* continuamos la tarea educativa que llevamos a cabo día tras día.

Mensajería

Son las aplicaciones que todos conocemos y que utilizamos a diario para seguir en contacto con familiares, amigos, compañeros del trabajo, otros padres y madres, etc. Su popularidad ha llegado a tal extremo que son muchas las personas que para comunicarse ya no llaman por teléfono sino que se envían mensajes de, por ejemplo, WhatsApp, Telegram o Snapchat. Es ciertamente irónico que las llamadas telefónicas se hayan vuelto a poner de moda gracias a las llamadas de WhatsApp, que no consumen saldo sino megas, y si tienes wifi, no consumen nada. La preferencia de una *app* por otra depende del tipo de servicio que necesites o del tipo de comunicación que quieras mantener. Los diseños de los emoticonos son más o menos similares, aunque hay una lucha constante por ver cuál de ellas incluye más opciones (creación de *gifs*, mensajes de voz, edición de imágenes, colaboración exclusiva con otras *apps* como Boomerang, etc.).

Las nuevas tecnologías han modificado radicalmente el modo en que los jóvenes se relacionan entre sí, ya no es solo que se organicen para quedar y salir a través del móvil, sino que se reúnen para hablar por el móvil: es su principal manera de comunicarse. Nosotros, en cambio, solo utilizamos el móvil como ayuda, como herramienta, cuando no podemos hablar cara a cara. Por eso en ocasiones nos cuesta entender cuán importante es para nuestros hijos tener acceso a internet para comunicarse con sus amigos. Y por eso también es tan importante que regulemos su uso y supervisemos lo que hacen.

En primer lugar, tenemos que enseñarles que deben **pensárselo dos veces antes de escribir cualquier cosa**. Ser responsables de lo que hacemos pasa casi siempre por saber elegir qué decimos, cómo y a quién. Si contásemos hasta diez antes de reaccionar y escribir mensajes nos ahorraríamos muchos dolores de cabeza. Por lo mismo, saber a quién nos estamos dirigiendo y en qué circunstancias nos ayudará a no equivocarnos en el tono o el contenido del mensaje. Nada de esto será difícil si hemos educado a nuestros hijos en el respeto, la serenidad y la responsabilidad.

UN CONSEJO: Muchos padres no saben que pueden tener acceso al WhatsApp de sus hijos desde el ordenador, y es tan fácil como instalar la aplicación en el ordenador y seguir los pasos que indique el programa. Por norma general solo hay que escribir el número de teléfono y aceptar la solicitud desde el número que se quiere supervisar. De todos modos, repetimos, de lo que se trata es de **supervisar, no espiar**. Leer las conversaciones en el ordenador sin duda es útil porque los mensajes continúan en el ordenador aunque se borren en el móvil y permiten hacer un seguimiento constante en caso de *cyberbullying* o de comportamiento peligroso. Con todo, eso no puede sustituir la confianza padre-hijo que orienta, ayuda y cuida con total honestidad y franqueza. Nuestros hijos deben saber que miramos y revisamos sus móviles porque así prevenimos peligros, compartimos inquietudes y a la larga los educamos en un ámbito tan importante como es el de las redes sociales.

CASO PRÁCTICO: «Lo envié sin saber lo que era»

Si vuestros hijos tienen WhatsApp o Telegram es probable que estén en un grupo con otros chicos y chicas de su edad. Ismael, el hijo pequeño de Francisco, estaba en uno de estos grupos y recibió un vídeo de parte de un amigo que decía «Mirad esto». Isma lo compartió con sus otros grupos y contactos sin abrirlo, con un clic, que es rapidísimo y nada inocente. Por suerte, su padre fue el primero en abrirlo. Decimos «por suerte» porque a Francisco le sorprendió muchísimo ver que en el vídeo aparecían mujeres desnudas cuando su hijo no solía ver o enviar contenidos de ese tipo.

Francisco habló con su hijo rápidamente, le preguntó por qué había reenviado ese vídeo, e Isma le contó que había hecho clic en enviar por costumbre, antes incluso de abrirlo. Sin enfadarse, Francisco le explicó que no se debe enviar nada sin antes fijarse bien en su contenido, porque un mensaje de ese tipo puede causar malentendidos. Aconsejado por su padre, Isma escribió a todos sus contactos disculpándose por el vídeo y pidiéndoles que no lo abrieran porque lo había enviado sin querer.

Recordemos que en internet todo queda. Cualquier precaución es poca.

Fotografías y vídeos

El concepto que una vez tuvimos de los teléfonos móviles empezó a cambiar, como recordaréis, a partir del momento en que se convirtieron en cámaras fotográficas. Nuestra relación con los teléfonos sufrió una transformación tan radical que a día de hoy nos cuesta imaginar un teléfono sin cámara. Más aún, algo tan habitual y gracioso como las *selfies* no existirían quizá de no ser por esta gran aportación tecnológica. Pero es que además existen un sinfín de aplicaciones que nos permiten editar, recortar, filtrar y maquillar las fotos que tomamos con el teléfono. Snapseed, VSCO o Prisma son algunas de ellas, pero dos de las más destacadas ahora mismo son sin duda Instagram y Snapchat, que permiten mostrar y compartir fotografías y vídeos con millones de usuarios.

El siglo XXI es sobre todo el siglo de la imagen y el desarrollo de la propia marca personal, por lo que es comprensible que nuestros hijos quieran parecerse a las personas de las fotos y sentirse protagonistas. Lo que no hay que permitir bajo ningún concepto es que confundan los sueños y las fantasías que les transmiten estas aplicaciones con su propia vida, y a veces es muy fácil que pierdan de vista quiénes son cuando les envían imagen tras imagen de piscinas y de fiestas. Trabajar en familia los valores y la confianza en uno mismo es la mejor manera de evitar ese peligro. La felicidad se basa en ser uno mismo, y no todos los modos de vida son deseables: no es necesario vivir en una fiesta constante para ser feliz.

Parece obligado insistir aquí en la importancia de enseñar a nuestros hijos a preguntarse qué fotografías y qué vídeos pueden tomar y subir a la red. Claro que pueden mostrar quiénes son y qué hacen con honestidad, sencillez y respeto (siempre y cuando hayan cumplido la edad mínima para utilizar estas redes), pero deben evitar subir a la red todo lo que hacen y dicen, pues entonces se estarán exponiendo demasiado sin recibir nada a cambio. Y, por supuesto, no deben utilizar esas imágenes o esa información para herir, mentir o humillar. Que podamos compartir nuestra vida con desconocidos no significa que debamos hacerlo. Y jamás hay que perder el respeto a nadie.

Oficina portátil

Otras aplicaciones, imprescindibles a día de hoy, nos permiten trabajar en nuestro *smartphone* de muchas maneras diferentes, ya sea escribiendo o editando documentos, realizando cálculos, organizando nuestra agenda... Algunas de las más populares, porque permiten leer y editar varios tipos de documento, son WPS Office, Google Keep y Evernote. Otras aplicaciones nos sirven para leer novelas (Kindle, FBReader, Aldiko) o periódicos (Feedly)...

Hay aplicaciones de todo tipo: Para saber qué tiempo hace en cualquier lugar del mundo, para aprender idiomas, para controlar tu ejercicio físico y las calorías que quemas, antivirus, para ver la televisión en directo, para escuchar la radio, para participar de todo tipo de juegos (de carreras, de ajedrez, acertijos, de guerra, de horror y ciencia ficción, etc.), para cobrar o hacer transferencias bancarias...

En realidad solo utilizamos un porcentaje muy pequeño de las múltiples posibilidades (y *apps*) que permiten nuestros *smartphones*, que por otro lado suele coincidir con el que es gratuito. Pero no debemos olvidar que algunas aplicaciones son de pago y que a veces nos exigirán que demos nuestros datos bancarios o el número de nuestra tarjeta de crédito. Dedicaremos un capítulo entero a hablar de normas de uso y límites respecto a *smartphones* y *apps*, pero no está de más recordar que es necesario que nuestros hijos sepan que no deben dar nunca datos privados y que conozcan cuál es el riesgo de incumplir esta norma.

Las redes sociales

Para muchos jóvenes las redes sociales sirven como medio de separación y diferenciación frente al mundo de los adultos. Están inmersos en un proceso de cambio, de autodefinición personal y de desarrollo de su autonomía, y las redes sociales permiten socializar en un grupo de personas parecidas o, por lo menos, con intereses similares. No es casualidad que Web 2.0 también se llame Web social.

Las ventajas de estas nuevas maneras de relacionarse con conocidos y desconocidos han atraído ya a muchas personas, también adultos, de nuestro país y del mundo:

fusionan en una sola página el correo electrónico, la mensajería instantánea, los chats y los blogs. La popularidad de estos canales de comunicación confirma que Web 2.0 ha venido para quedarse una buena temporada.

Todas las redes sociales brindan una serie de servicios siguiendo más o menos el mismo patrón. En primer lugar, dan la posibilidad al usuario de estar en contacto con amigos y familiares cercanos o lejanos sin tener que visitarlos, escribirles o llamarlos por teléfono. Los contactos que uno hace en las redes pueden gestionarse a conveniencia del usuario, de manera que su grupo de amistades crece o mengua según corresponda, e incluso es posible bloquear y denunciar a aquellos usuarios que discriminen o inciten a la violencia.

Por otra parte, las redes ofrecen un «muro» a cada usuario, es decir, un espacio en el que expresar sus ideas o en el que otros pueden escribir. Es, sin duda, una de las dimensiones de la identidad digital que más importan a muchos usuarios, sobre todo a aquellas personas que utilizan el muro para exponer públicamente su trabajo, sus productos o sus creaciones. Es cierto que a veces sirve para felicitar un cumpleaños o comentar la última película que has visto, pero no podemos menospreciar el poder de convocatoria que tiene el muro de Facebook, Linkedin, Twitter o Instagram. Nos consta que hay personas que han encontrado o perdido un trabajo debido a lo que exponen en su muro. De nuevo, el sentido común a la hora de publicar fotografías o mensajes en internet es indispensable, porque internet no olvida.

AMPLÍA INFORMACIÓN: «Internet no olvida»

Internet tiene una memoria prodigiosa, es un pozo sin fondo en el que queda grabado todo lo que hacemos, decimos y colgamos. Lo que más debe preocuparnos es que esa información nuestra (nuestros datos, nuestras fotografías, **nuestra vida**), si no vamos con cuidado, queda al alcance de cualquier persona que pueda o quiera utilizarla a su antojo. ¿Regalamos nuestras fotos a desconocidos? ¿Damos nuestra dirección o nuestro número de teléfono a cualquier persona que nos encontramos en la calle? ¿Verdad que no? Pues escribir en internet puede ser como apuntar nuestro teléfono o nuestra dirección en medio de la calle y olvidarnos de que lo hemos hecho, permitiendo así que cualquier persona que pase por allí sepa quiénes somos y dónde estamos. No importa que pasen los años, la información queda a la vista, porque INTERNET NO OLVIDA.

Leed el siguiente texto: <http://www.somjoves.net/sobrelafamilia/articles-dactualitat/151-internet-no-olvida.html>

Cabe señalar asimismo la posibilidad de formar parte de grupos o páginas que traten algún asunto de nuestro interés, ya sea para compartir información y comentarla, o simplemente para leer e informarnos. Cada vez hay más páginas que permiten compartir archivos y fotos en relación con la temática del sitio. El término «etiquetado» se refiere al hecho de que el usuario tiene la opción de indicar en cada fotografía las personas que aparecen en ella.

¿Cuáles son los tipos de usuario que más abundan en la red? Aunque no es un método científico, viendo lo que alguien sube a su perfil, los comentarios que hace o los grupos en los que participa podemos hacernos una idea de qué tipo de usuario es. De todos modos, una misma persona puede participar de varios rasgos de forma simultánea dependiendo del entorno, de sus intereses, del momento..., con lo que etiquetar a alguien sin preguntarle antes es siempre una mala opción. Nuestros hijos deben saber que antes de etiquetar a alguien en una publicación, o de subir una foto en la que aparezca, hay que pedir permiso.

Los usuarios *intelectuales* son fácilmente reconocibles; suelen tener conversaciones acerca de temas específicos y de cierta complejidad, muestran curiosidad por seguir aprendiendo, discuten sobre temas de actualidad y, aunque suelen compartir información impersonal, son muy contundentes en sus opiniones.

Otras personas utilizan las redes sociales para comunicarse con sus contactos, familiares y amigos sobre sus actividades cotidianas y los sucesos de la vida diaria. El principal motor de conversación es el deseo de compartir, de poner en común, de expresarse y saber qué sienten y opinan los demás. Este grupo sería el grupo de los *extrovertidos*.

Hay usuarios cuyo único fin es obtener «me gusta». Necesitan sentirse valorados, bien consigo mismos, y para ello exhiben sus logros (dietas que funcionen, ascensos en el trabajo, fotos de viajes y lugares exóticos...). Con el fin de atrapar la atención, cambian sin cesar la información de su perfil. Hasta tal punto que sus amigos se ven forzados a darle al «me gusta» para evitar que se enfaden. Un adjetivo adecuado para este tipo de usuarios es *narcisistas*.

En el otro extremo estaría el grupo de los *neuróticos*, que llaman la atención explicando desgracias y destacando su condición de víctimas (culpan a su pareja de la relación que no funciona, suben música o fotografías según su estado de ánimo...). Las redes sociales les provocan ansiedad, y ver los logros y las victorias de los demás puede despertarles envidia. Quieren ser el centro de atención y, para lograrlo, hacen una montaña de sus problemas cotidianos y lo convierten todo en un drama. Se sienten bien cuando la gente comenta sus problemas en la red.

Luego están los padres y las madres jóvenes que suben fotos, información de todo tipo, y comentan sobre todo acerca de sus hijos. Son usuarios que revelan que en la vida real son muy prudentes, porque sopesan y discuten cualquier decisión mil veces, pero lo curioso es que lo exponen en las redes sociales con todo lujo de detalles. Es probable que sus mensajes tengan un objetivo marcadamente pedagógico e informativo para el resto de las personas, aunque pueda parecer que lo único que buscan es que los demás padres vean en la red cuál es su manera de hacer las cosas.

CONOCE MÁS: Las redes sociales

¿Sabes cuáles son las principales redes sociales del momento? A continuación te las describimos y adjuntamos enlaces con tutoriales que explican cómo apuntarse y utilizarlas.

- FACEBOOK: <https://www.youtube.com/watch?v=58Z2nS69qO8>

Sus usuarios suelen tener entre 20 y 35 años, aunque el número de adultos por encima de esta edad que tienen página de Facebook es cada vez más elevado. Es también una gran plataforma de exhibición para algunas empresas de pequeño y mediano tamaño. Permite seguir las publicaciones de amigos, ídolos, grupos de música, empresas, comercios, organizar y compartir eventos, etc.

- TWITTER: <https://www.youtube.com/watch?v=447adfv5Ux8>

Tiene la particularidad de limitar a 140 caracteres los mensajes (tuits) que pueden publicarse en ella. Es una de las redes sociales más efervescentes debido a la rapidez con que se escriben y se leen los tuits. Los hashtags, marcados con una almohadilla (#), sirven para hacer referencia a algún concepto particular y para seguir analizando tendencias.

- INSTAGRAM: <https://www.youtube.com/watch?v=p8_hg-lhUMg>

Esta red social permite publicar, editar, retocar y compartir fotografías.

- YOUTUBE: <https://www.youtube.com/watch?v=vlaMNz kumKs>

Permite buscar, visualizar y colgar vídeos de temáticas muy variadas (vídeos musicales, cursos de gramática, conferencias, tráilers de películas, etc.). Por poner un ejemplo, los tutoriales que hemos enlazado aquí son de YouTube.

Programas de voz IP

Quizá con este nombre os cueste saber de qué se trata, pero seguro que si decimos Skype la cosa cambia. Como ya sabréis, Skype sirve para hablar a distancia a través de un ordenador con micrófono y/o cámara y con conexión a internet; une, pues, tanto el sonido como la imagen a la hora de charlar, lo que lo ha convertido en uno de los programas punteros en cuanto a comunicación a distancia.

Últimamente lo hemos visto en acción tanto en anuncios de café como en series de televisión. La razón del éxito es su simplicidad y que sale muy bien de precio. Desde estos programas se puede llamar gratis a otras personas que se hayan registrado con anterioridad y que en ese momento estén conectadas, aunque también podemos ingresar saldo en nuestra cuenta, como si se tratara de un móvil normal y corriente, para llamar a teléfonos fijos o móviles en cualquier rincón del mundo.

Sus ventajas son múltiples, sobre todo si tenemos familiares o amigos lejos, si viajamos con frecuencia por motivos de trabajo y, en especial, cuando los hijos son mayores y se van a estudiar o a trabajar a otro país. Pero lo cierto es que no hace falta irse tan lejos para disfrutar de estos programas: cada vez es más habitual que los chicos los utilicen para estudiar o para hacer trabajos académicos sin necesidad de quedar físicamente en una biblioteca o en el colegio. Las últimas actualizaciones permiten incluso conectarse con varias personas de forma simultánea, con lo cual es posible realizar trabajos en grupo o ver a los amigos estando en casas diferentes.

AMPLÍA INFORMACIÓN: La historia de Messenger

Los padres y las madres que en 2016 tienen alrededor de 30-35 años seguramente recuerdan haberse comunicado con sus amigos a través del Messenger de Windows. Fue un sistema de videoconferencia muy popular que con el tiempo acabó siendo sustituido por Skype. Para tener una idea de la rapidez con la que se suceden los avances tecnológicos os invitamos a ver el siguiente vídeo. Nos permitirá entender cuán rápido llegan y pasan las modas y qué poco tardan los inventos en quedar caducos.

<https://www.youtube.com/watch?v=_tHNK_6Cfk0>

Videojuegos y juegos online

No hace mucho en el periódico *El País* se preguntaban si los videojuegos son un arte, pero no llegaban a responder del todo a la pregunta. Lo que sí son, desde luego, es la industria cultural que más dinero mueve en todo el mundo. El desarrollo que ha experimentado el mundo de los videojuegos hubiera sido inimaginable en el pasado. Las posibilidades de juego se han multiplicado, y las imágenes, en los casos más impactantes, parecen directamente grabadas con una cámara en el mundo real.

Aunque son muchos los que insisten en ver solo su parte negativa, los videojuegos siempre han tenido efectos positivos en los niños. Enseñan, por ejemplo, a tomar decisiones, a buscar soluciones, a utilizar el pensamiento deductivo y a tener varios factores en consideración al mismo tiempo. También pueden estimularles a ser perfeccionistas, a esforzarse, a entrenar la memoria, a desarrollar la coordinación corporal, e incluso a realizar actividades deportivas.

Una de las modalidades más populares es la de los videojuegos online, aquellos que se juegan en internet y permiten la participación simultánea de varias personas, ya sea colaborando con ellas o compitiendo contra ellas. En este caso no importa tanto el soporte, que puede ser el ordenador clásico, el PC, o cualquier videoconsola, como el hecho de que están disponibles las veinticuatro horas del día para cualquier persona que tenga acceso a la red. Cada vez son más los jóvenes y los adultos que juegan online con personas de todo el mundo, hablando una lengua común que, a veces, puede ser extranjera.

Los padres debemos conocer y controlar los juegos de nuestros hijos y sus contenidos. Una manera muy rápida y eficiente es fijarnos en las pegatinas y los símbolos que aparecen en la caja del juego. Al igual que en la televisión y en las películas del cine, existe un sistema que informa de la edad mínima recomendada para jugar y si aparecen escenas violentas, de sexo, consumo de alcohol y drogas, etc. Se llama etiquetado PEGI (Información Paneuropea sobre Juegos) y utiliza iconos como los siguientes:

Violencia

Lenguaje soez y palabrotas

Escenas de miedo

Sexo e insinuaciones sexuales

Drogas

Discriminación

Incitación al juego

Juego online

En el capítulo siguiente se explicará con más detalle, pero es fundamental supervisar y controlar tanto a qué juegos se unen nuestros hijos como con quién juegan. No todos los contenidos son aptos para los pequeños, menos aún desde la aparición de videojuegos enfocados a un público adulto. Por otra parte, algunos juegos, además de adquirirse en tiendas, requieren de una tarjeta de crédito para subir de nivel o para comprar objetos o beneficios especiales, de manera que vigilar este aspecto es la mejor manera de ahorrarle sustos a nuestro bolsillo.

Existe la preocupación de si los videojuegos incitan a la violencia. De momento no hay pruebas científicas de que los juegos violentos provoquen actitudes violentas en los usuarios. Los niños y los jóvenes hacen en los videojuegos lo que nosotros les enseñamos a hacer; su actitud, su modo de interactuar con las situaciones y las personas, dependerá en gran medida de la educación que les demos. Un videojuego violento no influirá de ninguna manera en nuestro hijo siempre y cuando sea apto para su edad y el pequeño entienda que un juego es un juego y que lo que hace en el juego ni se puede ni se debe hacer en la vida real. Muchos de los sustos y de las actitudes violentas derivadas de juegos ya venían precedidas de sustos y actitudes violentas previas al juego; es una condición de la persona, de su salud mental, antes que una consecuencia del juego.

UN RECORRIDO POR LA HISTORIA: GRANDES HITOS DE INTERNET

1971: Se inventa el correo electrónico y la arroba @.

1974: Se acuña el término *internet*, que en inglés significa «interconexión de redes».

1976: Surge la primera red local.

1991: Aparece la primera página web, World Wide Web (WWW), y, con ella, los primeros virus informáticos que se propagan por la red.

1993: Aparece el primer navegador, Mosaic.

1995: Amazon y eBay venden sus primeros productos.

1996: Primer teléfono con conexión a internet.

1998: Nace Google.

1999: Surge el formato mp3 para archivos de audio.

2000: Internet llega a tener más de 164 millones de usuarios.

2001: Nace Wikipedia.

2003: Se crea LinkedIn.

2004: Mark Zuckerberg se convierte en el primer usuario de Facebook.

2005: Aparece el primer vídeo de YouTube.

2006: Nace Twitter.

2007: Se crea el primer iPhone.

2015: Llamadas gratuitas de WhatsApp y alcanza los más de 800 millones de usuarios.

6

Las nuevas tecnologías: pautas de uso

En este capítulo abordaremos una cuestión de la que muchos padres evitan hablar porque consideran que forma parte de una educación antigua. Sin embargo, es uno de los puntos más importante en educación. Nos referimos a las **normas** y los **límites**.

Las normas y los límites son los dos ejes de las estructuras educativas cuyo fin es que nuestros hijos se construyan un sistema de valores personal. Sirven para establecer las reglas del juego de la convivencia familiar, y si los aplicamos e instauramos bien desde el primer día, conseguirán que nuestros pequeños se sientan tranquilos y felices. Se trata de que sepan qué hay que hacer en cada momento. **Las normas** establecen, por ejemplo, que por la tarde solo se utilizará el teléfono después de terminar los deberes. La pareja de las normas, **los límites**, indican, por ejemplo, que el tiempo para el teléfono será de un máximo de cuarenta y cinco minutos, más que suficiente para utilizar el WhatsApp, ver algunos vídeos, o hacer cualquier otra cosa.

Con las normas y los límites acostumbramos a nuestros hijos a seguir un horario y a tener unos hábitos de orden saludables para su presente y su futuro. Si vemos que los pequeños van cumpliendo de forma progresiva las normas y los límites, es indispensable felicitarlos, animarlos y enfatizar el reconocimiento de lo que hacen bien. La palabra clave es **reforzar**. En cambio, **recompensar** tiene algo de premio, de extraordinario, y aquí precisamente tratamos de enseñar algo muy ordinario y cotidiano; no necesitan regalos, necesitan **refuerzo positivo**. Un lema que os ayudará a recordarlo es el siguiente:

LO OBLIGATORIO SE REFUERZA,
NO SE RECOMPENSA.

Las normas y los límites los ponemos los padres porque creemos que son necesarios para el buen funcionamiento de nuestro hogar, y además lo hacemos desde el primer día. Debemos poder explicarlos y justificarlos, pero eso no significa que nuestros hijos los compartan. Nuestros hijos muchas veces no nos entienden. Lo que un padre ve como una norma positiva y necesaria, un hijo puede verla como algo injusto, y quizá eso le lleve a no cumplirla. Cuando eso sucede, es mejor tener planificadas de antemano las **consecuencias (lo que antes se llamaba «castigo»)**. Las consecuencias, si nuestro hijo no ha cumplido alguna de las normas que le habíamos explicado con anterioridad, consisten en privarle de algo que le guste, pero siempre en consonancia con la falta cometida; basta con que le parezca «un tostón» o «un rollazo», no es necesario convertirlo en una tortura ni en algo que dure muchos días o hasta semanas.

EJEMPLO PRÁCTICO 1

Juanma y Cristina, los padres de Víctor, de 13 años, llegan a casa cada noche más o menos a la hora de cenar, cansados después de trabajar todo el día, y siempre se encuentran a su hijo enganchado al ordenador jugando online con sus amigos. No hace mucho que se ha aficionado, pero, al contrario de lo que pensaron sus padres en un inicio, la cosa va a más en vez de a menos. Cuando empezó a jugar, sus padres lograron convencerlo de que dejara el ordenador y los ayudara a preparar la cena y a poner la mesa, pero unas semanas después desistieron porque no estaban de humor para discutir tras pasarse el día en el trabajo. ¿Qué han logrado? Ahora Víctor ni siquiera se levanta para darles la bienvenida y cada vez tarda más en sentarse a cenar con ellos.

Llega el día en que Víctor tarda cuarenta y cinco minutos en ir a cenar. Preocupados, Juanma y Cristina intentan hablar con él para que deje de jugar, pero su hijo no responde; se les calienta el ánimo y Juanma hace algo drástico: le apaga el ordenador. Víctor reacciona de la manera menos esperada: gritando, empuja a su madre fuera de la habitación, toma la pantalla del ordenador y la tira al suelo. Finalmente coge la impresora y la torre del ordenador y los arroja contra la pared.

¿Cómo se habría podido evitar este arranque de violencia? Para empezar, nuestros hijos tienen que seguir los horarios que les marquemos nosotros. No es algo negociable, y tampoco es una norma que puedan saltarse a la torera. Hay que dejarles claro que la norma se cumple y que de lo contrario habrá consecuencias. El uso del videojuego online tiene que estar bien delimitado, de lo contrario corremos el riesgo de que nuestra vida familiar se desestabilice.

Por ejemplo: Víctor sabe que solo puede jugar online con sus amigos los sábados por la tarde. Entre semana el ordenador está prohibido. Si ha estado jugando cuando no debe, se le dejará sin jugar el siguiente sábado por la tarde. Por otra parte, a las siete y media de la tarde, o a las ocho, cuando sus padres lleguen del trabajo, deberán sentarse veinte minutos para que Víctor les explique los deberes que ha hecho y los temarios que ha estudiado. Si no ha trabajado lo suficiente o no ha terminado las tareas, se le dejará sin televisión o sin móvil después de cenar para que tenga tiempo de acabar los deberes.

Por otro lado, de ocho a ocho y cuarto se pone la mesa; de ocho y cuarto a nueve cenan todos juntos, sin teléfono móvil ni televisión, así pueden charlar sobre sus cosas y así todos ayudan en las tareas comunes. Finalmente, siempre y cuando Víctor haya cumplido sus obligaciones, se le dejará chatear con el móvil de nueve a diez menos cuarto. A las diez menos cuarto devolverá el teléfono a sus padres. En el caso de que no devuelva su teléfono móvil cuando corresponde, por cada cinco minutos tarde se le dará el teléfono medio día más tarde. Si Víctor no hace los deberes o no cumple sus obligaciones, ese sábado no jugará al ordenador.

ADVERTENCIA: Nuestros hijos son muy hábiles, saben conseguir que les dejemos el teléfono cinco minutos más o que reduzcamos su tiempo de estudio «cinco minutos de nada». Aunque ceder sea muy común, la consecuencia es que cada día nos costará más y más que se ciñan al horario establecido. El tiempo de uso del teléfono es el establecido, ni un minuto más ni un minuto menos. Al igual que el tiempo dedicado a los deberes es el que es, ni un minuto más ni un minuto menos. Seamos coherentes con nosotros mismos y así nuestros hijos aprenderán a ser responsables y coherentes.

EJEMPLO PRÁCTICO 2

Estefanía tiene 9 años y todas las mañanas le cuesta levantarse. Su madre, Rosario, no le da importancia al tema porque entiende que a todos nos puede dar pereza madrugar, pero un día la llaman del colegio para avisarle de que en las últimas semanas Estefanía se ha quedado dormida en clase. La tutora aconseja a Rosario que se asegure de que la niña duerma las horas necesarias, de lo contrario irá siempre cansada y no aprovechará las horas de clase. La madre, esa noche, descubre a su hija despierta a las doce y le pregunta por qué no duerme. Ella responde que solo está viendo vídeos de YouTube. Rosario entiende entonces que Estefanía se lleva el móvil a su habitación y se pasa horas navegando por internet o chateando en vez de durmiendo.

Tras pedir ayuda a un terapeuta, la madre aprende que debe marcar el tiempo de uso del teléfono y que su hija tiene que devolvérselo a la hora de cenar y, sobre todo, a la hora de dormir. De las nueve de la noche a las ocho de la mañana no tendrá acceso al móvil. En caso de que devuelva el teléfono cinco minutos tarde, podrá volver a utilizar el teléfono medio día después. Si no devuelve el teléfono, se le dará de baja en la compañía telefónica durante tres días.

Estefanía entiende las normas y se ciñe al nuevo horario. Todo marcha sobre ruedas hasta el día en que la invitan a una fiesta de cumpleaños y pide el teléfono móvil. Como es un día especial, su madre cede y le permite tener el teléfono toda la tarde. Esa noche Rosario se olvida de reclamarle el teléfono a su hija, así que a la mañana siguiente vuelve a encontrar a su hija cansadísima y nada dispuesta a levantarse. Se ha pasado toda la noche chateando con la amiga del cumpleaños. La madre se siente culpable porque debería haber sido ella quien le pidiera el teléfono, pero de todos modos insiste en que Estefanía debería haberle devuelto el teléfono y deja a su hija sin un día de móvil.

Repetimos: las normas son obligatorias y no son negociables. Deben ser pocas y claras, a ser posible formuladas en positivo: «Tenemos la habitación ordenada», en lugar de «No dejamos las cosas tiradas por ahí».

Las normas más importantes son las relacionadas con la higiene, las horas de sueño, el comer, el estudio, la limpieza... El resto dependen más de cada familia, de la edad del niño, etc., y por ello pueden ser más flexibles. En todo caso, debemos transmitir a los pequeños que las normas son importantes y valiosas y que ellos tienen que poner de su parte por el bien de todos. Explicar las consecuencias forma parte del aprendizaje, nuestro hijo debe saber que el incumplimiento de las normas conlleva una serie de sanciones que estipularemos y llevaremos a cabo a rajatabla.

Los chavales siempre intentarán testarnos, ver dónde tenemos el límite y si pueden salirse con la suya. A veces querrán saltarse normas solo para comprobar si de verdad haremos lo que hemos dicho. Este punto es clave, y es fundamental que seamos coherentes; las sanciones deben ser viables y aplicarse cada vez que sea necesario. Si en otros aspectos es esencial que los padres vayamos siempre a la una, en estos casos aún lo es más. Si se demuestra que determinada norma no sirve, no funciona, seremos nosotros, los padres, los que analizaremos conjuntamente qué es lo que no resulta y le pondremos solución.

A continuación os proponemos pautas para aplicar normas y límites en el uso del teléfono móvil, las redes sociales y los videojuegos. Antes, sin embargo, debemos hacer una pequeña aclaración: los padres tenemos la responsabilidad de cuidar y vigilar a nuestros hijos. Eso significa que tenemos la **obligación** de saber qué hacen con sus ordenadores y sus *smartphones*. El bienestar de nuestros chavales está por delante de su supuesto derecho a la privacidad. Siempre teniendo en cuenta, claro está, su edad, su madurez y el estilo de vida familiar.

Una manera de supervisar con comodidad a nuestros hijos es tener el ordenador de la familia y la videoconsola en un lugar común de la casa, como el salón. También podemos comentarles que la puerta de su habitación debe quedar abierta cuando esté consultando internet o hablando por teléfono. Y, desde luego, los padres debemos tener sus contraseñas de acceso al teléfono, aplicaciones y juegos.

Teléfonos móviles o *smartphones*

En la actualidad, y en nuestra sociedad, los teléfonos móviles son imprescindibles para la mayoría de los niños. Los padres queremos tener la posibilidad de saber dónde están nuestros hijos y que puedan llamarnos en caso de que lo necesiten. En cuanto a la edad a la que deberíamos regalarles el primer móvil, solo diremos que cada familia sabe qué es lo que le conviene. Ahora bien, eso no significa que los niños puedan tener acceso al teléfono las veinticuatro horas del día ni que puedan utilizarlo para lo que quieran. Es responsabilidad de los padres poner límites. Por nuestra experiencia, recomendamos:

- El teléfono tiene un horario. No se utilizará después de la hora de ir a la cama, que cambiará según la edad del hijo, hasta después del desayuno.
- Los padres nos quedaremos con su móvil durante las horas de sueño, mientras hacen los deberes y, si lo creemos necesario, durante las comidas y las cenas.
- El teléfono es una herramienta para comunicarse con personas que conocen y siempre en tono positivo. Si reciben mensajes amenazadores o insinuantes deberán avisar inmediatamente a los padres.
- Jamás rechazarán o ignorarán las llamadas telefónicas de sus padres.

A continuación veréis dos ejemplos de cómo poner normas en casa respecto al uso del teléfono móvil.

El primero es la carta que unos padres mandaron a su hijo después de comprarle el teléfono móvil. A ver qué os parece:

1. El móvil te lo hemos comprado nosotros, hemos pagado por él y te lo cedemos. ¿No somos los mejores?
2. Siempre sabremos la contraseña.
3. Si suena, responde, di «hola», sé educado. Nunca ignores una llamada de tus padres.
4. Danos el teléfono a las 22.00 h si al día siguiente tienes clases, y a las 23:00 h el fin de semana. Se apagará durante la noche. No nos interesan los horarios de otras familias.
5. El teléfono no irá contigo al colegio.
6. Si se te rompe, tú eres el responsable de pagar la reparación. Debes tener ese gasto previsto.
7. No uses la tecnología para mentir o vacilar a nadie. No participes en conversaciones que pueden herir a otros. Sé un buen amigo.
8. No envíes mensajes o correos ni contactes con gente que no conoces.
9. No hables con personas a las que no traerías a casa.
10. Nada de porno ni de violencia. Busca en internet información y compártela con nosotros. Si tienes dudas, pregúntanos.
11. Apágalo o ponlo en silencio cuando estés en público.
12. No envíes o recibas imágenes de las partes íntimas de nadie.
13. No hagas fotos y vídeos de todo. No hay necesidad de documentar tu vida entera. Vive tus experiencias.

14. Si pierdes el rumbo, te quitaremos el teléfono. Nos sentaremos a hablar sobre ello y empezaremos de nuevo. Estamos en el mismo equipo y estamos juntos en esto.

El segundo es la propuesta de la Policía Nacional para poner normas y límites en el uso del teléfono móvil. Resulta interesantísima y vale la pena echarle una ojeada:

> Esta es una propuesta del Grupo de Redes Sociales de la Policía Nacional para que padres de hijos menores de 13 años fijen con ellos por escrito unas normas de buen (seguro, privado, respetuoso) uso de su móvil, tablet, ordenador o dispositivo conectado a internet, a pactar entre todos cuando se vaya a comprar o estrenar un nuevo gadget para el chico/a. ESTAS NORMAS, PACTADAS DE COMÚN ACUERDO, SE RELAJARÁN O CANCELARÁN CON MAYOR EDAD.
>
> 1. Los padres y el menor harán la compra conjuntamente, de forma racional, evitarán ser víctimas del fraude ni comprar posible material robado. Guardarán la garantía, factura del móvil o aparato electrónico a comprar y cualquier dato de interés (como el PUK o IMEI), así como los accesorios que incluya, por si luego hicieran falta.
>
> 2. Si el nuevo propietario del gadget es aún pequeño, se instalarán filtros parentales, de común acuerdo. En cualquier caso, se instalará antivirus... y siempre se tendrá cuidado al abrir links extraños o instalar programas o archivos de fuentes no fiables, para evitar que le cuelen malware. Padres y el nuevo usuario instalarán *apps* rastrea-

doras de móvil y tablet y que permitan gestionar y recuperar su contenido en caso de extravío; parches, tiritas o mero celo para tapar la webcam y así prevenir el uso ajeno de la webcam en ordenadores y portátiles...

3. _____________ empezará a usar el nuevo terminal con alguno de los padres y lo configurarán conjuntamente, además de hacer la instalación de *apps* y/o programas o juegos, tratando de tener los que se vayan a usar o pueden ser útiles, no más. Ambas partes conocerán qué utilidades y riesgos tienen cada uno, para así evitar sorpresas.

4. ___________ se compromete ante sus padres desde un principio a usar el móvil cumpliendo siempre las normas legales y las normas del centro escolar (si lo permite), así como de cualquier otro recinto o entidad que las marque en su tiempo libre.

5. El nuevo usuario se compromete también a cumplir desde el principio unas normas de uso responsable, inteligente y respetuoso/educado hacia los demás en casa. El nuevo usuario demostrará que es lo suficientemente mayor como para respetar el horario, espacios y momentos en los que se puede utilizar el nuevo aparato (posible acceso a él en la mesa o no, ruidos en espacios comunes, distracción con él en ocasiones especiales escolares o familiares, normas de educación y saber estar...).

6. El nuevo usuario asume que, hasta que no sea un poco más mayor, sus padres o mayores de confianza conocerán siempre los códigos de acceso y contraseñas de su nuevo gadget y de mail, páginas, juegos, fotos y vídeos, *apps*... para su posible supervisión en seguridad, privacidad e imagen adecuada y respetuosa del contenido y ac-

ciones que este realiza. Además, el nuevo usuario de gadgets y ordenadores los utilizará en espacios comunes o fácilmente accesibles a los adultos.

7. Los padres se comprometen a no leer o supervisar más que la estricta comprobación, respetar la intimidad del nuevo usuario con sus amigos REALES y entender que tiene su propio espacio para hablar de sus temas con sus contactos, siempre que se respeten las normas y a los demás.

8. El nuevo usuario y sus padres entenderán que este acompañamiento y control inicial se irá relajando según este vaya creciendo y mostrando su responsabilidad y prudencia en el buen uso de la tecnología e internet. A cada edad le corresponde una seguridad

9. Las redes sociales (Facebook, Twitter, Instagram...), como otras plataformas online, tienen marcadas una edad mínima (13 o 14) por algo: o esperas a tenerla... o deberías compartir ese perfil con alguno de tus padres...

10. En sus relaciones online (redes sociales, webs, foros, juegos en red...), el nuevo usuario no agregará a nadie que no conozca en su vida real... Desconfiará de todo lo que le cuenten y evitará facilitar datos personales a cualquiera.

11. En caso de tener problemas, dudas o ser acosado por cualquiera a través de internet, el usuario se lo dirá a sus padres, para buscar una solución a la situación. Si fuera en el ámbito escolar, se hablará con los responsables docentes. Y si fuera una situación grave, los padres podrán consultarlo o denunciarlo ante la Policía.

12. El nuevo usuario del móvil se compromete a no tomar ni compartir ninguna foto íntima o que a sus fami-

liares no le fuera a parecer apropiada... En caso de que le llegue alguna ofensiva o dañina para alguien, la borrará y exigirá que no se reenvíe.

13. El nuevo usuario dejará por las noches el móvil, tablet y demás aparatos cargando en una zona común de la casa y no se los llevará a la cama.

14. El nuevo usuario se compromete a no utilizar internet o móvil para acosar, humillar, ofender o molestar a ningún compañero de clase, vecino o conocido. Y no será cómplice de esas acciones de ciberacoso, ni por reenviar ni con su silencio: pedirá a sus contactos ese mismo respeto para todos.

15. El nuevo usuario evitará compartir material ofensivo, contra la intimidad o inapropiado en los grupos de WhatsApp: si es mayor para usarlo, también lo es para respetar a la gente.

16. El nuevo usuario conocerá cómo funciona, qué riesgos y qué condiciones de uso tiene cada *app*, juego, programa y posibles costes añadidos, para evitar sorpresas.

17. El nuevo usuario ha leído detenidamente este manual de uso/acuerdo con los padres y entiende todas las responsabilidades que conlleva, no solo las ventajas. Al firmarlo, las asume y se compromete a cumplirlas.

18. El nuevo usuario atenderá SIEMPRE las llamadas de sus padres para saber que está bien.

19. El nuevo usuario será el que domine la tecnología Y NO AL REVÉS: evitará adicciones y la conexión permanente o adictiva a un chat, foro, juego... ¡Conéctate a la vida real!

20. La utilidad, respeto y uso inteligente, legal, res-

ponsable, seguro, privado y racional de la tecnología priorizarán cualquier decisión respecto al nuevo gadget. ¡DISFRÚTALO!

Firmado:

El padre, la madre o ambos El/la nuevo/a usuario/a

Las redes sociales

Gran parte de la fascinación que despiertan los *smartphones* consiste, como ya vimos en páginas anteriores, en que permiten al usuario tener un montón de aplicaciones y participar de muchas redes sociales. Desde «Aprender a educar» queremos concienciar a los padres y a las madres de que la participación en las redes sociales tiene quc estar tan regulada por normas y límites como el uso de los teléfonos; nos importa no solo cuánto tiempo tienen nuestros hijos el aparato, sino también qué hacen con él.

Lo primordial es educar a nuestros hijos en el respeto en cualquier situación, también cuando se comuniquen con otra persona. En las redes sociales hablan de lo que les gusta, de sus aficiones, de lo que sienten, de lo que les ocurre en el día a día; es un sitio de «expresión personal» que puede verse vulnerado rápidamente por una falta de consideración o de respeto.

Al mismo tiempo, hay que enseñarles a tener el control sobre la privacidad de lo que comparten. Algunas redes te permiten seleccionar a las personas que pueden tener acceso a tus contenidos y te dan la posibilidad de bloquear o silenciar a aquellas personas que no quieres tener cerca. Tan importante es saber en quién confiar como en quién no. La cuestión se resume en: NO INVITES A TU VIDA DIGITAL A QUIEN NO INVITARÍAS A TU CASA.

Una opción recomendable es que los padres se hagan un perfil propio en las mismas redes que los hijos para poder ver qué cuelgan, dicen y hacen. Si eso no gusta a los hijos, quizá en ese momento tomen conciencia de que muchas personas, incluso algunas que no conocen, tienen el mismo acceso a su información que sus padres, lo cual puede llevarles a reflexionar sobre lo adecuado o inadecuado de sus actualizaciones o sus comentarios.

Por último, algo en lo que no solemos caer ni siquiera los adultos es que, a la hora de conectarnos a internet y charlar con alguien, no sabemos qué está ocurriendo al otro lado del teléfono. Eso puede llevar a engaño a muchos pequeños que den por sentado que al otro lado solo hay una persona y en realidad haya más de una, lo cual puede resultar muy embarazoso si han hecho una confesión íntima. La sensación de seguridad que aporta la comunicación por mensajería en contraposición con el cara a cara se tambalea ante la posibilidad de que al otro lado haya otras personas o de que lo dicho en la conversación se difunda sin nuestro consentimiento.

Con el fin de educar en el buen uso y prevenir complicaciones, aportamos aquí algunas recomendaciones:

- Los padres tenemos las contraseñas de nuestros hijos (teléfono y aplicaciones), y en todo momento podemos supervisar lo que hacen, porque eso ayuda a evitar peligros. No obstante, debemos avisarles siempre de cuándo y cómo revisaremos su actividad. Se trata de confiar y proteger, no de espiar.
- Un segundo motivo por el que debemos estar al día de lo que hacen nuestros hijos con el teléfono móvil tiene que ver con su educación. Somos sus principales educadores; tenemos que orientarlos en el buen uso, el respeto, la responsabilidad y la cautela.
- Las redes sociales se consultarán en el salón o en un espacio común de la casa. Muchos errores se cometen cuando los padres no están vigilando. No se trata de someter a los hijos a una inspección constante, sino que exista la confianza suficiente para que no estén deseando esconderse.
- El horario para la consulta de las redes sociales se establecerá teniendo en cuenta el tiempo dedicado a los deberes y las actividades extraescolares, así como que el teléfono no está disponible ni a la hora de cenar ni a la hora de acostarse. Una opción sería permitir el uso en estas horas:

Entre semana	Fin de semana
8.30-8.45 h	8.30-10.00 h
17.00-17.45 h	16.30-19.30 h
19.00-19.30 h	21.00-22.00 h
21.30-22.00 h	

- No están permitidos ni los insultos ni la invasión a la intimidad de otras personas. Esto debería ser fácil porque solemos educar a nuestros hijos en los valores que defendemos como personas y como familia, pero nuestros hijos a veces olvidan que están tratando con personas reales, de carne y hueso, que tienen unos sentimientos y unos derechos.
- No está permitido colgar fotos de ellos sin el consentimiento paterno, ni de otras personas sin el consentimiento de estas. Lo mejor, no obstante, es no hacerlo ni siquiera con el consentimiento de la persona que aparece en la foto. Recordemos que en internet todo queda grabado.
- No aceptarán la amistad de otros usuarios sin el consentimiento paterno, y menos aún de personas que no conozcan. Si tenemos de amigos o de seguidores a personas que conocemos de la vida cotidiana (amigos, familiares, compañeros, etc.) el nivel de riesgo se reducirá notablemente y tendremos la seguridad de pasarlo más o menos bien.
- No se instalarán aplicaciones en el móvil sin el consentimiento paterno: conocer las redes en las que participan nos ayudará a supervisar mejor. Fijémonos en cuáles son las aplicaciones que suelen utilizar más para así entender mejor sus dinámicas personales, sus inquietudes y sus emociones.
- Ayudémoslos a darse de baja de aquellas aplicaciones en las que ya no participan o han tenido una mala experiencia. Lo más recomendable es ser precavido.

Los videojuegos

Como hemos visto, los videojuegos son cada vez más impresionantes a muchos niveles. Los juegos más discretos para *smartphone* tienen unos diseños y unas producciones que dejan a sus antecesores a la altura del betún. De ahí que sean tan populares. De ahí, también, que debamos controlar con qué programas juegan nuestros niños, porque la oferta es muy variada, y eso incluye juegos para adultos que no siempre lo parecen. Aquí van algunos consejos:

- El ordenador y la videoconsola estarán en un lugar concurrido de la casa.
- Los padres revisarán si los contenidos del juego les parecen adecuados para la edad del niño.
- Habrá un horario de juego estipulado, como, por ejemplo, una o dos horas los sábados por la tarde. Si un sábado por la tarde estamos en una comida familiar y no es posible jugar, esas dos horas no se añaden ni se recuperan más adelante.
- No están permitidos ni los insultos ni la invasión a la intimidad de otros jugadores.
- No está permitido dar información personal propia ni de ningún conocido.
- Está prohibido acceder a juegos o plataformas de pago sin el consentimiento de los padres.

¿Qué es la identidad digital?

La identidad digital es la información personal que vamos dejando en la red a medida que interactuamos con contenidos o usuarios. Imaginémoslo como caminar por la playa; la arena que pisamos son las múltiples páginas web que abrimos, las redes sociales que utilizamos, etc., mientras que nuestras huellas —la larga línea de pisadas hacia atrás y hacia delante— reflejan nuestra historia, lo que hemos hecho, lo que hemos visto. La identidad digital es lo que somos en la red para los demás. Esta identidad digital se va conformando con nuestra participación, directa o indirecta, en las diferentes comunidades y servicios de internet.

Aquel que trabaje mediante las redes sociales o que se dedique al comercio online deberá tener especial cuidado de su identidad digital, pues la mala fama o la impopularidad pueden mermar notablemente las ventas de una empresa. Pero la identidad digital existe para cualquier persona y para cualquier empresa. De una manera u otra todo queda reflejado en la red, por eso recomendamos tener en cuenta los siguientes puntos y transmitirles esta información a nuestros hijos para que tomen conciencia de su importancia:

1. **Antes de escribir, hay que pensar.** Esta es una norma importantísima que a la larga nos ahorrará muchos dolores de cabeza. De entrada, nuestra información personal (dirección de casa, número de

teléfono, matrícula del coche...) jamás debería aparecer en la red. Recordemos además que esta información puede aparecer en una fotografía, y los periódicos van llenos de fotos o tuits antiguos que se convierten en polémica o fuente de extorsión. Además, al eliminar una cuenta de una red social (lo cual tarda alrededor de un mes desde la cancelación), es posible que algunos datos queden en los servidores de las redes sociales hasta un máximo de noventa días.

2. **Invita solo a tus redes sociales a quien invitarías a tu casa.** Antes de aceptar a cualquier persona en tu red social, reflexiona sobre si quieres, o si te conviene, tener a esta persona cerca.
3. **Revisa periódicamente qué imagen das a los otros usuarios de las redes.** Algunos mensajes que te parecieron divertidos en un primer instante quizá puedan resultar ofensivos, o quizá ha entrado en tu página alguien indeseable que está dejando mensajes desagradables en tu muro... Revisa tanto tus contenidos como la configuración de privacidad individual en caso de que lo necesites para dar la mejor imagen de ti mismo.
4. Hay informaciones que no pueden ser privadas, por ejemplo, tu nombre y tu foto de perfil son públicos, así que **si no quieres que te reconozcan, no uses una foto tuya**, o utiliza una que no muestre tu cara. Lo ideal también es utilizar un *nick* o un apodo falso para que tu nombre no aparezca en ningún sitio.

5. **Privatiza tu muro.** Eso limita la audiencia de tus publicaciones a tu círculo de amistades.
6. Un punto conflictivo es el de las etiquetas. «Etiquetar» significa que la red social pueda reconocer tu rostro en las fotografías, y es una opción disponible también para tus amigos. En otras palabras, cualquier persona te puede etiquetar. **Si no quieres que la red social permita etiquetarte en imágenes, ve a la configuración de privacidad y bloquea o prohíbe el etiquetado.**
7. Los ordenadores conectados a internet se exponen a virus y aplicaciones que quieren robarnos información. Eso también puede ocurrir de la manera más inocente: tus amigos pueden compartir información personal acerca de ti con las aplicaciones en las redes sociales. **Bloquear aplicaciones y esconder información, todo desde la configuración de la privacidad, es posible.**
8. **Si llega un momento en que las redes sociales te resultan agobiantes o crees que te has expuesto demasiado, desactiva tu cuenta.** De ese modo no eliminarás tu información, simplemente tu cuenta quedará inaccesible el tiempo que hayas decidido. En el caso de que quieras borrar tu información, deberás eliminar tu cuenta, y eso implica hacerla inaccesible para siempre.

Falsos mitos de internet

Es inútil educar a nuestros hijos en el uso de las nuevas tecnologías porque siempre sabrán más que nosotros.

FALSO. Que nuestros hijos utilicen los *smartphones* o las redes sociales con más soltura que nosotros no significa que sepan qué les conviene o que sean capaces de gestionar bien la información que reciben. Los padres debemos supervisar su interacción con internet para que lleguen a distinguir lo bueno de lo malo, lo útil de lo inútil, lo positivo de lo negativo, etc.

Hay que prohibir el acceso a internet o evitar que tengan smartphones*, porque todo son complicaciones.*

FALSO. Las nuevas tecnologías e internet son imprescindibles en el siglo XXI y debemos enseñar a nuestros hijos a utilizarlos correctamente. Una educación atenta, comprensiva y cariñosa les permitirá disfrutar de sus múltiples ventajas (educativas, sociabilizadoras, descubrimientos, información) y ahorrarse dolores de cabeza.

No hay ningún peligro en dar información sobre nosotros en internet porque no interesamos a nadie.

FALSO. En internet debemos actuar siempre con precaución, porque no sabemos qué programas, qué virus o qué personas pueden estar al acecho y perjudicarnos. Cualquier información (nombre y apellidos, número de teléfono móvil, direcciones postales, matrículas de coche, fechas de nacimiento, nombre del colegio o centro en el que estudian, etc.) sirve para encontrarnos o como información para terceros que quizá comercien con esos datos.

Con controlar el tiempo de uso de internet o de los videojuegos ya basta.

FALSO. El tiempo de exposición y de uso es solo una de las cosas que hay que tener en cuenta. Otras igual de importantes son la calidad y lo adecuado de los contenidos, el tipo de relación que mantienen con otras personas, y la información que dan a terceros o que reciben de ellos.

No se puede rastrear la identidad o la dirección de una persona que está cometiendo un delito.

FALSO. La policía dispone de herramientas para averiguar desde qué lugar se ha conectado una persona e incluso quién es y dónde vive.

Los delitos que se cometen en internet son menos importantes.

FALSO. A veces los delitos cometidos en las redes sociales acaban siendo mucho más graves debido a que su difusión ha sido mayor.

7

Peligros de internet: salud y seguridad

¿Verdad que controlas qué ve tu hijo o hija en la tele? Sí. ¿Verdad que también controlas qué películas ve en el cine? Sí. ¿Verdad que estás pendiente de lo que le ocurre en el colegio, con quién se relaciona, cómo se comporta en clase? Sí. ¿Y por qué lo haces? Porque lo quieres.

En el presente capítulo queremos convenceros de que hagáis lo mismo pero con el *smartphone*, las tablets, los ordenadores (portátiles o no), las redes sociales...

Hay una cuestión de base. Internet, como todos los medios de comunicación de masas, ofrece muchos contenidos que no queremos que lleguen a nuestros pequeños; su objetivo es atraer visitas y ganar dinero, y tanto el sexo como la violencia son un reclamo habitual. En internet, sin embargo, la libertad es prácticamente absoluta y no hay barreras entre el usuario y los contenidos; con solo teclear en Google una palabra nos llegan centenares de miles de opciones indeseadas.

Esa es solo la primera de las dificultades. La segunda tiene que ver con las personas y los programas que quieren (y pueden) hacernos daño, y que están ahí, expectantes, para darnos un susto. El acoso, la incitación a la anorexia o la bulimia, la adicción, la suplantación de identidades, el robo de datos personales... son algunos de los problemas que pueden aparecer si no educamos correctamente a nuestros hijos en el uso de internet; son complicaciones que podemos evitar si somos precavidos, prestamos atención y nos aseguramos de que los pequeños estén seguros.

El hecho de que los nativos digitales, nuestros hijos, estén tan expuestos a este tipo de problemas, teniendo como tienen un gran dominio de las nuevas tecnologías, puede causar extrañeza. La razón es muy simple: el término «nativos digitales» se refiere a la habilidad para manejar la tecnología; no es la habilidad para gestionar contenidos, para saber qué páginas no les convienen, qué información puede no ser saludable para ellos. Internet está lleno de violencia, racismo, agresividad, insultos, pornografía y abusos de todo tipo. Nada que no puedan encontrar en el mundo exterior, pero a la distancia de un clic. Tanto los padres, en el ámbito familiar, como los profesores, en la escuela, deberían ser muy precavidos con los contenidos a los que acceden los niños.

En las páginas siguientes veremos los peligros más importantes de internet, de ese modo tomaremos conciencia de a qué nos arriesgamos si no prestamos la atención suficiente. Ya va siendo hora de que dejemos de decir aquello de «A mí no me pasará». En este ámbito eso es algo que solo se consigue activamente, no una cuestión de azar. Los niños jamás están mejor protegidos y jamás se sienten tan amados como cuando sus padres los acompañan y supervisan en las diferentes etapas de la vida.

La adicción, un problema actual

Aún no se ha llegado al punto de admitir la adicción a internet como una enfermedad en términos médicos, pero desde luego es una realidad a la que nos enfrentamos a diario en nuestra consulta. Existen muchos trastornos de conducta relacionados con las nuevas tecnologías, y saber detectarlos a tiempo es importantísimo para evitar que nuestros hijos sufran sus efectos negativos. La adicción a las nuevas tecnologías repercute negativamente en la vida del usuario; en los niños puede manifestarse, por ejemplo, en la desatención de los estudios o de la higiene. Las consecuencias de un mal uso de internet son varias y de índole muy diversa, y tratar cualquiera de estas condiciones es algo muy delicado que como mínimo se juega a tres bandas: el usuario de las nuevas tecnologías, su familia (padres, tutores legales) y los terapeutas.

Síntomas de un adicto a las nuevas tecnologías

Pérdida de control: cualquier caso en el que una persona empieza a evadirse de la realidad, a mentir, a tergiversar la verdad, para sustituir una vida «real» por el uso continuado de las nuevas tecnologías, puede ser considerado una pérdida de control.

Dependencia: una persona que sufre cambios de humor severos o que se vuelve muy violenta si no tiene acceso a redes sociales e internet es alguien que puede sufrir dependencia a las nuevas tecnologías.

Gasto económico: muchos programas y muchas páginas quieren convencerte de que pagues altas sumas de dinero para acceder a sus contenidos (a veces ni siquiera están interesados en tu dinero sino en saber tus datos personales para poder venderlos a otras empresas). Cuando alguien dedica ingentes cantidades de dinero a las nuevas tecnologías y eso se convierte en un motivo de sufrimiento, estamos ante un caso de adicción, ya sea al juego y a las apuestas, a los contenidos violentos, a los pornográficos...

Infracciones legales en la red: es habitual que los adictos incurran en problemas derivados de la insociabilidad tales como el ciberacoso, lo cual puede ocurrir en ambas direcciones, como acosadores o como víctimas. Las redes sociales, por la supuesta «protección» que ofrecen a sus usuarios, son un espacio ideal para los abusos de todo tipo, y es imprescindible que nuestros hijos tengan muy claro que si perciben algún comportamiento negativo o no se sienten cómodos con lo que ven o les dicen deben avisarnos.

Si descubrimos alguna (o varias) de estas actitudes en nuestros hijos, deberemos sopesar si se trata de un trastorno del comportamiento que requiera atención terapéutica o si en realidad es el resultado de una mala comprensión de lo que son las nuevas tecnologías. Como padres, en ambos casos tenemos la responsabilidad de dar respuesta a estas preguntas y tomar la decisión necesaria; es probable que nuestro hijo solo necesite acostumbrarse a seguir una rutina (por ejemplo: redes sociales únicamente por la tarde, después de los deberes, y en el salón, para que los padres puedan vigilar) y que reeduquemos su comprensión de las redes (hay que respetar la privacidad propia y ajena; el dinero no se gasta en este tipo de contenidos; no hay que relacionarse con gente desconocida, etc.).

En pocas palabras:

- Le recordaremos los usos que debe hacer de la conexión a internet.
- Estableceremos unos horarios de uso claros.
- Se conectará siempre en presencia de un adulto.
- Estipularemos alguna consecuencia que le indique que ha roto las normas.
- Le enseñaremos la importancia de una gestión adecuada del saldo.

LA ADICCIÓN A LOS VIDEOJUEGOS

Los **adictos a los videojuegos** reciben el nombre de ***gameholics***. Uno de cada diez jugadores ha estado alguna vez delante de la pantalla, sin parar de jugar, entre 12 y 24 horas. Y el 6 % de los jugadores afirman haberse pasado más de 24 horas pegados a la pantalla, lo que debería alertarnos sobre el grado de adicción que pueden causar los videojuegos.

Mark James, especialista de la compañía de seguridad informática ESET, insiste en la importancia crucial de que exista un equilibrio entre el tiempo que se dedica a los estudios o el trabajo, la familia y los amigos, y el tiempo que se dedica a los videojuegos. James recomienda no «pasar más tiempo en un mundo virtual que en la vida real».

Para más información sobre los *gameholics*, consulta este enlace: <http://www.centroadiccionesbarcelona.com/sabes-quienes-son-los-gameholics-te-descubrimos-como-funciona-su-cerebro>

Las adicciones, y en especial la adicción a los videojuegos, dependen de la liberación de **dopamina** en nuestro cerebro, algo que ocurre con los minilogros, o minirrecompensas, cuando alcanzamos una meta determinada en el juego o si recibimos muchos «me gusta» por un comentario hecho en las redes. Por lo general, los juegos están programados para que la dificultad vaya aumentando, lo que provoca una liberación de dopamina cada vez mayor a medida que se supera el nivel. Sabemos que estamos en una situación de riesgo cuando sufrimos **pérdida del control** y pasamos más tiempo conectados a las redes o a los juegos que a la vida real. Eso significa que nuestra fuerza de voluntad está a las órdenes de la adicción y no de nuestras necesidades reales. Como suele decir Pedro, toda conducta es susceptible de convertirse en adicción.

Perfil de un menor con tendencia a la pérdida de control

Hay muchos motivos por los que un niño o una niña puede engancharse a las nuevas tecnologías. Entre los principales cabría citar: la insatisfacción personal del menor en caso de que en el hogar haya mala comunicación o pasen poco tiempo juntos; la poca habilidad de los padres para poner normas y límites; no saber gestionar con tranquilidad y sentido común los problemas familiares; someter a los niños a exigencias impropias de su edad; incidir solo en lo que hacen mal y jamás reforzar lo positivo; no enseñarles cuáles son sus responsabilidades y obligaciones; premiar constantemente al hijo con independencia de que actúe bien o no; la sobreprotección y el no estimular su autonomía; enseñarles a esconder sus sentimientos o no educarlos en la comprensión y gestión de las redes.

Estas circunstancias suelen crear personas acomplejadas, con baja autoestima y escasa aceptación de su físico. Son personas que no se sienten capaces de afrontar los problemas cotidianos y que se refugian en los videojuegos para evadirse.

CIBERACOSO O *CYBERBULLYING*

Qué es

El ciberacoso o *cyberbullying* es el acoso a través de medios tecnológicos, y suele consistir en el uso de los recursos por parte de menores de edad para humillar, vejar, atormentar o agredir a otros menores. Es un proceso que se dilata en el tiempo; la víctima sufre los ataques pero no puede defenderse.

El ciberacoso puede realizarse a través de múltiples vías: escribiendo insultos, amenazas o burlas a través de las redes sociales; robando o sonsacando información personal o fotografías y vídeos al acosado para después amenazarle con hacerlas públicas; haciéndole el vacío en redes y convenciendo a otras personas de que dejen de relacionarse con ella.

En resumen, el *cyberbullying* es un uso violento o malicioso de las nuevas tecnologías contra el bienestar físico, moral o social de una persona.

Suele tener cuatro protagonistas:

1. El acosado o víctima.
2. El acosador.
3. Los amigos del acosador.
4. Los espectadores pasivos.

El acosado, por norma general, nunca provoca, no hay nada que explique a priori el ataque de los demás. Por otro lado, como interioriza su problema y no lo cuenta, su conducta se ve alterada, empieza a mostrar signos de cansancio, de sufrimiento y humillación. Algunas consecuencias del acoso escolar son:

- La baja autoestima, tanto del agresor como del agredido (la baja autoestima suele estar en el origen del *cyberbullying*).

- Problemas nerviosos y de salud, como insomnio, enuresis, ansiedad, dolor de cabeza..., signos del estrés bajo el que vive el menor.
- Problemas de conducta y de rendimiento escolar, depresión, soledad, irritabilidad, miedo.

En el *cyberbullying* hay dos aspectos fundamentales: por un lado, la autoestima y la percepción personal de uno mismo y, por otro, los valores y la educación que transmitimos a nuestros hijos. La mejor manera de evitar que acose a otro menor, o de protegerle ante posibles ataques, es lograr un equilibrio en esos dos ámbitos.

Autoestima y percepción personal

Un niño que se sabe querido y respetado no necesita atacar a nadie para sentirse bien. ¿Y cuál es la mejor manera de conseguir que se sienta bien? Establecer unas normas y unos límites claros y precisos, al fin y al cabo son la mejor red de seguridad para su protección: tener claras sus rutinas; acostumbrarse desde pequeños a esforzarse en los estudios; ser responsables de algunas tareas del hogar en consonancia con su edad y madurez; hablar con sus padres de cualquier cosa y con confianza; saber gestionar la frustración y no perder el optimismo, entender que en cualquier situación hay unas reglas que debe acatar para el buen funcionamiento de la familia, etc. A diferencia de lo que piensan muchos padres, la sobreprotección y la abundancia de regalos acaban teniendo un efecto negativo en los menores, que no aprenden a gestionar sus sentimientos (buenos o negativos) y pierden la oportunidad de desarrollar su autonomía.

Educación en sentimientos y valores

Los padres educamos con el ejemplo. Si queremos que nuestros hijos sean respetuosos consigo mismos, con los demás y con el medio ambiente, tenemos que ser su primer modelo: cuidarnos a nosotros mismos y preocuparnos por el bienestar de los demás; hacer lo posible por estar alegres y satisfechos; hablar con tranquilidad y serenidad (saber escuchar, saber dialogar, entender que todos somos diferentes y que no siempre estaremos de acuerdo, pero que los detalles pequeños no deben entorpecer el buen funcionamiento de la familia); cuidar a los compañeros de clase, asegurarnos de que en nuestras relaciones haya un ambiente sano, cálido y de buen humor; tener cuidado de nuestro entorno y ser ordenados, limpios y honestos.

Como ya hemos dicho en el apartado anterior, es imprescindible conocerse bien y saber qué estamos sintiendo. Muchas veces reaccionamos de manera instintiva, sin reflexionar, y para tener una relación sana con los demás debemos sopesar con tranquilidad lo que vemos, lo que decimos y lo que recibimos. Los valores se trabajan siempre desde la tranquilidad y la serenidad, de lo contrario ni respetaremos ni nos dejaremos respetar.

Si sospechamos que nuestro hijo puede estar sufriendo ciberacoso, debemos acercarnos a él para que recupere la sensación de seguridad que ha perdido. Cuando vea que lo escuchamos con interés y atención, desde el cariño, será más fácil que nos cuente lo que le preocupa. En ningún caso le daremos a entender que su sufrimiento no está justificado; al contrario, le animaremos a que se exprese.

El hecho de haber hablado previamente del ciberacoso con él nos ayudará mucho en nuestra tarea. Abundan los ejemplos y las noticias a partir de los cuales podemos trabajar el asunto, partiendo siempre de la base de que es una situación desagradable y dolorosa que debemos evitar. Cualquier precaución es poca para proteger a nuestros pequeños.

Cómo prevenirlo

1. El *cyberbullying* hace daño. Aquellos que acosan y aquellos que tienen conocimiento del acoso y guardan silencio acaban pagando las consecuencias tarde o temprano. Es fundamental que los padres, los profesores y los compañeros estén pendientes del menor agredido, se acerquen a él y le ofrezcan su apoyo.

2. Si nuestro hijo se siente acosado y es blanco de insultos o amenazas en las redes sociales, es importante que nos lo cuente. ¿Cómo lograrlo? Si en casa hemos trabajado la confianza y la honestidad total, así como la expresión de los sentimientos, y nos hemos preocupado regularmente por el bienestar de los demás, será mucho más fácil. Los cambios de actitud y los desarreglos emocionales se perciben mucho

mejor si estamos con nuestros hijos día tras día, si hablamos con ellos, hacemos actividades juntos y nos reímos.

Es importante que el menor desconecte de su fuente de sufrimiento bloqueando al usuario agresor o dándose de baja en la red social. Sería positivo que tomase nota en un cuaderno de lo que le suceda cada día.

3. Los padres deben recordar a los hijos de vez en cuando que tengan cuidado con lo que publican (puede verlo cualquiera) y que sean positivos y aporten algo nuevo o beneficioso para la comunidad.

4. Explicaremos a menudo que no es conveniente compartir detalles de nuestra vida y de nuestro mundo con cualquier persona, sino solo con conocidos y gente de confianza. En este sentido es imprescindible ayudarlos a configurar bien las opciones de privacidad de las redes sociales y revisarlas de vez en cuando.

5. No hay que publicar informaciones sobre otras personas. Los datos personales pertenecen a cada uno y hay que respetarlos.

Recomendaciones para los padres

- Vigilemos los mensajes de nuestros hijos. Si detectamos mensajes injuriosos, ya sea que los haya escrito nuestro hijo o los haya recibido, **no** podemos **minimi-**

zar su importancia **ni montar en cólera**. Es vital dialogar con las partes implicadas y transmitirles que:

- AL AGRESOR: está cometiendo un delito muy grave que puede perjudicar mucho a la víctima.
- A LA VÍCTIMA: estos comportamientos, tanto si te afectan personalmente como si sabes que lo reciben otros, hay que denunciarlos.

- Vigilemos si nuestros chavales son víctimas de rumores y críticas, tanto vejatorios como acusadores; muchas veces empiezan fuera de la red, pero debido a las condiciones especiales de internet hay muchas posibilidades de que acaben en ella.
- Evitemos que faciliten sus contraseñas a otras personas y expliquémosles las posibles consecuencias negativas. Asimismo, debemos enseñarles a no acceder a correos o perfiles de otras personas.
- Visitemos sus perfiles en las redes sociales por si aparecen comentarios ofensivos o por si son nuestros hijos quienes hacen estos comentarios.
- Advirtámosles de lo inadecuado que es publicar fotos de otras personas y evitemos que difundan falsos rumores.
- Eduquémosles en no responder a las amenazas con amenazas.
- Si el acosador proviene del entorno escolar, contactaremos con su profesor o tutor y con el de la víctima para que hagan llegar la denuncia a la dirección del colegio y a la familia del niño acosador. Cuando los menores se conocen y forman parte del mismo entor-

no, lo más habitual es que el colegio y un equipo de educadores y terapeutas se hagan cargo del proceso.

- Si no sabemos quién es el acosador y tememos que pueda ser un adulto, contactemos rápidamente con la unidad de delitos informáticos y denunciemos el acoso (delitos.tecnologicos@policia.es). Las penas de prisión por *cyberbullying* (insultar, amenazar...) o por colgar fotos de otras personas pueden llegar hasta los cuatro años.

El *sexting*

Qué es

El *sexting* es la difusión o publicación de contenidos sexuales creados por el propio protagonista, por lo general de forma voluntaria, utilizando el móvil u otro dispositivo tecnológico. Tiene mayor incidencia en chicas que en chicos y suele ocurrir cuando están descubriendo el sexo y quieren flirtear con otra persona; lo toman como un juego, no son conscientes de que esa información puede ser utilizada en su contra, ya sea difundiéndola en las redes sociales o utilizándola para su humillación y acoso. Si bien el *sexting* no es algo exclusivo de los menores, con ellos puede acarrear más consecuencias negativas, como, por ejemplo, atraer a delincuentes o depredadores que intenten sonsacarles más material o quedar con ellos para tener relaciones sexuales.

La mejor manera de evitar que nuestros hijos suban o compartan fotografías y vídeos de contenido sexual es enseñándoles que internet no olvida nada y que lo que hoy parece un juego mañana puede ser un grave error. Subir información personal o fotografías provocadoras a internet es peligroso porque no podemos controlar qué personas tendrán acceso a ellas; incluso si solo mandamos esos contenidos a alguien de muchísima confianza, su teléfono móvil puede acabar en manos de otra persona, hackeado o pirateado, o incluso cabe la posibilidad de que esa persona los difunda. Conservar nuestra privacidad debe ser primordial.

ANÉCDOTA: ES EL HECHO, NO LA INTENCIÓN

Una madre de un chico adolescente recibió una llamada del colegio; habían denunciado a su hijo por *sexting*. Muy preocupada, la madre corrió a preguntar a su hijo si realmente él había enviado fotos comprometedoras de su exnovia a otros compañeros del colegio, y él le contestó que solo las había reenviado a sus amigos más cercanos, y sin ninguna intención en particular. Las fotos se las había hecho la propia joven en una sesión de cibersexo unas semanas antes. La madre se puso en contacto con el colegio y con la otra familia y argumentó que su hijo no era autor de las fotografías y que no había tenido ninguna intención de hacer daño a nadie. Sin embargo, desde el colegio le respondieron con rotundidad que el *sexting* es un delito que consiste en compartir y difundir ese tipo de material, no la intención con la que se comete el delito. La madre y el hijo tuvieron que llamar a un abogado y alcanzar un acuerdo con la otra familia y el juez.

Cómo prevenirlo

1. Dialoguemos con nuestros hijos; muchas veces no son conscientes de los peligros que corren al compartir esos materiales. En primer lugar, ¿qué imagen quieren que quede de ellos en unos años? Por otro lado, el problema puede empezar en el hecho de que el teléfono móvil o el ordenador no estén protegidos; algún acosador o hackeador puede conseguir acceder a la información; pueden robarle el teléfono o el ordenador; la misma persona a quien le mandaron las fotografías o los vídeos, y en quien confiaban, puede ser quien los difunda.

2. Cabe la posibilidad de que nos creemos un perfil en las redes sociales, nos hagamos amigos de nuestros hijos y supervisemos así sus actualizaciones.

3. Expliquémosles las normas de seguridad básicas de navegación, como no aceptar amigos a los que no conozcan, no dar demasiados datos de identidad y pensar antes de escribir o publicar fotos.

4. Eduquémosles de forma que si alguien contacta con ellos y dudan de sus intenciones, nos lo comuniquen.

5. Hablémosles de sexualidad para prevenir conductas de riesgo y evitar que protagonicen casos de *sexting*.

Recomendaciones para los padres

De entrada, es fundamental tener presente que hablar de sexualidad con los hijos debe ser algo natural desde que son pequeños; eso ayuda a que se asuma con normalidad y que sea un tema de conversación como otro cualquiera. En la relación padres-hijos la comunicación se ha de trabajar desde bien pequeños. Si en casa hay buena comunicación será fácil hablar de cualquier tema.

Consejos para una buena comunicación

- El tono de voz siempre tiene que ser el normal. No hay que gritar.
- Busquemos momentos cotidianos y frecuentes para entablar conversación. Dejar aparcados los teléfonos, las tablets y la tele a la hora de comer es una idea estupenda, así hay tiempo para charlar sin distracciones.
- Escucharlos sin juzgar, sin entrometernos y sin interrumpir. Si sienten que se les escucha con atención, si sienten que nos importa lo que dicen, hablarán más y mejor.
- Evitaremos hablarles siempre en un tono autoritario y de reprimenda. Tienen que sentirse protegidos, pero también queridos y comprendidos.
- Hablar de cualquier cosa, sobre todo de aquello que despierte su curiosidad. Orientarlos y guiarlos supone tratar también los temas que para nosotros son tabú. Una buena educación sexual empieza siempre en casa.

Pero ¿qué es hablar de sexualidad con nuestros hijos? ¿Qué podemos enseñarles? Los temas relacionados con la sexualidad son muchos y variados: el desarrollo del cuerpo en la adolescencia; la reproducción en vegetales, animales y seres humanos; la fecundación y el embarazo; tipos de relaciones sexuales (sanas o tóxicas); diferencias entre hombres y mujeres en cuanto a su organismo; la reproducción; las conductas sexuales; las enfermedades de transmisión sexual... En realidad, cualquier excusa o circunstancia puede valer para entablar una conversación con los hijos sobre sexualidad. Si nos ven en la ducha, si acaban de tener un hermanito, si ven una escena erótica en la tele... son buenos momentos para hablar sobre el tema en cuestión.

Los críos pueden empezar a sentir curiosidad por su cuerpo desde que cumplen un año. A medida que van creciendo, esta curiosidad aumenta y se manifiesta en preguntas como: ¿Por qué los niños tienen pene y las niñas no? ¿Cómo sale el bebé de la tripa de la madre? ¿Cómo entra el bebe en la tripa de la madre? ¿Cuándo tendré vello como papá? ¿Puedo tener un bebé? ¿Cómo se hacen los bebés?

Si contestamos con tranquilidad, de forma clara y sencilla, estableceremos un diálogo sobre sexualidad que ayudará a tratar los temas en profundidad cuando lleguen a la adolescencia. Según la II Encuesta Schering sobre Sexualidad y Anticoncepción en la Juventud Española, la edad media de inicio de las relaciones sexuales se sitúa en los 16,5 años en los chicos y los 16,9 en las chicas (datos similares a los del resto de Europa).

Si existe un buena comunicación sobre sexualidad desde edades tempranas, los chicos y las chicas comienzan más tarde sus relaciones y su comportamiento es más sano, en parte porque son más conscientes de los riesgos. Y cuando tomen la decisión será más meditada y tomarán las medidas oportunas para prevenir embarazos o alguna enfermedad de transmisión sexual.

En resumen

- Hay que hablar con naturalidad de estos temas y adaptar el lenguaje a la edad de los niños. No sentir vergüenza.
- Hay que llamar a las cosas por su nombre. Usar las palabras «pene» y «vagina» es mejor que usar palabras como «titi» y «chuchi».
- No eludir la conversación cuando el niño pregunte sobre algún tema relacionado con el sexo, si no creerá que es tabú y no volverá a preguntar.
- Si hace alguna pregunta sobre sexo, sea cual sea, no se le ha de reprochar o reñir con frases como: «¿Quién te ha dicho eso?», «¡Eso es de marranos!». Es mejor contestarle en un tono suave; de ese modo será más fácil que siga preguntando.
- Desde el comienzo de la pubertad, de los 10 años en adelante, no se le ha de llevar la contraria en sus creencias. Es más importante lo que les digan sus amigos o lo que han buscado en internet. Como padres se le ha de explicar y darle razones para que quiera escuchar.

- En la adolescencia el discurso no debe radicar en prohibir. Los padres deben explicar su posición y transmitir el siguiente mensaje: «Si tomas la decisión, sobre todo que sea voluntaria; tienes que estar convencido o convencida de que quieres hacer lo que vayas a hacer y tomar medidas de seguridad».
- El preservativo además de prevenir embarazos ayuda a evitar enfermedades de transmisión sexual. Existen otros métodos anticonceptivos, pero a estas edades es recomendable el preservativo porque las parejas no suelen ser estables ni pueden permitirse embarazos.
- Si vuestro hijo o hija os dice que ha tenido relaciones sexuales, no le reprendáis ni montéis en cólera. Si lo hacéis, se sentirá mal y en caso de que haya algún problema no os lo contará. Lo que necesita es ayuda y comprensión. Decirle lo que opináis y lo que ha de hacer si vuelve a tenerlas. Sobre todo insistid en que lo haga porque quiere y no se sienta forzado o forzada.

Si nuestro hijo ha tenido acceso a contenido pornográfico...

- Le explicaremos que ha encontrado una perspectiva frívola y superficial de la sexualidad en la que se omiten elementos clave como el afecto y la confianza.
- Le advertiremos de los riesgos que entraña el uso de estas páginas web o la interacción con personas que las frecuenten.
- Revisaremos el correcto funcionamiento de nuestro filtro parental; si no lo tenemos, instalaremos uno.

- El objetivo es proteger a nuestros hijos del contenido pornográfico, pero si acaban encontrándolo por lo menos es importante que tengan una visión crítica.

El *grooming*

¿Qué es?

El *grooming* es un proceso que puede alargarse días, semanas o incluso meses, y tiene lugar cuando ciertos adultos contactan con menores de edad a través de las redes para tener relaciones sexuales con ellos. A veces incluye la petición de vídeos o fotografías de los jóvenes con un contenido claramente sexual.

¿De qué manera se acercan los delincuentes a los jóvenes? Una manera muy habitual consiste en crear una identidad ficticia en alguna red social y hacerse pasar por otro joven; el objetivo es ganarse la confianza del menor e ir obteniendo datos personales (sexo, edad, domicilio, situación familiar, fotografías, encuentros en vivo...).

El intercambio de contenido pornográfico puede empezar por el propio delincuente, que envíe fotos de otros menores con el objetivo de sacar una reacción al menor. A veces ocurre que el menor accede a desnudarse delante de la webcam, se graba o se fotografía desnudo para más tarde enviar ese contenido sexual a través del correo electrónico, la mensajería instantánea u otro recurso tecnológico.

Lo más habitual es que a partir del momento en que el delincuente obtenga las primeras imágenes o vídeos de contenido sexual, exigirá más. Ahí es cuando comienza el verdadero acoso, porque el delincuente es posible que se sirva de las imágenes y la información obtenidas para extorsionar y chantajear al menor. Si el menor se niega a enviar más o a encontrarse con él, puede amenazar con sacar el material sexual a la luz. Puede darse el caso incluso de que el delincuente amenace con hacer daño a la familia del menor.

Cómo detectarlo y cómo actuar

Es preciso que estemos atentos a si hay modificaciones inexplicables en las rutinas cotidianas de nuestros hijos, como, por ejemplo:

- Mala actitud y malos resultados en clase.
- Crisis de ansiedad, nerviosismo, desorientación.
- Pérdida de confianza en sí mismo, baja autoestima, miedo a salir a la calle o a ir al colegio.
- Aislamiento familiar o social. Actitud hostil con padres o hermanos.

Cualquier cambio de actitud o emoción que notemos en nuestro hijo puede indicar que está siendo víctima de ciberacoso. El primer paso es preguntarle si se encuentra bien y qué podemos hacer para ayudarle. Si no quiere explicarnos los motivos, debemos acceder a sus redes sociales, a sus correos electrónicos, etc., para cerciorarnos de si el problema se encuentra en las redes.

Si encontramos mensajes insinuantes o peligrosos que no parecen escritos por una persona de su edad; mensajes en que algún usuario insiste en que le mande fotografías o le pide tener encuentros sexuales; mensajes que consideramos violentos e inadecuados, lo denunciaremos inmediatamente y evitaremos que el menor se vuelva a poner en contacto con la otra persona o, al revés, que la otra persona tenga acceso a sus redes.

A continuación aportamos retazos de una conversación real de acoso, que tratamos en nuestra consulta, entre una chica de 13 años y un desconocido que insistía mucho en que le mandara fotografías. Hemos cambiado los nombres y algunos comentarios para preservar la intimidad de la joven.

Día 1

NÚMERO DESCONOCIDO: Olaaa :(

LA MENOR: Olaaa

LA MENOR: Quien eress

NÚMERO DESCONOCIDO: Soy la silvia del whatts y tu?

LA MENOR: Ola guapaaa

NÚMERO DESCONOCIDO: Como te llamas?:(

LA MENOR: Maria Pérez

NÚMERO DESCONOCIDO: Y edad?

LA MENOR: Casi 14

LA MENOR: Tu?

NÚMERO DESCONOCIDO: Yo 14 de donde eres?
NÚMERO DESCONOCIDO: Pasa foto :(
LA MENOR: Mira la de perfil q ahora da palo
NÚMERO DESCONOCIDO: Es pa ponerte en mis contactos :(
LA MENOR: Bua no tengo

Día 2
NÚMERO DESCONOCIDO: Estas?
LA MENOR: Ola
NÚMERO DESCONOCIDO: Pasa foto bebaa :(
LA MENOR: Ok
LA MENOR: No tengoo, pero busca mi instagram y elige una [*le da su instagram*]
NÚMERO DESCONOCIDO: No tengo insta por eso te lo digo :(
LA MENOR: No tienees?
NÚMERO DESCONOCIDO: No por eso te digo
NÚMERO DESCONOCIDO: Estás? :(

Día 3
NÚMERO DESCONOCIDO: Bebiii :(
LA MENOR: Yep
NÚMERO DESCONOCIDO: Pasa foti :(bebaa
NÚMERO DESCONOCIDO: Pasa foti tuya bebaa:(
LA MENOR: Voy
NÚMERO DESCONOCIDO: Y la foti :(
NÚMERO DESCONOCIDO: Bebaaa
LA MENOR: Haaha no tengoo

NÚMERO DESCONOCIDO: Jo y que tal yo rallada y deprc :(
LA MENOR: Porr
NÚMERO DESCONOCIDO: Mi ex me puteo de mala manera sabes :(
NÚMERO DESCONOCIDO: Lo pille follandose a otra y luego encima me dice esk ella me hace cosikas k tu no
LA MENOR: Jdrr
LA MENOR: Que capullo
LA MENOR: Que edad tienes
NÚMERO DESCONOCIDO: 14
NÚMERO DESCONOCIDO: Yo le keria sabes :(
NÚMERO DESCONOCIDO: Y tu has hecho cosikas?
LA MENOR: Noop
NÚMERO DESCONOCIDO: Yo aun soy virgen pero he llegado a hacer pajas y algunas cosas más y tu?
LA MENOR: Nop
NÚMERO DESCONOCIDO: No te han pedido?
LA MENOR: Si pero digo k no
NÚMERO DESCONOCIDO: K te han pedido?
LA MENOR: Paja mamada lo tipico
NÚMERO DESCONOCIDO: O sea nunca has visto una polla?
LA MENOR: Si
NÚMERO DESCONOCIDO: Así de kienes has visto y como así las has visto?
LA MENOR: Jdr una vez un amigo gilipollas
NÚMERO DESCONOCIDO: Komo la tenia bebaa?
LA MENOR: Mediana
NÚMERO DESCONOCIDO: Se hizo una paja o k paso?

LA MENOR: Quue la enseño y se la tocaba

LA MENOR: Asqueroso

NÚMERO DESCONOCIDO: Se corrió?

LA MENOR: No por suerte

NÚMERO DESCONOCIDO: Si vieras la de mi ex flipas bebaa

NÚMERO DESCONOCIDO: Tu k harías si te enseñaran una p... así en persona

LA MENOR: Flipar

NÚMERO DESCONOCIDO: Sabes k más me pedía mi ex :(

LA MENOR: El k

NÚMERO DESCONOCIDO: Pos k me depilara akello Xk le daba morbo tokarmelo recién depiladas con lo k duele y escuece sabes pero ya no me lo depi akello y tu bebaa te depi akello yo ya no?

Día 4

NÚMERO DESCONOCIDO: Eh bebii :(

LA MENOR: Stoy en class

NÚMERO DESCONOCIDO: A k hora sales :(

NÚMERO DESCONOCIDO: Por cierto k nombre de face tienes pa enviarte solicitud kuando me conecte

Día 5

NÚMERO DESCONOCIDO: K haces ahora bebaa? :(

LA MENOR: Nadaa aqui en casa

NÚMERO DESCONOCIDO: Y usas tangui?

LA MENOR: Bragas normales

NÚMERO DESCONOCIDO: A ver como son bebaa

NÚMERO DESCONOCIDO: Manda fotii
LA MENOR: Ahora no. Luego te la ago

Día 6
NÚMERO DESCONOCIDO: Olaaa bebaa :(
LA MENOR: Olaaa
NÚMERO DESCONOCIDO: K haces bebaa :(
NÚMERO DESCONOCIDO: Ayer te estaba esperando :(
LA MENOR: Sorry tia me quede dormida
NÚMERO DESCONOCIDO: Tas en casika bebaa :(
LA MENOR: Noo sty en casa de una amiga
NÚMERO DESCONOCIDO: Quiero veros bebaa
LA MENOR: Foto?
NÚMERO DESCONOCIDO: Si
LA MENOR: Ok
LA MENOR: No kiere
NÚMERO DESCONOCIDO: A tu amiga le han pedido mamada? De k edades los k le han pedido?
LA MENOR: Para k lo quiers saber?
NÚMERO DESCONOCIDO: Xk toy sin amigas bebaa me dieron la espalda y pos a ver si me presentas y hablar con ella si es buena xabala como tu

Si nuestros hijos nos cuentan, o descubrimos, que algún desconocido está intentando ponerse en contacto con ellos o pidiéndoles fotografías de cualquier tipo, seguiremos los pasos siguientes:

- Hablaremos con el niño o la niña y le diremos que bloquee el número desconocido.

- Insistiremos en que no vuelva a comunicarse con esa persona. No debe tener conversaciones de ese tipo con nadie, menos aún con alguien que no sabe quién es.
- Si está en una red social, deberá configurar su privacidad para estar lo más oculto posible.
- Los padres nunca interactuaremos con el número desconocido. Cualquier amenaza que hagamos o cualquier comentario agresivo podría ser utilizado por el acosador para denunciarnos a nosotros, ya sea por mensaje o por teléfono.
- Mostraremos o enviaremos el WhatsApp a la policía para denunciarlo.

Casos como este demuestran que los padres debemos poder acceder a los teléfonos y a las aplicaciones de nuestros hijos, para lo cual es imprescindible tener las contraseñas y hacerles entender que su seguridad es primordial. Se trata de trabajar la confianza mutua, educar y orientar para, en última instancia, proteger y cuidar.

Nos enseña también a relacionar responsabilidad con libertad. Si nuestro hijo tiene conductas de riesgo es recomendable supervisar, cuidar y orientar el uso que da al teléfono móvil y a las redes sociales.

El *hacking*

Qué es

El *hacking* es un delito cada vez más común que consiste en entrar en el perfil de otra persona e incluso enviar mensajes con su identidad. Es, por tanto, el acceso a datos o programas vulnerando las medidas de seguridad y las contraseñas.

Nuestros hijos a veces cometen el error de poner contraseñas demasiado sencillas (el nombre de pila, la fecha de nacimiento, etc.) y de airearlas entre sus amigos en el aula o en la calle. El problema de compartir esta información es que es imposible controlar hasta quién llega o de qué manera. No podemos controlar quién utiliza dicha información y para qué.

Recomendaciones para padres

1. Informar al hijo de que bajo ningún concepto ha de desvelar la contraseña a ningún amigo. Cualquier información confidencial tiene que quedarse entre padres e hijos.
2. Los padres deben conocer las contraseñas de los hijos por motivos de seguridad. Se debe explicar el porqué a los hijos.
3. Elegir contraseñas seguras, con letras mayúsculas y minúsculas, signos de puntuación y números. Cambiarlas con regularidad.

4. No poner en los correos datos personales, que desvelen la edad, etc. El año de nacimiento puede dar una pista a los acosadores. Por ejemplo, felix_98@... puede significar que Félix nació en 1998.

5. La pregunta secreta en caso de que olviden la contraseña es importante. Deben poner una cuya respuesta solo conozcan ellos y los padres, y que no sea fácilmente deducible de su entorno: ni su nombre, ni el nombre de un familiar, ni una fecha significativa como la de su nacimiento...

6. Tener un buen antivirus actualizado para evitar que desde otras cuentas puedan entrar en el ordenador con programas dañinos. No solo corre peligro nuestra información personal, sino también el aparato y la seguridad de nuestra red.

Páginas que incitan a la anorexia y la bulimia

En algunos casos internet puede ser la puerta de acceso a contenidos tóxicos. En las redes sociales muchos jóvenes comparten sus preocupaciones más íntimas y expresan sus opiniones sobre los temas que les interesan. Desafortunadamente eso muchas veces implica repetir los estereotipos que ven y oyen en la televisión, la publicidad, en el colegio e incluso en casa. La preocupación por el físico es una de las principales fuentes de agobio y discusión en internet, lo cual puede acabar provocando episodios de anorexia o bulimia.

La mejor manera de prevenir estos trastornos alimenticios es hacerles llegar, desde pequeños, todo nuestro cariño y nuestra comprensión. Si saben que los escuchamos, será más fácil que hablen con nosotros. Al comunicarnos con ellos, resolveremos sus dudas y sus inquietudes y fortaleceremos su autoestima.

Por otro lado, debemos estar alerta a los casos en las redes de jóvenes que deciden no comer o realizar dietas que son peligrosas para su salud física y también mental. Si descubrimos que nuestros hijos han tenido acceso a páginas de este tipo, debemos averiguar por qué lo han hecho y evitar que vuelvan a conectarse. Es importante asimismo denunciar el contenido al administrador o a las autoridades policiales.

Un caso de incomunicación

Las nuevas tecnologías son un medio para relacionarse. En sí mismas no son ni positivas ni negativas, todo dependerá del uso y el enfoque que les demos.

A continuación leeréis los mensajes que se enviaron un padre y un hijo durante una buena temporada. La situación era la siguiente: el joven, un veinteañero, no quería ver a sus padres y no salía de su habitación. Era un chico con muy baja autoestima, con un gran sentimiento de fracaso personal y social, al que jamás obligaron a hacer nada que no le gustara. Para cuando sus padres se dieron cuenta de que ni siquiera hacía el esfuerzo de salir de su cuarto, hundido como estaba en su profundo malestar, ya era demasiado tarde y solo conseguían comunicarse con él vía mensajería. Hemos cambiado los nombres y los detalles de la conversación para respetar la intimidad de las personas involucradas.

Día 1
PADRE: Hola
PADRE: Que haces?
HIJO: Viendo la tele y tú?
PADRE: Estoy tomando el fresco en la calle
PADRE: En la nevera tienes la ensaladilla rusa sacala un rato antes de comer para que no este tan fria
HIJO: Vale

Día 2
PADRE: Te has calentado los espaguetis?
HIJO: No, he comido jamon
PADRE: Calientalos estan buenos
HIJO: Pero ya tienen la salsa puesta y está seca
PADRE: Si no se ha calentado solo se le ha puesto encima
HIJO: Ya Pero de estar en la nevera

Día 3
PADRE: Quieres para cenar pescado boquerones y maira?
HIJO: Si
PADRE: Tienes el plato con los boquerones en la bandeja
PADRE: También hay pescadilla cogela antes de que se enfrie
PADRE: Ten cuidado que tienen alguna espina

Día 4

PADRE: Quieres un bocadillo de lomo con pan y tomate?

HIJO: Solo quiero morir

PADRE: Estamos muy preocupados por la situacion actual y hemos encontrado un sitio donde nos pueden ayudar. Tienes que cambiar. Estarias dispuesto a colaborar?

HIJO: No quiero cambiar solo morirme

PADRE: Por eso has de cambiar tienes que tener ganas de vivir

PADRE: Que me dices?

HIJO: No voy a salir de casa

HIJO: Estoy muy gordo tengo granos

PADRE: Van a intentar ayudarte a ser feliz si no quieres todo sigue igual pero no perdamos esta oportunidad ayer por la noche te escuchamos reir y nos gusto

PADRE: De verdad que tienes que ser feliz y ellos te pueden ayudar

HIJO: No los conozco

PADRE: Te los presentamos

HIJO: No quiero gastar mas dinero prefiero morirme

PADRE: De verdad que quieres seguir asi? El daño te lo haces tu

HIJO: Me da igual ya todo

Día 5

PADRE: Te he sacado la ensaladilla rusa de la nevera para que no este tan fria nos vamos a comprar.

PADRE: Le pido al peluquero hora y dia para cortar el pelo?

HIJO: No

PADRE: Te vas a dejar el pelo largo?

PADRE: Puedes contestar

Día 6

PADRE: Estamos en el sotano baja a la cocina a coger lo que quieras

PADRE: En la cocina tienes una ensalada y dos bocadillos

HIJO: No, quiero morirme en casa no voy a salir de mi habitacion

HIJO: No sirvo para nada como me ha dicho todos estos años tu mujer

PADRE: Algo vamos a hacer asi no vamos a estar mas

HIJO: No quiero ayuda solo morir

¿QUÉ OPINAS?

Algunos médicos y psicólogos empiezan a ver internet como una fuente de adicción y ansiedad. A continuación enlazamos una entrevista con Enric Puig Punyet en el programa *Vida verde* donde hablan de personas que se han desconectado de internet y los móviles. Escucha el podcast y cuéntanos tus impresiones en nuestra página de Facebook o en nuestra web (https://aprenderaeducar.org/).

<http://www.rtve.es/alacarta/audios/vida-verde/vida-verde-exconectados-cuando-internet-gran-adiccion-15-09-16/3721518>

Un caso de descontrol y mala conducta

¿Qué hacer si descubrimos que nuestro hijo tiene otro teléfono móvil aparte del que le compramos nosotros? Se trata de un indicio bastante claro de conducta de riesgo, así que lo primero será quedarnos con el móvil desconocido: no sabemos quién lo compró ni cómo, y en cualquier caso no sabemos con quién está comunicándose.

A continuación hablaremos con el hijo para que nos explique cómo lo ha conseguido y para darle a entender que no puede tener móviles sin nuestro consentimiento. El teléfono que tenía oculto queda requisado. Además, como consecuencia de sus actos, le quitaremos durante cinco días su teléfono familiar.

Por otro lado, revisaremos ambos teléfonos para ver qué ha estado haciendo con ellos. Cuando un chico actúa de esta manera, ocultándonos información, lo más probable es que sepa que está haciendo algo mal. Que él mismo nos cuente qué está pasando. Quizá utilice ese teléfono para comunicarse con una persona que nos parece tóxica y con la que no queremos que se relacione.

8

Los padres ante las nuevas tecnologías

La actitud de los padres ante las nuevas tecnologías varía mucho según el contexto socioeconómico, su estado de ánimo, el conocimiento que se tiene de ellas y la frecuencia de uso. Por norma general, cada persona suele moverse dentro de una misma línea a lo largo de su vida, pero eso no impide que en algún punto participemos de dos o tres visiones diferentes al mismo tiempo, o que gracias a un curso de aprendizaje tengamos una mayor capacidad de decisión. Como en todo, las personas somos muy adaptables y debemos mostrarnos abiertas y receptivas ante el mundo 3.0, que es el que nos espera a la vuelta de la esquina.

¿Cuál es tu actitud ante las nuevas tecnologías? A continuación explicaremos algunas de las reacciones más frecuentes en nuestra consulta. En cada una de ellas nos fijaremos en los aspectos siguientes:

- Nivel de conocimiento o de experiencia que se tiene de las nuevas tecnologías;
- Capacidad de guiar, ayudar o educar a los hijos;

- Sentimientos y emociones que provoca o conlleva cada actitud ante internet; cómo gestionarlas;
- Relación con otras personas en el mundo real y en el mundo digital;
- Visión de futuro para saber resolver conflictos de todo tipo y utilizar internet a tu favor.

El desenchufado

No le gusta nada que tenga que ver con internet o las redes sociales. Lo considera una pérdida de tiempo y una manera de enganchar a los jóvenes a la compra compulsiva de productos. Es, por naturaleza, de esos que solo tienen móvil para casos de urgencia (si es que tienen), por lo que se muestra reacio a que sus hijos participen de estos avances tecnológicos. Debajo de la censura y el control se esconde el miedo a que les ocurra algo a sus hijos. Es un tipo de padre sobreprotector.

Pros y contras

Puede ayudar a establecer mejores relaciones personales en el cara a cara, algo que para jóvenes tímidos resulta cada vez más difícil. Una vida enfocada al exterior, a la comunicación y a la vida natural siempre es positiva. Ahora bien, ni la naturalidad ni el contacto cara a cara están reñidos con el conocimiento y el buen uso de las nuevas tecnologías. Al contrario, censurando las nuevas tecnologías, y sobreprotegiendo a nuestros hijos, les estamos robando la oportunidad de aprender a utilizarlas y a protegerse de ellas; también les estamos negando la posibilidad de valerse por sí mismos cuando sean mayores o cuando en el colegio o en la universidad necesiten investigar o hacer búsquedas en la red. El desenchufado protege desde emociones negativas de miedo, desconfianza o intranquilidad en vez de aceptar las redes como una herramienta que hay que estudiar para entender sus beneficios y aprender a sacarle el máximo provecho.

Ejemplo

Un padre no quiere que su hija tenga teléfono móvil porque considera que no es útil y que con él se pierde mucho el tiempo. Pasan los meses, su hija se hace mayor y es la única persona de la clase que sigue sin móvil. La presión social es tal, y la menor insiste tanto, que el padre reacio decide regalarle uno por su cumpleaños. Se olvida, sin embargo, de que con el *smartphone* tienen que ir también unas normas de uso y unos límites. La hija se pasa noches sin dormir, discute con sus amigos, y a final de mes llegan facturas descomunales.

Proteger no es impedir que nuestros hijos tengan móvil, sino darles las herramientas suficientes para que sean capaces de utilizarlos bien, con sentido común, y bajo la supervisión de sus padres.

El *follower*

Suele decir que sí a todo, da al «me gusta» a cualquier comentario, actualización o foto que vea en el muro de su hijo. Está más pendiente de hacer acto de presencia en los comentarios y las fotos de los demás que de analizar su contenido. Su actitud es permisiva siempre y cuando vea a sus hijos felices y satisfechos, pero si tuvieran algún problema no sabría cómo ayudar.

Pros y contras

Es necesario vigilar qué hacen tus hijos y que tengan la seguridad de que les darás tu apoyo siempre que lo necesiten, pero se diría que los *followers* rehúyen su responsabilidad como padres (guiar, supervisar, acompañar, vigilar, proteger) con tal de ahorrarse las discusiones y los conflictos. Darle al «me gusta» no significa entender qué hacen tus hijos sino quedarte en un nivel muy superficial. Habría que utilizar las redes sociales como un modo de supervisar y, si tienen alguna duda o problema, aprovechar la ocasión para guiar y educar. Los followers tienen la habilidad de hacer que los demás se sientan bien gracias a sus «me gusta», pero es un beneficio pobre y fugaz que desaparece al cabo de muy poco tiempo. No es una ayuda real al conocimiento o un subidón de autoestima sino una palmadita en la espalda. También podemos llamarlos: padres permisivos.

Ejemplo

Una madre tiene por costumbre entrar en Instagram desde el trabajo y ver qué fotos ha subido su hija adolescente. Suele poner «me gusta» a todo lo que publica la niña para darle a entender que ha visto las fotografías y que les da su visto bueno. Una tarde, sin embargo, se encuentra a su hija llorando en la habitación. La niña no quiere darle detalles, pero le explica que se ha peleado con una amiga por una fotografía que subió a Instagram. «¿Qué fotografía?», pregunta la madre. «Una en la que se veía su cajón de la ropa interior.» La madre se sorprende porque ella no recuerda haber visto esa foto. «La borré al momento, pero unos de la clase ya la habían copiado y pasado por WhatsApp. Ahora la tiene toda su clase.» «Y tú ¿por qué hiciste esa foto?» «Yo no la hice, la hizo ella, pero yo la subí...»

Ver qué fotos suben nuestros hijos a las redes sociales y ponerles «me gusta» es como dejarlos solos en medio de la selva. Sí, podemos disfrutar de sus mensajes y debemos tenerlos presentes, pero además hay que educarlos en el buen uso de internet, enseñarles a respetar la intimidad ajena y que el concepto «redes sociales» abarca bastante más que las fotos; es la actitud, el comportamiento, y las relaciones que establecemos a partir de ellas.

AMPLÍA: Los cómplices de nuestros hijos

En la vida real, ¿qué adultos suelen ser los cómplices de nuestros hijos? Los abuelos, los tíos y los canguros. La razón es bien simple: muchas veces su papel consiste en mimarlos, en ser complacientes con ellos; las normas y los límites los ponemos nosotros, los padres. Ni podemos enfadarnos con esos «cómplices» —en todo caso hablaremos con ellos y nos organizaremos para ir a una—, ni podemos actuar como ellos: ceder ante cualquier capricho de nuestros hijos, dar nuestro asentimiento a cuanto hacen y dicen cuando no estamos de acuerdo, etc., son otras formas de sobreprotección.

En el ámbito de las redes sociales tenemos que actuar como padres, no como cómplices, y eso implica orientar a nuestros hijos, ayudarlos a ser conscientes de lo que hacen y de los motivos que los llevan a actuar así. Tampoco debemos privarlos de su espacio para experimentar y crecer, es decir, no les prohibimos que hagan cosas y vivan experiencias (buenas o malas), sino que los ayudamos a actuar y a elegir su propio camino con sentido de la responsabilidad y de lo que les conviene. Siempre, por supuesto, dentro de un marco de normas y límites que, acorde con su edad, su madurez y el entorno familiar, ponemos nosotros desde un principio.

El censurador

Está en posesión de la verdad y lo hace saber a los demás en todo momento. Aprovecha cualquier circunstancia (mensaje, fotografía, actualización, respuesta, «me gusta») para soltar una sentencia moralizadora, que a veces no llega ni a los 140 caracteres y a veces se alarga párrafos y párrafos. Suelen ser personas con curiosidad por saber lo que hacen los demás, pero no tanto para aprender sino para corregir o apuntar cómo lo harían ellas.

Pros y contras

Acostumbran a tener las ideas muy claras y pueden ser muy eficaces a la hora de detectar problemas y buscar soluciones, pero les falta empatía para conectar con las otras personas. La verdad, tal como la conciben, se adapta tan perfectamente a su manera de ver el mundo que cualquier divergencia puede parecerles una falta de respeto. No siempre entienden qué es lo que están comunicando sus hijos y, en vez de echar una mano y ayudar, sueltan frases como: «Ya te lo había dicho», «Es que si eres así...», «No puedes ir así...». A menudo sus comentarios tienen el efecto contrario del que esperaban, y en vez de animar y ayudar logran que los demás se sientan culpables. Hablan desde la tarima de la verdad absoluta, lejos de los hijos o los otros usuarios de las redes. Al final, su modo de comportarse refleja que no saben relacionarse con las otras personas; no saben escuchar, no saben dialogar y les cuesta mucho entender que no todo el mundo tiene que actuar como ellos. Sus hijos suelen estar sobreprotegidos, oyen sin cesar una voz que les repite que todo lo hacen mal y se sienten incapaces.

Ejemplo

Muchas familias tienen grupo en WhatsApp o Telegram; la familia García no quiere ser menos y forma el grupo «Garcia's». Al principio son los más jóvenes los que participan más y llenan el grupo de mensajes. Sin embargo, cuando no han pasado ni siete días los adolescentes empiezan a desapuntarse, uno tras otro. Un padre pregunta a su hijo por qué ha salido del grupo; el chico no le responde. Días después oye una conversación entre su mujer y su hijo en la cocina; su hijo se queja de que él siempre está comentando, corrigiendo y respondiendo a cualquier mensaje, incluso aquellos que son una broma y no tienen más importancia, y que por eso ya no quiere estar en el grupo familiar.

¿Os suena este ejemplo? Un padre autoritario, con su actitud severa e inflexible, solo consigue alejar a sus hijos y levantar una barrera en vez de establecer diálogo. Quizá lo haga con la mejor intención del mundo, pero la corrección constante y la falta de empatía bloquean el crecimiento y la comunicación. No se da cuenta de lo mucho que sus exigencias afectan a sus hijos incluso si al entrar en la adolescencia estos se rebelan y le demuestran que no están conformes con su actitud.

El usuario ético

Entiende que las redes sociales son un ámbito en el que compartir información, expresar opiniones y conocer otras personas y otros mundos, y que guardar las formas es tan necesario como en el mundo real porque, al fin y al cabo, somos personas comunicándonos con otras personas. El usuario ético tiende a ejercer de moderador en cualquier situación (comentarios a una noticia del periódico, actualización de un amigo en Facebook, opiniones en YouTube, etc.), busca siempre un punto de acuerdo o un punto intermedio entre dos o más opiniones enfrentadas. Suele tener en cuenta los sentimientos de las personas, sus puntos de vista y lo que dictaría el sentido común en cada situación.

Pros y contras

Su actitud ayuda a los demás a tener los pies en el suelo y a no dejarse llevar por las emociones, por lo que guiará bien a sus hijos cuando se encuentren en medio de una discusión o un problema. Sin perder de vista que debe estar de parte de sus hijos, les enseña a comprender y a apreciar las opiniones de los demás y a gestionar las emociones violentas propias y ajenas. Al mostrarse comprensivo y respetuoso consigue que los demás se sientan bien a su alrededor. Sus hijos suelen tener la autoestima alta, pues aprenden a utilizar bien las redes, saben superar problemas, gestionar frustraciones, entienden que no siempre podrán resolverlo todo o caer bien a todo el mundo, y los problemas serán motivaciones para aprender en vez de razones por las que hundirse. Es probable que, en consecuencia, actúen en ayuda de los demás y con el objetivo de hacer del mundo un lugar mejor.

Ejemplo

Un grupo de jóvenes están decidiendo por Skype dónde van a pasar la última tarde del curso una vez salgan del colegio. En una de estas, Amanda y Claudia discuten; cada una tiene una propuesta diferente y no se ponen de acuerdo. Al rato los amigos van desconectándose porque se les acaba el tiempo de conexión o porque tienen otras cosas que hacer. Amanda y Claudia se quedan solas discutiendo. Silvia, preocupada porque no quiere quedarse sin plan, habla con sus padres sobre cuál sería la mejor opción. El padre no le hace mucho caso, dice que son menudencias, que cuando crezcan ya tendrán tiempo de pelearse por cosas importantes. La madre, en cambio, le pregunta cuál de las dos opciones le parece más adecuada, la de Amanda o la de Claudia. Silvia responde que a ella en realidad no le convence ninguna de las dos porque son sitios demasiado apartados del colegio y no todos los padres estarán de acuerdo en que vayan tan lejos. Entonces la madre le propone que llame primero a Amanda, que le diga que su idea le parece buena pero que tiene el inconveniente de la distancia, y luego llame a Claudia y le comente eso mismo, que es un buen plan pero quizá para otra ocasión.

El usuario ético se ocupa, por encima de todo, de escuchar a los demás y sopesar todas las opciones para, al final, ayudar a que el grupo tome la mejor decisión. No da por mala ninguna versión ni insiste en imponer la visión que cree más conveniente, sino que más bien se ocupa de que cualquier persona se exprese y diga lo que tiene que decir, que todos se sientan escuchados y comprendidos. Entiende las redes como un diálogo y una puesta en común, no como un lugar de lucha y discusión. También se les conoce como usuarios empáticos.

El interesado

Es aquel usuario que solo piensa en términos de beneficio personal. Suele hacer la pelota a los otros usuarios, siempre tiene en cuenta a quién sigue y por qué, pero a la larga está activo en las redes sociales porque espera recibir alguna compensación. Lo cual, a su vez, no impide que aporte conocimientos, exprese sus ideas y ayude a los demás, ya que se sale con la suya precisamente porque sabe encontrar el equilibrio entre lo que da y lo que pide, sin jamás perder de vista que depende de los demás. Es un usuario manipulador, pues puede recurrir al chantaje emocional, al soborno o al miedo para conseguir lo que quiere.

Pros y contras

Domina las redes sociales y puede sacarles gran provecho tanto tecnológica como personalmente, ya que comprende enseguida lo que ocurre a su alrededor y sabe encontrar soluciones para él mismo y para los demás. No obstante, su actividad no parte del respeto propio y ajeno sino que se basa en conseguir los objetivos que se ha marcado, no le preocupa el bienestar o la felicidad de la persona con la que está interactuando. Quizá logre que le obedezcan o que le den lo que pide, pero a la larga eso no se traduce en una relación de confianza o de diálogo, donde primen el cariño, la responsabilidad y el respeto, sino en una relación de dependencia, chantaje y manipulación. Su voluntad de obtener lo que desea aquí y ahora le lleva a mentir o a ayudar, dependiendo del contexto o de lo que se juegue con ello. No considera que educar en el buen uso de las redes sociales sea parte de su responsabilidad como padre, sino otro mecanismo para llevar a sus hijos por donde quiere. Estos padres sobreprotegen a sus hijos tanto como los critican. Al final solo consiguen minar su autonomía y su amor propio; no les enseñan a ser responsables.

Ejemplo

Un padre permite que su hija haga los deberes con el teléfono móvil a condición de que los haga bien y los termine. Deja a la niña sola en el estudio y, diez minutos más tarde, el padre, que está en el salón, ve que está conectada a una aplicación de mensajería y decide sorprenderla con un mensaje: «Es hora de hacer los deberes, hazlo por tu padre». La niña le responde: «¿A cambio de qué?», y el padre escribe: «Es al revés, tienes que hacer los deberes para poder tener el teléfono. Si no papi se enfadará contigo», y la niña no le contesta pero sigue conectada y sin hacer los deberes. El padre, sin moverse del salón, le escribe: «Veo que sigues conectada. ¿Quieres ir a cenar hamburguesas esta noche?», y su hija contesta que sí. «Entonces termina los deberes antes de que llegue tu madre o se enfadará.»

Cuando la madre llega a casa, media hora después, se encuentra a su marido viendo la tele y a su hija chateando por teléfono en su habitación. La madre se enfada con la niña porque no ha hecho los deberes, y con su marido porque la cena está sin hacer. Esta sería la situación:

—Le he prometido a la niña que saldríamos a cenar fuera a cambio de que hiciera los deberes.

—¿Y los ha hecho? —pregunta la madre.

—No.

—¿Por qué no? —insiste ella.

—Le he dejado tener el teléfono a cambio de que hiciera los deberes.

—¿Y los ha hecho?

—No.

—¿Por qué no?

—Porque estaba chateando.

Un círculo típico de excusas, intenciones y deseos en el que se encierran los padres manipuladores e interesados.

Reflexiones

Llegados a este punto, reflexionemos. ¿Con qué tipo de padre nos identificamos más? ¿Estamos contentos con nuestra labor?

¿Qué emociones, qué conocimientos y qué capacidades son los más ventajosos para nuestros hijos? ¿Qué es necesario que sepan y sientan para que sean autónomos en el futuro? Y, más importante aún, ¿cuál debería ser nuestra actitud como padres? La respuesta es sencilla: aquella que, partiendo del amor y el cariño que les tenemos, sabe poner normas y límites, es coherente, sabe dialogar, está pendiente de las necesidades de los demás, y utiliza las redes sociales desde la comprensión y la educación.

A continuación proponemos un pequeño ejercicio: junto a cada tipo de padre, apuntemos las siguientes letras y valorémoslas con un más (+) o con un menos (–) según el efecto sobre los hijos en cada uno de estos ámbitos:

A de amor propio y alta autoestima

C de confianza en uno mismo

D de dominio y eficiencia

E de educación y aprendizaje

F de futuro

H de hábitos saludables

M de miedo y desconfianza

O de optimismo

P de preparación y autonomía

R de responsabilidad y respeto

S de seguridad y de satisfacción

T de trabajo y esfuerzo

9

Nuevas profesiones

Según la Universidad de Cambridge, algunas de las llamadas «nuevas profesiones» están en el punto de mira de muchos jóvenes con ganas de triunfar. ¿Qué significa eso? Significa que un alto porcentaje de chicos y chicas quiere ser *youtuber*, *Community Manager* o *Social Seller*, y que una gran mayoría quiere ser *influencer*. Que los nombres en inglés no nos engañen: de lo que se trata es de trabajar duro y pasarlo bien, como todo en la vida, pero en ámbitos que a la mayoría de los padres ni les suenan.

A eso hay que sumar que para muchos padres resulta inverosímil que alguien pueda ganarse la vida subiendo vídeos a YouTube en los que explica qué ropa se ha comprado hoy o relatando cómo se pasa juegos de ordenador en un blog, pero lo cierto es que en los últimos años han proliferado los chicos y las chicas jóvenes, más listos que el hambre, que han sabido atraer a millones de personas con su carisma, sus consejos y su estilo de vida. A nosotros, que venimos de un modelo de negocio y de mundo muy diferente, nos parece que se ganan la vida sin hacer absolutamente nada, incluso los tildamos de vagos y perezosos a falta de una palabra mejor. Para nuestros hijos, sin embargo, son modelos a seguir.

Además, y eso es parte de su éxito, los hay para todos los gustos, y cada uno trabaja en un campo muy concreto, creando lo que pueden ser «seguidores», «fans», «nicho», etc. Hay canales de moda, de maquillaje, de libros, de películas, de música, de tendencias, de política, canales para madres primerizas, para un público gay, para personas con diabetes, canales sobre videojuegos, sobre educación, sobre salud, sobre sexualidad, sobre naturaleza y animales, sobre sociología, filosofía, psicología...

Ni los números de seguidores ni los beneficios obtenidos gracias a las redes sociales engañan. Se trata de un fenómeno que vale la pena investigar. Y al mismo tiempo debemos estar preparados para la posibilidad de que nuestros hijos, algún día, nos digan: «Papá, mamá, quiero ser *youtuber*».

¿Qué es un *influencer*?

Como su propio nombre indica, un ***influencer*** es una persona que tiene influencia, es decir, que moviliza a muchos seguidores; lo que dice y hace tiene gran eco en las redes sociales, hasta tal punto que sus comentarios, sus opiniones, sus valoraciones y sus caprichos suelen tener una autoridad y una importancia descomunales. Es lo que nosotros llamaríamos «ídolo», con el añadido de que puede crear o destruir tendencias con un solo tuit.

¿Cómo consigue esta relevancia social? ¿Qué es lo que

atrae a nuestros hijos de estas personas? En realidad, hay tantas carreras y modalidades y posibilidades de éxito como *influencers*. Lo demuestra el hecho de que hayan surgido simultáneamente tantísimos gurús que afirman tener el secreto del éxito pero que a la hora de la verdad no saben más que cualquier experto en marketing. Lo curioso es que los expertos en marketing no siempre saben dar con el talento; hay personas por las que no darían un duro y que sin embargo han conseguido situarse bien.

Lo que está claro es que los tiempos han cambiado. Jordi Juan, el director de contenidos de *La Vanguardia* digital, explica en un artículo que hace unos años los periodistas tenían el monopolio de la información, pero ahora cualquier persona puede dar una primicia y cualquier tuit puede ser noticia. Lo mismo ocurre con estos jóvenes visionarios que han sabido venderse como producto, a imagen y semejanza de los ídolos de masas (ya sean cantantes, actores y actrices, políticos o famosos en general), que hacen lo mismo pero a gran escala. Un concepto clave es el de «marca», y con él llegamos al núcleo de la cuestión, sobre todo en la fórmula «marca personal». En Wikipedia encontramos la siguiente definición:

> La marca personal, en inglés *Personal Branding*, es un concepto de desarrollo personal consistente en considerar a determinadas personas como una marca que, al igual que las marcas comerciales, debe ser elaborada, transmitida y protegida, con ánimo de diferenciarse y conseguir mayor éxito en las relaciones sociales y profesionales.

Es evidente que era cuestión de tiempo que las grandes marcas y las grandes compañías descubrieran el poder de convocatoria de los *influencers* y empezaran a explotar la gallina de los huevos de oro.

Los *influencers* no siempre aceptan los pactos que ofrecen las multinacionales. En primer lugar, porque parte de su encanto radica en que son honestos y directos, que no hay mediadores entre ellos y sus fans y pueden expresar libre y directamente sus opiniones. En segundo lugar, porque es posible que no comulguen con los ideales o los valores que defienden las corporaciones, y prefieran ganar menos dinero pero ser coherentes consigo mismos. Por último, tal vez no quieran defender productos ajenos (ropa, maquillaje, etc.) y en cambio sí deseen crear un producto propio, como un libro o un documental donde cuenten su carrera hasta que se hicieron famosos.

Lo que quieren, en resumen, es construir su propia imagen, defenderla y venderla. Debemos tener presente que los *influencers* quieren ser quienes dicen que son, y ese punto original y único es lo que marca la diferencia. De todos modos, que algún *youtuber* no dé permiso para que se escriba su biografía no significa que las grandes empresas le hagan caso. Los materiales falsos o no oficiales (*bootlegs*, en inglés) abundan cuando hay posibilidad de sacar tajada del éxito de una persona, sea más o menos famosa o haya dado o no permiso para ello.

¿Cómo se concretan los tratos entre *influencers* y empresas? Algunos hablan de un producto directamente en sus redes sociales, ofrecen su voz a una corporación y sus objetivos a cambio de dinero. Otros ofrecen su espacio (el canal a través del cual se expresan) a empresas para que hagan sus campañas publicitarias y los *influencers* cobran por cada clic en el anuncio, por poner un ejemplo. También los hay que reciben productos gratis (libros, ropa, cosméticos) a cambio de que hablen de ellos; como negocio para los *influencers* no es muy efectivo, pero para las marcas es una manera muy barata de darse a conocer a un nuevo público.

Por último, algunas empresas pueden crear productos exclusivos del *influencer* (libros, ropa, colonias) para sacar provecho de una marca ya creada, la del *influencer*. Aquí la última palabra respecto a la explotación de su propia imagen la tiene el *influencer*, y será él quien decida dónde está el límite y hasta dónde quiere llegar. De nuevo: tan importante es su imagen como los valores que defiende; a veces son muy criticados cuando venden su espacio, su tiempo y su imagen a una empresa con una visión muy distinta de la vida.

¿Qué hace un influencer*?*

Como hemos dicho, hay tantas modalidades de *influencer* que dar una descripción general de sus actividades es harto difícil.

Desde un enfoque empresarial podríamos decir que los *influencers*:

Ponen cara a las marcas. Cuando un chico o una chica

joven y popular empieza a defender una marca, consigue que otros jóvenes y no tan jóvenes se fijen más en un producto al que quizá antes no prestaban atención. Con ello, humanizan el producto, lo acercan a los compradores, dan un aire innovador, moderno, fresco o familiar a la relación entre una marca y sus usuarios, que suele ser muy fría.

Ayudan a filtrar la información. A diferencia de lo que ofrecen los catálogos de revistas o páginas web, los *influencers* ofrecen pocos productos y bien escogidos. Sus seguidores se fijan únicamente en aquello que dicen que vale la pena, y eso hace más fácil que después vayan a comprar ese producto. En vez de pagar por un anuncio en la tele, en la radio o en un periódico, logran que «un amigo» y un «ídolo» se convierta en el escaparate de un producto y llegan a los consumidores a través de la confianza y la admiración que un chico o una chica puede sentir por un *youtuber*.

Aseguran un mínimo de repercusión. Para muchas empresas lo complicado es buscar o crear un público dispuesto a consumir sus productos y a ver los anuncios sobre esos productos. Conseguir que un *influencer* defienda tu producto es subirse al escenario de un teatro que ya está lleno de amigos que escucharán con atención lo que digas. Además, hay que tener en cuenta el factor boca a boca, que es fundamental en el caso de las redes sociales: que el producto guste y se recomiende, sobre todo si viene anunciado por un *influencer*, puede ser mucho más efectivo que la más cara campaña de marketing.

«Lo digo yo y a mí manera.» Una de las claves del marketing es que fondo y forma son inseparables; en algunos casos el cómo se dicen las cosas llega más lejos que el contenido en sí, por eso recordamos muchos anuncios por su eslogan, o por los colores y el dibujo, en vez de por lo que intentan vendernos, Los *influencers* suelen tener un discurso personal, un estilo, muy marcado y trabajado. De hecho, su éxito está en haber sabido expresarse de una manera diferente al resto, y las empresas pueden beneficiarse de este factor personal e intransferible que acaba coloreando su producto.

Fidelidad y constancia. Algunos contratos se aseguran de que la relación laboral entre una empresa y un *influencer* dure varios meses, de manera que se gana en coherencia y en constancia. Incluso pueden llegar a ser contratados para cubrir eventos y presentar a otros personajes a su audiencia, es decir, para dar a conocer a través de ellos a más personas, más empresas y más productos. De este modo se aprovechan todas las herramientas y las posibilidades que ofrecen las redes sociales en un tiempo récord.

En resumen

Los *influencers* aportan mucha credibilidad a los productos ajenos (cercanía, confianza, honestidad, etc.) porque los unen a los valores personales con los que se han hecho famosos y con los que han atraído a centenares de miles de personas; aportan también autoridad por la relevancia social y económica que tienen sus recomendaciones y sus opiniones. Digamos que el *influencer* es un juez cultural, social y mercantil que ayuda a los compradores a saber dónde gastar su dinero (en qué ropa, en qué videojuegos, en qué música, en qué libros, en qué películas…), y a gestionarlo mejor (de qué manera ahorrar, vestir, viajar, vivir tus relaciones, tus aspiraciones, tu vida), para en último lugar representar y vender un modo de vida. Es evidente que tan importante es que construyan su discurso como que encuentren un público que lo valore y disfrute.

> Muchos seguidores lo darían todo por sus ídolos,
> pero un ídolo lo es sobre todo gracias a sus fans.

Según los estudios, el 70% de los internautas consultan opiniones en la red antes de realizar una compra. Es habitual leer reseñas y críticas de productos, espectáculos y estrenos, pero si confías en el criterio de una persona con la que además tienes afinidades diversas es probable que, ante una recomendación suya, no te lo pienses dos veces. Es innegable la importancia que un ***influencer* de calidad** puede tener para cualquier marca.

¿Qué es un *youtuber*?

YouTube es la segunda página más vista en internet (solo por detrás de Google, el buscador más utilizado del planeta), con lo que las posibilidades de exposición y venta que ofrece son enormes. Cada vez son más los que deciden probar suerte colgando sus vídeos en la plataforma, ya sea versionando canciones con una guitarra, comentando vídeos de otras personas o mostrando cómo se han vestido y maquillado ese día.

A veces no somos conscientes de que es cierto que existe una generación de *youtubers* que subsisten económicamente gracias a sus publicaciones y a su contenido. Los tres usuarios de YouTube más seguidos del mundo suman unos ingresos anuales de 1.248.600 euros.

El modelo de negocio es muy sencillo, y se basa en la publicidad: a la que un *videoblogger* gana seguidores y sus vídeos acumulan visitas y comentarios, los comerciantes pagan por poner anuncios antes de que empiece el vídeo en sí; puede ser un minivídeo previo o incluso dentro del propio vídeo del *youtuber*. También es habitual que le paguen por enseñar productos y dar a conocer una empresa.

¿Cómo ser youtuber*?*

Un gran punto a favor de YouTube es que **publicar vídeos es gratis**. Además es muy fácil de utilizar, un sistema muy intuitivo y sencillo que permite hacer grandes cosas en un mínimo de tiempo. La complejidad y el tiempo dedicado crecen a medida que subes vídeos **más complejos o que quieres utilizar los recursos más avanzados que te ofrece la página, pero** internet está lleno de tutoriales y YouTube te explica cómo hacer muchas cosas.

Antes de empezar a subir vídeos tienes que determinar tu temática (música, tutoriales sobre videojuegos, contenido educativo, consejos, curiosidades o parodias diversas), tu estilo (desenfadado, frenético, serio, paródico, realista) y asegurarte de que tienes una buena cámara, un lugar con la iluminación adecuada y tiempo para grabar.

Si quieres que los usuarios te reconozcan fácilmente debes seguir una misma línea editorial, respetar la estética que escogiste en un principio (y que has ido desarrollando a base de tiempo y vídeos) y ser dinámico: las audiencias cambian de vídeo y de canal con rapidez, así que tienes que atraer su atención y mantener el interés. Tal vez cuanto más creativo seas mejor respuesta tendrás entre el público, pero eso no siempre funciona así, la repetición de un mismo esquema puede ser la clave para que tus seguidores se mantengan fieles a tu canal.

Pero vayamos a lo interesante: ¿cómo funciona lo del dinero? El programa que permite que los *youtubers* ganen dinero se llama «YouTube Partner» y fue creado en 2011. Con él los autores de los vídeos cobran un porcentaje de los ingresos que generan los anuncios que se muestran en sus vídeos, y aunque en teoría cualquiera puede inscribirse en los sistemas de pago, al final solo unos pocos se benefician de las ganancias según el número de visitas y de clics realizados: los más visitados.

2011 fue el año en que creció y se definió la figura del *youtuber*. En años anteriores solo subían vídeos de manera desinteresada, como forma de compartir sus vivencias y sus ideas, pero llegó un punto en que lograron concretar sus intenciones y sus contenidos para profesionalizarse. Eso no significa que todos los *youtubers* hayan pasado a ser estrellas mediáticas, sino que existe la posibilidad de vivir gracias a lo que uno crea y a lo que es.

De todos modos, conseguirlo no es nada fácil, y menos cuando la competencia y la variedad de oferta crecen día a día. Para cobrar unos dos euros necesitas recibir por lo menos mil visitas, o sea que para ganar mucho dinero tienes que haber recibido, realmente, muchas visitas. Desde el panel de control de tu canal puedes escoger qué tipos de anuncios quieres que aparezcan y la duración; cuanto más largo sea el vídeo, más probabilidades habrá de que el visitante se desconecte, pero al mismo tiempo las ganancias económicas serán mucho mayores; tienes que elegir cuánto riesgo estás dispuesto a correr.

El dinero se hace llegar una vez al mes, mediante cheques personales o por el ingreso a una cuenta bancaria, a los autores más populares, siempre que hayan generado ingresos por más de 100 dólares. ¿Qué ocurre cuando un *youtuber* deja de ser popular y recibe menos visitas y menos dinero? Pues lo mismo que cuando eres cantante y tu fama decae, o lo mismo que les pasa a los escritores que tienen mucho éxito con una novela y no tanto con las demás: puede ser un momento de cambio y de redefinición para volver a subir a la cresta de la ola, o puedes reinventarte y aprovechar tu fama para buscar trabajo en la radio, en algún periódico o haciendo cualquier otra cosa. Nuestra sociedad es muy caprichosa y puede cambiar de opinión o tendencia en cuestión de minutos.

No olvidemos una cosa importantísima: los canales de YouTube nacen como un medio de expresión personal; si en algún momento dejan de ser importantes para nosotros, por mucho dinero que nos den, quizá sea un buen momento para replantearnos la vida y dedicarnos a algo que verdaderamente nos llene. En la otra cara de la moneda, no alcanzar un éxito descomunal no significa que debas renunciar a ello. En «Aprender a educar» defendemos una visión de la vida completa y que lleve a la propia felicidad: debemos cuestionarnos la importancia que puede tener un canal de YouTube, un trabajo o un hobby si no nos llena como debería.

¿Qué tipos de *youtubers* podemos encontrar en la red? Están los que hablan, opinan; los que aparecen jugando a videojuegos y cuentan de qué manera superar qué niveles o qué nuevos lanzamientos son los mejores; los que dan consejos sobre cómo hacer algo (cómo maquillarse, cómo cocinar...); los que cuentan historias del género que sea; los que suben recopilaciones de vídeos de humor; vídeos que explican los nuevos avances científicos y tecnológicos (aparatos, móviles, experimentos, aplicaciones...); monólogos; montajes y animaciones hechas por ordenador; videoclips; miniseries caseras...

CASO PRÁCTICO

¿Qué importancia tenemos que dar a los ídolos de nuestros hijos?

A Isma, uno de los hijos de Francisco, le ponen deberes de verano, y una de las tareas para la asignatura de lengua es escoger un libro y leerlo. Isma, siempre a la última, sabe que uno de sus ídolos acaba de publicar un libro dónde explica cuáles son sus videojuegos favoritos y aprovecha la ocasión para pedir a sus padres que se lo regalen. Sin embargo, Francisco le dice que la profesora seguramente quiere que lea una novela. «Pero a mí me interesa este libro», exclama Isma, y añade: «Siempre dices que lo importante es leer». «Sí, tenemos que leer mucho, pero en el colegio no podemos leer según qué.»

La principal preocupación de Francisco es que en el libro del *influencer* ni el lenguaje ni los temas sean los apropiados para un niño de la edad de Ismael. Sabe que los amigos de su hijo están hablando del libro y que Isma no quiere ser menos, así que le promete que le dejará leer el libro en algún momento, pero no para hacer los deberes de la asignatura de castellano. Nuestros hijos tienen sus propios intereses y, nos gusten o no, es nuestra responsabilidad aprender a escucharlos. Querer ignorar una moda, o intentar que dejen de estar interesados en ella, es como pretender detener la corriente del mar, un esfuerzo titánico e imposible. Lo pertinente es dar a los intereses de tu hijo un espacio familiar lo bastante grande para que se sienta satisfecho con nosotros (que pueda hablar del tema y explayarse) y, al mismo tiempo, se sienta parte del grupo (de amigos, de compañeros de clase), todo ello sin olvidar que ni el lenguaje que utiliza el ídolo ni los temas que trata son adecuados para según qué edad y según qué contextos. Separar los temas «oficiales» o «importantes» de los que no lo son, igual que distinguir los buenos modelos de los que no lo son, es un trabajo vital que debemos realizar como padres, sin jamás excluir o cerrar puertas. Como vimos con las redes sociales, hay que conocer para poder evaluar y entender qué interesa a nuestros hijos y qué los motiva.

Pequeño glosario

ABREVIACIONES

asap: lo antes posible (en inglés, *As soon as possible*).
smpr: siempre.
bn: bien.
tmbn: también.
nd: nada
lq kieras: lo/la que quieras.
U dnt wnt talk 2 me: no quieres hablar conmigo (en inglés, *You don't want to talk to me*).
xq: porque.
bsos/bss: besos.
bye: adiós.
aki: aquí.
amr: amor.
aora: ahora.
bb: bebé.
dcr: decir.
grr: enfadado.
finde: fin de semana.

fsta: fiesta.
hla: hola.
k: qué.
kntm: cuéntame.
msj: mensaje.
pf: por favor.
kk: ¿estás ahí? También puede significar «caca».
LOL: riendo a carcajadas.
ZZZZ: me aburro o me duermo.
NSFW: contenido poco adecuado (*Not safe for work*).
WTF: ¿qué? (*What the fuck*).
TT: trending topic.

Emoticonos

:) **:-)** **=)**	sonrisa, alegre
:(**:-(**	triste
:D **:-D** **=D**	risa
<:-) **<:-D**	de fiesta
xD **XD**	risa a carcajadas

;) ;-) guiño, complicidad

:p :-p broma (con la lengua para fuera)

:l :-l sorprendido, atónito

:o :-o sorpresa (con la boca abierta)

:s :-s confundido

:-x :-X quedarse mudo, sin palabras

:’ :’-) risa con lágrimas, lágrima de felicidad

:’(:’-(llorar, lágrima de tristeza

:/ :-/ irónico

B) B-) 8) 8-) con gafas, inteligente, empollón, sabelotodo

¬¬ irritado (mirando de reojo)

@:-b mujer con un moño

0:-) inocente, santo, inocente

+-:-) el Papa

~<:°) payaso

=:-/ punk

Reflexión final

Las nuevas tecnologías son un reto para muchos padres y muchos profesores de hoy. Lo son porque no siempre las conocemos en profundidad y porque a veces no sabemos aprovechar las posibilidades que ofrecen y los usos que podríamos darles. Los teléfonos móviles, las tablets y los portátiles no son otra cosa que una herramienta y solo hay que aprender a utilizarlos. Pero estas herramientas son el futuro, y una buena educación en su uso será imprescindible para la felicidad y el bienestar de nuestros hijos.

Un niño preparado y autónomo sabe qué recursos utilizar y de qué manera. A fin de cuentas, los niños de hoy son nativos digitales. Para que nuestro hijo entre con buen pie en el mundo tecnológico, los padres tenemos la obligación de aprender a movernos en él con soltura y sentido común, porque no hay mejores profesores que nosotros. Saber utilizar los recursos implica saber qué es lo conveniente, qué puede ser ventajoso para un niño de 7 años o negativo para una chica de 16 años. Aquí es donde los padres volvemos a ser cruciales en el crecimiento de nuestros hijos.

El buen uso de las redes sociales, el *smartphone*, los videojuegos, las aplicaciones... depende de los valores que enseñemos en casa (y se enseña sobre todo con el ejemplo); depende también de las normas y los límites que regulen los tiempos y el modo de uso, siempre desde la coherencia y el cariño; depende del apoyo que las nuevas tecnologías reciban en el colegio, y depende de que nuestros hijos disfruten explorando, descubriendo y aprendiendo día tras día.

La educación en el siglo XXI no puede pasar por alto ninguno de estos detalles, porque las nuevas tecnologías son nuestro presente y nos enseñan por qué caminos avanzaremos en el futuro. Si la educación es autonomía, cariño, responsabilidad, gestión y crecimiento, lo es también con respecto a internet y a las redes sociales, parte indispensable de nuestra vida. Avanzar todos a una, bien equipados de experiencias positivas, trucos y maneras de educar, es más necesario que nunca. Al final se reduce a saber educar, por eso insistimos en la importancia de aprender.

Desde que iniciamos el proyecto «Aprender a educar» hace años, no hemos tenido otro objetivo que echaros una mano en el trabajo más importante de vuestra vida. Gracias por acompañarnos durante todo este tiempo. Gracias por leernos.

Para más información

Herramientas

Visita nuestra página web: <http://aprenderaeducar.org/>
Entrenamiento para familias online: <http://aprenderaeducar.org/entrenamiento-on-line/>
Asiste a nuestra conferencia: <http://aprenderaeducar.org/conferencia/>
Consulta nuestro blog: <http://aprenderaeducar.org/blog/>
Lee nuestros libros: <http://aprenderaeducar.org/libro/>
Visita nuestra página de Facebook: <https://www.facebook.com/Aprender-a-educar-355263737946816/?fref=ts>

Contacto

Pide atención personalizada: <http://aprenderaeducar.org/atencion-personalizada/>
Escríbenos un e-mail: <info@aprenderaeducar.org>
Rellena el formulario: <http://aprenderaeducar.org/contacto>